MORDSKERL

Barbara Edelmann ist in Mindelheim geboren und aufgewachsen. Seit Jahrzehnten lebt sie glücklich und zufrieden im Allgäu und möchte nirgendwo anders sein. Ihre Erfahrungen und Beobachtungen verarbeitet sie in ihren Allgäu Krimis.

BARBARA EDELMANN

MORDSKERL

Allgäu Krimi

emons:

Lust auf mehr? Laden Sie sich die »LChoice«-App runter, scannen Sie den QR-Code und bestellen Sie weitere Bücher direkt in Ihrer Buchhandlung.

Bibliografische Information der Deutschen Nationalbibliothek
Die Deutsche Nationalbibliothek verzeichnet diese Publikation in der Deutschen Nationalbibliografie; detaillierte bibliografische Daten sind im Internet über http://dnb.d-nb.de abrufbar.

© Emons Verlag GmbH
Alle Rechte vorbehalten
Umschlagmotiv: Malin Levay/Pixabay.com
Umschlaggestaltung: Nina Schäfer, nach einem Konzept von Leonardo Magrelli und Nina Schäfer
Umsetzung: Tobias Doetsch
Gestaltung Innenteil: César Satz & Grafik GmbH, Köln
Lektorat: Christine Derrer
Druck und Bindung: CPI – Clausen & Bosse, Leck
Printed in Germany 2020
ISBN 978-3-7408-0778-8
Allgäu Krimi
Originalausgabe

Unser Newsletter informiert Sie regelmäßig über Neues von emons:
Kostenlos bestellen unter
www.emons-verlag.de

Dieses Buch widme ich »dem unbekannten Hausarzt« –
nämlich meinem eigenen.

Danke, Herr Dr. Pütz, dass Sie sich so engagiert und
unermüdlich in den Dienst des Patienten stellen und sogar
am Wochenende für uns alle da sind, auch wenn es Ihnen
selbst nicht gut geht. Danke, dass Sie sich die Zeit nehmen
und zuhören, danke, dass Sie auch mal ein Rezept persönlich
vorbeibringen oder einen Kaffee bei mir trinken.

Die Welt braucht Menschen wie Sie.

Samstagnacht, Unterallgäu

Ein prächtiger Vollmond verwandelte das Unterallgäu mit seinem kalten Glanz in jener samtigen, lindwarmen Juninacht in eine anmutige Landschaft voller flüsternder Geheimnisse und tauchte akkurat gepflegte Vorgärten, spärlich beleuchtete Gassen und den liebevoll ausgestalteten Marienbrunnen am Legauer Marktplatz in geheimnisvolles Licht.

Kein Laut war aus den verschatteten, mit blühender Klematis und dichtem Liguster umwachsenen Gärten zu vernehmen. Fauchend jagten sich zwei liebeshungrige Katzen, ungeachtet des schallenden Gelächters aus dem »Mohren«, über den Asphalt und verschwanden kreischend hinter der Kirche, während sich das amüsierte Kichern der Damen vom Kegelclub aus dem Biergarten der Pizzeria in der warmen Sommerluft verlor. Am Illerufer in Richtung Kaltbronn hüpften neun unbekleidete Damen in den allerbesten Jahren, die sich »Hexenzirkel« nannten, rhythmisch um ein großes Feuer und beschworen, mit welken Margeriten bekränzt, enthusiastisch die Erdgöttin. Sehr zur Freude von Schucki Hermann aus Lautrach übrigens, der während der Heimfahrt auf seinem bevorzugten Schleichweg zufällig auf das Getrommel aufmerksam geworden war und nun aus einem dichten Gebüsch heraus die ausgelassene Festivität beobachtete. Während er sich kindlich an den ums Feuer hüpfenden Hexen erfreute, wurde überall im Landkreis gegrillt, gefeiert, gelacht und getanzt bis in den frühen Sonntagmorgen hinein. Immerhin war heute eine Sonnwend und damit auch die kürzeste Nacht des Jahres.

Der Rest von Legau schlummerte derweilen hinter zugezogenen Gardinen den Schlaf der Gerechten – und Pfarrer Sommers Sonntagspredigt entgegen, die sich nur durch einen anschließenden deftigen Frühschoppen im Gasthaus »Mohren«

verdrängen lassen würde. Alles war irgendwie in allerbester Ordnung.

Eingebettet zwischen sanft gewölbten, dicht bewachsenen Hügeln wie ein halb versunkenes architektonisches Kleinod, einige Kilometer vom Flusslauf der Iller entfernt, beschien der Mond mit seinem mysteriösen Licht auch den Moserhof, ein stattliches Anwesen, das sich wie gemalt in die Landschaft schmiegte.

Ein frisch gepflasterter, von hohen Birken gesäumter Zufahrtsweg führte geradewegs zu dem geräumigen dreihundert Quadratmeter großen Wohngebäude, von dem eine Hälfte in strahlendem Weiß leuchtete, während die andere mit Baugerüsten versehen und mit Planen abgedeckt war. Durch einige Fenster im bewohnten Trakt drang helles Licht. Weinseliges Gelächter hallte aus dem Gebäude in die warme Juninacht, untermalt von psychedelischen Klängen einiger Bands, deren Mitglieder schon vor vielen Jahren, vorwiegend aufgrund von Drogenmissbrauch oder anderen Unbotmäßigkeiten des Schicksals, das Zeitliche gesegnet hatten.

Umgeben war das Gehöft von einer gekalkten hohen Mauer, um die Bewohner vor neugierigen Blicken zu schützen. Diese hatte anfangs für einigen Gesprächsstoff im Dorf gesorgt, aber mittlerweile waren die Legauer daran gewöhnt, dass die Bewohner des Anwesens es vorzogen, unter sich zu bleiben. An dem schmiedeeisernen elektrischen Gittertor, das um diese Uhrzeit stets verschlossen war, prangte ein großes weißes Metallschild mit der Aufschrift: »Senioren-Wohngemeinschaft Moserhof«. Gekrönt wurde das »i« in »Senioren« von einem kreisrunden, gezackten Loch. Bis zum heutigen Tage wusste niemand um seine Entstehung außer dem Sepp vom Bichlerhof, der seinerzeit, als er im Vollrausch nach einer Halloweenparty von historischen Ausmaßen mit seinem alten Diesel in Schlangenlinien am Moserhof vorbeigeschlingert war, die alte Wehrmachtspistole seines Opas ausprobiert hatte. Von den abgegebenen fünf Schuss traf nur einer, und am nächsten

Morgen versenkte Sepp die angerostete Waffe wortlos, von angemessenem Schädelweh geplagt, an einer unzugänglichen Stelle an der Iller im Wasser. Einen Tag später hatte er die ganze Geschichte komplett vergessen und wunderte sich seither täglich auf dem Weg zur Arbeit über das kaputte Schild.

Der ehemalige, nach und nach zu einem Apartmentkomplex umgebaute Moserhof war jetzt, kurz vor seiner Fertigstellung, eines der schönsten Anwesen im ganzen Gäu. Über viele Generationen hatte das lang gestreckte, mehrstöckige Bauernhaus samt den ausladenden Stallungen der Familie Moser als Heimat gedient. Doch nichts ist so beständig wie der Wandel, das musste auch Albert Moser erfahren, als sein Sohn Martin sich vor zwanzig Jahren vor ihm aufgebaut und angekündigt hatte, er würde ab sofort sein Geld anderweitig verdienen, weil er es satthatte, sich die Finger schmutzig zu machen. Immerhin hatte Martin trotz der offensichtlichen Missbilligung seines Vaters vor Kurzem ein mit Betriebswirtschaft kombiniertes Informatikstudium absolviert und wollte vom Heurechen und Mistschaufeln nichts mehr wissen, denn da musste man rund um die Uhr ackern ohne Aussicht auf ein freies Wochenende. Martin schwebte etwas anderes vor, was er seinem Vater unverblümt mitteilte.

»Papa, ich mach des nimmer, sorry. Musst dir wen suchen, der meine Arbeit in Zukunft erledigt, ich hab gestern den Mietvertrag unterschrieben für ein Büro in der Zimmergasse in Memmingen und werd ab sofort des tun, was ich am besten kann. Des Büro ist erst der Anfang. Ich will's weit bringen.«

Was Martin Moser, der hoffnungsvolle einzige Sprössling einer Landwirtsfamilie, nach Meinung seines Vaters am besten konnte, verkniff dieser sich auszusprechen. EDV war es definitiv nicht. Martin hatte nämlich einen latenten Hang zu Glücksspiel, seichten Vergnügungen, schweren Autos sowie leichten Damen. Ohnehin hatte er in letzter Zeit viel zu oft auf dem Feld oder im Stall gefehlt, weil er sich so schlecht von seinen zweibeinigen Hobbys loszureißen vermochte.

»Bub, und wie sollen mir dann weitermachen?«, hatte Albert desillusioniert gefragt. »Seitdem die Mama tot ist, hab ich doch außer dir keinen mehr, der mir hilft.«

Aber Martin, ein schmucker Bursche mit dichtem schwarzen Haar und einem stattlichen Vollbart, hatte sich wortlos umgedreht, seinen Vater im Stall stehen gelassen, den silbernen Designerkoffer gepackt und war bei Nacht und Nebel zu seiner derzeitigen Freundin Julia Häring, einer klapperdürren Platinblonden mit ausladendem Schmollmund, verschwunden, die ihn mit offenen Armen empfing. Immerhin verfügte Martin, dieser energische, energiegeladene und äußerst attraktive Mann, zusätzlich zu seinem athletischen Körperbau und dem gefährlichen Charme eines nimmersatten Ladykillers außerdem über ein paar andere, hier nicht zitierfähige Eigenschaften, und Julia war gierig auf ein Leben, das ihr mehr zu bieten hatte als Memmingens Nachtleben, Textildiscounter oder Pauschalurlaube.

Albert Moser, der damals den Hof zusammen mit seiner umtriebigen Mutter Gerlinde und, bis zum jetzigen Zeitpunkt, mit Martin bewirtschaftete, hatte geschluckt. Dann war er ins Haus gegangen, hatte sich zu seiner achtzigjährigen Mutter in die Stube gesetzt, wo diese gerade seine Socken stopfte, und lange geredet.

»Ohne den Buben kann ich net weitermachen, Mama. Dann müssen mir mit der Landwirtschaft aufhören. Du gehst ins Seniorenstift, und ich nehm mir a Wohnung in Legau. Den Hof verkaufen mir.« Hastig wischte er bei dieser Eröffnung eine vorwitzige Träne diskret mit dem Handrücken ab. Seine Mutter duldete nämlich keine Sentimentalitäten.

»Des schaffen mir auch zu zweit, mir brauchen den nixigen Bazi net«, hatte Gerlinde damals resolut beschlossen und mit ihrer verarbeiteten Hand auf den Tisch gehauen, dass die Blumenvase mit den Freesien schepperte.

Leider erwies sich ihre euphemistische Aussage als fataler Trugschluss, denn keine sechs Wochen nach Martins Auszug wurde Albert Moser, der vor lauter Arbeit nicht mehr aus noch ein wusste, von seinem erst seit vier Monaten abbezahlten Traktor zerquetscht, als dieser samt Anhänger umkippte und ihn unter sich begrub. Albert hatte sich total übermüdet in einer tiefen Furche im Acker festgefahren, was sein Gespann in gefährliche Schieflage brachte, und war dann verärgert ausgestiegen, um zu prüfen, wie er die Zugmaschine aus dem Schlamm befreien könnte, als das Fahrzeug endgültig der Krängung nachgab und Alberts arbeitsreichem Leben ein jähes Ende setzte.

Gefunden wurde er von seiner entsetzten Mutter Gerlinde, die ihm mit der Brotzeit hinterhergeradelt war. Trotzdem Gerlinde eine tatkräftige, immer noch recht fitte Person war, schaffte sie es nicht, ihren Sohn unter dem zweihundert PS starken Ungetüm herauszuziehen. Also strampelte sie tränenüberströmt zurück zum Hof und alarmierte die Legauer Feuerwehr.

Nie mehr würde Albert die Stubentür aufreißen und fragen: »Was gibt's zum Essen?« Für diese grausame Erkenntnis benötigte Gerlinde genau vierundzwanzig Stunden, denn sie hatte den Zweiten Weltkrieg überlebt, alle sinnvollen oder sinnlosen Steuererhöhungen seit Adenauer, jede Regierung nach 1945 und war deshalb hart im Nehmen. Ihren missratenen Enkel Martin wies sie an der Türschwelle ab, als dieser am nächsten Tag anklopfte, um sie zu trösten, und warf ihm unter wüsten Beschimpfungen einen halb vollen Putzeimer nach, der ihn nur um Haaresbreite verfehlte. Dann drehte sie sich um, marschierte in die Stube, heulte zwei Stunden und trug ab diesem Zeitpunkt die Angelegenheit mit bemerkenswerter Fassung. Dabei half ihr eine größere Menge Johannisbeerlikör in für andere Menschen vermutlich toxischer Dosierung, den sie jährlich – nur für den eigenen Hausgebrauch – ansetzte. Es handelte sich um ein Gebräu mit hoher Klopfzahl, das sie grundsätzlich keinem Besuch anbot und wie einen herbsüßen Schatz hütete. Nicht einmal Erna Dobler, die öfter bei ihr vorbeischaute, bekam ein Stamperl angeboten, doch die besaß ohnehin ihren mit

Melissengeist gefüllten Flachmann und braute ihren eigenen Likör, der um einiges besser war als der von Gerlinde, wie sie selbst behauptete.

Dieses gehaltvolle Getränk half Gerlinde durch die nachfolgende schwere Zeit: die Beerdigung ihres einzigen Sohnes, das Getuschel im Dorf, sie hätte den Traktor gefahren (was nicht stimmte), die scheinheiligen Krokodilstränen ihres einzigen Enkels Martin, der mit gespielt betrübter Miene am Grab stand, und den ganzen Behördenkram, denn einfach nur zu sterben und anschließend tot zu sein war in Deutschland nicht möglich, wie Gerlinde leidgeprüft feststellen sollte.

Schon Wilhelm Busch schrieb seinerzeit: »Es ist ein Brauch von alters her – wer Sorgen hat, hat auch Likör.« Und so gönnte sich Gerlinde täglich ihre Ration, wenn sie aus dem Stall müde in die Küche schlurfte, während sie angestrengt darüber grübelte, wie der Betrieb aufrechterhalten werden könnte. Ohne mindestens eine männliche Kraft musste sie den Hof aufgeben.

Das Schicksal, in manchen Fällen ein mieser Verräter, nahm ihr diese Entscheidung ab, denn als sie zwei Wochen nach Alberts Beerdigung, mitten in der Nacht und wohltuend angeschickert, die unebene hölzerne Treppe ins Erdgeschoss im Dunkeln hinuntertapste, um dort auf die Toilette zu gehen, erlitt sie einen Schwindelanfall, kugelte alle dreizehn Stufen abwärts und brach sich am Fuße der Treppe das Genick, wo sie am nächsten Morgen vom Häfele Hans, dem erschreckten Postboten, entdeckt wurde.

Endlich hatten die Legauer wieder etwas zu schwätzen, zumal Gerlinde laut Aussage vom Häfele Hans stark nach Alkohol gerochen haben sollte. Zwei tragische Todesfälle innerhalb kürzester Zeit – das war seit dem Fall mit dem Florian Schütz und dem Mord auf der Hochzeit nicht mehr vorgekommen. Es wurde nochmals eine – nicht mehr ganz so rauschende – Beerdigung für die arme Gerlinde ausgerichtet, denn Martin Moser wollte dem Bestattungsunternehmen nicht allzu viel Geld in den Rachen werfen. Immerhin hegte er hochfahrende

Pläne, seitdem er vor Kurzem in der Zeitung gelesen hatte, dass Deutschland zu vergreisen drohte. Gerade einmal dreiunddreißig Jahre alt, gedachte er das Pflegegeschäft vom Kopf auf die Beine zu stellen, und zwar mit so wenig Arbeit und so viel Ertrag wie möglich. Es herrschte eine wachsende Nachfrage nach Wohngelegenheiten mit Betreuung für Senioren, und er besaß seit Neuestem eine Menge Grundbesitz, mit dem sich einiges anstellen ließe. Immerhin war er der einzige Erbe und musste sich nicht mehr mit seiner Oma darüber streiten, dass er ein Verräter sei und seine Notdurft ihren Worten zufolge dort verrichtete, wo er aß. Im Grunde genommen hatte seine Großmutter es wesentlich drastischer ausgedrückt.

Einen Tag nach der Beerdigung seiner Oma, die unschön geendet hatte, weil er von mehreren Leuten am Grab teils handgreiflich beleidigt worden war, stand Martin Moser im zugigen Gang des uralten Bauernhauses und betrachtete nachdenklich den steinernen, von unzähligen Schuhen, Putzlappen und Bohnerbürsten abgewetzten Boden. An seinem Arm hing wie eine luxuriöse Handtasche seine Freundin Julia und sah sich naserümpfend um. Sie stammte ursprünglich aus Memmingen und hatte mit Blut und Boden nicht allzu viel am Hut.

»Schnucki, komm endlich. Du hast nachher einen Kunden.« Ungeduldig zupfte sie an seinem Ärmel und wollte ihn zum Ausgang ziehen. »Das alte Gemäuer verkaufen wir, und dann können wir selber bauen.«

»Na.« Martin kratzte sich gedankenverloren am Kinn. »Des Vieh lass ich vom Königsperger abholen, der hat mir ein Angebot gemacht, dann ist des Nötigste erledigt. Mir zwei bleiben fürs Erste in Memmingen. Mit dem alten Bunker vom Papa machen mir später was, des uns richtig Kohle bringt, Schatzi, weil ich eine saugute Idee hab.«

»Schatzi.« Die Frau Mitte zwanzig mit vollen Lippen und harten braunen Augen, in einem giftgrünen Kleid, das keine Fragen offenließ, schaute ihn erwartungsvoll an, denn »Kohle« war ihr Lieblingsthema. »Nix mehr IT oder was meinst du?«

Mit einem letzten Blick auf die hölzernen Dielen, die abgewetzte Kommode und den weitläufigen Flur schlug Martin die Tür hinter sich zu. Es klang endgültig. »Nix mehr IT. Mir verkaufen den Grund am Rand von Memmingen«, klärte er Julia auf, während beide in seinem neuen roten BMW Platz nahmen. »Des wird als Bauland ausgewiesen, hab ich gehört. Dann ham mir einen Haufen Geld. Mit dem übernehmen mir die alte Käserei vor Kempten, die ich neulich angeschaut hab, bauen die um und setzen ein paar zahlungskräftige Rentner rein, weißt. Und wenn des lauft, wie ich mir des durchgerechnet hab, schaffen mir uns die nächste alte Hütte an und machen so weiter. Wirst sehen, des klappt.«

»Aber hier hast du doch ein Haus?« Julia zeigte auf den Moserhof.

Martin schüttelte den Kopf. »Legau ist grad net so klug, Schnuckele. Da schwätzt ein Haufen Leut momentan saublöd rum, dass ich an allem schuld sei, hast ja gestern beim Leichenschmaus mitgekriegt, als mir der Korbinian eine schmieren wollte. Den Moserhof vermiet ich an diese Öko-Fritzen aus Hannover, die mir neulich auf der Party beim Bürgermeister kennengelernt ham. Die wollen da eine natürliche Landwirtschaft aufbauen oder was weiß ich, die lass ich anständig zahlen. Und wenn Gras über alles gewachsen ist, schmeiß ich sie raus und mach draus, was mir vorschwebt.«

»Find ich blöd, dass du vermieten möchtest, hier müssten wir nichts kaufen, es ist ja schon da«, murmelte Julia skeptisch.

»Weiß schon, was ich tu.« Martin blieb von ihrem Einwand unbeeindruckt. »Denk nach, je älter die Leut werden, umso reicher werden mir zwei. Mir sind jung, des mit dem Hof vom Papa pressiert net.« Mit einem bösen Grinsen startete er den Wagen. Seine Frau grinste mittlerweile auch.

So kam es, dass fünfzehn Jahre nach den beiden unglücklichen Todesfällen, und vierzehneinhalb Jahre nach der Umwidmung des Moserhofs in eine Art neuzeitliche gemeinwirtschaftliche

Kolchose, das alte Bauernhaus zwischenzeitlich beinahe vollständig in neuem Glanz erstrahlte, denn die Öko-Community hatte sich vor Jahren in alle Winde zerstreut, hauptsächlich aufgrund fehlender betriebswirtschaftlicher Kenntnisse, mangelnder Beherrschung der Grundrechenarten und tagesformabhängiger Selbstdisziplin. Das Öko-Geschäft war nicht so gut gelaufen. Es hatte sich gezeigt, dass es beim Betreiben einer Landwirtschaft von Vorteil war, mindestens rudimentäre Kenntnisse über Ackerbau und Viehzucht zu besitzen. Das in den ersten Monaten euphorisch propagierte Konzept »Wir lassen alles einfach wachsen, danach verkaufen wir es zu guten Preisen« hatte sich bereits nach einem Jahr mit nur erbsengroßen Radieschen, erdbeergroßen Kohlrabi und streichholzdicken Möhren als Milchmädchenrechnung herausgestellt. Genau wie die Schafzucht, denn die Herde wurde, so wie das Getreide, ums Verrecken nicht größer, im Gegensatz zur Katzen- und Mäusepopulation, bei der allerdings die Mäuse das Rennen machten.

Martin ließ nach dem Auszug der ambitionierten, aber gescheiterten Kommune unter Zuhilfenahme der Baufirma von Jürgen Reichelt, dem größten Unternehmer vor Ort, das gesamte Gebäude entkernen, von Grund auf sanieren und sparte dabei an nichts. Albert Moser, sein verstorbener Vater, hätte sich vermutlich im Grabe herumgedreht. Vielleicht tat er das auch, wenn man Erna Dobler, der rüstigen Witwe, glauben konnte, die sich ständig auf dem Friedhof herumtrieb.

Der vordere Teil des Moserhofs war binnen kürzester Zeit vollständig umgebaut worden, und seit neun Monaten wohnten dort die ersten Senioren. Die Bauarbeiten an dem angrenzenden Wirtschaftstrakt sollten demnächst abgeschlossen sein, dann würden acht Apartments Geld in die Kasse spülen. Innerhalb weniger Wochen waren die von Martin angebotenen Studios seiner Luxusresidenz in Legau vermietet gewesen. Sechs waren seitdem belegt, und die restlichen Gäste, die es trotz der ellenlangen Warteliste, länger als das Memminger Telefonverzeichnis, geschafft hatten, sich einen Platz zu sichern, planten zum Jahresende den Bezug ihrer Altersruhesitze im Voralpenland mit ländlichem Charme zu Großstadtpreisen. Martin bevorzugte seit Jahren Senioren ohne Anhang, denn er hatte die Erfahrung gemacht, dass sich Kinder oder Enkel als außerordentlich lästig erwiesen. Er ging gern jedem Ärger aus dem Weg.

Den Gästen stand jede erdenkliche Annehmlichkeit zur Verfügung, die einen schönen Lebensabend garantierte, und trotz der horrenden Preise brachte Moser seine komfortablen Räumlichkeiten problemlos an den Mann oder die Frau. Neben einer Sonnenterrasse mit beheiztem Pool, luxuriös ausgestatteten Single-Apartments mit Flachbildfernsehern und barrierefreien Sanitäranlagen gab es zusätzlich noch Sauna und Fitnessraum im Gewölbekeller. Es war also für alles gesorgt.

Wer einkaufen oder zum Essen oder Tanzen gehen wollte, dem stand ein Wagen mit einem mehr oder weniger willigen Betreuer am Steuer zur Verfügung, denn Kurzausflüge mit Senioren rangierten in der Beliebtheitsliste des Aufsichtspersonals ganz weit unten – als zu anspruchsvoll erwiesen sich einige Gäste, die das Personal als Privatkulis zu betrachten schienen. In der ehemaligen Bauernküche mit den Ausmaßen eines Apple-Stores schuf Moser einen Gemeinschaftsraum mit speziell auf ältere Personen zugeschnittener Einrichtung wie zum Beispiel versenkbaren Hängeschränken, Induktionskochinsel und Dampfgarer, alles gehalten in Lindgrün und Schleimgelb, denn er wollte den Herrschaften das Umfeld bieten, in dem sie seiner Meinung nach aufgewachsen waren. Anschließend heuerte er zwei Betreuerinnen an, in deren Zuständigkeitsbereich auch die Erfüllung kleinerer und größerer Bedürfnisse seiner Gäste fiel, sowie jemanden für die Hauswirtschaft. Immerhin bot er in seinem Hochglanzprospekt auf Wunsch täglich warme Mahlzeiten an. Im Grunde genommen war das Ganze die Lightversion eines Vier-Sterne-Hotels mit Lokalkolorit, die sich vor allem im hohen Norden gut verkaufte, und das nützte Moser weidlich aus.

Von seinen anderen vier Liegenschaften hatte er gelernt, dass ihm vor allem die Auswahl seiner Betreuerinnen Anfragen vitaler männlicher Senioren nach einem freien Platz in seiner Anlage verschaffte. Unangenehmerweise hatte seine Gattin Julia nach mehreren unschönen Vorfällen in Besenkammern und Poolhäuschen, bei denen Martin sich als Beteiligter der horizontalen Völkerverständigung gewidmet hatte, der Angelegenheit einen Riegel vorgeschoben und wählte nun selbst das Personal aus. Martin durfte nur noch Prospekte gestalten und neue Kunden begutachten, das tat er mit sehr viel Kreativität.

Vor einem Dreivierteljahr war Martin allerdings bei der Erstvermietung seiner Apartments auf dem frisch eröffneten Moserhof ein Irrtum unterlaufen, wie er seufzend beklagte, denn diese mehr als renitenten Neubewohner erwiesen sich als echte Sorgenbringer. Sie benahmen sich nämlich so gar nicht, wie sie es Martins Meinung nach tun sollten. Von den insgesamt sechs neuen Gästen verhielten sich nur zwei seiner Ansicht nach »altersgemäß«, verbrachten ihre Zeit also lesend oder beim Spazierengehen. Der rebellische Rest hatte sich innerhalb kürzester Zeit angefreundet, zu einem aufmüpfigen Freizeitclub verbündet und tyrannisierte nicht nur die Betreuerinnen – hübsche junge Damen aus diversen Ostblockstaaten, die entnervt nach kurzer Zeit das Handtuch warfen –, sondern auch das Dorf. Mehr als einmal saßen die vier am Sonntagvormittag in Legau, belagerten den Marienbrunnen mit einer Flasche Bier in der Hand, bezeichneten die braven Kirchgänger beim Verlassen des Gotteshauses als »folkloristische Klerikalfaschisten« und lachten dazu abfällig.

So etwas hatte es in Legau noch nie gegeben, und schnell wurden Ressentiments gegen die »zugezogenen Preußen« laut, die es sich nicht nehmen ließen, bei jeder sich bietenden Gelegenheit über das Allgäu und die Eigenschaften seiner liebenswerten, fleißigen Einwohner zu lästern.

Martin Moser, der gern mal eine Halbe im »Mohren« am Stammtisch trank, mied deshalb bei seinen Inspektionsbesuchen das Gasthaus wie der Teufel das Weihwasser, um sich nicht noch mehr Beschwerden über seine »Preißn« anhören zu müssen, für die er im Grunde genommen gar nichts konnte. Seine Frau Julia, die sich im Alleingang um die Buchhaltung kümmerte, hatte mit Legau ohnehin nicht viel am Hut und verreiste höchstens einmal jährlich für vier Wochen in eine Klinik am Bodensee, von wo sie mit frisch gefüllten Falten und geleertem Geldbeutel zurückkehrte. Bis auf gelegentliche Stippvisiten bekam man sie nie zu Gesicht, sie zog ihr Penthouse in Memmingen der Landluft bei Weitem vor. Beide lebten, wenn sie sich nicht die Zeit in der Karibik auf einer kleinen exklusiven Insel vertrieben, in einem luxuriösen Penthouse mit Sauna, Fitnessraum und Portier inmitten von Versace-Fliesen, Colani-Armaturen und Benz-Möbeln und verbrachten ihre Freizeit in Oberstaufen mit den »richtigen« Leuten, denn Armut war ihrer Meinung nach ansteckend, damit wollten sie nicht kontaminiert werden.

Es wurde seit der Eröffnung des Moserhofs einiges gemunkelt im Dorf. Zwar glaubte niemand wirklich, dass Martin selbst den Traktor auf seinen Vater gekippt oder seine Oma die Treppe hinuntergeschubst hatte, allerdings waren in letzter Zeit Gerüchte laut geworden, dass es angeblich auf dem Anwesen spukte.

Renate Reismann, seit dem Tag der Eröffnung vor neun Monaten Bewohnerin des Moserhofs, eine extrem schlanke, schwerreiche Intendantenwitwe Anfang siebzig mit feuerrot gefärbtem Haar, das sich über ihrem käseweißen, faltigen Gesicht bauschte wie ein brennender Helm, hatte es vor Kurzem schockiert dem Friseur Hermann Reisacher erzählt.

»Da war neulich etwas am Pool«, vertraute sie ihm flüsternd hinter vorgehaltener Hand an, als er an ihr vorbeihuschte. »Eine dunkle Gestalt mit Kapuze. Unter der konnte ich ein Gesicht erkennen, mit riesigen Zähnen und Glupschaugen!«

Reisacher, seines Zeichens bodenständiger Pragmatiker, ein

smarter Mann um die sechzig mit auf Abruf verfügbarem verschmitzten Lächeln, hatte die Geschichte keine Sekunde lang geglaubt, denn auch über die Bewohner der Wohngemeinschaft existierten Gerüchte, was zum Teil daran lag, wie sie sich in der Öffentlichkeit benahmen. Zumindest erweckte Renate Reismann den Eindruck, als wäre sie in jungen Jahren täglich mit Keith Richards von den Rolling Stones bekifft um die Häuser gezogen, denn so ein Gesicht bekam man nicht von einem anständigen Lebenswandel, wie Erna Dobler regelmäßig behauptete. Und die musste es wissen.

Renate war übernervös bis hysterisch, leicht reizbar, über alle Maßen eitel und führte gelegentlich unter der Trockenhaube lange Selbstgespräche, während sie mit spitzen Fingern in der »Gala« blätterte. Außerdem hatte sie sich beim Bäcker beschwert, weil er keine »Berliner«, sondern »Krapfen« anbot, und den Metzgermeister Korbinian Altmeier in seinem eigenen Laden des Sexismus beschuldigt, weil der bei dem Wort »Putenbrust« angeblich spöttisch auf ihren Busen geschielt hatte. Sie war je nach Tagesform militante Feministin oder kränkelnde Kameliendame und beklagte sich bei jedem, sogar bei Pfarrer Sommer, der ihr beim Edeka zufällig in die dürren Finger gelaufen war, dass sie es hier furchtbar fände, das Alpenpanorama überbewertet und überbezahlt wurde und dass sie nur schnellstens wegwollte zu kultivierten Menschen ihres eigenen intellektuellen Niveaus. Ihr Make-up erweckte den Eindruck, als wäre sie für Gewinnzusätze diverser Parfümerieketten ganz allein verantwortlich, denn ihre um die Mundwinkel tief eingegrabenen Falten waren mit so viel Puder zugespachtelt, dass Jürgen Reichelts Maurergesellen bei ihr etwas hätten lernen können. Einst war sie eine Schönheit gewesen, und es fiel ihr nicht ein, zuzugeben, dass diese Zeiten eventuell vorbei sein könnten. Sie bevorzugte es, nicht alles ganz so scharf zu sehen, trug deshalb niemals eine Brille und grüßte gelegentlich den Kleiderständer in Reisachers Friseursalon mit einem unfreundlichen »Moin«. Eine Antwort bekam sie von dem Holzgestell nie, aber von den »Eingeborenen« in »diesem Kuhkaff« erwartete sie ohnehin nicht mehr allzu viel.

»Preiß halt«, hatte sich Hermann Reisacher damals gedacht und Renates Erzählungen keine größere Bedeutung zugemessen. Als Friseur benahm er sich wie ein zweibeiniger Anrufbeantworter, denn sobald der Kunde seinen Laden verließ, löschte er in seinem Kurzzeitgedächtnis alles, was er gehört hatte. Damit war er bisher gut gefahren.

Allerdings hatte ihn einige Tage danach Dieter Brumbach, ein weiterer Bewohner der Seniorenresidenz, aufgesucht, um sich einen frischen Messerschnitt verpassen zu lassen. Dieter, ein ausgesprochen attraktiver Mann um die siebzig, ließ sich im Salon Reisacher diskret seine grauen Schläfen färben. Er fühlte sich keinen Tag älter als fünfundzwanzig und wollte, dass andere das genauso sahen. In jungen Jahren war er ein Bild von einem Mann gewesen, Chef einer mittelständischen Baumaschinenfirma im Württembergischen, mit hohen Umsätzen und niedrigen Personalkosten, der nie ohne Maßanzug und zehn verschiedene Platin-Kreditkarten seine schmucke Villa verlassen hatte. Er fuhr damals die teuersten Autos, übernachtete in den teuersten Hotels und hatte Affären mit den teuersten Frauen, was seiner Gattin so gar nicht passte, die ihm nach fünfunddreißig Jahren Ehe davonlief, aus Rache die Hälfte seines Vermögens kassierte, es schlau anlegte und ihm dann eine lange Nase drehte.

Für Dieter war diese Scheidung nur eine Bodenschwelle in seiner emotional verkehrsberuhigten Zone gewesen, denn er lebte danach sein glitzerndes, in absehbarer Zukunft nicht mehr bezahlbares Leben ungeniert weiter und warf noch mehr Geld zum Fenster hinaus als zuvor. Bis zu seinem sechzigsten Lebensjahr wirkte er fünfzehn Jahre jünger und schaffte es mit seiner dichten Haarpracht, dem gebräunten Teint und seinem charismatischen Wesen, die Damen reihenweise flachzulegen. Leider vergaß er darüber gelegentlich, dass er eine Firma zu leiten hatte, die allmählich den Bach runterging. Bei der letzten

Bilanzbesprechung erlitt sein Steuerberater eine Panikattacke und legte anschließend sein Mandat nieder. Damals wurde sogar dem Lebemann Dieter klar, dass das Finanzamt niemals scherzte und Insolvenzverschleppung eventuell doch härter als Falschparken sanktioniert wurde, weshalb er zerknirscht seine beiden erwachsenen Kinder um Hilfe bat. Diese verfrachteten ihn kurz nach seinem siebzigsten Geburtstag und einem ernsten Gespräch auf den Moserhof, von dem bei jener Unterredung »rein zufällig« ein Hochglanzprospekt auf dem Schreibtisch gelegen hatte. Sie versprachen, ihn großzügig zu versorgen, wenn er nur künftig die Finger von der Firma ließe.

Dieter akzeptierte das angebotene monatliche Taschengeld in Höhe des Bruttoinlandsproduktes eines kleinen lateinameri- kanischen Landes murrend und fühlte sich nach einiger Zeit auf dem Moserhof pudelwohl, denn auch hier gab es Personal, das man herumkommandieren konnte. Die lachten sogar über seine frauenfeindlichen Witze oder seine Scherze über Bayern, denn immerhin war er Württemberger und behauptete regel- mäßig, er sei nur hier, um Entwicklungshilfe zu leisten. Manche Dinge ändern sich eben nie.

An diesem sonnigen Maitag im Friseursalon baumelte Die- ter ungeduldig auf dem großen ledernen Friseurstuhl mit den Beinen. Warten war er nicht gewöhnt. »Dieses Allgäu wäre so schön, wenn nur die Leute nicht wären«, beklagte er sich. »Hier wird man beschummelt.«

Grund seiner Enttäuschung war ausgerechnet jener Hoch- glanzprospekt, mit dem Dieters Kinder seinerzeit herumge- wedelt hatten, um ihn ins bayerische Feindesland zu locken, denn auf dem Titelbild prangte Mosers neueste Errungenschaft, Natalja Petrovna, eine wunderschöne Russin mit hohen Wan- genknochen und laszivem Schmollmund, die alle Interessenten verführerisch anzulächeln schien.

Moser hatte der bildschönen Siebenundzwanzigjährigen für den Fototermin ein nicht jugendfreies Dirndl verpasst und ließ sie strahlend in die Kamera lächeln, während sie, um wirklich jedem Klischee übers Allgäu zu entsprechen, in einer Hand eine blecherne Milchkanne schwenkte und mit der anderen eine mürrische Kuh streichelte.

Dieter gedachte beim Anblick des Fotos seinerzeit, den Platz dieser Kuh schnellstmöglich einzunehmen, denn Natalja aus den Tiefen der sibirischen Steppe war ein Traum mit ihren taillenlangen dunklen Haaren und den funkelnden grünen Augen. Leider hatte sie kurz vor seiner Ankunft gekündigt, doch ihre Nachfolgerin, eine Bulgarin namens »Mladenka«, war auch nicht ohne gewesen und hatte Dieter halbwegs getröstet, denn sie kochte nicht nur ausgesprochen gut, sondern ließ sich von ihm öfter mal in ihren ausladenden Hintern zwicken, was sie immer mit einem schelmischen Kichern quittierte.

»Bei uns spukt es«, vertraute Dieter nun Hermann Reisacher an diesem schönen Maitag an, der krampfhaft überlegte, wie er es vermeiden könnte, ein nichtssagendes Gespräch mit einem Preußen führen zu müssen. »Ich habe einen Geist gesehen. Ist das vielleicht ein Gespenst aus den Kreuzzügen?«

Reisacher stutzte, denn er hatte während seiner Schulzeit in Geschichte nicht aufgepasst. »Weiß net so genau«, antwortete er daher beflissen. »Kann schon sein. Hat er was Lateinisches gesagt, der Geist?«

»Sie glauben mir wohl nicht?«, hatte Dieter sich aufgeregt. »Eine Figur in Kapuze, mit kalkweißem Gesicht, beinahe wie in dem Film ›Nosferatu‹ mit Max Schreck. Den kennen Sie hoffentlich? So jung sind Sie ja auch nicht mehr.«

Hermann Reisacher kramte in seinem durch unzählige Kundengespräche abgenutzten Gedächtnis und schüttelte betreten den Kopf.

»Wo bin ich hier nur gelandet?«, hatte Dieter sich mürrisch bei seinem Spiegelbild beklagt. »Ich hätte auf meinen Bauch hören und nach Thailand gehen sollen. Na ja, wenigstens hübsche Frauen habt ihr. Obwohl die ja alle aus dem Ausland kommen.«

»Wieder eine Neue?«, hatte sich Reisacher mit vorgetäuschtem Interesse erkundigt.

»Eine Bulgarin diesmal.« Dieter hatte mit der Zunge geschnalzt. »Da kann Jane Russell einpacken.«

»Hat sie schon lang.« Reisacher arbeitete sich am linken Ohr vorbei. »Bulgarin also?«

»Rattenscharfes Gerät«, bejahte Dieter. »Ein Fahrgestell, dass sie dafür TÜV bräuchte. Aber die hat auch gekündigt. Nächste Woche kriegen wir eine aus Köln. Also machen Sie mich schön.«

»Ich tu, was ich kann«, versicherte Reisacher beflissen und arbeitete wortlos weiter. Er war schließlich nicht der liebe Gott.

Seit dieser Unterhaltung im Salon Reisacher waren einige Wochen vergangen, die üppige Mladenka war in ihre geliebte Heimat zurückgekehrt und Dieter überwältigt von der neuesten Betreuerin, die alles in den Schatten stellte. Diese schien über ein unerschöpfliches Reservoir an knapp geschnittenen Arbeitskitteln zu verfügen und Büstenhalter zu hassen. Jeder war zufrieden. Beinahe jeder.

Heute nun, in dieser samtweichen, lauen Sommernacht, als am Illerufer lautstark gegrillt und gefeiert wurde, während sich die Biergärten allmählich leerten, herrschte auf dem Moserhof am gefliesten Pool betroffenes Schweigen. Das einzige vernehmbare Geräusch kam von der tropfenden Dusche neben dem Schwimmbecken.

»Muss ich richten lassen.« Martin Moser wischte sich nervös mit dem Unterarm eine Schweißperle von der Stirn. Neben ihm starrten zwei Personen wie hypnotisiert auf die glänzende dunkle Wasseroberfläche. Etwas weiter entfernt war fröhliches Gelächter zu vernehmen, dann drehte jemand die Musik voll auf. Alle zuckten zusammen. »Break On Through«, schallte es durch die lauwarme Nacht, als wäre Jim Morrison wiederauferstanden.

»Deppen.« Moser warf einen irritierten Blick auf das hell erleuchtete Fenster im Wohntrakt.

»Und? Soll ich reinhüpfen und ihm den Blutdruck messen?« Dr. Butz, ein hochgewachsener Mann Mitte sechzig mit einer im Mondlicht kalkweiß leuchtenden Glatze und runder, stets ein wenig dreckiger Nickelbrille, deutete fragend auf den großen Pool, auf dessen sich geheimnisvoll kräuselnder Oberfläche eine männliche Gestalt mit dem Gesicht nach unten trieb. Bekleidet war sie mit einem grellroten Bademantel, der sich im Wasser bewegte, als wäre er lebendig. Von einer länglichen Wunde an der Schläfe verteilte sich ein dünner Blutfaden im Wasser.

Missmutig reckte Butz sich zu seiner vollen Größe von einem Meter fünfundneunzig auf. »Schöne Sauerei«, konstatierte er. »Warum sollte ich kommen, Martin?« Sein ehemals weißes kurzärmeliges Leinenhemd spannte bis zum Zerreißen über dem stattlichen Kugelbauch, und er schien stinksauer zu sein, was der Tatsache geschuldet war, dass Mosers verzweifelter Anruf ihn bei einem vorgezogenen Frühstück gestört hatte, denn die Uhr am Kirchturm mitten in Legau hatte vorhin bereits ein Uhr geschlagen. Soeben hatte Butz sich noch an einem Schinkenbrot mit Gurke gütlich getan und dabei eine Folge »Medical Detectives« verfolgt, seine heimliche Leidenschaft, von der nicht einmal seine Frau etwas ahnte. Nun stand er am Rande eines Swimmingpools und beobachtete, wie der Bademantel einer Leiche vom sich kräuselnden Wasser aufgefächert wurde.

»Nicht mein Tisch«, sagte er ruppig und wünschte sich nichts sehnlicher, als sich aus dem Staub machen zu können, denn seine Zeit war immer knapp. Täglich fuhr er übers Land, besuchte bettlägerige Landwirte und verpasste störrischen Bäuerinnen Spritzen – die zwar ohne Zögern einem Hasen das Fell über die Ohren ziehen konnten, aber bei einer Antibiotika-Injektion Herzrasen bekamen – und hörte sich geduldig traurige Geschichten an, wenn seine Diagnose »Einsamkeit« lautete. Auf seinem unordentlichen Schreibtisch türmten sich Berge von unbearbeiteten Formularen, und neulich hatte er unter dem Wust von Papieren das Lesegerät für die Chipkarten der Krankenkasse nicht mehr gefunden. Butz war ein Mediziner alten Schlages, bei dem der Kranke an erster Stelle stand, geradlinig, engagiert und allzeit hilfsbereit, was seine Patienten sehr zu schätzen wussten, die genau wie er nie lange um den heißen Brei redeten. Er konnte einen Simulanten von einem echten Kranken unterscheiden, war verlässlich durchgehend schlecht gelaunt und brummig-kompetent. Für einen Landarzt die besten Voraussetzungen.

Jetzt verschränkte er ablehnend die Arme vor der Brust, während er die Leiche beobachtete, die stumm im geheimnisvollen Mondlicht auf der Wasseroberfläche trieb. »Was hast dir dabei gedacht?«, wiederholte er.

Moser warf ihm einen mürrischen Blick zu. Auch heute noch war er ein ausgesprochen schöner Mann mit seinem dichten schwarzen Haar, dem stattlichen Vollbart und deutlich definierten Muskeln, die sich unter seinem teuren Poloshirt abzeichneten. Er wog kein Gramm zu viel, hatte nicht eine Falte mehr als mit dreißig und die besten Keramikkronen im Landkreis.

»Schau ich aus wie ein Rettungsschwimmer?« Butz klopfte sich auf seinen ansehnlichen Bauch, an dem seine Frau seit Jahren herumnörgelte. Und hätte er Zeit für den Besuch bei einem Internisten gehabt, hätte der vermutlich auch genörgelt, aber Butz konsultierte aufgrund einer Ärztephobie nie einen Kollegen. Der würde ihm höchstens seine geliebte Hausmacher-Leberwurst verbieten, die ihm gelegentlich von Patientinnen zugesteckt wurde. Kam nicht in die Dose.

»Wieso hat den keiner rausgeholt?«, raunzte er Moser an. »Glaubst, der hält sich da drin länger? Ruf die Polizei, pronto.« Dr. Butz' Frau war Italienerin, deswegen hatte er sich im Laufe der Jahrzehnte ein paar Brocken angeeignet, auch wenn die meisten davon nicht salonfähig waren, zumindest behauptete das seine Gattin.

»Des sieht man doch, dass der hinüber ist«, rechtfertigte sich Moser kreidebleich. »Sollst mir bloß den Tod aufgrund von

Herzversagen bescheinigen, dann föhnen mir ihn trocken, legen ihn ins Bett und lassen ihn vom Bestattungsinstitut abholen. Herrgott, Nicole, ziehen Sie sich endlich was anderes an!«

Das galt einer bildschönen blonden Frau Ende dreißig, die patschnass neben ihm stand, während ihr dünnes Sommerkleid eng am Körper klebte und sie wie Espenlaub zitterte. Sie hatte ihr Gesicht in den Händen verborgen und heulte ohne Unterlass.

»Hören S' gefälligst mit dem Geflenne auf!«, befahl Moser barsch. »Da kann man nix mehr machen, des is schon rum ums Eck.«

»Oh mein Gott!«, schluchzte die Blondine immer wieder, während es sie schüttelte.

»Ihre erste Leiche?«, wollte Butz wissen und betrachtete sie wohlwollend. Die Frau bejahte stumm. »Na, dann sind Sie in einer Senioren-WG definitiv falsch.«

»Ich wollte ihn herausholen. Aber er war so schwer. Als ich ihn gefunden habe, lag er schon im Wasser.«

»Hat doch keiner behauptet, dass Sie was damit zu tun haben«, meinte Butz väterlich. »Sie sind so ein Leichtgewicht, das hätten Sie ohnehin nicht geschafft.«

»Rein ins Haus, zefix!«, herrschte Moser Nicole an. »Des hilft dem net, wenn Sie rumplärren. Der hört nix mehr. Und ham Sie eigentlich eine Ahnung, wie des ausschaut, wenn Sie mit Ihren nassen Sachen rumstehen? Am Schluss ham Sie den noch selber ersäuft.«

»Warst schon dein Lebtag lang eine mitfühlende Seele, Martin.« Butz schaute diskret Nicole hinterher, die in ihrem pitschnassen Kleid barfuß über die Terrasse zum Hintereingang wankte, der direkt in die große Gemeinschaftsküche führte.

»Was geht ab? Ist des etwa …?« Ein untersetzter junger Mann Anfang dreißig, dessen weit aufgerissene Augen unter einem rotblonden Haarschopf erschrocken funkelten, stolperte über den gepflasterten Weg auf den Pool zu. Offensichtlich kam er vom Parkplatz vor dem Haus. Seine Jeans hing auf Halbmast, er zog sie hastig hoch und warf einen scheuen Seitenblick auf die Leiche. »Herr Moser, was …?« Unmittelbar begann er zu zittern, sein Gesicht verzog sich, als würde er gleich weinen.

»Da schau her, der Engels«, sagte Moser barsch. »Wo kommst du her, Christian?«

»Ich hab heut freigehabt«, stotterte der junge Mann und schnaufte schwer. »War in Memmingen. Was ist denn passiert?«

»Nix.« Moser verschränkte die Arme vor der Brust. »Die Nicole hat ihn gefunden. Er ist wohl gestolpert und reingefallen.«

»Ist er wirklich tot?« Christian schnappte panisch nach Luft.

»Viel toter geht's net«, bestätigte ihm Butz anstelle von Moser. »Sagen Sie mal, ham Sie Rouge im Gesicht?« Misstrauisch musterte er den jungen Mann mit medizinischem Interesse. »Ihre Backen sind viel zu rot. Und Sie hyperventilieren ja. Ganz ruhig, tief einatmen. Kommen S' nächste Woch zu mir in die Praxis, dann nehmen mir Ihre Leberwerte. Wie viel trinken S' denn so am Tag?«

»Mir ham grad andere Probleme als die Leber von dem da«, fuhr Moser ihn an.

»Ich net«, erklärte ihm Butz süffisant. »Hab übrigens gehört, die Bank macht nimmer mit wegen dem Stallausbau?«

»Die Leut reden immer«, grollte Moser. »Was machen mir jetzt mit dem Toten?«

»Ich werd ihn net rausholen«, stammelte Christian, der am ganzen Körper zitterte. »Weil ich net schwimmen kann.«

»Du kannst net schwimmen?«, raunzte Moser ihn an. »Und des erfahr ich erst heut? Jemand muss nämlich auf die Gäst aufpassen, wenn die rumplanschen, als wären sie erst siebzehn. Außerdem ist des Wasser grad amal hundertzwanzig Zentimeter tief. Aber du hockst ja bloß vor deiner Scheiß-Playstation oder dem Computer, drum bist auch so fett. Vor vier Wochen hab ich dir schon angeschafft, du sollst des Häusle am Pool streichen. Nix ist passiert.« Er zeigte vorwurfsvoll auf eine kleine Holzhütte neben dem Becken, die wie eine Bushaltestelle am Ende der Welt nur mit einem schmalen Bänkchen bestückt war und zum Umziehen diente.

»Mir reicht's.« Dr. Butz zückte sein Handy. »Den kann untersuchen, wer will. Wie kommst auf des schmale Brett, dass ich da reinhupf und dir seinen Tod bestätige. Wenn den jemand vielleicht rausgeholt hätt, könnt sein, der wär noch am Leben. Des ist unterlassene Hilfeleistung, nur damit mir uns verstehen.«

»Michi, dass du so unloyal bist und mir net amal einen kleinen Gefallen tust, fass ich net«, empörte sich Moser. »Meine Gäste sind alle Privatpatienten, da verdienst du auch ganz gut dran.«

»An dem Freischwimmer nimmer. Übrigens hab ich den erst vor zwei Wochen untersucht. Der hat Magenweh gehabt wegen dem Saufraß, den deine neue tolle Hauswirtschafterin den Leuten vorsetzt.«

»Saufraß?«, entrüstete sich Moser.

»Der war fit wie a Turnschuh«, fuhr Butz ungerührt fort. »Leberwerte wie a Dreißigjähriger, net so wie deine, Martin.«

»Michi, mach schon«, bettelte Moser. »Schreib auf, dass der an Herzschlag gestorben ist. Ich zahl dir auch was.«

»Ich kann des net«, hauchte Christian, dessen Gesicht mittlerweile eine fahlgrüne Farbe angenommen hatte. »Der ist tot.«

»Und der nächste zum Altenbetreuer Berufene«, brummte Butz sarkastisch.

»Jammer net rum, Christian«, schnauzte Moser den schlotternden Betreuer an. »Die Nicole kauf ich mir auch noch. Da brauch ich euch kein Schweinegeld zahlen, wenn ihr eure Arbeit net machts.«

»Hallo?« Butz hatte eine Nummer gewählt. »Dr. Butz hier. Wir haben einen ungeklärten Todesfall. Bringen Sie eine Badehose mit. Nein, ich mach keine Witze. Wenn Sie mich kennen würden, wüssten Sie des. Ach, Sie kennen mich? Sind Sie deshalb so patzig? Moserhof, Richtung Altusried. Da steht ein Schild, des könnts net amal ihr übersehen. Pfiagott.«

»Ich geh dann besser«, flüsterte Christian, der sich kaum noch unter Kontrolle hatte. Seine Hände flatterten, und er atmete nach wie vor viel zu schnell.

»Gar nix machst du«, befahl Moser ruppig. »Mir warten auf die Bullen, wie der Herr Doktor es ja unbedingt will. Du bringst mich in Teufels Küch, Michi, werd mir wohl an anderen Arzt suchen müssen für meine Gäst.«

»Mir schlackern schon die Knie«, entgegnete Butz. Er war müde, hungrig und hatte schlechte Laune. Und er wollte zurück zu »Medical Detectives« und seinem Wurstbrot, denn normalerweise forderten die Lebenden unter seinen Patienten vierundzwanzig Stunden am Tag seine Aufmerksamkeit, weswegen er sich über jede Sekunde Freizeit freute. »Des berechne ich dir übrigens. Mit Nachtzuschlag.«

»Was machen die überhaupt?« Moser blinzelte verdrossen zum Wohngebäude, wo aus dem hell erleuchteten Fenster nach wie vor laute Musik und Gelächter schallten. »Da geht's zu wie in Woodstock. Na ja, besser, als dass die hier rumlungern und hysterisch werden.«

»Ist wer in der Küche?« Butz setzte sich ächzend auf einen der hölzernen Liegestühle. Ein Scharnier knirschte bedenklich. »Ich könnt ein Salamibrot vertragen.«

»Du spinnst komplett«, fauchte Martin. »Mei Geschäft geht den Bach runter, wenn ich Pech hab, und du willst rumfressen. In acht Wochen sollen die nächsten Gäste einziehen, weil dann der Umbau fertig ist. Christian, setz dich auch hin.«

»Also stimmt's, Martin, dass die Bank dir den Hahn abgedreht hat?«, erkundigte sich Butz.

»Ach, leckts mich alle kreuzweise.« Moser ließ sich neben Butz auf einen Liegestuhl aus Teakholz sinken und verdeckte sein Gesicht mit den Händen.

Samstagnacht, Legau

»Schatzi!«, versuchte Peter Sommer, seine Frau zu wecken.
»Dein Telefon. Das Revier!« Vorsichtig tätschelte er Sissis
nackte Schulter, woraufhin sie verwirrt in das leuchtende Handydisplay blinzelte und mühsam die Augen öffnete.

»Diese Straßenfeste haben es in sich.« Sissi, eine üppige,
attraktive Frau Ende dreißig, quälte sich im Halbschlaf aus
dem Bett und gähnte. »Wenn sich nur nicht Erna Dobler selbst
eingeladen und mir ihren Zwetschgenlikör angeboten hätte,
den ich dumme Nuss auch noch getrunken habe, dann wäre
ich beim ersten Summen aufgewacht. Hab's nicht gehört, tut
mir leid, Peter.«

Das Telefon klingelte immer noch. »Sommer?« Ruhig
lauschte sie eine Weile. »Oh, die Seniorenresidenz? In Ordnung, Boss. Klaus holt mich ab, oder? Danke.« Dann beendete
sie das Gespräch und drehte sich zu ihrem Mann um. »Ist erst
halb zwei, könnte dauern, bis ich zurück bin, Süßer.« Aber
Peter war schon wieder eingeschlafen und schnarchte selig vor
sich hin. »Wäre ich nur gestern Abend verschwunden, als Erna
aufgetaucht ist, die und ihr Likör.«

Sissi schwang sich anmutig aus dem Bett und schlüpfte im
Dunkeln in eine Jeans. Dann schlich sie, ohne Licht anzumachen, in die blinkende Küche ihres schmucken Einfamilienhauses in Legau. Schon nach drei Schritten stolperte sie und
stieß sich den großen Zeh.

»Autsch! Hoffentlich hört das bald auf.« Mit grimmiger
Miene tastete sie nach dem Lichtschalter. »Nun bin ich tatsächlich an diesen Presslufthammer gelaufen. Mein Mann betritt
einen Baumarkt und kommt zwei Stunden und hundert Euro
später mit so einem Krempel nach Hause. Der macht mich
wahnsinnig.« Fluchend humpelte sie in die Küche und schaltete
schlaftrunken den Kaffeeautomaten ein. Die Zeit genügte für

genau eine halbe Tasse Espresso, als es auch schon an der Tür klingelte.

Hastig fuhr sie sich mit zehn Fingern durch das gelockte dunkle Haar, ehe sie öffnete. »Morgen, Klaus, na, anscheinend hat dich der Boss gerade gestört?« Verschmitzt grinste sie ihren Kollegen an, der attraktiv wie eh und je mit missmutigem Gesichtsausdruck vor ihr stand und einen unausgeschlafenen Eindruck machte. »Du hast Lippenstift auf der Backe. Um die Uhrzeit bist du normalerweise schon südlicher bei den Damen.« Nach einem letzten wehmütigen Blick in den aufgeräumten Flur mit dem frischen Strauß Blumen auf der Anrichte verließ Sissi zusammen mit ihrem Kollegen das Haus.

»Ich hätte den Schlaf gut gebrauchen können«, beklagte sie sich, während sie auf dem Beifahrersitz Platz nahm. Ausgestorben lag die hübsche Siedlung am Rande von Legau im kalten Mondlicht. Nur eine einsame Katze streunte durch die Gärten und schreckte dabei eine brütende Amsel auf, die kreischend schimpfte. »So eine unchristliche Zeit.«

»Ich könnte mir auch was Schöneres vorstellen«, pflichtete Klaus ihr bei, der trotz seines zerknitterten Gesichtsausdrucks immer noch besser aussah als neunzig Prozent seiner Kollegen auf dem Revier und das auch wusste. Mit seiner sportlichen Figur, dem kantigen Kinn und den funkelnden Augen, die unter einem dunklen Haarschopf herausfordernd blitzten, hatte er bei der Memminger Damenwelt freie Auswahl und nützte das weidlich aus. Vor einigen Jahren war er auf eigenen Wunsch, während einer heißen Affäre mit einer hübschen Allgäuer Blondine, von Berlin nach Memmingen versetzt worden. Diese ließ ihn kurz darauf wegen eines reichen Russen sitzen, was Klaus' Einstellung Frauen gegenüber nachhaltig beeinflusste. Seitdem machte er das Memminger Nachtleben unsicher und kümmerte sich in seiner Freizeit um alleinstehende oder -liegende Damen sowie seinen Hund Harro, eine treue Seele, die er während seines ersten Mordfalls im Allgäu auf dem Schützhof vor einem Dasein als Kettenhund gerettet hatte.

»Bin voll aus dem Schlaf gerissen worden«, stöhnte Klaus. »Ich hatte mich schon hingelegt.«

»Glaub ich sofort.« Sissi lachte. »Was weißt du von dem Fall?« Verwirrt zupfte sie an ihrem T-Shirt herum und schaltete dann die Deckenbeleuchtung ein. »Mist, ich hab tatsächlich versehentlich Peters Polohemd angezogen. Und auch noch verkehrt herum.«

Klaus warf ihr einen kurzen Seitenblick zu. »Steht dir gut, trotzdem es irgendwie staubig wirkt. Wir müssen zum Moserhof, Leiche im Pool.«

»Moserhof?«, wiederholte Sissi. »Da waren wir letztes Jahr am Tag der offenen Tür. Barrierefreie Luxus-Apartments, Schwimmbad, Sauna, auf Wunsch voll möbliert. Moser hat die Kosten für den Umbau sicher bald schon locker reingeholt. Und da wird ein Tötungsdelikt vermutet?«

»Werden wir gleich sehen. Ein Dr. Butz hat angerufen und es gemeldet.«

»Ach, der Butz.« Sissi musste schmunzeln. »Mit dem hatten wir schon mal zu tun. Der ist recht geradeheraus. Um wen geht es?«

»Männlich, zweiundsiebzig Jahre alt. Ein Norbert Heiler, ursprünglich aus Bad Wörishofen, Hochschuldozent mit Nebenberuf. Mehr weiß ich auch nicht, und das auch nur, weil jemand auf dem Revier ihn kannte.«

»Den kennt hier jeder, sogar ich. Hier bitte geradeaus in Richtung Altusried, Klaus. Wurde der Tote geborgen?«

»Keine Ahnung.« Klaus gähnte nochmals ausgiebig. »Vermutlich wollte keiner von denen nass werden, die ihn gefunden haben. Vielleicht hätte das Chlorwasser ihre Klamotten versaut, die Geld gekostet haben. Sparsamkeit ist ja hier erste Bürgerpflicht zwischen Misthaufen und Maibaum, habe ich gelernt.«

»Ach, du Preuße, hör auf, über uns zu lästern, dir gefällt's doch bei uns«, tadelte Sissi. »Rechts abbiegen bitte.« Sie zeigte auf ein großes weißes Schild mit der Aufschrift »Moserhof«. Ein großes Stück der Zufahrtsstraße wurde soeben von Kollegen der Spurensicherung abgesperrt. Mehrere Männer schleppten schwere Scheinwerfer und verteilten diese auf dem Grundstück.

»Unser K7 – zuverlässig und schnell wie immer.« Klaus nickte anerkennend, als er Seibolds Wagen erkannte. »Da haben die Kollegen zu tun, immerhin ist das abzusuchende Areal recht groß.«

»Komisch, Martin Moser hab ich neulich in Memmingen getroffen, der meinte, alle seine Gäste seien topfit«, sagte Sissi gedankenverloren. »Merkwürdigerweise klang er nicht glücklich darüber. Ich muss mich wirklich mehr um den Dorfklatsch kümmern.«

»Einen Gast kannst du ab sofort ausschließen von wegen ›topfit‹.« Klaus stoppte vor einem großen weißen Gebäude mit aufwendiger Lüftlmalerei und dicht bepflanzten Balkonkästen. In der Mitte des gepflasterten Hofes stand eine mit Lichterketten behangene Platane, um die sich eine hölzerne Bank zog. Der gesamte Parkplatz war voll besetzt mit Streifenwägen und Fahrzeugen der Spurensicherung.

»Nett hier.« Klaus sah sich um. Von irgendwoher waberten Geräuschfetzen durch die Dunkelheit: laute Stimmen, gelegentliches schallendes Gelächter und Musik. »Hörst du das auch?«, fragte er Sissi irritiert.

»Erst zum Pool«, schlug sie vor. »Darum kümmern wir uns später. Liegt ja recht abgeschieden hier, zumindest nerven sie niemanden, wenn sie Lärm machen. Vom Tag der offenen Tür weiß ich noch, dass wir über die Sonnenterrasse auch hinkommen, der Weg führt ums Gebäude herum.« Sie zog Klaus mit sich zur Rückseite des Hauses, wo eine hohe Ligusterhecke die mit Granitfliesen gepflasterte Terrasse vor neugierigen Spaziergängern abschirmte. Auch diese war mit Lichterketten behangen.

Klaus schaute sich auf dem Weg zum Pool aufmerksam um. »Charmant, aber Bauernhof bleibt trotzdem Bauernhof.«

»Von wegen. Tiefgarage, Sauna und jede erdenkliche Annehmlichkeit. Den Leuten hier geht es nicht übel. Martin hat sogar einen Shuttleservice eingerichtet, habe ich von Erna Dobler gehört.«

»Oh Gott.« Klaus erschrak. »Lass das bitte, ich zucke schon bei der Nennung dieses Namens zusammen und bin froh, seit der Geschichte mit der Toten im Beichtstuhl nichts mehr von ihr gehört zu haben. Sucht sie dich immer noch regelmäßig heim?«

»Es ist eher mein lieber Mann, den sie besucht«, antwortete Sissi. »Der kommt gut mit ihr klar. Unser Kamin steht für Ernas Landeanflug durchgehend offen.«

Schon von Weitem konnte man die Gruppe von Kollegen erkennen, die in weißen Anzügen ihre Arbeit taten. »Auch schon da?«, grüßte Seibold von der Spurensicherung mürrisch. »Frau Sommer, Sie wohnen in Legau, da hätten S' ja mit dem Radl kommen können.«

Sissi zwinkerte ihm zu. »Charmant wie immer, Herr Seibold.«

»Berufskrankheit«, entschuldigte er sich. »Mir ham zwei Leut reinschicken müssen zum Bergen. Da wirkt keiner gesprächig von den Zeugen.« Er zeigte verstohlen auf drei Personen am Beckenrand, die recht verloren schienen. »Mir brauchen hier eine Weile. Kann bis morgen Vormittag dauern.«

»Was ist das für ein Krach?« Klaus deutete auf das erleuchtete Fenster.

»Wenn ich mich net täusch, sind vorhin die Rolling Stones gelaufen, dann die Doors. Die Rentner heutzutage hören nimmer Heino«, sagte Seibold.

»Komisch«, murmelte Sissi. »Merken die nichts? Hat sich einer von euch bei denen schon gemeldet?«

Er schüttelte den Kopf. »Des da drinnen im Haus klingt nach Suff. Wenn ich so was will, kann ich auch auf eine Familienfeier gehen.«

»Suff? Das ist bestimmt ein Irrtum«, widersprach ihm Sissi. »Immerhin handelt es sich um eine Senioren-WG. Die sind höchstens high von Räucherstäbchen oder Rheumacreme.«

»Der Tote hat übrigens kein Auto laut dem Inhaber der Anlage, wenigstens ein Trumm weniger zum Untersuchen.« Seibold machte sich brummig wieder an die Arbeit.

»He!«, hörte man plötzlich jemanden rufen. Hinter der Hecke, die den gesamten Garten umschloss, hatte ein Kollege beim Aufstellen des Scheinwerfers eine Entdeckung gemacht. »Da ist einer!« Grelles Licht beleuchtete den in voller Pracht stehenden Liguster und gab die Umrisse einer menschlichen Gestalt frei.

»Den kriege ich!« Klaus hechtete blitzschnell zwischen den Kollegen hindurch und zog unsanft einen verschreckten jungen Mann am nackten Arm heraus, dem die hellblonden Haare wirr ins Gesicht hingen. »Wer sind Sie denn?«

»Aua!«, schimpfte der. »Lassen S' mich gefälligst los!« Er zappelte wie ein Fisch auf dem Trockenen, aber Klaus ließ nicht locker. Die Kollegen von der Spurensicherung sahen kurz auf und machten dann weiter.

»Da liegen Klamotten!«, rief jemand hinter der Hecke. »Des waren zwei, einer ist abgehauen! Mir ham ihn net erwischt. Dafür muss er nackt nach Hause. Seine Sachen liegen nämlich hier.«

»Meiner trägt wenigstens eine Badeshorts«, sagte Klaus trocken.

»Und Sie sind?« Sissi lächelte den höchstens siebzehnjährigen Burschen freundlich an.

»Was macht denn der da?« Martin Moser hatte sich aus dem wartenden Grüppchen gelöst und kam wütend auf sie zu. »Ihr Bälger habts hier nix verloren!«, drohte er.

»Wollt bloß schauen«, verteidigte sich der junge Mann und zog die lange Badehose ein wenig höher.

»Wer war noch bei Ihnen?« Sissi spähte durch die taghell ausgeleuchtete Hecke. »Hier ist eine Lücke im Gebüsch. So ein schlanker junger Mann kommt da leicht durch.«

»Bin zufällig vorbeigekommen«, stotterte der Bursche leichenblass. »Und hab gedacht, so viele Autos, da schau ich nach.«

»Glaub ich das eben auch noch. Und die Badekleidung?«, wollte Sissi wissen.

»Verzogene Affen, verzogene!«, schimpfte Moser. Mittlerweile hatten sich auch Christian Engels und Dr. Butz zu ihm gesellt, die den jungen Mann aufmerksam beobachteten.

»Da schau her, der hoffnungsvolle Sprössling vom Hofbauer«, sagte Butz süffisant. »Nach dem, was mir deine Mama neulich anvertraut hat, wär's besser, du würdest dich auf deinen Badehosenboden setzen und lernen.«

»Ich kenn meine Rechte!«, beschwerte sich der junge Mann. »Und ich zeig Sie an.«

»Ja, die kennt ihr alle«, spöttelte Butz. »Ihr Schneeflöckchen.«

»Anzeige? Gute Idee.« Klaus ließ ihn los. »Wir sind zufällig die Polizei. Also, ich höre.«

»'tschuldigung.« Er ließ zerknirscht die Arme sinken. »Ich wollt bloß a bissle planschen … und dann sind die ganzen Autos angebraust, und die Typen mit den Scheinwerfern sind so schnell ums Eck gekommen, da hab ich mich nimmer rausgetraut.«

»Hofbauer also.« Klaus verkniff sich ein Grinsen, denn der junge Mann machte einen jämmerlichen Eindruck, während er sich krampfhaft um Coolness bemühte. »Und wie noch?«

»Florian. Ich komm aus Legau.« Er warf einen schnellen Blick auf den Pool und die daneben auf dem Boden liegende Gestalt. »Ach du Scheiße. Und ich wär da …«

»Reingehupft?«, riet Butz bissig. »Da siehst amal, des hat der auf der Plane auch probiert, nachdem er eingebrochen ist. Merk's dir.«

»Herr Doktor, bitte«, unterbrach ihn Sissi. »Haben Sie was gesehen oder gehört, junger Mann?«

»Na, hab ich doch gesagt«, antwortete der bockig. »Ich war ja grad fünf oder zehn Minuten da, und dann sind schon die ganzen Autos gekommen. Ist der …?«

Butz bejahte und machte aus purer Bosheit die Geste des Halsabschneidens. Florian wurde käseweiß. Dann kam ihm anscheinend ein Gedanke. »Geht des, dass ich ein Foto mach? Bloß eins, für die Schülerzeitung.«

»Wie heißt die denn, Ihre Schülerzeitung?«, erkundigte sich Klaus spöttisch. »Instagram oder Facebook?«

»Klaus, die Kollegen von der Streife sollen den jungen Mann nach Hause bringen«, bat Sissi. »Bedaure, keine Fotos, Herr Hofbauer. Sie melden sich baldmöglichst auf dem Revier in Memmingen bei Herrn Hans Dollinger und geben dort Ihre Aussage ab, klar?«

»Echt jetzt?«, maulte Florian.

»Echt jetzt«, bestätigte ihm Sissi entnervt. »Und kommen Sie bitte auf jeden Fall, sonst hole ich Sie persönlich ab. Ich habe keine Zeit zum Babysitten.« Sie bückte sich und reichte ihm ein Bündel Klamotten, das der Kollege von der Spurensicherung gebracht hatte. »Das gehört Ihnen und Ihrem geflüchteten Freund. Die Fahrräder laden unsere Kollegen auch gleich ein. Also husch, husch. Der Wagen wartet auf Sie.«

»Ich find den Weg allein«, lehnte Florian nervös ab. Doch hinter ihm hatten sich unbemerkt zwei Beamte von der Streifenpolizei aufgebaut. Mit gesenktem Kopf ergab er sich in sein Schicksal und trottete barfuß zwischen ihnen davon.

»Den kenn ich. Und seine gutmütige Mutter auch.« Butz beobachtete Florians Abgang mit verdrossener Miene. »Wird vermutlich heut noch gestillt, total lebensunfähig. Bei dir geht's ja zu, Martin.«

»Mir reicht's.« Moser ballte ärgerlich die Fäuste. »Hätt ich bloß die Finger von dem Hof gelassen. Hier lauft gar nix rund. Wirklich gar nix.«

»Martin, grüß dich.« Sissi zückte ihren Ausweis.

»Wie lang dauert des denn noch?«, beschwerte sich Butz.

»Wir machen immer, so schnell es geht.« Klaus deutete auf die Gestalt auf der Plane. »Sie haben aus der Ferne seinen Tod diagnostiziert? Himmel, können Sie ihm nicht wenigstens den Morgenmantel schließen?«, rief er Seibold zu. »Der kann sich doch nicht mehr wehren, man sieht ja alles.«

»Neidisch?«, brummte Butz bissig. »Ich hau übrigens gleich ab. Muss mich um die Lebenden kümmern. Die machen genug Arbeit.« Verärgert zeigte er auf das hell erleuchtete Fenster, hinter dem immer noch lauter Lärm zu vernehmen war.

»Können wir reden, Martin?«, bat Sissi. Moser verzog sein Gesicht. Es war ihm deutlich anzumerken, dass dieser Besuch ihm gar nicht passte.

»Und wer sind Sie?«, wandte sich Klaus an Christian, der regungslos dabeistand und den Eindruck machte, als würde er sich am liebsten in einem Erdloch verkriechen.

»Christian Engels«, stotterte er. »Darf ich bitte gehen? Mir ist schlecht.«

»Sissi«, bettelte Moser, »mir brauchen des net an die große Glocke hängen. Des wär schlecht fürs Geschäft. Der nächste Bauabschnitt ist fast fertig, und so was könnt mir die Leut verscheuchen.«

»Wir vom Kriminaldauerdienst sind sehr diskret«, beruhigte ihn Sissi. »Kannst du uns zu Herrn Heiler was sagen?«

Moser schüttelte den Kopf. »Der ist mit den anderen vor neun Monat eingezogen. Gast halt.«

Sissi ging in die Hocke und betrachtete die silberne Einstiegsleiter in den Pool. Dann schritt sie langsam einmal rundherum.

»Ich glaub, ich muss speien«, kündigte Christian krächzend an und setzte sich auf den Boden, weil seine Knie nachgaben.

»Diese Unterhaltung möchte ich gern drinnen weiterführen, auch mit Ihnen, Herr Engels«, mischte Klaus sich ein. »Damit die Spurensicherung ihre Arbeit tun kann. Herr Doktor, Sie brauchen wir natürlich auch.«

»Weil ich ja sonst nix zu tun hab«, knurrte Butz. »Machen S' schnell. Morgen hab ich sieben Hausbesuche. Am Sonntag!«

»Seibold, helfen Sie uns mal, den Oberkörper frei zu machen«, bat Sissi. »Den Rest klärt die Rechtsmedizin. Und gibt's denn hier kein Handtuch für den armen Mann? Der ist gestraft genug.« Seibold kam mit einer Rettungsdecke und drapierte sie vorsichtig auf der Körpermitte. »Danke.« Sissi beugte sich ein wenig vor. »Der hat eine Fahne, oder? Klaus? Riechst du auch was?«

»Alkohol«, pflichtete Klaus ihr bei. »Aber ich kann mich auch irren. Das Chlor übertüncht jeden Geruch.«

»Bei uns ist alles blitzsauber«, ärgerte sich Moser.

»Sieh dir diesen Bluterguss am Bauch an«, forderte Sissi Klaus auf, der sich zu ihr hinunterbeugte.

»Hallo.« Alle drehten sich um. Unbemerkt war die bildschöne Blondine wieder aufgetaucht. Schmal und ätherisch stand sie neben der weißen Plane, mit von Tränen nassen Augen. Die feuchten langen Haare ringelten sich über ihre Brust. Mittlerweile trug sie eine enge Shorts, dazu ein ärmelloses Oberteil und weiße Sneakers.

»Sie sind?« Sissi richtete sich auf und musterte die hübsche Frau aufmerksam.

»Ich bin Nicole.« Sie wirkte, als würde sie nur mit Mühe die Fassung wahren.

»Und ich bin beeindruckt«, antwortete Klaus hingerissen.

»Ich arbeite hier.« Die bezaubernde Frau war kaum zu verstehen, so leise sprach sie.

»Ja, aber net, wenn Sie sollen«, mischte Moser sich ein. »Sie hätten Dienst gehabt.«

»Ich war nur auf der Toilette, habe ich doch gesagt«, beteuerte Nicole.

»Vielleicht tät der noch leben, wenn Sie aufgepasst hätten, wie es Ihr Job ist«, warf Moser ihr vor.

Erneut rannen dicke Tränen über Nicoles Wangen. Im grellen Licht der Scheinwerfer konnte man ein paar winzige Kräuselfältchen erkennen, die sich um ihre Mundwinkel eingegraben hatten. Trotzdem wirkte sie atemberaubend attraktiv.

»Sie können.« Sissi bedeutete Seibold, dass sie fertig waren. »Ich vermute, er ist durch den Hintereingang über die Sonnenterrasse zum Pool gegangen. Wenn Sie was finden, zum Beispiel seine Schuhe, geben Sie mir Bescheid.«

»Als hätt ich schon mal was vergessen«, schimpfte Seibold aus sicherer Distanz.

»Mir ham keine Bekleidungsvorschriften«, empörte sich Moser. »Von wegen Schuhe. Hier kann jeder machen, was er will. Mir sind eine Wohngemeinschaft, und zwar eine gute. Ich hab super Bewertungen bei Yelp.«

»Vielleicht gibt es diesen Fluch doch«, hauchte Nicole.

»Warum plärren Sie eigentlich so?«, fragte Moser. »Wieso liegt Ihnen ausgerechnet der denn so am Herzen?«

»Was für ein Fluch?«, entfuhr es Klaus.

»Ich habe beim Einkaufen gehört, dass es hier spukt.« Nicole schnäuzte sich vernehmlich.

»So ein blödes Geschwätz«, schrie Moser außer sich. »Hier spukt gar nix. Meine Oma ist die Treppe runtergefallen, und der Papa ist unter den Bulldog geraten. Kann vorkommen.«

»Warum brüllen Sie mich an?«, heulte Nicole wieder los.

»Ach, seien Sie einfach still«, befahl Moser. »Sie sollten ganz ruhig sein. Vielleicht könnt der Heiler noch leben ohne Ihre Konfirmandenblase.«

Nicole starrte ein paar Sekunden mit tränennassen Augen auf den Toten, drehte sich dann um und ging mit gesenktem Kopf zurück ins Haus, als befände sie sich auf dem Weg zu ihrer Hinrichtung.

»Warten Sie bitte drinnen auf uns!«, rief Klaus ihr nach.

»Dr. Butz, Herr Engels, folgen Sie uns bitte mit Herrn Moser ins Haus«, sagte Sissi.

»Machen Sie's kurz«, brummte Butz. »Als ich gekommen bin, lag der schon ewig im Becken.«

»Und da haben Sie nicht versucht, Erste Hilfe zu leisten?«, fragte Klaus.

Butz schüttelte den Kopf. »Ich gehe nicht mit vollem Magen ins Wasser. War eh zu spät.«

»Herr Engels, wo waren Sie heute? Sie arbeiten hier, oder?«, wandte sich Sissi an den rothaarigen Betreuer.

»Ich bin in Memmingen gewesen«, erzählte Christian stockend. »Vor dem Haus hab ich am Pool jemand reden gehört und nachgeschaut.«

»Und wo in Memmingen?«

»Erst beim Tanken und dann im Cineplex. Den neuen Marvel-Film anschauen.«

»Können Sie das vielleicht beweisen? Nur der Ordnung halber«, sagte Klaus. »Oder haben Sie im oder vor dem Kino mit jemandem gesprochen?«

Christian wurde noch blasser, als er schon war. »Die Eintrittskarte hab ich weggeschmissen beim Rausgehen«, stotterte er. »Aber von der Tankstelle ...« Er zog einen abgenützten Geldbeutel aus der Gesäßtasche, in dem er fahrig herumkramte. »Da.« Erleichtert hielt er Klaus einen Kassenbeleg unter die Nase. »Sechsundsiebzig Euro achtundzwanzig. Des wird immer teurer.«

»Ich mache nur ein Foto«, versicherte ihm Sissi.

»Bin ich etwa verdächtig?«, stammelte er ängstlich.

Sissi klopfte ihm beruhigend auf die Schulter. »Nur eine Formsache. Schon erledigt.«

»Bin ich froh, dass ich den aufgehoben hab«, flüsterte der junge Mann und steckte den Zettel wieder ein.

»Litt Herr Heiler unter Schwindelanfällen?«, wandte Klaus sich an Butz, der grimmig neben ihm zum Haus stapfte.

»Meine Gäste sind alle durchgecheckt!«, entrüstete sich Moser. »Und wenn se nimmer fit sind, lassen mir die ambulante Pflege kommen.«

»Zahlt sich ja für dich auf jeden Fall aus«, stichelte Butz boshaft.

»Sie wurden von Herrn Moser gerufen, Herr Doktor?«, erkundigte sich Klaus.

»Ja, leider. Die Nicole hat ihn gefunden. Dann hat sie den Martin angerufen und der dann mich. Und ich seh schon, wenn nix mehr geht.«

»Das konnten Sie vom Beckenrand aus erkennen?« Klaus trat kurz beiseite, als Heilers Leichnam von der Spurensicherung abtransportiert wurde. Christian, der unbeholfen neben ihnen herstolperte, begann zu weinen, als er die Bahre sah.

»Columbo, ich bin seit Jahrzehnten Mediziner«, seufzte Butz missmutig. »Bei meiner Arbeit bleibt's net aus, dass ich gelegentlich bloß noch den Tod von jemandem feststellen kann. Und ganz unter uns: Wer eine halbe Stund mit dem Gesicht nach unten im Wasser treibt, dem kann man nimmer helfen.«

»Sie hätten versuchen können, ihn zu reanimieren«, erinnerte ihn Klaus schockiert.

»Wenn des Gehirn eine gewisse Zeit ohne Sauerstoff ist, wird's kritisch, sogar wenn man den Patienten reanimiert, da bleibt meistens nimmer viel übrig«, wurde er von Butz belehrt. »Der Heiler war gut beieinander, den hab ich erst neulich untersucht, weil er wissen wollt, ob mit seiner Pumpe alles in Ordnung ist. Ein lebenslustiger Hallodri. Und ich bin ganz sicher, dass er net mit Hirnschäden dahinvegetieren hätt wollen. Lassts ihn in Frieden ruhen. So, ich bin fertig. Hab morgen viel Arbeit. Pfiats eich.« Mit diesen Worten drehte er sich um und verschwand.

»Da legst dich nieder«, entfuhr es Klaus.

»He!« Sissi klopfte ihm auf den Rücken. »Absolvierst du bei der flotten Biene einen Sprachkurs, deren Lippenstift du auf der Backe trägst?« Klaus schwieg verlegen, anscheinend war ihm die Frage unangenehm.

»Und?« Moser verschränkte die Arme vor der Brust. »War's des?«

»Leider nicht.« Sissi lächelte ihn entschuldigend an. »Wir müssen mit den Bewohnern sprechen, am besten erledigen wir das sofort.«

Moser starrte sie entsetzt an. »Mitten in der Nacht?«

»Na, scheinen alle noch wach zu sein, oder?«, mutmaßte Klaus, denn zwischenzeitlich lief »The Wall« von Pink Floyd, und jemand lachte wieder laut. »Wie viele Gäste haben Sie derzeit?«

»Anwesend sind vier, äh, seit heute drei, bis heut hab ich hier insgesamt sechs Apartments vermietet. Aber der Herr Büchner besucht seine Enkelkinder in Bremen und kommt erst nächste Woche wieder, und die Frau Haberbach hat sich den Haxen gebrochen und ist in Kempten im Krankenhaus, die zwei sind also net da«, antwortete Moser unwillig. »Des passt mir fei gar net, dass Sie meine Gäste aufscheuchen möchten. Die sind mit Sicherheit total fertig.«

»Sie meinen wohl ›betrunken‹«, korrigierte ihn Klaus süffisant. Gerade ertönte ein schriller Schrei, dem gellendes Gelächter folgte.

»Sehen wir einfach nach«, schlug Sissi vor. »Dann möchten wir das Apartment von Herrn Heiler anschauen, die Spurensicherung muss ohnehin rein. Tut mir leid, Martin, wir müssen es anschließend versiegeln.«

»Was?«, schrie Moser. »Du machst mir des Geschäft kaputt. Wenn ich des Studio anbiet, ist es innerhalb von zwei Tagen weg!«

»Immer ausgebucht?«, wunderte sich Sissi. »Trotz der Preise?«

»Dafür gibt's hier alles, was du magst«, wurde sie von Moser belehrt. »Satelliten-TV, WLAN, Gemeinschaftsküche mit drei Mahlzeiten täglich, wenn jemand net kochen mag, einen Wasch-und-Bügel-Service und im Juli ham mir Sommerparty, da grillt der Christian ein Spanferkel.«

»Alles für die paar Personen?« Klaus war fassungslos.

»Klar«, bestätigte Moser. »Umsonst hab ich net einen so guten Ruf.«

»Na, dann zeig uns bitte den Weg zu der Lärmquelle«, bat Sissi. »Hört sich ja an wie ein Livekonzert von den Toten Hosen.«

Sie betraten das Haus über den Hintereingang, der unmittelbar in eine große Gemeinschaftsküche führte. Nicole stand am Kaffeeautomaten und ließ sich einen doppelten Espresso einlaufen, während ihr ununterbrochen Tränen übers Gesicht liefen. Neben der Tasse schimmerte hellbraune Flüssigkeit in einem Whiskyglas. In ihren knappen Shorts und dem hauchdünnen Oberteil war sie eine Wucht.

»'tschuldigung, mir ist furchtbar schlecht, immer noch.« Christian, dessen Gesicht seit einigen Minuten die Farbe eines Papiertaschentuches angenommen hatte, wankte an ihnen vorbei und verschwand.

»Wir sprechen uns noch!«, rief Sissi ihm hinterher.

»Wo sind denn alle? Ich dachte dem Lärm nach, die sitzen hier?« Klaus sah sich verwundert um. Der riesige Raum mit dem ausladenden hölzernen Tisch, den blinkenden Geräten eines namhaften deutschen Küchengeräteherstellers und den hellgelben Kacheln an der Wand war bis auf die schluchzende Betreuerin verwaist. Nicole schüttete sich einen Schnaps hinter die Binde, rülpste leise und schwieg.

Moser zeigte mit verkniffenem Gesicht auf eine angelehnte Tür, hinter der ein gedämpft beleuchteter Flur erkennbar war. »Dahinten ist der Wohntrakt. Die werden zusammenhocken. Tun die oft.«

»Geh bitte voraus, Martin«, bat Sissi. Vor einer Tür blieben sie stehen, und Moser klopfte. Abrupt verstummten sämtliche Geräusche.

»Herr Brumbach, sind Sie da?« Moser war anzumerken, dass er nicht die geringste Lust hatte, seine zahlenden Gäste zu belästigen. »Mir ham ein Problem. Dürfen mir reinkommen?«

»Hä? Wer stört?«, ertönte von drinnen eine heisere Stimme, dann war nervöses Getuschel zu vernehmen. Etwas klirrte, dann folgte geschäftiges Rascheln, unmittelbar darauf hörte man ein merkwürdiges Zischen.

»Was machen die nur?«, wunderte sich Klaus.

»Kommen Sie rein!«, schrie jemand.

Eine dichte Rauchwolke schlug ihnen entgegen, als Moser die Tür öffnete. In dem geräumigen Zimmer, das wirkte, als hätte ein Tornado gewütet, saßen drei Personen – zwei Frauen und ein Mann – mit wie zum Gebet gefalteten Händen um einen gläsernen Tisch, auf dem mehrere benutzte Gläser und eine beinahe leere Flasche Whisky standen. Der Aschenbecher quoll über, eine Kippe schwamm in einer Whiskypfütze. Kein Mucks war zu hören. Zigarettengestank vermischte sich mit einem anderen, scharfen Geruch, den Klaus als Fichtennadelduft identifizierte. Auf dem schneeweißen Teppich, inmitten eines hellroten Flecks, lag eine kleine Flasche mit einem offensichtlich handgeschriebenen Etikett.

»Guten Morgen.« Sissi rümpfte die Nase. »Könnte jemand ein Fenster aufmachen? Ich wusste gar nicht, dass Rauchen hier erlaubt ist.«

Niemand bewegte sich. Moser rannte zum Fenster und öffnete es weit. »Ich riech nix«, teilte er Sissi über die Schulter mit, als ihn auch schon ein Hustenanfall überkam. »Die dürfen tun, was sie wollen. Ist ja kein Knast. Mir ham Rauchmelder, und in jedem Apartment gibt's einen Panikknopf, der ist über Bluetooth mit dem Empfangsgerät vom Betreuer verbunden.«

Klaus beobachtete aufmerksam die Runde am Tisch. Zwei Frauen hielten sich mit steinernen Gesichtern mühsam aufrecht. Eine der beiden hatte feuerrotes Haar und war Anfang siebzig, die andere, eine üppige Blondine Ende sechzig im zu engen rosafarbenen Trainingsanzug, deren funkelnde Schweinsäuglein ihn blutunterlaufen anblinzelten, versuchte vergeblich, sich den Anschein von Nüchternheit zu geben. Zwischen ihnen saß ein sehr attraktiver Mann um die siebzig mit vollem schwarzen Haar, der sie gewinnend anlachte, bis er davon einen Schluckauf bekam.

»Des sind der Herr Brumbach, die Frau Schussel und die Frau Reismann«, stellte Moser die drei vor.

Klaus deutete auf die Gläser. »Haben Sie etwas zu feiern?« Wie auf Kommando schüttelten alle drei stumm die Köpfe.

»Wem gehört das vierte Glas, dieses kleine?« Sissi zeigte auf den Tisch. Niemand antwortete. »Geht es Ihnen gut?« Wieder nickten alle drei wortlos.

»Siehst doch, dass denen nix fehlt.« Moser drehte sich ärgerlich zu den Ermittlern um. »Die ham den ganzen Tag Zeit, da trinkt man halt was. Des mit dem Whisky ist neu, normalerweise mögen sie lieber Bier. Und der Heiler war verrückt nach dem pappsüßen Likör.«

»Verstehen Sie uns überhaupt?«, fragte Sissi irritiert. »Wir ermitteln hier wegen eines Todesfalls.«

Keine Antwort. Dann prustete die Blondine plötzlich los und schlug vor Lachen mit den Fäusten auf den Tisch. Die anderen beiden fielen ein.

»Siehst doch, dass du mit denen grad nix anfangen kannst«, meinte Moser. »So ist des oft. Man sollt's net glauben.«

»Ich komm mir vor wie in einem Zombie-Film«, raunte Sissi. »Klaus, ich fürchte, wir müssen warten, bis die Herrschaften vernehmungsfähig sind. Da ist wohl heute nichts rauszukriegen.«

»Zombie-Film«, wieherte die Blondine. Sie war höchstens einen Meter fünfundfünfzig groß und mehr breit als hoch, ihre Backen zitterten vom Lachen. »Hast du gehört, Reni?« Dafür wurde sie von der Rothaarigen giftig angestarrt.

»Norbert Heiler? War er heute Abend bei Ihnen?« Schweigen.

»Das wird nix, Kollege. Lass uns sein Apartment durchsuchen. Wir kommen wieder, Herrschaften«, sagte Sissi. Gemeinsam mit Moser, der ihnen verdrossen folgte, verließen sie das verrauchte Zimmer.

»Sie kommen wieder!«, schallte es hinter ihnen, und Gelächter brach aus. »Wie der Terminator im Film. Wo ist denn nun eigentlich der Norbert?«

Moser führte sie wortlos zurück in die Gemeinschaftsküche, wo Nicole schweigend versuchte, Löcher in das blank polierte Holz des Tisches zu starren. Sie setzten sich zu ihr.

»Kommt so etwas öfter vor?«, erkundigte sich Sissi.

»Willst damit sagen, dass man bei mir saufen muss?«, empörte sich Moser beleidigt.

»Ab wann können wir denn deiner Meinung nach mit den Gästen sprechen, Martin?«

»Na, morgen halt«, erwiderte der patzig. »Wie lang dauert des Ganze? Kann keine Polizei brauchen.«

»Wer kann das schon?«, pflichtete Klaus ihm bei. »Würden Sie Ihren Nachnamen verraten?«, bat er dann Nicole, die schweigend das Gespräch verfolgt hatte.

»Kunze«, flüsterte sie heiser. »Nicole Kunze.«

»Und wo kommen Sie her?«

»Aus Köln.«

»Sie zittern ja. Brauchen Sie eine Decke?« Klaus sah sie mitleidig an.

»Ich war ehrlich nur auf der Toilette«, heulte Nicole. »Dann habe ich ein Geräusch im Garten gehört und bin sofort raus. Herr Heiler lag im Wasser und bewegte sich nicht. Und da war Blut.«

»Was haben Sie dann getan?«, fragte Klaus behutsam.

»Ich bin reingesprungen«, berichtete sie unter Tränen. »Habe seinen Namen gerufen und wollte ihn herausziehen. Aber ich habe ihn aus Versehen umgedreht, sodass sein Gesicht ins Wasser tauchte.« Sie schlug die Hände vors Gesicht. »Und dann habe ich Herrn Moser angerufen.«

»Sie hätten ihn sicher nicht heraushieven können«, tröstete Sissi die Frau.

»Er hatte die Augen auf«, berichtete Nicole verstört. »Als würde er mich ansehen. Sein Mund stand offen und füllte sich mit Wasser.« Sie verbarg ihr Gesicht hinter den Händen.

»Wann war das?«, wollte Klaus wissen.

»Nach Mitternacht.«

»Hatte Herr Heiler Feinde?« Klaus konnte nicht damit aufhören, diese hübsche Frau anzustarren. Sissi stupste ihn heimlich unter dem Tisch.

»Hier?« Nicole schien die Frage nicht zu verstehen. »Sie meinen, einer von den anderen Gästen hat ihm das angetan?«

»Im Gegenteil. Die ham sich viel zu gut vertragen«, mischte

Moser sich ein. »Fragst deinen Onkel, den Pfarrer, nach diesen Halbstarken.«

»Darf ich bitte gehen?«, bat Nicole. »Mich ein wenig hinlegen.«

Sissi erhob sich. »Bleiben Sie in Reichweite bitte. Nun würden wir gern das Apartment von Herrn Heiler anschauen, Martin. Wir kommen wieder.«

»Gang runter und dann rechts, die letzte Tür«, knurrte Moser, während er sein Mobiltelefon zückte, und überreichte ihr von einem Hakenbrett den Schüssel. »Ist wahrscheinlich offen, hier braucht man net zusperren. Ich muss meine Frau anrufen, die wird a Freud ham.« Er drehte ihnen den Rücken zu.

»Wow.« Beeindruckt blieb Sissi auf der Türschwelle zu Heilers Apartment stehen. »Flatscreen, Massagesessel, Funktionssofa, alles richtig edel. Ach, da stehen ja sein Akkordeon und sein Keyboard. Ja, er konnte wirklich toll spielen. Irgendwas stimmt hier nicht, oder?«

»Vielleicht war er nur schlampig«, gab Klaus zu bedenken. Zusammen betrachteten sie den unaufgeräumten Raum.

»Drei Schubladen sind halb geöffnet.« Sissi zeigte auf die Wand. »Sieh mal, die Tür an der Kommode ist nur angelehnt.«

»Meinst du, hier war vor uns schon jemand?« Klaus betrachtete das zerknüllte Kopfkissen auf dem Boden.

Sissi blieb vor dem Bett stehen. »Möglich. Die Matratze liegt nicht plan mit dem Rahmen, die wurde angehoben. Sieht aus, als ob er bestohlen wurde. Nur von wem?«

»Sissi, so eine Ausstattung habe ich nicht mal im Fünf-Sterne-Hotel in München gesehen«, meldete Klaus sich aus dem Badezimmer. »Turbo- und Dampfdüsen in der Dusche, begehbare Wanne und beheizbarer WC-Sitz mit Absenkautomatik. Die Klobrille liest einem vermutlich sogar die Zeitung vor. Was hat dieser Herr Heiler gearbeitet?«

»Er war Dozent an der Fachhochschule.« Sissi zog sich ihre Handschuhe über und öffnete eine Schublade. »Den kennen hier alle. Hat Musik unterrichtet und sich nebenbei ein kleines Vermögen verdient auf Hochzeiten und Geburtstagen. Ein begnadeter Musiker, so eine richtige Frohnatur. Am sechzigsten Geburtstag meines Onkels hat er auch gespielt. Der war oft über Monate hinaus ausgebucht und konnte sich dieses Apartment ohne Weiteres leisten. Ich find's schade, dass es ihn nun so getroffen hat. Na ja, gelebt hat er und nichts ausgelassen.«

»Meinst du mit Frauen?«

Sissi lächelte verschmitzt. »Immer eine hingerissene Dame am Arm, auch im fortgeschrittenen Alter. Frauen mögen Musiker. Er hat die ins Bett geredet mit seinem Charme. Wie gesagt, ein Jammer.«

»Sissi, schau!« Klaus hatte die Schubladen einer großen Kommode aus Akazienholz geöffnet. Triumphierend hielt er eine kleine Schachtel hoch.

»Lass sehen.« Sissi nahm sie ihm aus der Hand und las die Aufschrift. »Oh, der Gute hat ein potenzförderndes Mittel eingenommen.«

»Nur Lithografien an der Wand, keine Erinnerungsfotos«, konstatierte Klaus. »Hatte er keine Familie?«

»Meines Wissens nicht. Er lebte bis auf wechselnde Affären allein. Seine Eltern sind seit Langem tot, hat er uns bei Onkel Andis Geburtstag erzählt. Irgendwie traurig. Guck mal, seine Hausbar. Gut bestückt.« Sissi öffnete die gläserne Tür. »So eine habe ich vorhin auch bei den Schnapsdrosseln auf dem Teppich liegen sehen. Zwetschge, selbst gemacht«, las sie laut und schüttelte eine kleine Flasche, die ungeöffnet schien und eine rosafarbene Flüssigkeit enthielt. »Ich kenne das Zeug. Vom Straßenfest gestern Abend.« Vorsichtig stellte sie den Likör zurück. »Er hat drei Stück davon gebunkert. Offensichtlich schmeckte ihm das gut.«

»Ohne Worte.« Klaus zeigte auf die Regale neben der Vitrine. »Norbert Heiler war Cineast mit einer besonderen Vorliebe für Pornografie.« Er zog eine DVD-Hülle heraus und las mit gerunzelten Brauen die Überschrift.

»Wenigstens hatte er ein Hobby.« Sissi nahm ihm die Hülle aus der Hand und stellte sie wieder ins Regal. Wortlos durchsuchten sie den Raum weiter. Das Schlafabteil war durch eine Wand vom Rest des Wohnraumes getrennt. Eine hölzerne Schiebetür führte in einen begehbaren Kleiderschrank. Andächtig betrachtete Sissi die in Reih und Glied hängenden Hemden und Hosen. »Designerjeans, Poloshirts von Ralph Lauren. Nicht übel.«

Klaus durchwühlte zwei Schubladen am Boden des Schrankfaches. »Nichts.«

»Die Geldbörse habe ich.« Sissi wedelte mit einem Portemonnaie. »Alles drin, gültige Fahrerlaubnis, Personalausweis, zwei Kreditkarten, eine Visa- und eine Mastercard, hundertvierzig Euro in bar. Drüben am Sekretär stehen vier Ordner. Vielleicht finden wir da Kontoauszüge oder andere Hinweise. Das Handy lag neben dem Fernseher, hab ich schon eingesackt.«

Nebenan war es mucksmäuschenstill. Dann prustete jemand los, und drei Leute lachten schallend. »Gruselig«, sagte Klaus. »Die haben einen Radau gemacht, dass man ihn bis in den Garten hörte, und als wir reinkamen, saßen da drei besoffene schweigende Salzsäulen. Mosers Gäste haben sich ja schnell den landesspezifischen Gepflogenheiten angepasst.«

»Von Mineralwasser kommt dieser kleine Bauchansatz bei dir auch nicht, Klaus«, erinnerte ihn Sissi. »Und unsere zweibeinigen Gepflogenheiten oder die aus Mehl, Butter, Sahne und Hopfen liebst du, gib es zu. Bette Davis, die Schauspielerin, meinte angeblich mal: ›Älter werden ist nichts für Weicheier.‹ Vielleicht lässt sich angeschickert mancher Tag besser ertragen. Wirst sehen, wenn die nüchtern sind, erweisen sie sich als nette Menschen.«

Klaus schnappte sich das Notebook und verließ zusammen mit Sissi den Raum. Nebenan kreischte eine Frauenstimme schrill, dann hörte man das dröhnende Gelächter eines Mannes. Es musste Brumbach sein. »Nö, ich glaube nicht, dass die morgen netter sind«, flüsterte er.

Auf der großen Terrasse atmete Sissi tief ein. »Was für eine wunderschöne Nacht. Halt das mal bitte.« Sie drückte dem verdutzten Klaus die Aktenordner in die Hand und schlich den schmalen gepflasterten Weg entlang hinters Haus. Er folgte ihr irritiert. Sehr vorsichtig schritt Sissi langsam bis zum Hintereingang. Dann zückte sie ihr Handy und schoss ein paar Fotos.

»Was machst du? Erledigt doch die Spurensicherung.« Klaus bückte sich. »Aha, ich sehe schon.« Auf dem Boden waren verwischt einzelne Profile von Schuhsohlen zu erkennen.

»Jemand ist hier mit nassen Schuhen langgelaufen.« Sissi hielt ihm ihr Mobiltelefon vors Gesicht. »Sieh her, auf dem Bild kann man es sogar prima erkennen. Dank der nächtlichen Feuchtigkeit ist nicht alles getrocknet. Ich hab ein Foto gemacht, nur für alle Fälle. Diese Nicole meinte ja, sie hätte versucht, Herrn Heiler zu bergen, das würde die Fußabdrücke erklären. Irgendjemand kam jedenfalls hier entlang. Hier werden wir wohl nichts mehr finden, also machen wir morgen weiter.«

Als sie die Ausfahrt passierten, saß Moser immer noch am Tisch der Gemeinschaftsküche und debattierte aufgeregt mit seiner Frau. Dr. Butz lag schon längst mit seinem Wurstbrot vor dem Fernseher und entspannte sich bei einer weiteren Folge »Medical Detectives«. Christian versuchte, das Bild des toten Norbert Heiler aus seinem Kopf zu verscheuchen. Mit flatternden Händen legte er eine Blu-Ray in den Player, setzte die Kopfhörer auf und ließ sich mit leerem Blick auf das Sofa fallen. Nebenan in ihrem Apartment konnte Nicole einfach nicht mit dem Heulen aufhören. In ihrer Hand hielt sie mehrere eng beschriebene Blätter, die sie rastlos hin- und herdrehte. Eine Träne tropfte auf das vollgekritzelte Papier und verschmierte dabei das Wort »Nicole«, woraufhin sie noch stärker zu schluchzen begann, bis sie irgendwann erschöpft mit dem Kopf auf den Armen am Schreibtisch sitzend einschlief.

In der guten Stube eines Bauernhofs am Rande von Legau bekam ein junger Mann mit semmelblonden Haaren den Anpfiff seines Lebens, nachdem sein Vater im Schlafanzug die Tür geöffnet und in Gegenwart zweier uniformierter Beamter seinen Sprössling in Empfang genommen hatte. Zwar wollte er im ersten Moment stinksauer die Annahme verweigern, allerdings akzeptierten die Beamten keine kostenlose Rücknahme, und so stolperte Florian Hofbauer, nach wie vor nur mit Badeshorts bekleidet, eingeschüchtert in Richtung Küche und ließ sich dort ergeben auf einen Stuhl fallen. Von der folgenden Standpauke hätte Pfarrer Sommer sich für seine berüchtigten Sonntagspredigten eine Scheibe abschneiden können. Sie enthielt massive Drohungen, die hauptsächlich die Worte »WLAN«, »Handy«, »Mobilfunkvertrag« und »Taschengeld« beinhalteten, denn Franz Hofbauer, Florians Vater, kannte seinen Pappenheimer.

Irgendwann aber waren alle Lichter erloschen, und die Nacht breitete ihre dunklen Schwingen lautlos über das gesamte Dorf. Sissi tappte übermüdet ins Schlafzimmer, stieß sich auf dem Weg dorthin zum wiederholten Male den Zeh am Presslufthammer und schlief anschließend leise fluchend ein. Nur Klaus kam in dieser Nacht nicht zur Ruhe, denn er wurde bereits sehnsüchtig von einer hübschen Dunkelhaarigen mit Allgäuer Dialekt, E-Körbchen und einem Ego in Watzmanngröße erwartet. Merkwürdigerweise freute ihn das nicht so richtig.

Sonntagmorgen, Memmingen

An diesem Sonntagmorgen, während bereits die Sonne über einem makellosen, nur mit ein paar Schäfchenwolken bestückten bayerischen Himmel strahlte und einen weiteren heißen Tag ankündigte, wirkten die blitzsauberen Memminger Straßen wie ausgestorben. Nur vereinzelt bewegte sich ein Pulk Radler mit bunten Helmen auf dem Radweg neben der Allgäuer Straße in Richtung Dickenreishausen. Müde Spaziergänger führten in der Morgenkühle im Halbschlaf ihre Hunde Gassi, die mit feuchten Nasen und wachen Augen freudig die kühle Morgenluft einsogen. In der Fußgängerzone entfernten Wirte über Nacht angebrachte Diebstahlsicherungsketten von geflochtenen Stühlen auf dem Pflaster vor ihren Restaurants. Die Stadt erwachte zu neuem Leben und rüstete sich für einen sonnigen freien Sonntag. Im Polizeirevier am Schanzmeister herrschte bereits seit Stunden reges Treiben, denn die Kriminalität machte niemals Pause, auch nicht am Tag des Herrn, es heißt ja nicht umsonst »Kriminaldauerdienst«.

»Morgen, Herrschaften.« Der Boss, ein hochgewachsener, schlanker Mann Ende fünfzig mit dichtem grauen Haarschopf und übermüdeten Gesichtszügen, blinzelte seine Truppe an, während er rastlos seine Kreise auf dem blank polierten Linoleum des Besprechungsraumes drehte. »Vollmer, ich sehe wohl nicht richtig, Sie sind tatsächlich rasiert?« Ungläubig musterte er Klaus, der in seinem weißen Leinenhemd mit den kurzen Ärmeln und mit dem glatten Kinn heute noch properer wirkte als sonst. Die Kollegin Lauterbach aus dem Erdgeschoss war bei seinem Anblick puterrot geworden und hatte albern gekichert. Klaus löste regelmäßig derartige Reaktionen bei den Damen aus, er hatte sich daran gewöhnt.

»Aber wie immer kauen Sie auf etwas herum«, tadelte der Boss. »Ist das eine Nussecke? Haben Sie eine übrig?« Klaus überreichte ihm zähneknirschend das zweite in Papier verpackte Teilchen. Der Boss nahm es zufrieden entgegen und drückte ihm zwei Euro in die Hand. »Bleibt hoffentlich unter uns.« Dann biss er hungrig hinein.

An diesem Morgen war der Besprechungsraum voll besetzt mit der soeben einberufenen achtköpfigen Sonderkommission »Pool«. In der ersten Reihe saß Dollinger, ein Kollege von Sissi und Klaus, genau wie der Boss Ende fünfzig, mit stattlichem Bauch und gutmütigem Gesicht. Er blätterte hektisch in seinen Unterlagen und versuchte, sich seine freudige Erregung nicht anmerken zu lassen. Endlich wieder Arbeit am Wochenende. Jeder auf dem Revier wusste, dass Dollinger seit dem Einzug seiner geliebten Schwiegermutter vor einigen Jahren am liebsten unter seinem Schreibtisch im Büro übernachtet hätte. Seine Gattin quälte ihn mit unzähligen Diäten, die seine Mundwinkel täglich tiefer sinken ließen. Aufzuleben schien er nur auf dem Revier, und so begrüßte er jede Gelegenheit zu Überstunden.

»Morgen!« Sissi wehte herein wie eine frische Brise.

»Wie machen Sie das nur, Sommer?«, grüßte der Boss. »Sie haben doch garantiert nicht viel Schlaf bekommen. Vollmer, ist das Lippenstift, oder haben Sie sich beim Rasieren geschnitten?« Klaus wischte sich verlegen mit dem Unterarm übers Gesicht. »Jeden Tag steht eine Dumme auf«, knurrte der Boss. »Dollinger, legen Sie los. Heinzelmann hat mich zu Hause angerufen, um mir mitzuteilen, dass er mit der Obduktion fertig ist. Um sechs Uhr dreißig morgens!«

Der Boss machte heute keinen sonderlich gut gelaunten Eindruck. Seine Frau hatte ihn nämlich ebenfalls mit sanftem Nachdruck zu einer neuartigen Diät genötigt, die sich »ketogen« nannte und aus fetthaltigen Lebensmitteln bestand. Es war zwar ein schlauer Schachzug gewesen, aber allmählich hing dem Boss das ganze Zeug zum Halse heraus, und er begann, sich nach einem Schälchen Himbeeren oder Ananas zu sehnen. Neulich war er leise rülpsend vom Abendbrottisch aufgestanden und hatte heimlich den Kühlschrank nach einem

Salat durchsucht. »Ihren Bericht hab ich noch nicht auf dem Tisch, Sommer«, versuchte er sich von den Gedanken an seine neuen Ernährungsgewohnheiten abzulenken und biss nochmals in die Nussecke. Wieder Fett …

»Wir waren lange unterwegs, Chef«, entschuldigte sich Sissi.

»Was ist nur mit Ihrem Legau los?«, wollte der Boss wissen. »Mischt ihr dem Trinkwasser etwas bei?«

»Ja, literweise Obstler, und die machen das freiwillig.« Klaus lachte boshaft.

»Dollinger, legen Sie los«, wiederholte der Boss. »Bringen Sie das Geschreibsel vom Heinzelmann in eine verständliche Form und lassen Sie den lateinischen Kram weg, dalli.«

Dollinger raschelte nervös mit seinen Unterlagen. Dann rückte er seine Lesebrille zurecht. »Norbert Heiler, zweiundsiebzig Jahre alt.«

»Zweiundsiebzig?«, wurde er von Klaus unterbrochen. »Der wirkte wesentlich jünger.«

»Keinerlei organischer Befund, der Mann war kerngesund. Todeszeitpunkt geschätzt so gegen dreiundzwanzig Uhr dreißig anhand der Lebertemperatur«, fuhr Dollinger fort. »Allerdings, äh …«

»Spannen Sie die Kollegen nicht auf die Folter, Dollinger«, befahl der Boss. »Ich konnte es auch nicht glauben.«

»Der ermittelte Blutalkoholgehalt betrug zwei Komma vier Promille«, las Dollinger stockend.

»Dann habe ich mich also nicht geirrt«, murmelte Sissi.

»Na, hast du net«, bestätigte Dollinger. »Aber des Beste kommt noch. Wassereinschluss in den Kapillaren, er ist also in Süßwasser ertrunken, schreibt der Heinzelmann. Beim Ertrinken in Salzwasser füllt sich die Lunge mit Wasser, wenn des allerdings im Süßwasser passiert, ist die Lunge knochentrocken, weil das Wasser durch den osmotischen Druck ins Blut gepresst wird.«

»Wenn dies das Beste ist, will ich die anderen Sachen gar nicht hören«, entfuhr es Klaus.

»Das ist keine Anatomiestunde«, erinnerte der Boss den armen Dollinger.

Der wurde noch nervöser, als er ohnehin war, denn er hasste es, vorzulesen. »Es wurden hohe Restbestände eines Benzodiazepins nachgewiesen. Also Tranquilizer, äh, Beruhigungsmittel. Der Heinzelmann schreibt, dass die eine sedierende und im Zusammenhang mit dem ganzen Alkohol auch atemvermindernde Wirkung ham. Des hätt zum Herzstillstand führen können. Wisst ihr auch, gell?«

»Wir sind nicht bei ›Wer wird Millionär?‹«, tadelte ihn der Boss. »Haben Sie denn sonst gar keine Freude mehr im Leben?« Er schien tatsächlich nicht gut drauf zu sein.

»'tschuldigung.« Dollinger war rot geworden. Diesen Ton kannte er von zu Hause. »Weil die Lunge aufgebläht und fur… äh, trocken war, ist der Herr Heiler zweifellos ertrunken und net an einem Herzstillstand verstorben. Außerdem hat er zusätzlich eine gehörige Menge Sildenafil im Blut gehabt.«

»Was soll das denn sein?«, fragte der Boss überrascht.

»Des gehört laut Heinzelmann zur Gruppe von PDE-5-Hemmern und ist gefäßerweiternd«, verkündete Dollinger triumphierend.

»Wir sind jetzt nicht klüger als vorher, Dollinger.« Der Boss biss noch mal von der Nussecke ab und verzog das Gesicht.

»Potenzpillen, Chef.« Dollinger schluckte. »Die nimmt man, wenn's net so recht läuft und –«

»Schon gut«, winkte der Boss ab. »Also hat er Beruhigungsmittel genommen, gleichzeitig aber ein Medikament, das ihm zu mehr Durchhaltevermögen verhilft. Das ist, als ob man sich vor einem Marathonlauf das Bein amputiert.«

»Ich kann mir nicht vorstellen, dass es Absicht war«, mischte Sissi sich ein.

»Die Kopfwunde war net tödlich«, las Dollinger weiter. »An den Wundrändern hat der Heinzelmann winzige Farbpartikel gesichert, die zu hundert Prozent vom Schwimmbecken stammen. Wahrscheinlich hat er sich an der Schläfe verletzt beim Reinfallen. Die achte Rippe rechts im Brustkorb ist angeknackst. Passt zu dem großflächigen Hämatom im Bauchbereich.«

»Toll.« Das war der Boss. »Könnte also auch ein natürlicher Tod sein. Ist reingefallen und gestorben, weil er von dem Alkohol und den Beruhigungsmitteln benommen war.«

»Glaub ich nicht«, widersprach Sissi hastig. »Der Mann ist laut dem Obduktionsbericht nachweislich ertrunken. Was bei ihm im Blut zirkulierte, hätte für einen Atem- oder Herzstillstand locker ausgereicht. Dessen ungeachtet deuten der Bluterguss am Bauch und die angebrochene Rippe auf äußere Gewalteinwirkung hin.«

»Fassen wir zusammen, Hans«, wandte Klaus sich an Dollinger. »Der Mann war sturzbetrunken, hatte ein Mittel gegen Erektionsstörungen geschluckt und dazu Tranquilizer. War er voll geschäftsfähig?«

»Nach der Einnahme von diesem ganzen Zeug garantiert nicht mehr«, widersprach der Boss grimmig. »Benzodiazepine werden häufig gegen Depressionen oder Schlafstörungen verordnet. Sind bei der Auswertung der Spuren in seinem Apartment außer dem potenzverstärkenden Wirkstoff weitere Arzneimittel oder bewusstseinsverändernde Substanzen gefunden worden?«

»Nur ein Pornomuseum auf Blu-Ray«, verneinte Sissi, »DVDs von einigen seiner Auftritte und eine ansehnliche Spirituosensammlung. Um den sichergestellten Laptop und das Mobiltelefon kümmert sich Hans.«

»Hab schon angefangen!«, meldete sich Dollinger. »Des willst du net sehen, was der drauf hat.«

»Dann kann ich es mir denken«, antwortete Sissi gelassen. »Sonst noch was? E-Mails, Briefe, andere Dokumente?«

»Ich glaub, er hat hauptsächlich Sexfilme im Internet gestreamt und net viel sonst damit gemacht«, berichtete Dollinger. »Eine Kurzgeschichte hab ich als Worddatei gefunden. Der Herr Heiler wollt wohl unter die Schriftsteller gehen.

›Im Keller der Lust‹ hat er des Machwerk genannt. Grottenschlecht geschrieben.« Er räusperte sich. »Es geht um einen älteren Mann, der eine junge Frau in den Keller sperrt und dann a paar komische Sachen mit der macht.«

»Kannst ihn ja fertig schreiben, bei euch zu Hause lebst du ja auch im Keller!«, schlug ihm Klaus vor. Alle lachten.

»Irgendwelche Verwandten?«, wollte der Boss wissen.

Dollinger schüttelte den Kopf. »Eine jüngere Schwester, vor drei Jahren verstorben. Und keine Exfrau.«

»Nie verheiratet«, wiederholte Klaus nachdenklich.

»Ja, wird allmählich Zeit für dich«, mahnte Sissi. »Sonst endest du genauso.«

»Ich könnte mir Schlimmeres vorstellen als Potenzmittel mit siebzig«, sagte der schmunzelnd.

»Wie sieht es mit den finanziellen Verhältnissen aus, Hans?«, fragte Sissi.

»Der war gut aufgestellt.« Dollinger wühlte in seinen Unterlagen. »Üppiges Aktien-Portfolio und etliche Beteiligungen an Immobilienfonds und Versicherungen. Des Bankschließfach müssen mir öffnen lassen, da wart ich auf den richterlichen Beschluss.« Er schnalzte mit der Zunge. »Ein wohlhabender Mann. Die Eltern von dem waren vermögend, er hat zusammen mit seiner Schwester alles geerbt.«

»Ja, wer kriegt denn die Kohle dann?«, fragte Klaus.

»Anfrage beim Nachlassgericht läuft. Die schauen, ob sich irgendwo Verwandtschaft auftreiben lässt.«

»Was haben wir von der Spurensicherung?«, erkundigte sich der Boss.

»Net viel«, teilte Dollinger ihm unglücklich mit. »Ein paar feuchte Abdrücke auf dem schmalen Weg rund ums Haus. Von Sportschuhen. Massenhaft Zigarettenkippen im Poolbereich.«

»Glaube ich sofort.« Sissi schmunzelte. »In dem Zimmer bei Herrn Brumbach hat man ja beinahe nichts mehr erkennen können vor lauter Nebel.«

»Wird nicht viel dabei herauskommen«, pflichtete Klaus ihr

bei. »Hans, war in der Holzhütte neben dem Schwimmbecken was zu finden?«

»Haare – hauptsächlich weibliche, kein einziges ungefärbt. Die ham mir noch net zugeordnet. Und … äh …«

»Dollinger, Sie sind wie lange verheiratet, vierzig Jahre?« Der Boss musste sich ein Grinsen verkneifen.

»Sechsunddreißig.« Dollinger wurde rot. »Kommt mir vor wie hundert.«

»Dann sprechen Sie Deutsch«, forderte ihn der Boss auf. »Das hier ist nicht der Verein christlicher junger Mädchen.«

»Die ham Spuren von Ejakulat gefunden, auf der Bank«, hauchte Dollinger.

»Sonst bist du auch nicht so zimperlich«, scherzte Klaus. »In der Hütte hat sich also jemand amüsiert?«

»Amüsiert«, stotterte Dollinger konsterniert. »Des ist eine Senioren-WG. Senioren!« Er klang desillusioniert.

»Die sind ja nicht tot, sondern nur älter«, sagte der Boss. »Mal sehen, wem die Spuren zugeordnet werden können.«

»Accounts bei irgendwelchen sozialen Netzwerken?«, wollte Sissi wissen.

»Keine. Bei Facebook sind relativ viele Leute in seinem Alter, er jedoch net. Gib mir a bissle Zeit. Ist ja erst Sonntagvormittag. Normal tät ich jetzt in der Kirch sitzen.« Alle lachten laut. Nur Dollinger nicht. Überall war es besser als bei ihm zu Hause und seiner Schwiegermutter. Wirklich überall.

Sonntagvormittag, Legau

Auch über Legau strahlte an diesem Vormittag die Sonne. Vereinzelt traf man ein paar Kirchgänger auf dem Weg zum Gottesdienst, denen etwas fehlen würde ohne den sonntäglichen Anpfiff von Pfarrer Sommer, der seine Schäflein für »eine sture Hammelherde« und Drohungen für effizienter hielt als Vergebung. Feierlich riefen Glocken zur heiligen Messe. In schmucken Einfamilienhäusern am Ortsrand wurden Badesachen herausgekramt, aufblasbare Schlauchboote aus der Garage gezerrt und auf ihre Dichtigkeit überprüft, und im Pfarrhaus notierte sich Pfarrer Sommer auf einem Spickzettel ein paar besonders furchtbare apokalyptische Drohungen, mit denen er seinen störrischen Schäflein ins Gewissen reden könnte. Seine Predigten waren legendär.

Ernestine Seitz, die Wirtin des »Mohren«, entriegelte die große hölzerne Eingangstür, inspizierte kurz den aufgeräumten Gastraum und verschwand dann seufzend in ihrer Küche, wie jeden Tag. Die warme Junisonne brachte die Farben am malerischen Marienbrunnen zum Leuchten, und das Fachwerk des Legauer Ratshauses schien im Morgenlicht förmlich zu glänzen.

Auch aus der Küche des Moserhofs drangen geschäftige Geräusche. Vor ein paar Stunden erst war die Spurensicherung abgerückt, nichts wies darauf hin, dass sich an dieser Stelle einen halben Tag zuvor ein tragischer Vorfall ereignet hatte. Über den üppig bepflanzten Blumenrabatten summten unzählige Bienen, die Geranien auf dem Balkon standen in voller Blüte, und weit entfernt hörte man das Aufjaulen eines hochgezüchteten Motorradmotors.

»Das kann doch kein Mensch essen!« Entrüstet schob Renate Reismann eine Schale von sich, in der eine hellbraune, undefinierbare Masse glänzte, in der einzelne Bröckchen wie geronnene Blutklumpen in unheilvollem Rot leuchteten. »Was soll das überhaupt sein?«

»Müsli mit Himbeeren, sieht man doch!«, erklärte ihr eine attraktive dunkelhaarige Frau Ende dreißig mit auffällig geschminkten Lippen und offenherzigem Dekolleté, während sie missmutig an der Spüle hantierte und zwischendurch ihren engen Rock zurechtzupfte, wobei sie nasse Spuren auf dem Stoff hinterließ. Eine rabenschwarz gefärbte Locke hing ihr feucht in die Stirn, denn im Raum war es bereits um diese Uhrzeit erdrückend stickig. »Bei Ihnen ist jeden Tag was anderes, Frau Reismann. Heikel sind Sie. Einfach bloß heikel.« Vor lauter selbstgerechter Entrüstung schmiss sie einen angebrannten Topflappen ins Spülwasser.

»Diese angeblichen Himbeeren sind gefroren. Unerhört! Ich möchte Brötchen, Butter und Marmelade«, beharrte Renate. »Und ein wachsweiches Ei, genau sieben Minuten gekocht!« Trotz des herrlichen Tages machte sie einen mürrischen Eindruck. Ihr knallrotes Haar hing kraftlos in die Stirn. Ungeduldig klopfte sie mit perfekt lackierten Fingernägeln auf den Tisch, um ihren Unmut zu unterstreichen.

»Also gehen Sie los und besorgen Sie Brötchen, Sie vulgäre Walküre«, befal sie dann barsch. »Obwohl ich nicht nachvollziehen kann, warum, sind Sie für unser leibliches Wohl zuständig. Heute verzichte ich übrigens dankend auf ein langes Haar im Instant-Kartoffelbrei oder einen abgebrochenen Nagel im Salat. Es ist nämlich Sonntag, und da isst man doch sogar bei Ihnen im Allgäu etwas Anständiges. Ich habe im Internet recherchiert, ehe ich hierhergezogen bin. Und glauben Sie nicht, dass Sie heute Mittag wieder Tütensuppe servieren können!«

»Keine Tütensuppe – Kraftbrühe!«, konterte die Dunkelhaarige gelassen. »Ältere Leute sollten net so viel essen, und heut wird's richtig warm. Ich mein's nur gut mit Ihnen. Sie schauen a bissle krank aus.« Gespielt besorgt beugte sie sich über den Tisch.

»Oh du lieber Gott«, stöhnte Renate, deren letzter von drei

Ehemännern Intendant eines großen norddeutschen Theaters gewesen war und die eine schlechte Schauspielerin erkannte, wenn sie eine sah. »Hängen Sie mir bitte nicht Ihre Brüste ins Gesicht, wie Sie es normalerweise bei Herrn Brumbach tun. Und mit Verlaub, meine Liebe, Sie sollten sich ein wenig besser pflegen.« Spöttisch deutete sie mit einem ellenlangen Fingernagel auf zwei vertikale Falten unterhalb des Schlüsselbeins. »Die Frischeste sind Sie ja auch nicht mehr.«

»Aber alleweil noch dreißig Jahr jünger als Sie, und des bleib ich auch«, verkündete die Dunkelhaarige triumphierend. »Essen S' endlich des Müsli? Sonst schütt ich es weg. Mir bräuchten hier dringend eine Sau.«

»Wie bitte? Wo sind eigentlich die anderen?«, wollte Renate griesgrämig wissen.

In diesem Moment öffnete sich die Tür, und Nicole trat ein. Sie trug ein leichtes Sommerkleid aus Baumwolle mit einem weit ausgestellten Rock und tiefen Ausschnitt in knalligem Blau. Ihr langes blondes Haar war zu einem lockeren Knoten hochgesteckt, und ihrem Gesicht sah man deutlich an, dass sie geweint hatte. »Morgen«, grüßte sie knapp und ging zum Kaffeeautomaten, um sich einen Espresso herauszulassen.

»Bist du immer noch da?«, fauchte die Dunkelhaarige abfällig. »Hab gedacht, du haust endlich ab?«

»Warum bist du nur so gemein?«, erschrak Nicole. »Ich habe dir nichts getan. Seit dem ersten Tag hackst du auf mir herum.«

»Tür ist offen«, rief die Dunkelhaarige überrascht, als es an der Tür klopfte. Sissi und Klaus betraten den Raum.

»Hallo, Anita. Dachte ich mir doch, dass ich diesen lieblichen Alt schon mal gehört habe«, grüßte Sissi.

»Du hast mir heut noch gefehlt, und was heißt ›alt‹?«, grüßte Anita gereizt, stellte sich aber nach einem kurzen Seitenblick auf Klaus lasziv in Positur, sodass ihr knallenger grüner Rock sich zum Zerreißen spannte. Dieser musterte ihr sonntägliches Outfit amüsiert.

»Wir sind beruflich hier. Guten Tag, Frau Reismann.« Sissi

nahm zusammen mit Klaus am Küchentisch Platz. »Und du arbeitest auf dem Moserhof, Anita? Tatsächlich? Wie lange schon?«

»Was geht dich des denn an? Wenn ich schaff, dann zahl ich Steuern. Und mit den Steuern zahl ich dich. Also frag ich dich, was du hier machst, und net umgekehrt.«

»Frechheit siegt nicht immer«, blieb Sissi gelassen. »Nach der Geschichte mit dem Huberhof solltest du dich wahrlich etwas bedeckt halten. Und damit meine ich nicht Textilien.«

»Worum geht es?«, fragte Frau Reismann verwundert, die genau wie Nicole, die Szene aufmerksam beobachtete. Ein Knopf an Nicoles Ausschnitt hatte sich geöffnet und ließ ein Stückchen seidiger Haut durch den Spalt schimmern.

»Brauchst dich gar net ausziehen, du Flittchen«, zischte Anita, der dieses Detail sofort aufgefallen war. »Der Herr Vollmer steht auf Frauen, die wo ein bissle was auf den Rippen ham, gell?« Sie zwinkerte Klaus zweideutig zu.

»Seit wann bist du hier, raus damit«, wiederholte Sissi.

»Meinst heut oder überhaupt?«, stellte Anita sich dumm.

»Heute.« Sissi seufzte. »Und was tust du hier?«

»Muss Geld verdienen«, murrte Anita. »Du kennst ja die Martha, die Mama vom Bertram. Seit ich mit dem Kevin bei ihr auf dem Güthlerhof wohn, schikaniert die mich rum. Ich mach hier halbtags sauber und koch ab und zu.«

»Ja, Gott sei Dank nur ab und zu«, entfuhr es Renate, die gereizt den Dialog mitverfolgt hatte. »Diesen Fraß bekommt man nicht runter. Ich dachte, hier können alle so gut kochen? Erst seit ein paar Tagen ist es ein wenig besser geworden.«

»Für Sie koch ich bald gar nix mehr, Sie sind nämlich saumäßig anspruchsvoll«, warf Anita ihr vor und ärgerte sich wieder einmal über ihre missliche Lage, die sie zwang, einer bezahlten Tätigkeit nachzugehen, denn ihrer Ansicht nach hatte sie Besseres – und vor allem weniger Anstrengendes – verdient. Als einzige, von ihrem gutmütigen Vater verwöhnte Tochter eines leidgeprüften Landwirtsehepaares hatte Anita schon unzählige

Kerben mit den Absätzen ihrer Stilettopumps in das Kopfteil ihrer viel benutzten Bettstatt gehämmert. Trotzdem kam sie einfach auf keinen grünen Zweig, ganz gleich, in welche knallengen Mieder sie ihre gut proportionierten Massen schnürte. Bislang hatte sie nur eine gescheiterte Ehe, mehrere Jobs in schlecht bezahlten Berufen und die Mitwirkung bei etlichen halbseidenen Geschäften, wegen deren Sissi und Klaus ermitteln mussten, vorzuweisen. Bis auf ihren niedlichen kleinen Sohn Kevin aus erster Ehe, der hauptsächlich von den Großeltern aufgezogen wurde, befand sich Anitas karmisches Konto bis zum Bersten im Soll, denn sie war eigensüchtig bis ins Mark, auf eine tolldreiste, bescheuerte Art und Weise bauernschlau, bis an den Rand der Legalität opportunistisch und trotz ihrer Verlobung mit dem Alleinerben eines riesigen Anwesens Nähe Legau ständig auf der Suche nach Vergnügungen in der Vertikalen oder Horizontalen, da nahm sie es nicht so genau, denn sie war recht gelenkig. Als ehemalige Schulkameradin von Sissi Sommer fühlte sie sich von ihr bei jedem Aufeinandertreffen gegängelt, weil diese, ihrer Meinung nach, »eingebildete Scheinheilige« eine glückliche Ehe führte, die normalerweise ihr zustünde. Jetzt funkelte sie Sissi beleidigt an und schwieg.

»Du arbeitest am Sonntag? Da habt ihr doch massig zu tun in der Landwirtschaft?«

»Was sein muss, muss sein, Sissi.« Anita lächelte gequält, denn eher wäre sie gestorben, als zuzugeben, dass sie nur zu gern in den regelmäßigen Wochenenddienst eingewilligt hatte. Lieber Apartments wohlhabender Rentner saugen und ein paar anspruchsvollen Senioren mit aufgeknöpfter Bluse Essen servieren, als jeden Sonntag mit Martha Güthler und ihrem einzigen Sohn Bertram in der Kirche und anschließend schweigend in der großen Küche beim Braten zu sitzen, wenn hinterher ohnehin nur die Feldarbeit wartete und ihr Verlobter nicht einmal die Zeit für ein kurzes Mittagsschläfchen erübrigen konnte.

»Da Sie sich ja anscheinend alle kennen und ich diese Unterhaltung ermüdend finde, verabschiede ich mich.« Renate erhob sich.

»Bleiben Sie bitte«, bat Sissi. »Wir müssen mit Ihnen sprechen. Anita, du kannst weitermachen, was immer du hier tust.«

»Du kommst doch, wenn was passiert ist? Ach, darum war des Absperrband ums Schwimmbecken rum heut in der Früh!« Bei Anita war endlich der Groschen gefallen. »Die hat garantiert was damit zu tun, nimm sie gleich mit.« Anklagend zeigte sie auf Nicole, die schweigend am Kühlschrank lehnte.

»Na gut, bleib hier. Wir ermitteln in einem Todesfall.« Sissi schloss kurz resigniert die Augen.

»Wie bitte?« Renate war mit einem Schlag kalkweiß geworden.

Klaus nickte bedauernd. »Tut mir leid, dass wir es Ihnen nicht schonender beibringen können. Wo sind die anderen?«

»Schlafen noch, denke ich«, hauchte Renate. Ihre Hände zitterten. »Wer ist tot?«

»Norbert Heiler«, antwortete Klaus.

»Norbert«, wiederholte Renate bleich. »Das ist nicht wahr.« Ihre Augen füllten sich mit Tränen, und ihr rechtes Augenlid begann unkontrolliert zu zucken. »Sie lügen.«

»Leider nicht«, versicherte ihr Sissi. »War er gestern Teil Ihrer Runde?«

»Ham die schon wieder gesoffen?«, mischte sich Anita ein. »Sissi, du hast keine Ahnung, was die hier abziehen. Sodomie und Gonorrhö. Von wegen Alter und Weisheit.«

»Norbert ... aber ...« Renate war in sich zusammengesunken wie ein angepikster Luftballon. Sie sah schrecklich aus.

»Tut mir leid, dass wir Sie so überfallen mit dieser Nachricht«, entschuldigte sich Sissi voller Mitgefühl.

»Schon gut.« Renate wischte sich eine Träne aus dem faltigen Augenwinkel, wobei sie eine schwarze Spur aus Wimperntusche auf ihrem Jochbein hinterließ. »Wir müssen alle sterben. In meinem Alter sollte man darauf gefasst sein.« Sie faltete ihre Hände wie zum Gebet, um das Zittern zu verbergen.

»Drauf gefasst ist man wohl nie«, antwortete Sissi. »Aber Sie könnten uns helfen, die Umstände seines Todes aufzuklären. Fühlen Sie sich dazu imstande?«

»Der Norbert, da schau her«, sagte Anita zerstreut. »Der war ein scharfer alter Gockel. Hat der an Herzinfarkt gehabt? Wär kein Wunder, wenn man die Finger net bei sich lassen kann.«

»Wie kannst du nur so etwas sagen!«, rief Nicole. »Er war ein Gentleman und immer anständig, sogar zu jemandem wie dir.«

»Bigottes Weibsbild«, höhnte Anita. »Auf einmal ist er der Gute? Letzte Woch wolltest ihm noch an die Gurgel.«

»Du bist nur böse auf mich, weil er dir nie Trinkgeld gegeben hat.« Nicole schloss diskret den Knopf an ihrem Oberteil. »Ständig sitzt du bei Herrn Brumbach auf dem Schoß und kicherst. Dann steckt er dir was in den BH, das nimmst du gern. Wenn ich dann von jemandem zehn Euro fürs Fahren nach Memmingen bekomme, rennst du sofort zu Herrn Moser und machst mich schlecht. Frau Schussel meint, dass du dich anziehst wie eine Prostituierte und manchmal nicht einmal einen Slip trägst.«

»Anita!«, wunderte sich Sissi erheitert. »Wo du sonst so fromm und rechtschaffen bist.«

»Als ob du einen Dreck besser wärst, du Luder!« Anita funkelte Nicole wütend an. »Schmeißt dich an alles ran, des einen Führerschein hat, mit deinen Kuhaugen und deinem unschuldigen Getue. Bist ja selber gleich in der ersten Woch um den Brumbach herumgeschwänzelt mit deiner Lolita-Masche. Und mit dem Heiler hast auch geschäkert. Gleiches Recht für alle. Ich hab ja wenigstens einen richtigen Mann daheim im Gegensatz zu dir!«

»Hören Sie bitte auf, beide«, befahl Klaus energisch. »Ihre Zwistigkeiten können Sie woanders austragen. Sagen Sie mir aber bitte, wann und in welchem Schlammloch.« Er klang belustigt.

»Du bist mich bald los! Freu dich!« Nicole rannte heulend aus der Küche. Hinter ihr klappte die Tür ins Schloss.

»Anita, musste das sein?«, tadelte Sissi. »Was hast du gegen diese Frau? Solltet ihr nicht befreundet sein? Sie ist doch im gleichen Alter wie du?«

»Genau wie du, und dich mag ich auch net.« In Anitas Stimme schwang Genugtuung. »Kannst schon mir überlassen, wie ich mit der red. Brauchst dir nix denken, die kann auf Kommando heulen.«

Renate Reismann war während dieser Auseinandersetzung leichenblass am Tisch gesessen. Sie wirkte wie erstarrt. »Ihr zwei billigen Gören werdet auch einmal älter«, flüsterte sie beinahe unhörbar. »Zu schade, dass ich das nicht mehr erleben darf. Norbert ...«

»Frau Reismann, ich möchte Sie einiges fragen«, begann Sissi.

»Fangen Sie an.« Renates Mundwinkel zuckten verdächtig. »Und holen Sie die anderen. Ist das wirklich kein Irrtum?« Sissi schüttelte stumm den Kopf. Eine weitere Träne löste sich aus Renates Augen, rollte langsam die eingefallenen Wangen hinab und landete in der Müslischale.

»Klaus, kannst du die beiden anderen Gäste holen?«, bat Sissi. »Anita hilft dir dabei, gell?«

»Avanti, schöner Mann«, rief Anita Klaus auffordernd zu und stöckelte hüftenschwingend in die Diele.

»Du bist verlobt, immer schön dran denken!«, rief Sissi ihr hinterher. »Sie kocht tatsächlich hier?«, vergewisserte sie sich dann bei Renate.

»Ja.« Renate verzog angewidert das Gesicht. »Sie schüttet den Inhalt einer Tüte in lauwarmes Wasser, rührt um, bis es einen verzehrfertigen Eindruck macht, und serviert dann ihre unsäglichen Kreationen mit tiefem Dekolleté, damit wenigstens die Herren sich nicht beschweren. Ohne irgendwelche ›Fix‹-Produkte bringt sie nicht einmal ein belegtes Brot zustande.«

»Erstaunlich«, wunderte sich Sissi. »Sie kommt aus einer Landwirtschaft.«

»Männer essen alles, wenn es mit halb nackten Brüsten serviert wird. Nur Frauke und ich haben uns öfter beschwert.«

»Kannten Sie Herrn Heiler gut?«

»Wie man jemanden kennt, mit dem man Tür an Tür wohnt«, wich Renate aus. »Wir sind ja momentan nur zu sechst und haben nicht viel Auswahl, was Gesellschaft betrifft. Oft unternahmen wir gemeinsam Dinge, waren in der Stadt oder im Legauer Bad, Frauke, Dieter, Norbert und ich. Aber Büchner und Haberbach sind so verknöchert, die haben sich ständig separiert.«

»Freibad? Im Garten ist doch ein Pool?«, wunderte sich Sissi.

»Schon. Allerdings wird man ständig ausspioniert, entweder vom Christian oder von der Nicole. Diesen ordinären Küchenbolzen nicht zu vergessen. Die räkelt sich am Schwimmbecken in einem Wäschestück, das niemand, der seine fünf Sinne beieinanderhat, als Bikini bezeichnen würde.« Renate versuchte nicht, ihren Abscheu zu verbergen.

»Ich verstehe. Sie haben also öfter etwas mit Herrn Heiler unternommen. Wie war er so?«

Renate wischte sich über das Gesicht. »Sehr charismatisch. Ein Bild von einem Mann, der sich sogar regelmäßig die Haare färben ließ, denn das Älterwerden gefiel ihm nicht. Er war ausgesprochen eitel. Manchmal ist er für uns aufgetreten und hat uns etwas vorgespielt. Er war die Vitalität in Person.«

»Gefiel er Ihnen?«, erkundigte sich Sissi vorsichtig. Ihr war der Glanz in Renates Augen nicht entgangen.

»Einen schönen Mann hat man nie allein«, erklärte ihr Renate. »Norbert war ein wenig zu schön. Ständig auf der Pirsch, sogar in seinem Alter. Wir waren uns zwar etwas nähergekommen, doch er jagte lieber jüngeren Frauen hinterher.«

»Auch hier in der Residenz?«, hakte Sissi nach.

Renates Miene verschloss sich. »Er war ein Dandy, sehr ichbezogen und hat sich uns in letzter Zeit häufig nicht mehr angeschlossen. Wir waren ihm wohl zu alt.«

Sissi beobachtete sie aufmerksam, denn sie wirkte sehr verbittert. »Was war gestern Abend? Wenn ich mich recht erinnere, hatten Sie alle ziemlich viel getrunken.«

Renate räusperte sich. »Für wie alt halten Sie mich?«

»Ich bin ganz schlecht im Schätzen«, wand sich Sissi. »Sie sind recht attraktiv.«

»Sie denken wohl, ich besitze keinen Spiegel. Ich bin siebzig.«

»Kompliment, sieht man Ihnen gar nicht an«, log Sissi.

Renate ging nicht darauf ein. »Und ich lasse mir von niemandem mehr etwas vorschreiben. Wenn ich Lust habe, betrinke ich mich. Das ist mein gutes Recht. Halten Sie mich etwa für eine Alkoholikerin?«

»Ich wollte Ihnen nicht zu nahe treten«, entschuldigte sich Sissi. »War irgendetwas anders als sonst?«

»Nein.« Renate schüttelte den Kopf. »Wir haben Musik gehört und getrunken. Machen wir gelegentlich, Norbert auch. Er war in letzter Zeit fixiert auf dieses klebrige Zeug, das ihm unsere ordinäre Hauswirtschafterin besorgt. Ich habe es versucht, dieses Schrebergarten-Gesöff ist so gar nicht meins«, erklärte sie überheblich.

»Was meinen Sie damit?«

»Na, Likör.« Renate verzog angewidert den Mund. »Wir anderen mochten das dunkle Bier mit dem kitschigen Adeligen auf dem Label sehr gern, doch Norbert war besessen von dem Geschmack dieser bonbonfarbenen Plörre.«

»Jeder hat seine Vorlieben. Wie ging es gestern Abend weiter?«

»Gegen Mitternacht behauptete er, dass er sein Medikament einnehmen müsse und anschließend schwimmen wollte. Er hat sich verabschiedet und ist verschwunden. Wir haben ihn nicht aufgehalten.«

»Morgen.« Soeben war die Tür wieder aufgegangen. Eine mollige Dame Ende sechzig und ein schlanker Mann gleichen Alters mit verdächtig schwarzem Haarschopf wankten in den Raum.

Hinter ihnen erschien Klaus mit mürrischem Gesicht. »Das sind alle. Darf ich vorstellen?« Die blond gefärbte Frau blinzelte Sissi mit rot geränderten Augen an und schaute sich verwirrt um. »Frauke Schussel und Herr ... äh, Brumbach waren schon wach.« Hinter ihnen kicherte Anita.

»Was wolltest du bei mir im Zimmer, Blondie?«, krächzte Dieter sauer.

»Ich habe dich doch nur geweckt, Dieter«, beteuerte Frau Schussel. »Wer sind Sie überhaupt?« Sie gähnte ungeniert.

»Kriminaldauerdienst, Sommer und Vollmer«, stellte Sissi sich lächelnd vor. »Ich bin Elisabeth Sommer. Sie haben geschlafen?«

»So kann man's auch nennen«, grunzte Anita.

»Mir ist irgendwie unwohl«, jammerte Frauke.

»Da.« Anita, die sich unbemerkt am Spülbecken zu schaffen gemacht hatte, stellte mit einem Knall zwei Gläser mit einer sprudelnden durchsichtigen Flüssigkeit auf den Tisch.

»Was ist das?« Frauke schnupperte misstrauisch. »Ach, was soll's.« Sie nahm das Glas, setzte an und leerte es in einem Zug.

»Kommt öfter vor«, erklärte Anita den beiden verdutzten Beamten. »Die saufen wie die Bürstenbinder, am nächsten Tag brauchen s' dann Tabletten. Und der grantige Feuermelder beschwert sich, wenn ich Müsli hinstell am Sonntagmorgen. Was anderes kriegen die Schnapsdrosseln eh net runter. So, ich bin beim Staubsaugen.« Mit diesen Worten verschwand sie auf ihren hohen Hacken aus dem Zimmer.

Dieter hatte bisher kein Wort gesprochen und hielt sich mit halb geschlossenen Augen an dem kühlen Glas mit der kalten Flüssigkeit fest.

»Herr Brumbach, alles in Ordnung?« Sissi musterte ihn scharf.

»Lassen Sie ihn in Ruhe«, riet ihr Renate bissig. »Er sieht morgens meistens so aus. Ich hätte heute vielleicht auch einen Kater, habe mir jedoch gestern, ehe wir angefangen haben zu trinken, etwas gekocht. Das Zeug von Frau Hoff schmeckt nämlich, als würde sie es mit Toilettenwasser aufbrühen.«

»Wir sind wegen Herrn Heiler hier«, verkündete Klaus so laut, dass Dieter zusammenzuckte. Er machte einen jämmerlichen Eindruck. Sein Haar war zerzaust, die Augen gerötet, und seine Gesichtsfarbe glich einem Kalkeimer.

»Der Norbert schläft heute aber ziemlich lange.« Frauke rülpste dezent. Sie trug den mit Strass besetzten pinkfarbenen Trainingsanzug und ihr Make-up vom Vortag. Ihre schwarz getuschten Wimpern hingen klumpig über faltigen Lidern, und im Mundwinkel klebten verkrustete Spuren von Lippenstift.

»Lassen Sie ihn lieber liegen.«

»Der liegt vermutlich länger«, teilte ihr Renate ohne jede Gemütsregung mit.

»Frau Reismann«, sagte Sissi, »wenn Sie möchten, können Sie jetzt gern tun, was immer Sie vorhatten. Halten Sie sich bitte zu unserer Verfügung.«

»Weg möchte ich. Einfach nur weg aus diesem kitschigen Heimatroman-Alptraum.« Renate erhob sich würdevoll, der schwarze Kaftan schlotterte um ihre dürre Gestalt. »Vielleicht werde ich doch mal diese Kirche aufsuchen, kann ja nichts schaden. Um wie viel Uhr spielen die?«

»Mir ist schlecht.« Frauke stürzte eilig aus dem Raum und verschwand im Flur. Dieter saß – wie schon die ganze Zeit – unbeweglich auf seinem Stuhl und brachte keinen Ton heraus.

»Himmel, was haben Sie nur gestern Abend gemacht?«, stöhnte Klaus. »Sissi, ich fürchte, ein paar Stunden müssen wir den Herrschaften zum Ausnüchtern zugestehen.«

»Hören Sie, ich brauche etwas Ruhe«, krächzte Dieter kalkweiß. »Kommen Sie später wieder, dann können wir meinetwegen über die Bibel sprechen. Lassen Sie gern einen ›Wachtturm‹ hier.«

»Dieter, komm mit.« Renate hielt die Tür auf. »Ich erkläre dir alles.« Mühsam erhob sich Dieter und wankte grußlos nach draußen.

»Das Ende isst nahe.« Klaus lachte. »Anita kocht für Norddeutsche. Gerade eben fühlte ich mich für ein paar Sekunden, als wäre ich zurück in Berlin. Sehen wir tatsächlich aus wie Zeugen Jehovas?«

»Wie mindestens vier davon, wenn ich den Silberblick von Herrn Brumbach richtig interpretiere, der garantiert immer noch doppelt sieht«, meinte Sissi. »Er muss erst seinen Restalkohol loswerden. Lass uns zu Herrn Engels gehen.«

»Und mit der hübschen Blondine sollten wir uns dringend unterhalten.«

»Glaub ich dir sofort, Kollege.« Sissi zwinkerte ihm verschwörerisch zu. »Solltest du dich nicht um die Dame kümmern, von der du heute Nacht Lippenstift am Kinn hattest? Oder ist die wieder verschwunden?«

»Ich hoffe es.« Klaus klang unsicher. »Ich hoffe es wirklich.«

»Guten Morgen«, stammelte Christian, der ihnen auf ihr Klopfen hin die Tür geöffnet hatte. Er trug ein rotes T-Shirt mit dem Aufdruck einer amerikanischen Fernsehserie, dazu eine viel zu enge Jeans, über deren Bund ein käsiger Bauch blitzte. Sein rotblondes Haar war feucht und roch nach Shampoo.

»Sie haben gewaschen?« Sissi deutete auf einen Wäschekorb mitten im Raum. »Am Sonntagmorgen?«

Mit dem Fuß schob er den Korb beiseite. »Die Anita darf mein Zeug net mit in die Maschine zu den Sachen von den Gästen tun. Drum nutz ich die Gelegenheit, wenn alle schlafen.«

»Und Computerfan sind Sie auch?« Sissi zeigte zum Esstisch, auf dem ein riesiger Monitor stand, der unheilvoll blinkte. Daneben lag ein überdimensionaler Kopfhörer.

»Meistens zock ich«, gab Christian verschämt zu. »›Fortnite‹, ›Call of Duty‹ oder ›Minecraft‹. Ist ein spezieller Gaming-PC. Ich komm net viel vor die Tür.« Er ging zum Tisch und schaltete den Bildschirm aus. »Entschuldigung, der ist mir abgestürzt. Muss erst rebooten.«

»Computer-Notfall?«, erkundigte sich Sissi.

»Ja. Kurzschluss«, informierte er sie unglücklich.

»Ach, darum.« Sissi tippte mit dem Fuß auf einen Dreifachstecker, der an der Wand lag wie eine tote Schlange.

»Mei, ist halt ein altes Haus.« Er zuckte mit den Achseln. »Aber der Computer ist das Teuerste, was ich besitze. Hat mehr gekostet als mein Auto.«

»Haben Sie sich schon erholt von Ihrer ersten Leiche?« Klaus lächelte ihn freundlich an. »Dürfen wir reinkommen?«

»Ich hab net aufgeräumt«, entschuldigte sich Christian.

»Keine Sorge, wir werden das auch nicht für Sie tun.« Sissi folgte Klaus ins Zimmer. »Sie sehen gern fern?« Neugierig wies sie auf ein TV in Übergröße, vor dem sich mindestens hundert DVDs auf dem Boden stapelten.

»Bin Serienjunkie«, gestand er. »Das Real Life ist mir zu hart.«

»Wem nicht?«, pflichtete Klaus ihm bei. »Erzählen Sie uns bitte noch mal, wie das gestern abgelaufen ist. Wann haben Sie das Haus verlassen?«

Christian dachte nach. »So um halb zehne am Abend. Ich wollt in die Spätvorstellung. Die ist um zweiundzwanzig Uhr dreißig. Da sind net so viele Leut im Kino. Und ich hab noch tanken müssen.«

»Dann haben Sie den Anfang der fröhlichen Runde mitbekommen?«

»Hab ich«, bejahte er. »Aber des ist net ungewöhnlich, weil die ständig aufeinanderhocken. Ich hab auch schon ab und zu dabeisitzen dürfen.«

»Haben Sie denn keine gleichaltrigen Freunde?« Klaus tat der Bursche beinahe leid. Er machte einen verlorenen Eindruck.

Christian schüttelte den Kopf. »Net viele. Ich hab oft am Wochenende Dienst, wenn die anderen freiham, und kann dann net mit ihnen weggehen. Aber wie gesagt, die sitzen regelmäßig beieinander.«

»Wie regelmäßig?«, hakte Sissi nach.

»Mindestens zweimal in der Woche. Der Herr Moser meint, normalerweise wär des gut, er hat nämlich auch schon Gäste gehabt, die sich net vertragen. Diese vier ham allerdings viel Unfug gemacht.«

»Saß Herr Heiler am Tisch, als Sie gegangen sind?« Klaus rutschte auf einem unbequemen Sitzsack hin und her, den Christian ihm angeboten hatte, und versuchte verzweifelt, das Gleichgewicht zu halten.

Christian dachte kurz nach. »Ich zähl die normalerweise net ab. Ja, der war da.«

»Gab es einen Anlass für das Treffen?«

»Eigentlich wollten sie Sonnwend feiern. Sie ham im Internet gelesen, dass des ein heidnischer Brauch war. Und darum wollten sie um ein Feuer herumtanzen oder so ein Schmarrn. Der Herr Moser hat's allerdings net erlaubt, weil bis jetzt keine gemauerte Feuerstelle da ist. Solche Gäste hat er noch nie gehabt, sagt er. Ich glaub, die sind dem fast zu fit.«

»Zu fit?« Klaus beugte sich auf seinem Sitzsack vor, verlor endgültig das Gleichgewicht und kippte damit um. Er rappelte sich hoch und blieb stehen.

»Die sind recht anstellig«, erzählte Christian verlegen. »Hecken ständig was aus.«

»Anstellig«, murmelte Klaus gedankenverloren. »Noch so eine Wortkreation aus der Allgäuer Begriffeschmiede.«

»Jedenfalls hab ich mein Auto eingeparkt, so gegen eins«, berichtete Christian weiter. »Im Garten hat wer geredet. Und weil ich ein paar von denen schon öfters nackt im Wasser erwischt hab, wollt ich nachschauen. Der Herr Moser mag des net, wenn die keine Badeanzüge tragen, wegen der Hygiene. Und da sind die drei gestanden, der Dr. Butz, der Herr Moser und die Nicole.« Seine Stimme brach. »Da war Blut. An der Seite am Kopf vom Herrn Heiler, des hat sich ausgebreitet im Wasser.«

»Sie kommen drüber weg, Sie sind jung«, tröstete ihn Sissi. »Wie war er so, der Herr Heiler?«

Christian spielte nervös mit dem Saum seines roten Shirts, um seine flatternden Hände zu beruhigen. »Ganz ehrlich? Net wirklich ein guter Mensch.«

»Net wirklich ein guter Mensch?«, wiederholte Sissi verwundert.

»Der ist die ganze Zeit der Nicole und der Anita nach und hat die angefasst«, berichtete Christian leise. »Und verdammt schnell wütend ist der worden. Grad mit dem Herrn Brumbach hat es öfter ein Problem gegeben.«

»Erzählen Sie«, forderte Klaus ihn auf.

»Geht net«, stotterte Christian. »Ich flieg raus, sobald ich den Mund aufmach.«

»In unserem Fall können Sie das vergessen!«, ermahnte ihn Sissi. »Wir sind die Polizei.«

»Der Herr Brumbach wollt von der Nicole auch was«, fuhr Christian fort. »Ich weiß net, was bei denen im Kopf vorgeht. Und dann ham die zwei letzte Woche furchtbar gestritten.« Er deutete mit dem Kopf in Richtung Garten. »Der Brumbach hat verlangt, dass der Heiler die Finger von der Nicole lasst, und ihn einen ›Grasdackel‹ geheißen.«

»Den merke ich mir«, entfuhr es Klaus.

»Und der Heiler hat ihn ausgelacht und gesagt, dass er sich nix vorschreiben lasst von einem Württemberger«, erzählte Christian. »Der Heiler hat nie Angst gehabt. Vor gar nix.« Das klang beinahe ehrfürchtig. »Dann ist die Frau Reismann dazugekommen und hat auch gebrüllt. Ich wär so gern gegangen, leider muss ich dabei sein, wenn die sich am Pool rumtreiben.«

»Kam es zu Handgreiflichkeiten?«, fragte Sissi.

Christian zögerte. »Sie verraten mich net? Ich hab bloß Hauptschulabschluss, und ich brauch den Job. Heim darf ich nimmer kommen, der Papa lasst mich net rein.« Er wirkte in diesem Moment, als wäre er höchstens zwölf Jahre alt.

»Wir halten dicht.« Klaus musterte den Sitzsack mit bösem Blick.

»Der Brumbach wollt den Heiler in den Bauch boxen, der hat dem Brumbach eine geschmiert, voll aufs Ohr. Und die Frau Reismann hat dann dem Heiler eine gedonnert und ihn ein Schwein genannt.«

»Puh.« Sissi holte tief Luft. »Ich hatte mir das Rentnerleben ganz anders vorgestellt. Ging es denn weiter?«

Christian senkte beschämt den Kopf. »Keine Ahnung. Bin dann doch abgehauen«, gab er zu. »Die wären vielleicht sonst wahrscheinlich alle miteinander auf mich los. Sie ham keine Ahnung, wie die sein können. Hab noch gehört, dass der Brumbach gemeint hat, wer zuletzt lacht, lacht am besten. Dann hat der Heiler geantwortet, wer zuletzt lacht, ist einfach zu spät dran, und dass der Brumbach demnächst große Augen machen wird. Zwei Tag lang ham die sich nimmer angeschaut. Und dann sind se auf einmal, als ob nix gewesen wär, wieder zusammengehockt.«

»Wie sind die Apartments aufgeteilt?«, wollte Klaus wissen.

»Reismann und Schussel ham die Zimmer gegenüber von mir mit Aussicht auf die Alpen«, zählte Christian auf.

»Die Einzigen mit einem Fenster in Richtung Garten sind also Herr Brumbach, Sie und Nicole?«

»Ja. Auf unserer Seite sind die Apartments wesentlich kleiner«, bestätigte Christian. »Der erste Stock ist noch net freigegeben. Die ham dann sogar einen Balkon.«

»Sie haben uns geholfen, vielen Dank.« Sissi erhob sich. »Ist Frau Kunze im Haus?«

»Die Nicole hat nix damit zu tun!«, rief Christian erschrocken.

»Das haben nicht Sie zu entscheiden. Tschüss, Herr Engels«, verabschiedete sich Sissi.

Kurz darauf klopften sie nebenan. Nicole öffnete ihnen sofort. Sie war offensichtlich im Begriff, das Haus zu verlassen, und erschrak sichtlich. »Was wollen Sie von mir? Ist es wegen unterlassener Hilfeleistung? Ich habe versucht, ihn herauszuziehen. Bitte glauben Sie mir!«

»Wir ermitteln lediglich in alle Richtungen«, beruhigte sie Sissi. »Und Sie leben nun einmal hier.«

»Entschuldigen Sie.« Nicole schien erleichtert. »Ich war auf so etwas nicht vorbereitet, und ich habe heute Nacht fast nicht geschlafen.«

»Wollen Sie verreisen?« Sissi zeigte auf einen kleinen Trolley in der Zimmerecke.

Sie wurde blass. »Nein.«

Klaus sah sich interessiert um. »Hübsches Apartment. Nur zu wenig Stauraum, oder?«

»Warum?«

»Na, das meiste ist offensichtlich verpackt.« Er zeigte auf die Wand neben dem Schrank, an der sich etliche Kartons stapelten. »Frauen haben ja nie genügend Platz.«

»Schöne Kleider sind mein Ein und Alles. Herr Moser hat mir keinen größeren Schrank zur Verfügung gestellt, darum die Kartons.«

»Wie sind Sie in Legau gelandet?« Sissi nahm sich vor, demnächst eine Diät in Angriff zu nehmen, denn diese gertenschlanke, bildschöne Betreuerin wirkte, als sei sie soeben einer Casting-Show entsprungen. »Es ist eine herrliche Ecke, unser Dorf, aber vermissen Sie nicht die Großstadt?«

»Ich musste weg«, vertraute Nicole ihr errötend an. »Bin gerade geschieden worden, und da dachte ich, dass ich vielleicht besser alles hinter mir lassen sollte.«

»Bezahlt Herr Moser Sie gut?«

Sie schüttelte den Kopf. »Ich wollte nur einen Platz, an dem ich mich verkriechen und meine Wunden lecken kann. Da war mir die Bezahlung egal. Essen und schlafen darf ich ja umsonst.«

»Dann sind Sie frisch geschieden? Sie werden es sicher überwinden«, tröstete Sissi sie mitfühlend.

»Ich will nicht darüber sprechen.« Nicole schloss für einen Moment die Augen. »Männern kann man nicht trauen. Keinem.« Das klang sehr desillusioniert.

»Was sind Ihre Aufgaben hier?«, wollte Sissi wissen.

»Ich kümmere mich um die Gäste, zusammen mit Christian. Fahre sie zum Einkaufen oder abends ins Kino, das ist allerdings eher selten. Einer von uns beiden muss rund um die Uhr für die Bewohner da sein. Wenn Frau Hoff nicht hier ist, machen Christian oder ich Abendbrot. Die arbeitet ja nur bis Mittag.«

»Sie vertragen sich nicht gut mit Frau Hoff?«

»Ich weiß nicht, was sie gegen mich hat«, beteuerte Nicole. »Sie beschuldigt mich ständig, dass ich Männern schöne Augen mache. Ich kann nichts dafür, wenn die mich mögen. Gut, manchmal schießen sie übers Ziel hinaus.« Sie errötete. »Vermutlich hält mich Frau Hoff für Konkurrenz. Herr Heiler nannte sie vor einiger Zeit einmal ›Büchse der Pandora‹.«

»Mit Worten umgehen konnte er.« Klaus lachte.

»Aber ich trage wenigstens Unterwäsche bei der Arbeit«, fuhr Nicole fort. »Und ich habe auch kein Geld genommen. Außer vielleicht mal für das Fahren. Das hat uns Herr Moser erlaubt.«

»Können Sie uns noch etwas zu dem Streit sagen, der neulich am Pool stattfand?«, bat Klaus.

»Wann soll das gewesen sein? Davon weiß ich nichts«, versicherte Nicole schnell. »Wenn Christian Dienst hat, fahre ich meistens nach Memmingen, darum habe ich vielleicht nichts mitbekommen.«

»Was tun Sie denn da?«, fragte Sissi.

»Spazieren gehen. Einen Kaffee trinken«, antwortete sie ausweichend.

»Aber dass zwischen Herrn Brumbach und Herrn Heiler Spannungen bestanden, wussten Sie?«, fragte Klaus.

»Den Männern war nur langweilig. Besonders Herr Heiler war körperlich viel zu fit, um nur herumzusitzen.«

»Hat es einen Grund, dass der Tod von Herrn Heiler Sie so mitnimmt?« Sissi beobachtete Nicole genau.

»Ich … mochte ihn. Er war gut zu mir. Hat mich gelegentlich in den Arm genommen und mir zugehört. Weil die letzten Jahre nicht leicht für mich waren.«

»Seids fertig?« Martin Moser stand plötzlich im Türrahmen.

»Wenigstens eure Typen im Papieranzug sind endlich weg. Garantiert wird im Dorf schon geschwätzt. Vor allem, weil der nixige Balg vom Hofbauer des mitgekriegt hat, der reißt bestimmt die Gosch auf.« Sein Blick fiel auf Nicole. »Ihnen ist hoffentlich klar, dass mir einen Vertrag ham, oder? Da steht drin, was Sie ausplaudern können und was net.«

»Wir sind fertig fürs Erste«, versicherte Sissi der Betreuerin aufmunternd. »Martin, können wir uns auf der Terrasse noch mal unterhalten? In der Küche sitzen ein paar Schnapsleichen.«

Moser nickte und ging mit ihnen nach draußen. Zusammen nahmen sie an einem Tisch im Freien Platz. »Kaffee?« Moser sah sie fragend an. »Die Anita kann einen bringen.«

»Nein danke«, lehnte Sissi ab. »Martin, du führst fünf dieser Einrichtungen. Verlierst du nicht den Überblick? Hier soll es ja öfter gescheppert haben.«

»Die Julia und ich schauen jede Woche rein, kriegen aber net alles mit. Ich hab auch bisher nie so einen Ärger gehabt wie mit denen hier.« Er zeigte abfällig auf das Fenster der Gemeinschaftsküche. »Neulich wollten sie E-Bikes von uns gestellt. Wegen CO_2. Den Teufel tu ich.« Er schüttelte unwillig den Kopf.

Sissi musste lachen. »Du betontest beim Tag der offenen Tür, dass Voraussetzungen für die Warteliste existieren. Diese Herrschaften entsprechen nicht deinen Anforderungen?«

»Ist bisher alles immer gut gegangen, sogar mit denen«, knurrte Moser. »Bis ihnen im ›Mohren‹ letztes Jahr die Ernestine zum ersten Mal König Ludwig Dunkel serviert hat. Der Brumbach hortet des seitdem kistenweis in seinem Zimmer, und der Heiler hat angefangen, des pappsüße Likörzeug zu saufen. Des war der Anfang vom Ende. Ich kann und will nix verbieten, auch des Rauchen net, obwohl der Brumbach neulich einen Vorhang abgefackelt hat im Suff. Woher hätt ich ahnen können, dass sich die vier zusammentun und eine Halbstarken-Gang gründen? Der Büchner und die Haberbach sind in Ordnung. Verhalten sich altersgemäß und hocken meistens rum, aber der Rest benimmt sich grenzwertig.«

»Wie meinst du das?«, wollte Sissi neugierig wissen.

»Der Brumbach hat a verdammt kurze Zündschnur und wird aggressiv, da braucht der net amal besoffen sein. Die Schussel hat derbe einen an der Klatsche und unterhält sich mit sich selber, und die Reismann frisst Tabletten, als wären des Hustenguzle.«

»Guten Morgen zusammen.« Eine Frau hatte sich unbemerkt vor dem Tisch aufgebaut und musterte Sissi und Klaus mit unbewegtem Gesicht.

»Julia, grüß dich.« Sissi wollte der Blondine mit dem hageren Gesicht die Hand reichen. Die wich ihrer Geste aus.

»Hab viel zu tun«, grüßte sie kühl. »Können Sie den Fall schnellstens abschließen? Ich möchte keine Unruhe reinbringen in dieses Biotop aus Berufsjugendlichen mit ADHS.« Sie zeigte auf das Küchenfenster.

»Leider nein.« Klaus begutachtete interessiert die schlanke Frau. Sie trug ein olivfarbenes Safarikleid mit aufgesetzten Taschen und wirkte wie dem Eisfach eines Kühlschranks entsprungen. »Die Umstände von Herrn Heilers Tod müssen geklärt werden. Er starb nicht an einem Herzversagen, wie Ihr Gatte das gern gehabt hätte.«

»Wie bitte?« Julia riss die Augen auf.

»Herr Heiler wurde sehr wahrscheinlich ermordet«, bestätigte Sissi. »Was weißt du über Tranquilizer und Gäste, die welche einnehmen?«

»Das schluckt heutzutage fast jeder.« Julia setzte sich zu ihnen an den Tisch. Ihr Gesicht war maskenhaft starr. »Ich glaub, die Reismann kommt ohne des Zeug nicht mal über den Zebrastreifen in Legau.«

»Im Zusammenhang mit Alkohol kann das Schäden verursachen«, warnte Sissi. »Da habt ihr ja wirklich ein Problem.«

»Sissi, die Leute sind alle um die siebzig. Glaubst, die lassen sich von uns irgendwas verbieten? Das sind zahlende Gäste.« Julia hob entschuldigend die Hände in die Höhe.

»Bis heut zahlen mir mit denen fast drauf«, beschwerte sich Moser.

»Ausschließlich mehrlagiges Klopapier aus Recyclingmaterial, weil alle so empfindliche Hintern ham«, beklagte sich Julia gereizt. »Unsere Kapselmaschine für den Kaffee mussten wir durch einen Vollautomaten ersetzen, weil die Reismann die Grünen wählt und uns vorgeworfen hat, wir töten die Umwelt mit dem Aluminium. Anita hat Anweisung, auf jedem Stück Obst, des sie mitbringt, ein gebrauchtes ›Bio‹-Etikett anzubringen, weil die alle ewig leben wollen. Wenn es nach denen ginge, dürften wir ausschließlich bei ›Rapunzel Naturkost‹ einkaufen, dann passt allerdings unsere Kalkulation nicht mehr.«

»Wo habt ihr eure Betreuer engagiert?«, erkundigte sich Sissi.

»Die Nicole hat sich vor einigen Monaten auf unsere Anzeige im Internet gemeldet«, erzählte Julia. »Ich hab sie zum Vorstellungsgespräch herbestellt, sie kam am nächsten Tag und ist gleich geblieben. Sie machte einen hervorragenden Eindruck. Ruhig, bescheiden, Bereitschaft zu Überstunden. Und wir brauchten dringend jemanden. Will ja keiner machen.«

»Meine Frau hat mit weiblichen Angestellten aus Polen oder Rumänien gewisse Verständigungsschwierigkeiten«, meldete sich Martin zu Wort.

»Dafür konntest du dich mit denen sofort unterhalten«, warf Julia ihm böse vor. »Kauf dir eine App zum Sprachenlernen. Das funktioniert, ohne dass man sich gegenseitig die Zunge in den Hals steckt.«

»Sie ist grundlos eifersüchtig«, rechtfertigte sich Moser verlegen. »Sieht alleweil Gespenster, wo keine sind. Schatzi, ich lieb nur dich.«

»Bist du mit Nicole zufrieden, Martin?«

»Seit gestern nicht mehr«, knurrte Moser. »Wenn die gesoffen ham, muss man eben a bissle mehr auf sie aufpassen. Des hat sie vernachlässigt.«

»Und wie kamen Sie zu Herrn Engels?«, fragte Klaus.

»Den hat sein Vater vermittelt. Ich nehm aber mittlerweile jeden«, gab Moser zu. »Muss ich leider. Und ich kenn seinen Vater und den Christian schon ewig. Der Rudi hat ihn rausgeschmissen, nachdem er die zweite Lehre abgebrochen hat. Mit siebenundzwanzig!«

»Macht er seine Arbeit ordentlich?«

»Geht«, antwortete Moser. »A bissle träge ist er. Mault den Leuten net nach, was gut ist. Der macht, was er muss, nicht einen Handstreich mehr. Hängt die meiste Zeit vor dem Computer rum. Trotzdem – bisher war der keinen Tag krankgeschrieben, und er kann's mit den Leuten. Grad mit der Reismann, die kommt sonst mit niemand aus.«

»Die Nicole«, mischte Julia sich ein, »finde ich persönlich schon ein wenig merkwürdig. Immer gekleidet, als käme sie von einer Modenschau in Mailand. Neulich habe ich sie mit einer Handtasche von Louis Vuitton getroffen, die locker achthundert Euro kostet. Ich möchte zu gern wissen, wie sie das macht.«

»Sie hat vielleicht einen Freund, der ihr ab und zu was schenkt. Sei net so paranoid«, unterbrach Moser seine Frau. »So, auf geht's.« Er erhob sich und gab Julia ein Zeichen.

»Wir sprechen uns noch.« Sissi reichte ihm die Hand, dann verschwanden die beiden hinter der hohen Hecke. Kurz darauf hörte man das Geräusch eines schweren Motors. »Hast du gesehen?« Sissi erhob sich und rückte ihren Stuhl zurecht. »Ich hatte Frau Kunze doch gefragt, ob sie verreisen möchte, wegen des Koffers in der Ecke? An dem war noch das Preisschild, der ist neu.«

»Ich gebe zu, auf den habe ich gar nicht so geachtet«, meinte Klaus zerknirscht.

»Und diese immense Sammlung von Stofftieren auf ihrem Sofa? Ist dir die auch nicht aufgefallen, Kollege?«

»Schon, doch das ist ja ihre Sache, Sissi. Verspielte Frauen mag ich.«

»Klaus! Dann vielleicht die Beule an Brumbachs Haaransatz?«, schlug Sissi vor. »Die war ziemlich groß und muss auch wehtun. Man sieht sie sogar deutlich. Ich fürchte, Annalena hat eine Schneise der Verwüstung in deinen Gehirnzellen hinterlassen.« Sie lachte.

Auf dem Weg zurück ins Haus trafen sie auf eine klapperdürre, für diese sommerliche Jahreszeit zu warm gekleidete Gestalt, die ganz offensichtlich durch den Hintereingang in die Küche schleichen wollte und bei ihrem Anblick ins Straucheln geriet. »Frau Dobler, so eine Überraschung«, grüßte Sissi. »Hätte ich mir denken können. Wo Anita weilt, sind Sie nicht weit.«

»Elisabeth.« Erna nickte ungnädig. Sie trug, wie jeden Sommer, trotz der bereits deutlich spürbaren Mittagshitze ihren taubenblauen Vorkriegsstoffmantel mit den vor Jahrzehnten eingenähten zweihundert Reichsmark, der beim Laufen leise klingelte. Erna hatte sich dran gewöhnt und hörte es schon gar nicht mehr. Seitdem ihr Ehemann Schorsch vor vielen Jahren eines Tages auf seinem Heimweg vom »Mohren« unter einen Mähdrescher geraten und gestorben war, lebte sie in einem kleinen Reihenhäuschen am Rande von Legau und vertrieb sich den Ruhestand mit amerikanischen Krimiserien, Melissengeist in hoher Dosierung und dem Verbreiten von Gerüchten in jeder Form. Seit dem ersten Mordfall vor einigen Jahren, bei dem während einer Hochzeit die Braut erschossen worden war, mischte sich Erna regelmäßig in laufende Ermittlungen und brachte Sissi und Klaus damit zur Weißglut. Die einzige von ihr akzeptierte Autorität war der liebe Gott, den sie anstandshalber in der Kirche siezte. Sie war neugierig wie eine junge Katze, kannte so gut wie jeden im Dorf persönlich und war als inquisitorische moralische Instanz mindestens genauso gefürchtet wie gehasst, was Erna nicht störte, denn sie fühlte sich über jede Anfeindung erhaben. Ab einem gewissen Alter kann es einem nämlich wurscht sein, was andere über einen denken.

Nun aber, an diesem herrlichen warmen Junisonntag, fühlte

sich Erna von den beiden Beamten ertappt, denn obwohl mit dem Selbstbewusstsein von Margaret Thatcher gesegnet, war ihr bewusst, dass sie hier normalerweise gar nichts verloren hatte. »Die Polizei, da schau her.« Scheinheilig schenkte sie Klaus ihr schönstes Lächeln. »Gut schauen Sie aus, Herr Vollmer. Sissi, hast a bissle zugenommen? Schwanger kannst net sein, bist ja nie daheim.«

Sissi zog automatisch den Bauch ein, weil sie sich – wie jedes Mal – gemaßregelt fühlte. »Was führt Sie um diese Uhrzeit hierher? Sollten Sie nicht in der Kirche sein?«

»Oder in der Hölle, beim Kesselumrühren?«, raunte ihr Klaus ins Ohr.

»Der Sommer predigt jeden Sonntag desselbe, des reicht, wenn ich zum Abendgottesdienst hingeh und mir meinen Anschiss abhol.« Erna schaute sich neugierig um. »Ist er weg?«

»Wer denn?«, fragte Sissi unschuldig.

»Äh, die Mosers«, redete Erna sich heraus. »Die sind mir grad entgegengekommen. Schon wieder a neues Auto. Wer hat, der hat, gell?«

»Verraten Sie uns, was Sie hier machen?«, verlangte Sissi und entdeckte im selben Augenblick eine voluminöse Reisetasche, die Erna am Durchgang zur Terrasse abgestellt hatte. »Was ist denn da drin?«

»Nix, was dich angeht, Elisabeth«, entgegnete Erna hoheitsvoll.

»Ach, ziehen Sie hier ein?«, wollte Klaus wissen, der die Reisetasche nicht aus den Augen ließ.

»Kann ich mir net leisten«, verriet ihm Erna mit melodramatischem Augenaufschlag. »Ich helf hier bloß der Anita ein bissle.«

»Sie arbeiten hier?«, fragte Sissi verwundert. »Ist Ihre Rente so niedrig?«

»Ich bin freiwillig da«, erklärte Erna ungeduldig. »Die Anita schafft wie a Brunnenputzer bei dem Leuteschinder. Zahlt den Mindestlohn und nutzt seine Angestellten aus. Was glaubst, warum keine von denen jungen Weibsbildern aus dem Ostblock länger als sechs Monate geblieben ist?«

»Sie helfen der Anita?«, fragte Klaus konsterniert. »Was haben Sie denn in dieser Tasche im handlichen Schrankformat? Eine Magnumflasche Meister Proper?«

»Nix, sag ich doch«, bockte Erna, der es nicht passte, dass sie erwischt worden war.

»Wir kriegen es ohnehin raus«, drohte Sissi. »Woher haben Sie es diesmal erfahren?«

»Vom Vater vom Florian Hofbauer.« Erna funkelte Sissi boshaft an. »Schon den Mörder gefunden? Na, gell? War ja klar.«

Sissi verlor allmählich die Geduld. »Frau Dobler, wir haben nicht den ganzen Tag Zeit.«

»Ich helf nur dem Mädel«, wiederholte Erna patzig. »Des arme Kind kommt net hinterher in dem Kabuff.« Sie zeigte auf die Tür zur Gemeinschaftsküche. »Die soll sauber machen, kochen und servieren, und die dürre Blondine druckt sich in der Zwischenzeit vor der Arbeit, weil se mit Mannsbildern rumscharwenzelt und stinkfaul ist. Die hat's faustdick hinter den Ohren und nutzt die Gutmütigkeit von meiner Anita schamlos aus.«

»Ach«, entfuhr es Klaus belustigt.

»Ihr habts keinen Schimmer, wie des ist, wenn man richtig arbeitet, gell?«, warf Erna ihm giftig vor. »Alle Jubeljahr wird jemand umbracht, und dann gehts den Leuten auf die Nerven. So ein Leben möchte ich ham.«

»Haben Sie doch. Was ist da drin?«, beharrte Sissi.

»Ohne Durchsuchungsbeschluss geht gar nix. Lies du mir erst amal meine Rechte vor.« Erna rührte sich keinen Millimeter. Immerhin hatte sie genug amerikanische Krimiserien geguckt und kannte sich aus.

Klaus ging zu der voluminösen Reisetasche und öffnete kurzerhand den Reißverschluss. »Unglaublich!«, rief er überrascht. »Sissi, da ist Alkohol drin. Und Essen. Massenhaft Essen. Wow, wie das riecht!«

»Schweinsbraten, Knödel und Blaukraut«, zählte Erna unwillig auf. »Hab ich vorgekocht gestern Abend.«

»Sie bereiten Mahlzeiten für Anita zu?« Sissi war fassungslos. »Ist sie hier nicht als Hauswirtschafterin angestellt?«

»Sag dem Martin nix«, bettelte Erna. »Der wirft sie sonst raus, dann kriegt sie Ärger mit der Martha, ihrer Schwiegermutter. Äh, baldigen Schwiegermutter. Der Bertram lasst sich ziemlich Zeit mit dem Heiraten. Ich unterstütz sie bloß, weil die überkandidelten Preußen so anspruchsvoll sind.«

»Mich wundert hier in Legau gar nichts mehr«, flüsterte Klaus. »Was ist mit dem Likör in der Tasche? Sind Sie unter die Schnapsbrenner gegangen?«

»Den brennt man net, den setzt man an. Des könnten sogar Sie«, klärte Erna ihn abfällig auf. »Zwetschgensaft, Zucker, Wasser, Korn und Rum. Ich verk… äh, ich bring des immer mit.«

»Sie verticken Spirituosen?«, fragte Sissi verblüfft.

»Der hübsche Musiker mit dem Schnauzbart ist ganz scharf drauf«, eröffnete ihr Erna selbstgefällig. »Ich krieg zehn Euro für ein Fläschle. Da ist nix dabei.«

»Ich fürchte, Sie müssen sich neue Kundschaft suchen«, verriet ihr Klaus.

»Ha?« Erna schien heute schwer von Begriff. »Ja, Sackelzement, dann war des net der arrogante Württemberger, der früher einmal die Fabrik gehabt hat? So ein Pech.« Sie wirkte schwer enttäuscht. »Ist des sicher? Habt ihr nix verwechselt?«

»Ganz sicher«, bestätigte Sissi, die Mühe hatte, ernst zu bleiben. »Ihnen sind heute Nacht hundert Prozent Ihres Kundenstammes weggebrochen.«

In Ernas Gesicht arbeitete es. Dann setzte sie eine unverbindliche Miene auf. »Darf ich endlich rein? Um Schlag zwölfe gibt's Mittagessen. Sonst machen die an Aufstand. Wär net das erste Mal.«

»Kann ich mir heute nicht vorstellen.« Sissi registrierte erschöpft, wie ihre Kopfschmerzen sich bemerkbar machten, die bei jedem Kontakt mit Erna Dobler neu aufflammten. »Ich schaffe es ohnehin nicht, Sie aufzuhalten.«

»Niemand kann des.« Erna schnappte sich die Tasche und schleppte sie ächzend zum Eingang. Sissi und Klaus folgten ihr nach drinnen.

»Und das haben Sie alles mit dem Fahrrad rausgefahren?«, staunte Klaus, als Erna die schwere Tasche auf den Tisch wuchtete.

»Ich hab a paar Wochen ein elektrisches«, informierte sie ihn stolz. »Des lauft wie a Hex.«

»Oh mein Gott«, entfuhr es Klaus.

»Habts nix zum Tun? In Sachen von andere Leut rumwühlen zum Beispiel?«, stichelte Erna, die schon geschäftig mit den Töpfen klapperte und sich offensichtlich in der Küche bestens auskannte. »Ich hab's eilig. Der Martin darf mich net erwischen.«

»Essen auf Rädern nach Legauer Art«, raunte Klaus Sissi zu.

»Des hab ich gehört. Bei Ihnen wird's übrigens auch allmählich Zeit, dass Sie sich jemand suchen, der für Sie kocht«, wurde er von Erna getadelt. »Ich kenn Mannsbilder wie Sie. A nette Visage, aber Verantwortung will keiner von euch übernehmen. Des bleibt net ewig, des hübsche Gesicht. Irgendwann sind Sie fett und alt.«

»Bis jetzt bin ich jung und schlank«, verteidigte sich Klaus erbost.

»Wie lang halt noch?« Erna musterte ihn abfällig. »Wollen S' so enden wie der Heiler? Jedem Rock hinterherlaufen bis zum Herzkasper?«

»Ihnen auch?« Sissi konnte sich das Lachen kaum verkneifen.

»Des hätt er ja probieren können.« Erna stellte den Topf stöhnend auf die Induktionsplatte. »Aber der hat mein Mädel auch belästigt, der Stenz.«

»Schwätzt da wer über mich? Erna, Gott sei Dank! Hat

der Moser dich gesehen?« Anita hatte unbemerkt den Raum betreten. Die schwarz gefärbten Haare hingen ihr feucht ins Gesicht. »Ich hab mir einen Nagel abgerissen.« Anklagend hob sie ihre Hand. »Die Schussel ist so eine Schlampe, ehrlich. Wollt ihren Koffer unterm Bett wegrücken, damit ich mit dem Staubsauger drankomm. Der wiegt drei Zentner.«

»Unter dem Bett saugen?«, wiederholte Sissi verblüfft.

»Was willst denn damit sagen, Eure Heiligkeit?« Anita baute sich beleidigt vor ihr auf.

»Bei mir funktioniert das nicht. Kannst sie wieder einpacken.« Sissi zeigte auf Anitas Top, das auf Halbmast hing, sodass der obere Rand eines BHs aus schwarzer Spitze sichtbar wurde.

Hastig zerrte Anita den Stoff hoch. »Gibt welche, die finden des gut«, brummte sie. »Frau Hochwohlgeboren.«

»Anita«, Sissi seufzte, »regelmäßig treffe ich dich bei Ermittlungen in irgendwelchen obskuren Fällen. Du gehst jeden Holzweg bis zum bitteren Ende. Was meint eigentlich der Bertram dazu, wenn du so rumläufst? Findet der das gut?«

»Geht dich einen feuchten Dreck an!«, fauchte Anita wütend.

»Wo wir gerade von feuchtem Dreck reden, bist du schon fertig mit Saubermachen? Immerhin liefert deine Subunternehmerin das Essen.« Sissi reichte es allmählich. »Bitte komm in den nächsten achtundvierzig Stunden aufs Revier und melde dich bei Hans Dollinger, damit du deine Aussage zu Protokoll geben kannst. Wir möchten gern erfahren, ob du noch etwas anderes aufgeschnappt hast außer regelmäßigem Trinkgeld für verrutschte Klamotten. Darfst auch gern so angezogen bleiben, der Hans ist schon ewig verheiratet und freut sich über ein wenig Haut.«

»Ich hab nix zum Erzählen«, winkte Anita ab. »Euch schon gar net. Erst macht ihr mir den Job in der Praxis hin, sodass ich wieder bedienen gehen muss, und dann den im Hofladen. Du bist ein Jobkiller und a selbstgerechte Super-Hausfrau, Sissi.

Bloß dass du's weißt – mir schmeckt dein Apfelkuchen gar net. Viel zu wenig Streusel.«

»Mir essen um zwölfe. Keine Minute später«, unterbrach Erna die Tirade ihrer Ziehtochter energisch. »Musst halt alles aufwärmen. Denk dran, in der Mikrowelle werden die Knödel hart, die musst im Topf sieden, ganz langsam.«

»Weiß net, ob ich des schaff«, maulte Anita. »Bin noch net fertig, da hat einer gestern ins Klo gespien beim Brumbach. Des ist so ekelhaft.«

»Ich helf dir«, bot Erna ihr an und verschwand, ohne sich zu verabschieden, watschelnd in der Diele.

»Meine Dobler-Migräne ist wieder da.« Sissi rieb sich gequält die Schläfen. »Wieso stoßen wir regelmäßig auf diese Geierwally für Arme und des Teufels Großmutter?«

»Wo sind die anderen drei Bewohner?« Klaus blieb unschlüssig im Türrahmen stehen. »Meinst du, die sind mittlerweile nüchtern?«

»Weggefahren«, verkündete Nicole, die soeben hereinkam.

»Macht denn hier jeder, was er will?«, stöhnte Klaus. »Wir haben denen ausdrücklich mitgeteilt, dass wir sie brauchen.«

»Vielleicht deswegen. Kommen Sie.« Nicole zog Sissi am Ärmel durch den Flur. Von weiter weg hörte man Zetern und Schimpfen.

»Zefix, pack halt amal mit an, Erna!«, verlangte Anitas ungehaltene Stimme. »Du bist net zum Fernsehen da.«

»Aber zum Putzen auch net.« Das war eindeutig Erna Dobler. »Grad lauft a Wiederholung von ›CSI‹. So an großen Fernseher hab ich daheim net. Wenn des Zimmer vom Heiler mit viel Glück a bissle länger frei ist, dann kann ich mir da drin ebbes angucken. Der hat den größten gehabt.« Amüsiertes Kichern von Anita.

»Unglaublich.« Sissi schloss für eine Sekunde die Augen und verzog das Gesicht. »Ich lebe derzeit in der Heimwerkerhölle, weil mein Mann glaubt, er sei zum Handwerker berufen. Und hier macht jeder, was er will. Dabei ist noch nicht mal Mittag.

Ich trau mich gar nicht heim heute, hab keine Ahnung, ob Peter nicht schon wieder irgendwo ein Loch geschlagen hat.«

»Keine Sorge, da kommst du auch so schnell nicht mehr hin«, tröstete sie Klaus. »Ich weiß auch nicht, was mich zu Hause erwartet, denn Annalena wollte eigentlich heute Morgen nach Hause fahren«, gestand er dann zerknirscht. »Aber vorhin schickte sie mir eine SMS, dass sie nun doch auf mich wartet. Weil sie mich vermisst.«

»Geschieht dir recht«, kicherte Sissi. »Endlich bist du an eine resolute Frau geraten.«

»Die Wohnung von Frau Schussel.« Nicole öffnete eine Tür.

»Dürfen Sie das?«, fragte Klaus.

»Ich muss jeden Raum betreten können, für den Fall, dass der Panikknopf aktiviert wird«, bejahte Nicole. »Und den drücken die oft, wenn sie betrunken sind.«

»Tja, wir können nicht.« Sissi verharrte auf der Schwelle. »Dafür haben wir keinen richterlichen Beschluss.«

»Sie vielleicht, ich nicht. Bleiben Sie einfach stehen.« Nicole betrat hastig das Zimmer und öffnete die Schublade an einer Kommode. Sie wühlte ein wenig darin herum. »Oh, gehört nicht hierher.« Mit überraschtem Gesichtsausdruck überreichte sie Klaus eine abgegriffene Packung Spielkarten und einen dicken Umschlag.

»Wollen Sie mit uns eine Runde Mau-Mau spielen?« Vorsichtig öffnete er das Kuvert. »Oha! Nur Fünfzig- und Hundert-Euro-Scheine.«

»Abgesehen von der Tatsache, dass Sie sich soeben strafbar gemacht haben, kann das Geld genauso Frau Schussel gehören. Arm ist sie wohl nicht gerade«, sagte Sissi.

»Die zocken«, verriet ihnen Nicole. »Beinahe täglich. Das mit dem Geld verstehe ich auch nicht, aber hier sind Frau Schussels Glückskarten, wie sie behauptet. Normalerweise verliert sie immer eine Menge.«

»Wie viel ist ›eine Menge‹?«

»Neulich musste ich zu Herrn Brumbach«, erzählte Nicole.

»Weil der Panikknopf gedrückt worden war. Alle vier saßen um den Tisch, auf dem mindestens fünfhundert Euro lagen. Eher mehr. Herr Brumbach verlangte, dass ich ein Machtwort spreche, weil Herr Heiler offensichtlich betrügen würde. Manchmal verspielen sie an einem Abend tausend Euro.«

»Die vertreiben sich also die Zeit mit Karten. Möchten Sie andeuten, dass Herr Brumbach so wütend auf Herrn Heiler war, dass er ihn umgebracht hat?«

»Ich wollte nichts andeuten, sondern Ihnen eine Denkhilfe geben«, erklärte Nicole. »Es gab hier verdammt viele Streitereien. Dass Frau Schussel den Umschlag mit dem Geld versteckt, bedeutet sehr wahrscheinlich, es ist gestohlen. Herr Heiler hatte nämlich einiges an Bargeld abgehoben.«

»Und das wissen Sie woher?«, fragte Klaus.

»Ich musste ihn am Freitagmittag zur Sparkasse und zur Volksbank fahren«, antwortete Nicole schnell. »Und im Auto auf ihn warten. Er hat dann vor mir die Scheine lose in seine Gesäßtasche gesteckt.«

»Warum haben Sie uns das gezeigt?« Sissi drückte der hübschen Frau Karten und Umschlag wieder in die Hand.

»Weil ich es nicht war.« Nicole huschte zu der Kommode und verstaute alles ordentlich. »Sie verdächtigen mich, doch ich habe ihn gemocht«, versicherte sie und schloss sachte die Tür zu Frau Schussels Apartment. »Die anderen konnten ihn nicht leiden. Jeder von denen hat etwas zu verbergen. Ich muss los. Sie finden sicher allein hinaus. Auf Wiedersehen.« Sie drehte sich um und verschwand mit wehendem Rock.

»Das war ein wenig schräg, findest du nicht? Wie geht es deinen Kopfschmerzen?«, erkundigte sich Klaus.

»Rate mal.« Sissi schloss die Augen. »Gerade würde ich wirklich gern zur Entspannung einen Apfelkuchen machen. Aber sogar das Backrohr ist innen eingestaubt.« Sie tat einen tiefen Seufzer.

Sonntagmittag, Illerbeuren

»Wo hast du geparkt?« Dieter hörte sich an, als bereite ihm jedes Wort Schmerzen.

»Auf dem großen Platz. Fahr nächstes Mal gefälligst selbst, anstatt dich von mir bis vor die Tür kutschieren zu lassen. Ist dein Wagen.« Renate sah sich verdrossen um. Alle drei saßen im malerischen Biergarten des Gromerhofs in Illerbeuren, einem von Touristen und Einheimischen aller Altersklassen gut frequentierten Restaurant mitten im Ort. Die aufwendig restaurierte Fachwerkfassade glänzte mit den blitzblanken kleinen Fenstern im Sonnenlicht um die Wette. Geschäftige Servicekräfte im Dirndl huschten auf dem sauber geharkten Kies durch Reihen mit hölzernen Klapptischen, verteilten Speisekarten, servierten kühle Halbe und verloren bei keinem wie auch immer gearteten Sonderwunsch ihr beflissenes Lächeln. Schon um diese Uhrzeit war der mit großen Sonnenschirmen bestückte Außenbereich voll besetzt. An einem lang gezogenen Bierbanktisch kippten drei verschwitzte Radler mit roten Backen und farblich dazu passenden Helmen glücklich ihr zweites Spezi.

»Das wirkte in den Augen der Polizei garantiert wie eine Flucht«, warf Renate Dieter vor. Der machte nach wie vor einen mehr als zerknitterten Eindruck. Zusammengesunken saß er auf seinem hölzernen Stuhl und zeigte Renate den Stinkefinger.

»Hört auf«, bettelte Frauke, die sich in ihrer zum Zerreißen gespannten Jeans, dem paillettenbesetzten Shirt mit dem Aufdruck eines namhaften italienischen Designers und den knalligen Zehensandalen ganz offensichtlich etwas overdressed fühlte, als sie die anderen Gäste heimlich musterte. Unter ihrem riesigen Strohhut, auf dessen Krempe ungefähr ein Kilo Plastikkirschen zu einem unansehnlichen Klumpen verteilt war, trug sie eine überdimensionale, mit Strass verzierte Sonnenbrille.

»Setz das Ding ab«, befahl ihr Renate. »Du siehst aus wie eine adipöse Bette Davis mit dieser Missgeburt von Kopfbedeckung.«

»Reni«, hauchte Frauke und knetete nervös ihre Finger. »Warum bist du so gemein?«

»Mit dir fällt man überall auf, doch nicht positiv«, warf Renate ihr vor. »Gerade in so einem touristischen Feuchtbiotop wie hier.« Am Nachbartisch wurde es still, dann setzte der Geräuschpegel wieder ein.

»Also, was soll das, Dieter?«, wollte sie dann von Brumbach wissen. In ihrem wadenlangen olivfarbenen Sommerkleid wirkte sie wie ein ans Tageslicht gezerrter Poltergeist. Unter ihren Augen lagen tiefe Schatten, und sie schien über Nacht tatsächlich noch magerer geworden zu sein. »Möchtest du uns zu einer Falschaussage überreden?«

»Sei einfach mal ruhig, Renate. Du hast gedroht, ihn umzubringen, ist gar nicht lange her. Du wirst genauso verdächtigt wie ich.« Er wischte sich mit dem Unterarm über die schweißnasse Stirn.

»Können wir nicht hier was essen?«, mischte Frauke sich zaghaft ein. »Die Tütensuppen von dem schwarz gefärbten Flittchen kriegt ja kein Mensch runter. Und alles andere, das sie kocht, hat die Konsistenz von Bürogummi.«

»Wir haben andere Sorgen, Frauke von Sinnen«, unterbrach Dieter sie verdrossen.

»Er war mir egal.« Renate funkelte ihn wütend an. »Und rede nicht so mit mir, als wäre ich erst zwölf. Weißt du, wie alt ich bin?«

»Ich schon, du nicht«, antwortete Dieter betont langsam. »Hat er dich wütend gemacht? Wäre ja ganz etwas Neues.«

»Du hast tatsächlich etwas mitbekommen?«, fauchte Renate. »Wo du doch kontinuierlich damit beschäftigt bist, dem billigen Flittchen unter den Rock zu fassen, genau wie er. Ich habe euch am Pool beobachtet.«

»Nur weil eine attraktive junge Frau auf mich abfährt und

du bei mir nicht landen kannst?« Dieter fixierte Renate abfällig. »Du bist auch kein Paradebeispiel für Moral und Anstand. In deinem Alter!«

Am Nachbartisch, wo ein paar ältere Herren in Krachledernen und karierten Hemden saßen, wurde es wieder verdächtig still. Einer der Honoratioren schielte unter seinem grauen Filzhut neugierig auf das streitende Dreiergespann und nahm dann schnell einen Schluck von seiner Halben, als er Renates giftigen Blick bemerkte. Dabei hätte er beinahe eine Wespe verschluckt.

»Lass Reni in Ruhe!«, schnauzte Frauke ihn an. »Glaubst du, dass so ein blutjunges Ding auf deine blauen Augen abfährt, Dieter? Dein Säuferzinken sieht aus wie der Shell-Atlas. Schönen Gruß von deiner Leber. Lasst uns von etwas anderem reden.«

»Guten Tag.« Eine wie aus dem Nichts aufgetauchte Servicekraft lächelte zuvorkommend alle der Reihe nach an. »Darf ich Ihnen die Speisekarte bringen?«

»Meinetwegen«, bejahte Dieter gönnerhaft und vertiefte sich dann, genau wie Frauke, in die Menüauswahl. »Renate, was ist mit dir?«

»Nein danke«, verneinte die. »Wie könnt ihr nur ans Essen denken?«

»Schluck eine von deinen Tabletten und verschone uns«, fuhr Dieter sie an. »Kann keiner von uns was dafür, dass du nicht das Rennen gemacht hast. Evolution, meine Teuerste, Evolution.«

»Siehst doch, dass Renate leidet«, kritisierte ihn Frauke.

»Du hast auch nicht alle Latten am Zaun«, brummte Dieter. »Was soll deine hündische Ergebenheit diesem Klappergestell gegenüber. Wo bist du gestern gewesen, Renate? Hast du mit ihm eine deiner beziehungstechnischen Standpunktdebatten geführt und ihn um die Ecke gebracht, weil er nun mal junges Fleisch bevorzugte? Vielleicht wart ihr es ja beide, du und dein dickes Alter Ego.«

»Sie musste auf die Toilette«, verteidigte Frauke ihre Busenfreundin. »Deine war nicht mehr benutzbar. Außerdem bist du angeblich in der Küche gewesen, um Eiswürfel zu holen. Erkläre uns, woher diese Beule an deinem Kopf kommt?«

»Bin an den Kühlschrank gestoßen«, beteuerte Dieter. Er fasste sich vorsichtig an die Schwellung und zuckte zusammen. »Ich war nur kurz im Garten, weil ich dachte, ich hätte etwas gehört. Was du dir alles zusammenspinnst. Typisch für dich.«

»Von wegen Kühlschrank«, stichelte Frauke. »Der ganze Ärger wegen einer einzigen Frau. Entschuldigung, Reni, ich meinte nicht dich.«

Renate fixierte Dieter ausdruckslos. »Jetzt werden wir beide Klartext reden. Du hast Norbert bedroht und letzte Woche sogar geschlagen, weil du wusstest, er tändelt mit dieser Möchtegern-Lolita aus Köln herum. Vor seinem eigenen Zimmer hast du ihn an die Wand gedrückt. Und all das wegen einer kleinen Hure aus der Unterschicht.«

»Das war reine Männersache«, wehrte er sich. »Damit versuchst du, von deinem Hass auf ihn abzulenken.«

»Du hast eine gestörte Wahrnehmung«, widersprach Renate errötend.

»Hör auf zu lügen. Ich bin keiner dieser Trottel, die so blöde waren, dich zu heiraten! Alle wissen Bescheid!«

Frauke sah verwirrt von einem zum anderen. »Dieter, du warst auch stinksauer auf Norbert wegen dieser Schnalle. Der hat's verdient.«

»Ich könnte deinen Kindern einen Tipp geben, wenn du dich nicht benimmst mir gegenüber«, warnte ihn Renate. »Vielleicht lassen sie dich dann entmündigen, und du fliegst aus dem Moserhof raus. Untersteh dich, mich zu beschuldigen.«

»Dir traue ich alles zu, du tablettensüchtige Neurotikerin«, konterte Dieter bissig. »Lass meine Kinder aus dem Spiel.« Anscheinend hatte sie einen Nerv getroffen.

»Nicht so laut«, beschwor Frauke die beiden. »Er war ein Schwein, das Frauen ausgenutzt hat, egal, wie alt.«

»Dich etwa auch?«, entfuhr es Renate verblüfft.

»Der Friseur in Legau hat neulich behauptet, ich sehe höchstens aus wie sechzig«, quiekte Frauke pikiert. »Norbert war voll wie eine Haubitze und ein widerwärtiges Subjekt. Wenn wir alle zusammenhalten, passiert nichts.«

»Sag mal, bist du so dumm, oder tust du nur so?«, fragte Dieter fassungslos.

»Die verstellt sich nicht, die glaubt auch, dass das Ordnungsamt ihre Wohnung aufräumt«, flüsterte Renate.

»Ich schließe mich Reni an.« Frauke funkelte Dieter böse an. »Deinen Jähzorn kennen wir ja.«

»Oh Gott.« Renate vergrub ihr Gesicht in den Händen und begann unkontrolliert zu zittern. »Er ist tot.«

»Die Kässpatzen«, bestellte Dieter bei der soeben aufgetauchten Bedienung. »Aber nicht mit Bergkäse, sondern Emmentaler, die Zwiebeln hellbraun, nicht schwarz, als Beilagensalat nur grob geraspelter Endivien, Balsamico-Dressing ohne Kräuter mit einem Hauch Schnittlauch. Falls so etwas in dieser Einöde überhaupt möglich ist.« Die Bedienung notierte sich eifrig alles auf ihrem Block. Ihr Gesichtsausdruck war nicht zu deuten.

Im Biergarten war es mittlerweile noch voller geworden. An einem mit reiferen Damen besetzten Tisch, deren Dauerwellen in verschiedenen Blautönen glänzten, wurden turmhohe Eisbecher serviert, was ein kollektives »Aaaaah!« zur Folge hatte. Nebenan belegte soeben eine junge Familie eine hölzerne Bank, während die beiden Kleinkinder auf unsicheren Beinen zwischen den Tischen vor sich hin pickende frei laufende Hühner jagten.

»Ich möchte das, was er bestellt hat!«, verlangte Frauke. »Aber die Zwiebeln dunkelbraun, Käsesorte ist egal, dafür möglichst viel. Tun Sie mir drauf, was Sie bei ihm weglassen. Und Sie könnten über alles ein wenig Bratensoße schütten.« Wieder kritzelte die Servicekraft emsig mit.

»Du glaubst wohl auch, viel hilft viel«, stichelte Dieter.

»Auf diese Fregatte in knalligen Plastikmiedern und ihre merkwürdige Freundin ist kein Verlass«, verteidigte sich Frauke. »Essen beruhigt mich.«

Dieter taxierte sie gehässig von oben bis unten und schwieg vorsichtshalber. Die Bedienung verschwand, nachdem Renate nur wortlos ablehnend den Kopf geschüttelt hatte. »Komm endlich zur Sache«, forderte sie ihn auf.

»Wir sind hier, weil man auf dem Hof ständig observiert wird«, verriet der im Verschwörerton. »Und weil wir uns absprechen müssen.«

»Worüber?« Das kam von Frauke, deren Gesicht unter dem Strohhut mit den Plastikkirschen beinahe verschwand.

»Auf gar keinen Fall ein Wort über unsere Pokerrunde«, verlangte Dieter. »Die haben gestern nichts bemerkt.«

»Was denn? Dass du Norbert Geld schuldest?« Frauke zupfte nervös an den Fransen ihrer Handtasche herum. »Ich bin froh, dass er tot ist.«

»Gott, du bist noch dümmer als diese Rose von den ›Golden Girls‹«, fauchte Renate wütend. »Illegales Glücksspiel, du intellektuell entfernte Hohlbirne. Ich bin ziemlich sicher, dass diesbezüglich was in der Hausordnung steht. Dieses Bayern, ehrlich. Mehr Verbote pro Quadratmeter als kackende Kühe auf den Wiesen!« Für diesen Ausruf erntete sie böse Blicke von den Herren vom Nachbartisch, die sie geflissentlich ignorierte.

»Bitte, bitte, schimpf nicht immer, Reni.« Frauke senkte bedrückt den Kopf. »Mir gefällt's hier supergut. Trotzdem gehe ich mit dir überallhin. Ich würde alles für dich tun.«

»Frauke, du bist neunundsechzig Jahre alt, geschäftsfähig und hast sogar Abitur, wenngleich ich nicht weiß, wie das zustande kam.« Renate klang eisig. »Aber du hängst mir seit fünfzig Jahren am Rockzipfel. Aus Hamburg bist du verschwunden, weil du nach all den Skandalen wegen deiner bescheuerten Zwangsstörung keine Wahl mehr hattest, und ich bereue täglich, dass ich mich von dir habe überreden lassen, in diese Einöde zu ziehen. Werde erwachsen. Ist nicht mehr zu früh.« Hinter der riesigen Sonnenbrille konnte man nicht erkennen, wie Frauke auf diesen Vorwurf reagierte, doch ihr Mund verzog sich zu einem schmalen Strich.

»Was sagen wir?«, mischte sich Dieter ein. »Auf jeden Fall nichts von dem Geld. Ihr bringt mich sonst in Teufels Küche.«

»Das schaffst du schon ganz allein«, teilte ihm Renate mit. »Worauf fußt nur dieses durch nichts gerechtfertigte Selbstbewusstsein, Mister ›Ich fahre nur Mercedes‹?«

»Wir verpfeifen dich nicht«, versicherte ihm Frauke. »Die Reni und ich gehen ohnehin weg, nicht wahr?«

»Himmel, bist du dämlich.« Dieter haute mit der Faust auf den Tisch. »Deine knochige Freundin will dich nirgendwohin mitnehmen.«

»Ich habe der Polizei nichts zu sagen.« Renate nahm einen Schluck von ihrem Mineralwasser. »Euch auch nicht übrigens. Ihr kotzt mich an. Beide. Ach was, diese ganze Gegend kotzt mich an.« Dieses Mal bemerkte sogar sie die Verärgerung am Nachbartisch. »Was kucken Sie denn so?«, raunzte sie die gestandenen Herren in ihren Krachledernen an. »Werde ich jetzt geteert und gefedert oder mit einem Kälberstrick an Ihrem dürren Maibaum aufgehängt? Muss man hier alles gut finden? Steht das in eurer Verfassung, auf die ihr so stolz seid, ihr Weißwurst-Fetischisten?«

»Um Himmels willen, halt den Mund«, beschwor Dieter sie. »Sonst rufen sie die mit den weißen Turnschuhen. Oder hängen dich tatsächlich an diesen Baum. Nimm doch bitte endlich deine Pillen.«

Renate nahm noch einen Schluck von ihrem Wasser und schwieg. Die Herren am Nebentisch standen verärgert auf und suchten sich eine weit entfernte Sitzgelegenheit am anderen Ende des Biergartens, um dort über eventuelle Sanktionen – ob mit oder ohne Strick – zu beraten. Zuvor bestellten sie sich die nächste Halbe für jeden. Und anschließend hatten sie die Angelegenheit verdrängt. So kam es, dass Renate niemals das Vergnügen genoss, Illerbeuren von ganz weit oben zu betrachten, was vermutlich für alle das Beste war, denn sie hätte ohnehin nur genörgelt. Die Kässpatzen verzehrten Frauke und Dieter in ungemütlichem Schweigen. Renate beobachtete währenddessen mit ausdruckslosem Gesicht ein Huhn, das im Kies nach Futter suchte.

»Also?« Dieter wischte sich den Mund mit einer Serviette ab.

»Es gibt nichts, worauf wir uns einigen müssen«, eröffnete ihm Renate kalt. »Ich möchte zurück und mich hinlegen. Und so bald wie möglich verschwinde ich von hier. Alles ist besser als diese Schein-Idylle, auf der verknöchertes Brauchtum wie Mehltau liegt. Mich hält hier nichts mehr.«

»Musste das sein?«, zischte Dieter Frauke zu, während sie nach dem Bezahlen das Lokal verließen. »Wozu brauchst du ein Besteck? Kannst du deine dicken Finger nicht einmal bei dir behalten?«

Frauke rückte ihren Hut zurecht. In ihrer schwarzen Gucci-Handtasche klimperte es verräterisch. »Der Therapeut verlangt, ich solle dagegen ankämpfen, doch es ist so schwer.«

»Wir können uns bald nirgendwo mehr zusammen sehen lassen«, schimpfte Dieter. »Bei diesem Edeka in Legau hast du ohnehin schon Hausverbot.«

»Ich brauchte damals dringend Abdeckpuder und hatte kein Geld dabei«, redete Frauke sich heraus. »Die sind alle so selbstgerecht in Bayern.«

»Du brauchst keinen Abdeckpuder, sondern einen Stuckateur«, wurde sie von Dieter gehässig belehrt. »Aber du und diese Schreckschraube, ihr passt gut zusammen. Sie kommt ja ohne ihre Glückspillen kaum zur Toilette. Ich würde mich an deiner Stelle freuen, wenn sie verschwindet.«

»Du kapierst wirklich überhaupt nichts«, klagte Frauke ihn an. »Reni ist mein Ein und Alles.«

Alle drei waren viel zu sehr in ihr Wortgefecht vertieft gewesen, um zu bemerken, dass ein flüchtiger Bekannter die gesamte Zeit über mit dem Rücken zu ihnen am Nebentisch gesessen war und jedes Wort gehört hatte.

»Zahlen!«, rief Hermann Reisacher nervös und winkte einer Bedienung. Danach stieg er hastig in sein Auto. Er wollte so schnell wie möglich an einen ruhigen Platz, um die Fülle an Informationen zu verarbeiten, die er verbotenerweise mit dem Handy aufgenommen hatte, selbstverständlich erst nach seinem Mittagessen. »Komisch, im Salon waren die immer ganz nett«, erzählte er ratlos seinem Rückspiegel und fuhr dann los, dem Krustenbraten entgegen.

»Des sieht ja ganz gut aus.« Moser zeigte auf den Herd, wo ein großer Topf mit Knödeln siedete. »Du kannst also doch kochen?«

»Ich hab einen ganzen Haufen Talente, Martin.« Anita lehnte sich lasziv an den Herd, was sie umgehend bereute, denn die Platte war heiß. »Aua!« Nervös fasste sie nach hinten und bemerkte eine geschmolzene Stelle im Stoff. »Blödes Plastik«, murrte sie. »Aber für Leinen reicht's net bei dem Hungerlohn.«

Moser schien heute kein Ohr für Gehaltsverhandlungen oder Anitas üppiges Dekolleté zu haben. Geistesabwesend zeigte er auf den Tisch. Es war ihm anzumerken, dass ihn einiges beschäftigte. »Hock dich hin bitte.« Gehorsam folgte sie und schlug dann kokett die Beine übereinander. »Da ham mir auch schon drüber gesprochen.« Er zeigte auf ihre Sandaletten mit dem hohen Absatz. »Kannst net flache Schuh anziehen? Mir sind eine Senioren-WG, kein Rentnerpuff.«

»Und vielleicht a Schürze mit Rüschen und a weiße Haube?«, erkundigte sich Anita süffisant, weil sie genau wusste, dass Moser sie derzeit dringend brauchte. »Der Heiler hat nie a Problem mit meinem Outfit gehabt.« Sie grinste vielsagend. »Und der Brumbach auch net. Wird Zeit, dass der Rest von deine Gäst kommt. Die sind vielleicht lockerer drauf.«

»Dir ist schon klar, dass du dann auch mehr zum Putzen hast? Übrigens hab ich wegen dir ständig die Reismann und die Schussel an der Backe. Die beschweren sich mindestens einmal in der Woch über dich. Sagt da der Bertram nix, wenn du so rumrennst wie eine Bordsteinschwalbe?«

»Der mag des«, antwortete Anita eingeschnappt.

»Mal was anderes.« Moser beugte sich über den Tisch. »Was ist da los gewesen? Und verzähl mir keinen Schmarrn. Hab noch nie so an Ärger gehabt mit meinen Gästen. Also, hast du was gehört?«

»Ich? Gar nix«, beteuerte Anita mit unschuldigem Augenaufschlag.

»Du hast net bloß an großen Busen, sondern auch große Ohren, also spuck's aus«, forderte Moser sie auf. »Ich weiß, dass die beim Brumbach hocken und um Geld spielen. Ham mich sogar schon eingeladen, damit der Pott größer wird. Des nächste Mal hol ich mir wieder ein paar weniger Aufmüpfige. Rück raus damit.«

»Die Nicole ist ein Flitschen und macht's für Geld«, erklärte ihm Anita gehässig. »Die Schussel beklaut jeden, obwohl sie stinkreich ist. Die Reismann hat so einen Dachschaden, dass es bei der schon reinregnet. Der Heiler war ein notgeiler Stenz, genau wie der Brumbach übrigens, aber der ist wenigstens net knickerig und entschuldigt sich nach dem Grapschen jedes Mal. Saufen tun alle. Und der Heiler hat keine Gefangenen gemacht bei den Weibsbildern, der hat alles gepoppt, was bei drei net auf dem Baum war. Übrigens hat die Schussel dem Heiler schon gedroht. Ist um die acht Wochen her.«

»Gedroht?«, erschrak Moser irritiert. »Das ist doch jetzt net dein Ernst.«

Anita bejahte. »Dass sie des nimmer mit anschaut mit der Reismann, weil die so sensibel ist und auf ihn reingefallen ist, und dass man net einfach abhaut ins Ausland. Und dass sie net zulassen wird, dass er ihrer Freundin des Herz bricht. Ich hab grad staubgesaugt beim Brumbach nebenan, weil der am Pool war, und hab alles gehört. Äh, also zwangsweise natürlich.«

»Natürlich.« Moser klang angewidert.

»Dann hat der Heiler gesagt, sie soll sich raushalten«, fuhr Anita fort. »Dass er total verknallt ist wie nie zuvor und zum ersten Mal im Leben ans Heiraten denkt. Dass er noch amal die Liebe erleben will, bevor der Sargdeckel zugeht. Und dass bei der Schussel der Sargdeckel sowieso net zugeht, weil's so breite Särge gar net gibt.«

»Ich hätt bei der IT bleiben sollen. Wann kommen die zum Essen?«, wollte Moser wissen.

»Sollten schon lang da sein. Für die reiß ich mir nimmer den Hintern auf demnächst.«

»Seit wann ham mir eigentlich so viele Tupperschüsseln?« Moser deutete auf den Berg an Plastikbehältern auf der Spülmaschine. »Dafür hab ich nirgends a Rechnung.«

»Mit denen bring ich meine Brotzeit mit«, behauptete Anita geschwind.

»So wie dein Essen laut der Reismann angeblich schmeckt, ist des wohl Selbstschutz. Des muss besser werden, damit die Beschwerden aufhören«, befahl Moser. »Ich schau in den Garten raus, ob die Polizisten nix vergessen ham wegzuräumen. Pfiat di.«

Anita wartete, bis er draußen war, und stopfte dann hastig die Tupperdosen in eine große Plastiktüte. Gerade noch einmal davongekommen. Sie war eben ein Glückskind. Das behauptete zumindest Erna immer.

Sonntagnachmittag, Memmingen

»Was haben wir bisher, Hans? Warst du schon mal wieder zu Hause?« Ächzend ließ sich Sissi auf ihren Bürostuhl fallen. »Mann, bin ich müde.«

»Sissi, weißt doch, wie gewissenhaft ich bin. Arbeit geht vor.« Dollinger biss herzhaft in ein Plunderhörnchen, das er sich an der Tankstelle geholt hatte.

»Neue Diät?«, spottete Klaus.

»Verschiebt eure Zänkereien«, befahl Sissi. »Hans, darf ich den Bericht von der Spurensicherung sehen, wir haben ja nicht alles besprochen.« Sie schnappte sich den Ausdruck und vertiefte sich darin. »In Heilers Apartment haben sie Haare gesichert. Dreierlei verschiedene.«

»Das haut mich nicht vom Hocker.« Klaus schielte neidisch zu Dollinger, der sein Plunderhörnchen fast verzehrt hatte. »Jeder darf in die Zimmer rein, sogar unsere üppige Freundin mit dem losen Mundwerk. Die übrigens nicht besonders gründlich putzt, wenn die Spurensicherung eine Million Haare findet.«

»Schon wahr«, pflichtete Sissi ihm bei. »Eines davon – ein langes schwarzes – wurde auf dem Berberteppich sichergestellt. Und das andere«, sie wedelte triumphierend mit dem Ausdruck, »in der Schublade, in der wir auch die Potenzpillen gefunden haben. Blond und lang. Hing dort an der Oberseite des Faches fest.«

»Da gerät es im Normalfall nicht so leicht hinein«, meinte Klaus. »Stammt sehr wahrscheinlich von Nicole. Eine Spur von den Tranquilizern?«

»Eine halbe«, sagte Sissi. »In der großen Mülltonne vor dem Haus haben sie eine leere Verpackung gesichert. Bekannte Marke, große Firma. Wird schwierig mit den Fingerabdrücken.«

»Leider nicht verwertbar«, murrte Klaus. »Wir reden doch

besser mal mit dem guten Dr. Butz, habe ich das Gefühl. Sollen wir ihn herbestellen? Da wird er dann richtig sauer.«

»Den erwischen wir gar nicht«, wandte Sissi ein. »Aber er ist der Hausarzt beim Moserhof. Vielleicht lassen wir ihn kommen. Obwohl Hans an ihm seine helle Freude hätte, was wiederum dir gefiele.«

Klaus warf Dollinger einen scheelen Blick zu. Es war ein offenes Geheimnis auf dem Revier, dass die beiden sich ständig gegenseitig ärgerten. Klaus beschwerte sich über das Allgäu, Dollinger rächte sich dafür mehr oder weniger subtil, auch wenn dabei ab und zu etwas schiefging. Auch bei den anderen Kollegen eckte Klaus wegen seiner flockigen Sprüche über die »bayerische Diaspora« nach wie vor gelegentlich an, was regelmäßig Retourkutschen in jeder Form, allerdings keine strafrechtlich relevanten, zur Folge hatte. Dass ihm häufig wegen seines losen Mundwerks ein paar Streiche gespielt oder handfeste bayerische Watschen angedroht wurden, war er mittlerweile gewöhnt und trug es mit Fassung.

»He, Schönling. Da hat übrigens jemand für dich angerufen.« Dollinger äffte einen Kussmund nach. »Wann du heimkommst, Schnucki, soll ich dich fragen. Angeblich bist net ans Handy gegangen.«

»Verdammt.« Klaus zog hastig sein Mobiltelefon aus der Gesäßtasche. »Vier Anrufe in Abwesenheit. Ich lasse mich nie mehr auf solche Geschichten ein.«

»Probierst es dann mit Männern?«, kicherte Dollinger boshaft.

»Mach nur so weiter, du Ehekrüppel«, drohte Klaus. »Dann schlage ich dem Boss vor, dass du undercover auf dem Moserhof als Maulwurf einziehst. Da logieren ein paar emotional unterversorgte Damen, die sich nach einer heimatlosen Männerseele mit kleinen Gebrauchsspuren die Finger lecken. Auf Knien würdest du zurück in dein trautes Heim rutschen und deine Schwiegermutter um Verzeihung bitten.«

»So gemein wärst net amal du«, erschrak Dollinger. »Magst a

Plunderhörnchen? Sind noch ganz knusprig.« Klaus nahm das Gebäckteilchen gönnerhaft in Empfang und biss herzhaft hinein.

»Keine DNA-Spuren am Opfer.« Sissi, die amüsiert dem Wortwechsel gefolgt war, hatte sich erneut in den Bericht vertieft. »Keine Kratzspuren oder Abwehrverletzungen, dazu war er vermutlich nicht mehr fähig. Nur das Hämatom im Bauchbereich.« Entmutigt ließ sie den Kopf sinken.

»Die Kontoauszüge vom Opfer hab ich gecheckt«, meldete sich Dollinger zu Wort. »Am Samstag hat er bei der Sparkasse in Legau zweitausend Euro abgehoben und bei der VR-Bank auch zweitausend. Des Geld habts net gefunden?«

»Irgendwie schon.« Klaus überlegte. »Wobei ›gefunden‹ der falsche Ausdruck ist. Bei Frau Schussel in der Schublade liegt in etwa dieser Betrag in einem Umschlag. Außerdem zocken die Senioren um recht viel Kohle, haben wir heute erfahren.«

»Zocken auch noch?«, staunte Dollinger verblüfft. »Klingt alles gar net schlecht.«

»Du könntest dich an Frau Schussel ranwanzen, Klaus«, schlug Sissi vor. »Mit deinem teuflischen Charme kriegst du sie rum, und dann verrät sie dir vielleicht, was es mit dem Umschlag, den Nicole uns gezeigt hat, auf sich hat.«

»Bin ich Mata Hari? Ich habe wohl den falschen Beruf«, stöhnte Klaus.

»Auf jeden Fall«, wieherte Dollinger.

»Kaffeepause?« Soeben war der Boss hereingekommen und setzte sich – wie immer – auf Sissis Schreibtisch. »Schon was Neues?«

»Nichts, Chef«, gestand Sissi. »Wir sind dabei, die Spuren zu sichten. Haben ja erst angefangen.«

»Keine üble Idee, das mit der Senioren-WG«, murmelte der Boss. »Ich habe mich ein bisschen schlaugemacht. Ab einem Alter von sechsundfünfzig Jahren darf man da einziehen.«

»Hans, das ist deine Chance«, feixte Klaus. »Da ist wesentlich mehr erlaubt als bei dir zu Hause. Darfst sogar rauchen und trinken.«

»Wart nur, bis du verheiratet bist«, knurrte Dollinger. »Dir werden die Augen aufgehen und der Geldbeutel zu.«

»Danke, dein Anblick ist mir Warnung genug.«

»Meine Herren«, bat der Boss. »Wie geht es weiter, Sommer?«

»Zwei der Gäste sind derzeit nicht im Haus und deshalb außen vor«, berichtete Sissi. »Aber der Rest, also Reismann, Schussel und Brumbach, macht auf mich einen merkwürdigen Eindruck. Und ich glaube nicht, dass das am Alter liegt, sondern an den Animositäten untereinander. Außerdem haben wir unsere Freundin Anita Hoff auf dem Moserhof angetroffen, wo sie für die Gäste kocht und putzt. Ehrenamtlich unterstützt von ihrer Freundin Erna Dobler.« Jetzt geschah tatsächlich etwas Unerwartetes: Der Boss grinste. »Ehrlich, Chef, am liebsten würde ich denen allen eine Wahrheitsdroge verabreichen«, grollte Sissi.

»Die schlucken schon genug anderes Zeug, fürchte ich. Sie schaffen das schon.« Der Boss erhob sich. An der Tür blieb er stehen. »Vollmer, gefällt mir, das mit dem Rasieren.« Dann verschwand er.

»Wir haben gar nichts.« Sissi biss sich auf die Lippen. »Ach, Hans, voraussichtlich morgen meldet sich bei dir ein Florian Hofbauer aus Legau. Den haben wir am Tatort erwischt gestern Nacht. Du kannst doch so gut mit Jugendlichen, nimm seine Aussage auf, eventuell hat er doch die eine oder andere Information für uns. Und bitte check für uns doch Nicole Kunze, Christian Engels, Reismann, Schussel und Brumbach.«

Dollinger hatte sich alles notiert. »Diese Anita auch?«

»Die zeigt dir alles freiwillig«, grunzte Klaus belustigt. »Da kannst du so richtig persönlich ermitteln, Hans. Sie wird demnächst hier aufschlagen.«

»Die denken alle, sie können uns veräppeln«, schimpfte Sissi.

»Was hat sie denn?« Dollinger musterte Sissi besorgt.

»Einen Ehemann, der seit Neuestem nur noch bohrt und hämmert«, verriet ihm Klaus lachend. »Peter ist unter die Heimwerker gegangen.«

»Seitdem er so viel auf YouTube herumstöbert, hat er eine wahnwitzige Idee nach der anderen«, beschwerte sich Sissi. »Ich hätte ihm vielleicht die Tupperpartys nicht madig machen sollen. Wer weiß, was er eingerissen hat, bis ich nach Hause komme? Hoffentlich nicht unser Badezimmer, das brauche ich.«

»Kannst bei uns duschen«, bot Dollinger ihr väterlich an.

»Ich muss meinem Mann dringend ein weniger schmutziges Hobby verschaffen«, grübelte Sissi. »Ständig fliege ich über mit Mauerresten gefüllte Eimer und elektrisch betriebene Geräte, deren Kabel sich einem um die Füße wickeln, als wären sie lebendig. Alles ist mit einer Schmutzschicht überzogen, sogar das Geschirr in der Küche. Neulich habe ich eine Müslischale aus dem Schrank genommen, die war so eingestaubt, als hätte man sie zweitausend Jahre in der Cheops-Pyramide gelagert. Er hat zwar versprochen, er reinigt alles, wenn er fertig ist, jedoch wird das wohl an mir hängen bleiben.« Sie seufzte.

»Ich hab was, des dich aufmuntern könnt.« Dollinger zeigte auf seinen Bildschirm. »Heiler hat nie seinen Verlauf gelöscht auf dem Notebook oder net gewusst, wie des geht.«

»Hast uns doch schon haarklein geschildert, dass er oft auf bestimmten Seiten war«, erinnerte ihn Sissi.

»Des mein ich net, ich hab den gesamten Browserverlauf gecheckt. Alles, was er aufgerufen oder mit der Suchmaschine nachgeschaut hat seit ungefähr zwei Jahren. Schau dir die Liste an.«

»Immobilienscout, Immowelt«, las Sissi.

»Häuser in Spanien«, klärte Dollinger sie auf. »Genau genommen auf Teneriffa. Kaufen, net mieten. Er hat Einreisebestimmungen gegoogelt und sich übers Auswandern informiert. Bei der Korrespondenz hab ich seine Kündigung für des Apartment auf dem Moserhof gefunden. Der wollte da weg, Sissi.«

»Nein«, staunte Klaus. »Trotz all dem rustikalen Luxus und dem leckeren Essen, das Frau Hoff serviert? Kann gar nicht sein.« Er lachte schallend.

»Vor acht Wochen hat er zwei Flüge gebucht und kurz darauf storniert«, eröffnete ihnen Dollinger. »Hat ihn hundertfünfzig Euro gekostet. Es gibt eine E-Mail, in der die Stornierung bestätigt wird.«

»Ich wusste, du würdest irgendwas finden, das ist super, Hans«, bedankte sich Sissi.

»Es wird noch besser.« Dollinger klang aufgeregt. »Mir ham des Handy ausgelesen. So gut wie keine Apps drauf außer einem Spiel, bei dem man Zombies abknallt. Ist aber langw…« Er schwieg ertappt.

»Schon gut, Hans«, tröstete ihn Klaus mit hinterhältigem Gesichtsausdruck. »Du brauchst Ablenkung von deinem Eheleben. Und im Moserhof ist etwas frei geworden.«

»Wer soll des zahlen?«, jammerte Dollinger.

»Das Handy!«, erinnerte ihn Sissi. »Ich will nachher mit Klaus gleich wieder raus nach Legau.«

»Wunderbar«, flüsterte Klaus. »Ich hoffe, zum krönenden Abschluss besuchen wir Erna Dobler.«

»Nein, wir gehen im ›Mohren‹ eine Kleinigkeit essen«, tröstete sie ihn.

»WhatsApp hat er gar net drauf gehabt«, fuhr Dollinger fort. »Aber SMS geschrieben. Immer an dieselbe Person.« Er klaubte aus dem Stapel auf seinem Schreibtisch ein paar bedruckte Blätter, die Sissi überflog.

»Ist alleweil des Gleiche«, erklärte Dollinger Klaus. »Teneriffa super, weg von Legau, weil furchtbar, noch ein paar Jahr des Leben genießen.«

»Ich freue mich so«, las Sissi halblaut. »Wir sehen uns später. War heute in Memmingen bei ›Rosella‹, um mir Unterwäsche zu kaufen. Und einen Bikini. Der wird dir gefallen, mein wilder Hengst. Vaya con dios!« Sie hob fragend die Blätter hoch. »Von wem stammen all diese Nachrichten?«

»Jetzt haut's dich um.« Dollinger grinste über beide Ohren. »Von der Renate Reismann.«

Sonntagnachmittag, Legau

»So eine undankbare Bagage!« Anita stapfte wütend mit dem Fuß auf den Boden, wobei sie sich beinahe den Knöchel verknackste, denn ihre Absätze waren in manchen Ländern waffenscheinpflichtig. Wütend schaute sie zum Herd, wo in einem großen Topf die Knödel allmählich in ihre Bestandteile zu zerfallen drohten. Das seit Ewigkeiten vor sich hin köchelnde Wasser hatte sich mittlerweile grau verfärbt. Der vor einer Stunde noch knusprige Braten begann im Backrohr auszutrocknen, von der Soße war bereits die Hälfte verdunstet. Das Blaukraut in der Mikrowelle sah auch nicht viel besser aus.

»Wir haben bereits gegessen, und zwar etwas, das im Gegensatz zu Ihren Kreationen nicht nach Styropor schmeckt«, hatte Dieter ihr bei seiner Rückkehr auf dem Marsch durch die Küche erklärt.

»Und ich will nichts zu mir nehmen, das Sie angefasst haben«, hatte Renate eisig verkündet. Die arme Frauke war mit hochrotem Kopf wortlos den anderen in die kühle Diele gefolgt und in ihrem Apartment verschwunden.

»Die ham des bestimmt net so gemeint«, versuchte Christian, der am Tisch vor einem nur zur Hälfte leer gegessenen Teller saß, Anita zu trösten.

»Du bist auch ein komischer Kauz«, warf sie ihm vor. »Normalerweise schlingst doch alles rein und bist net heikel. Heut hast gepickt wie ein Vögele.«

»Mir hat's den Appetit verschlagen«, entschuldigte sich Christian. »Wegen gestern Nacht.«

»Versteh schon.« Sie setzte sich zu ihm. »Weißt, der Norbert hat sich benommen wie ein Zwanzigjähriger. Da macht's halt dann auf einmal einen Batscher. Dem sein altes Herz hat nimmer so schnell geschlagen wie unsere jungen, weil so viel Kalk drin war und Fett. Wenn mich so einer anlangt, des ist ja, als würd man mit einem Tretroller den Grand Prix fahren.« Sie kicherte.

Christian hatte ihr gar nicht zugehört. »Der ist richtig tot«, stotterte er. »Das Leben ist echt beschissen, Anita.«

»Meistens net«, widersprach sie ihm. »Hättest ja deinem Papa helfen können auf dem Hof, aber des war dir zu anstrengend. Bloß darum hockst hier und bist der Depp vom Dienst. Stimmt des eigentlich, dass du bis heut keine Freundin gehabt hast?«

Christian rückte vorsichtig ein wenig ab und errötete, denn Anitas Dekolleté schien heute besonders abschüssig direkt in den Schlund der Hölle zu führen. Sie strahlte so eine ungebändigte Erotik aus, der er sich nicht zu entziehen vermochte, dass er sich gelegentlich selbst dafür schämte. Denn sie war garantiert nicht, was seine Mutter als »anständige Frau« bezeichnen würde. Das traf übrigens auf alle weiblichen Wesen unter siebzig zu.

»Frauen stehen net so auf mich«, gab er beschämt zu. »Die wollen einen, wo gut ausschaut und Geld hat, vielleicht auch a schönes Auto. Ich hab einen alten Karren und verdien wenig. Und in Urlaub wollen se fliegen oder zum Tanzen gehen. Da hab ich schlechte Karten.«

»Gell, hast es noch nie gemacht, oder?«, wiederholte Anita, die über eine beneidenswert subtile Wahrnehmung verfügte und generell ausblendete, was sie nicht interessierte. »So was kann einen auch a bissle ablenken vom Sterben, weiß ich aus Erfahrung. Solltest es probieren. Hinterher willst gar nix anderes mehr. Weil mir Frauen nämlich a eingebaute Playstation ham.«

Der arme Christian konnte nicht ahnen, dass Anita derzeit sexuell etwas unterversorgt war und sich deshalb, wie es ihrem egomanischen Charakter entsprach, ungeliebt fühlte. Zudem hatte sie kürzlich in einer führenden deutschen Frauenzeitschrift einen Artikel über rothaarige Männer und deren bemerkenswerte Eigenschaften in der Horizontalen gelesen.

Obwohl ihr als Landwirtstochter die Plackerei auf einem Bauernhof nicht fremd war, störte es sie seit Längerem, dass der Bertram, ihr Zukünftiger, so wenig Zeit für sie fand, vor allem im Sommer, und dass von ihr erwartet wurde, in jeder freien Minute mit anzupacken. Nicht mal ihren niedlichen kleinen Sohn konnte sie als Ausrede benutzen, um der vielen drohenden Arbeit zu entgehen, denn der war bei Martha, ihrer zukünftigen Schwiegermutter, gut aufgehoben. Kam Anita nach ihrem Dienst in der Senioren-WG zurück auf den Güthlerhof, wurde doch tatsächlich von ihr erwartet, noch bis Sonnenuntergang oder darüber hinaus auf dem Feld zu helfen. Dabei war sie mittlerweile vierzig Jahre alt und der Meinung, das Recht auf ein wenig Spaß verdient zu haben. Und da Anita daran gewöhnt war, sich zu nehmen, was sie wollte, suchte ihr egozentrisches Gehirn einfach den nächstbesten Notausgang aus der Monotonie einer festen Beziehung. In ihrem jetzigen Stadium der körperlichen Bedürftigkeit würde sie sogar Dieter Brumbach weit mehr gestatten, als sie nur in den Hintern zu kneifen, allerdings war der ja vorhin in seinem Zimmer verschwunden mit der Bemerkung, er müsse sich ausruhen, war also definitiv einem Marathon mit Anita derzeit körperlich nicht gewachsen.

»Ich glaub net, dass Sex mir helfen würd gegen den Schreck«, stammelte Christian, dessen Gesichtsfarbe sich beinahe vollständig seinen rötlichen Haaren angeglichen hatte. »Anita, ich find dich toll, net dass du denkst, dass ich …«

»Ehrlich?« Sie lächelte geschmeichelt und drückte ihren Busen an seinen Arm. »Toller als die Nicole? Was habts alle mit der?«

»Danke für des Essen.« Hastig erhob sich Christian und flüchtete aus der Küche. Dieses Leben in Farbe, Dolby-Surround und Doppel-D war zu real für ihn.

»So ein Depp. Die lasst ihn doch eh net ran.« Unwillig stöckelte Anita zum Herd. »Für euch koch ich nix mehr, ihr überkandidelten Preußen«, knirschte sie zwischen zusammengebissenen Zähnen. »Den Braten nehm ich mit heim. Hat der Bertram morgen was zur Brotzeit.« Eilig goss sie die Knödel ab und holte das eingetrocknete Blaukraut aus der Mikrowelle, als sie ein Geräusch hinter sich hörte.

»Was willst denn du jetzt?«, fragte sie ungehalten.

»Deinen Fraß garantiert nicht, der schwemmt auf.« Nicole öffnete den Kühlschrank und entnahm ihm eine Cola.

»Hast doch einen eigenen in deinem Apartment?« Anita musterte sie bissig. »Wie oft am Tag ziehst du dich eigentlich um?« Missgünstig begutachtete sie Nicoles kurze Jeans, die definitiv nicht so spannte wie ihre eigene.

»Muss dich nicht um Erlaubnis fragen«, entgegnete Nicole. Dann fiel ihr wieder ein, warum sie gekommen war. »Sag mal«, begann sie etwas diplomatischer, »bewahrst du Nachrichten von den Gästen auf?«

»Die Schmierzettel, wo sie draufschreiben, was ich kochen soll, oder die Beschwerden?« Anita stemmte beide Arme in die Hüften und starrte die gertenschlanke Betreuerin missmutig an. Ihr eigenes Oberteil war verrutscht, und der feuerrote Rock spannte besorgniserregend, weil sie von den Knödeln genascht hatte. Von vielen Knödeln an vielen Tagen, um bei der Wahrheit zu bleiben.

»Die Essenswünsche«, bestätigte Nicole. »Ich wollte nur was nachsehen.« Verunsichert trippelte sie von einem Bein aufs andere.

»Na. Heb ich net auf, den Kruscht.« Anita verschränkte die Arme vor dem Busen. »Warum?«

»Nur so.« Nicoles Augen füllten sich mit Tränen. »War was von Herrn Heiler dabei?«

»Selten. Der war net so anspruchsvoll. Müsstest du selber doch am besten wissen.« Anita wurde immer misstrauischer. »Was sollt des dir bringen, wenn du weißt, was der zum Essen wollt? Glaub net, dass der noch amal Hunger kriegt.«

»Du bist so ein furchtbarer Mensch«, hauchte Nicole tonlos.

»Des nächste neue Top?« Anita deutete ungerührt auf

Nicoles Oberteil mit dem Label einer hochpreisigen Textilfirma. »Kostet mindestens zweihundert Euro. Könntest mir ja mal verraten, wie du des machst. Und die Schuh hab ich neulich beim Geiwitz in Memmingen im Schaufenster stehen sehen. Hast im Lotto gewonnen oder gehst anschaffen?«

»Ich kann nichts dafür, dass du nur Fetzen für zwei Euro das Stück kaufst«, wehrte sich Nicole. »Und ich habe dir angeboten, dass ich dich berate. Doch die ganze Zeit, seitdem ich hier bin, machst du mich nur blöd von der Seite an.«

Anita zeigte kurz einen Anflug von Betroffenheit, der sofort verflog. Innerhalb des Bruchteils einer Sekunde flutschte sie in ihre alte Form zurück. »Ich fall net auf dein Getue rein. Solche wie du sind die Schlimmsten. Du bist total scheinheilig, und jeder glaubt dir des. Was wolltest übrigens vorhin bei der Reismann im Zimmer?«

»War ich gar nicht«, rief Nicole erschrocken und begann prompt zu heulen.

»Plärren kannst du auf Knopfdruck, Respekt«, sagte Anita ungerührt.

»Lass mich einfach in Ruhe. Bist mich bald los.« Nicole ließ die sprachlose Anita stehen und verschwand.

In ihrem kleinen Apartment verschloss sie hastig die Tür, öffnete die Schublade ihres kleinen Schreibtisches und holte wie schon am Vorabend mehrere eng beschriebene Blätter heraus, die sie lange Zeit anstarrte. Entmutigt ließ sie ihren Kopf auf die Arme sinken, als es an der Tür klopfte. In Windeseile stopfte sie die Blätter zurück in die Schublade und schloss sie mit einem Knall.

»Nicole?« Das war Christian. »Hast Zeit?«

»Mir ist nicht nach Unterhaltung«, versuchte sie ihn abzuwimmeln.

»Nicht lang«, bettelte er. »Ich hau gleich wieder ab.« Widerwillig entriegelte Nicole die Tür.

»Du weinst?« Vorsichtig, als beträte er vermintes Gelände, trat Christian ein.

»Christian, ich brauch ein wenig Ruhe.« Sie wischte sich eine Träne aus dem Augenwinkel. »Ihr auf dem Land seid daran gewöhnt, dass Menschen einfach so sterben, aber ich … Einen Tag zuvor waren sie noch warm und lebendig, und von einem Moment auf den anderen sind sie nicht mehr da.«

»Können mir reden?«, bettelte Christian. »Die Anita hockt stinksauer in der Küche. Ich glaub, die will was von mir.« Nicole lachte bitter. »Was ist, war die etwa gemein zu dir?«, wollte er bestürzt wissen.

»Christian, ich rede so gern mit dir.« Müde sah sie ihn an. »Aber ich bin total fertig und muss nachher weg.«

Er schob ein paar Stofftiere beiseite und setzte sich auf das violette Sofa. »Weinst du wegen der Post?«

»Welche Post?«, wiederholte Nicole, obwohl sie die Antwort kannte.

»Die Briefe«, erinnerte sie Christian. »Neulich hab ich unterschreiben müssen für einen gelben. Vom Schucki aus Lautrach weiß ich, dass des nix Gutes bedeutet. Der kriegt öfter welche.«

»Wegen meiner Scheidung«, erklärte ihm Nicole. »Und weil mein Ex durchdreht und Mist gebaut hat.«

»Ach so.« Christian war bereit, alles zu glauben. »Und des Geld …«

»Du bekommst es!«, versicherte Nicole. »Ich würde dich nie enttäuschen. Du bist der einzige Mensch, dem ich vertraue.«

»Ich könnt meine Eltern fragen, wenn du was brauchst«, bot er ihr an. »Der Papa tät dich mögen. Wegen dem gemeinen Kerl sei net traurig. Der wollt dich ausnutzen und war im ganzen Landkreis berüchtigt.«

»Wie kommst du darauf, dass ich wegen ihm traurig bin?« Nicole schloss verstohlen die klemmende Schublade, in der sich ein paar Blätter verfangen hatten.

»Der war alt, und du bist jung und schön.«

»Ich verstehe dich immer noch nicht.«

»Diesen Freitag hast mit ihm wegmüssen, weil er net selber fahren wollt. Und als ihr zurückgekommen seid, hast du geweint und mich angeschrien. Dabei wollt ich bloß fragen, ob mir den Dienst tauschen können.«

»Ich hatte eine traurige SMS von zu Hause bekommen«, entschuldigte sich Nicole.

»Zuvor am Freitag war ich am Pool«, erzählte Christian. »Weil die Weiber und der Brumbach gemeint ham, sie müssten Wasserball spielen. Aufgeführt ham die sich, mich nass gespritzt und sich halb totgelacht. Wo ich ins Haus bin, mir was Trockenes anziehen, bist du mit dem Heiler vor seiner Tür gestanden und hast ihn angefegt, dass er ein Schwein sei. Und dass er schon merken wird, was er davon hat, weil du ihm des heimzahlst. So wütend hab ich dich noch nie gesehen. Nicole, du hast so was net verdient.«

»Ich war aufgebracht, stimmt.« Nicole verschränkte abwehrend die Arme vor der Brust.

»Dann habts mich bemerkt«, stotterte Christian. »Er ist in seinem Zimmer verschwunden. Und du hast mich angeschnauzt, ich soll mich um meinen eigenen Kram kümmern.«

»Es tut mir so leid«, bedauerte sie zerknirscht. »Er hat mich angefasst, während ich mich beim Fahren auf die Straße konzentrieren musste. Ich habe dir doch anvertraut, dass ich Probleme damit habe.«

»Ich hätte dich nie begrapscht«, beteuerte er. »Du bist einfach viel zu schön. So wie die Charlize Theron. Der Heiler war ein alter Depp. Um den brauchst du net weinen.«

»Wirklich böse war er nicht«, verteidigte ihn Nicole. »Ihr habt das alle missverstanden. Ich war wie eine Tochter für ihn.«

»Du findest bestimmt jemand, der dich ganz arg mag.« Christian klang hoffnungsvoll. »Vielleicht einen Jüngeren. Und wegen dem Geld …« Er wusste offensichtlich nicht mehr weiter.

»Du bekommst es wieder. Wie oft muss ich das noch sagen?«

»Jetzt schreist mich gleich wieder an«, erschrak er. »Ich hab's net so gemeint. Und ich schau, ob ich a Geld auftreiben kann. Weil ich sowieso dringend ein Handy brauch.«

»Ich schreie nicht«, versicherte ihm Nicole. »Aber ich bin am Ende. Bitte versteh.«

Schwerfällig erhob sich Christian, warf einen letzten traurigen Blick auf die schmale Gestalt am Schreibtisch, dann stolperte er aus dem Zimmer und zog leise die Tür hinter sich ins Schloss.

Im Flur stieß er mit Anita zusammen, die anscheinend gelauscht hatte. »Ich krieg's schon raus«, raunte sie. »Weshalb sucht die einen Zettel und schnüffelt in den Gäste-Apartments rum? Hast du was mit der am Laufen? Kannst des ja in dein bescheuertes Videotagebuch reinblubbern, du Hohlbirne. Wird bestimmt der Brüller auf YouTube.«

Christian tat, was er sich bis zum heutigen Tage nie zuvor getraut hatte: Er schob sie einfach beiseite und betrat sein kleines Studio. Dort ließ er sich auf die fleckige Couch fallen und schaltete den Fernseher ein. Hier drinnen war die Welt in Ordnung, zumindest in Filmen mit der Altersfreigabe FSK 12. Fast wie im richtigen Leben.

Sonntagnachmittag, Legau

»Was machst denn du da?«

Hermann Reisacher, der es sich an diesem herrlichen Sommernachmittag in Ermangelung eines ungestörten Plätzchens, wo er seine Audioaufzeichnungen abhören konnte, auf der hölzernen Bank am Marienbrunnen gemütlich gemacht hatte, fuhr erschrocken zusammen. Vor ihm stand wie ein ausgemergelter Racheengel Erna Dobler, wieder, trotz der Junihitze, in ihren taubenblauen Mantel gekleidet, und starrte ihn neugierig an.

»Die blöden Elektroräder hört man net«, ärgerte er sich. Aber durch jahrzehntelange Arbeit als Friseur im aalglatten Herauswinden aus kniffligen Situationen geübt, fing er sich sofort wieder. »Hallo, Erna, gar nix mach ich natürlich. Alles senkrecht?«

»Und des Handy? Hast du etwa a Freundin?« Argwöhnisch zeigte Erna auf das Mobiltelefon in seiner Hand.

»Ich les bloß Nachrichten, des brauchst du ja net, weißt ja eh immer alles noch vor der Zeitung. Ist dir net warm? Mir ham locker fünfundzwanzig Grad.«

»Auf dem Radl zieht's, weil des so schnell ist«, erklärte sie ihm hoheitsvoll. »Wieso hockst ausgerechnet gegenüber von der Kirch, wo du doch nie reingehst? Irgendwann landest in der Hölle!«

»Mir wurscht, ich hab auf beiden Seiten Freunde.« Reisacher grinste.

Erna hatte ihm gar nicht zugehört. Ihr vom Spionieren geschultes Auge verweilte gerade auf dem Eingang der Sparkasse, wo ein älterer Herr soeben herausgetreten war und ein paar Geldscheine in sein Portemonnaie steckte.

Reisacher drehte sich um und spähte über die Straße. August Bichler, Vollerwerbslandwirt im mittlerweile seit dreißig

Jahren angekündigten Vorruhestand (»Nächstes Jahr hör ich wirklich endgültig auf!«), erkannte ihn und winkte freundlich. Dann sah er Erna und machte, dass er davonkam.

»Der war doch erst am Dienstag Geld holen«, schimpfte sie. »Die können alle nimmer sparen.«

»Ich sag ja, dir entgeht nix.« Reisacher steckte sein Mobiltelefon dezent weg und rutschte ein paar Millimeter näher an Erna heran. »Sag amal«, raunte er in vertraulichem Ton. »Du bist doch öfter beim Moserhof draußen?«

»Woher weißt denn du des schon wieder?« Erna wurde misstrauisch. »Ich hab ja jetzt des elektrische Fahrrad. Da bin ich so schnell an dir vorbei, des siehst du gar net.«

»Wissen mir alle, dass du seit Neuestem motorisiert bist«, antwortete Reisacher gequält, dem Erna auf der Hauptstraße vor zwei Wochen so riskant die Vorfahrt genommen hatte, dass ein Zusammenstoß unvermeidlich erschienen war. Sie war der festen Überzeugung, dass für Personen ab siebzig Jahren freie Fahrt zu jeder Zeit und an jedem Ort gelten sollte, und hielt die Straßenverkehrsordnung für eine redundante Sammlung an überflüssigen Vorschlägen.

»Keine zweitausend Mark hat des Ding gekostet!« Erna deutete triumphierend auf ihr schneeweißes E-Bike, das in der Junisonne glänzte. Reisacher hielt es für unklug, Erna an die Euroeinführung im Jahre 2002 zu erinnern, denn er hatte keine Lust auf Anekdoten mit Heinz Rühmann aus der guten alten Zeit.

»Ist ja einiges los da draußen«, versuchte er deshalb betont gleichgültig, das Gespräch in eine andere Richtung zu lenken. »Und du hast so einen todsicheren Instinkt.« Ein guter Friseur spürt, wann ein Kompliment Sinn macht.

»Stimmt schon.« Erna lächelte geschmeichelt. »Also, woher weißt des mit dem Moserhof?«

Reisacher beugte sich ein Stückchen vor und ließ dabei sein Handy komplett in der Gesäßtasche verschwinden, ehe Erna noch mal auf dumme Gedanken käme. »Hilfst der Anita beim

Putzen? Die ist ja so zierlich.« Beim Aussprechen des Satzes fiel ihm auf, dass er eventuell übertrieben haben könnte.

Aber Erna hatte es geflissentlich überhört. »Beim Essenmachen a bissle«, gab sie zu. »Ihr Papa hat zu lang die Zügel schleifen lassen, drum hat sie's net so mit dem Kochen. Und zu allem Unglück zwingt die Martha sie, dass sie beim Moserhof am Schaffen ist.«

»Was? Ach so.« Reisacher hatte im ersten Moment »anschaffen« verstanden und war schockiert, denn jeder hier kannte Anita und ihre legere Einstellung zum freimütigen Austausch von Körpersäften. Auch ihre Affinität zu knalligen Lidschatten, zu engen Oberteilen und Schuhen, deren Absätze man jemandem in die Stirn nageln konnte, waren bis nach Memmingen hinein berüchtigt. Aber Geld nahm sie prinzipiell nicht – sie tat das alles aus purer Lebensfreude und war somit über jeden Verdacht erhaben.

»Kochen hilfst also«, wiederholte er deshalb. »Und des hat keiner gemerkt?«

»Bis heut net. Schau mal, der Hansi Holzmann ist grad in der Sparkass verschwunden. Warum brauchen die heut alle a Geld?«

Reisacher hätte es ihr erzählen können, denn »Hansi« war ein zweiundfünfzigjähriger eiserner Junggeselle aus Mangel an Gelegenheit und besuchte am letzten Freitag jeden Monats zuerst die Apotheke (Mundspray, Deo und Kondome) und anschließend ein anrüchiges Etablissement in Ulm, wo lockere Damen ihn um mehr als nur Bargeld erleichterten. Erna brauchte nicht alles zu wissen, das hätte sie nur aufgeregt.

»Was ist denn beim Moser heut Nacht los gewesen?«, drängte Reisacher, den diese Nachricht über dunkle, nur einem Friseur zugängliche Kanäle erreicht hatte. Dabei spielte Franz Hofbauer, der Vater des von Klaus am Tatort geschnappten Florian, eine tragende Rolle, der seit Ewigkeiten zu Reisachers Stammkunden gehörte.

»Weiß auch net viel«, gab Erna mürrisch zu, die es sichtlich schmerzte, dies einzugestehen. »Den Norbert hat's erwischt, weißt, der alleweil getan hat, als sei er der ›Monaco Franze‹, bloß ohne ›Spatzl‹. Die Elisabeth rennt rum und stellt blöde Fragen. Und die Anita hat mir verraten, dass der Norbert letzte Woche die Blonde abgeknutscht hat.«

»Ach was? Der hat's doch mit der dürren Rothaarigen gehabt, hätt ich geschworen«, antwortete Reisacher gedankenverloren und grübelte, woher er den Wagen kannte, der vorhin an ihnen vorbei in Richtung Altusried gefahren war. Am Steuer war eine kleine, untersetzte Gestalt mit feuerrotem Kopf gesessen, die kaum übers Lenkrad gereicht hatte.

»Horchst du überhaupt zu?« Erna stupste ihn ärgerlich an.

»Und wie«, beteuerte er. »Weißt also gar nix? Net amal du?«

»A bissle was schon«, raunte sie. »Die Anita hat neulich zu der Blonden ins Zimmer müssen, weil sie da drinnen Rauch gerochen hat. Hätt ja sein können, dass ebbes brennt, und dann muss sie da rein.« Reisacher nickte pflichtschuldig. »Die teuersten Sachen hat die im Schrank«, informierte ihn Erna entrüstet. »Zeug von Gucki und Dior, sündteure Halsketten und Parfüm. Sogar mit dem Preis noch dran oder originalverpackt. Die klaut!«

»Vielleicht hat sie einen Nebenjob?«, spekulierte Reisacher.

Erna lachte verächtlich. »Im Schrank bei der stapeln sich Rechnungen«, verriet sie Reisacher im Flüsterton. »Weiß ich auch von der Anita. Wenn die tatsächlich nebenher was schafft, dann kommt net allzu viel dabei raus.« Sie zwinkerte zweideutig.

»Prostitution?«, rief Reisacher gespielt empört.

»Ich hab nix gesagt. Hallo!« Erna war aufgesprungen und fuchtelte aufgeregt mit den Armen, weil ein feuerroter Kleinwagen, der wegen seiner vielen Dellen auf der Fahrerseite aussah wie ein viel benutzter Tischtennisball, mit quietschenden Reifen neben der alten Linde am Marktplatz hielt. Eine nervöse, sichtbar schlecht gelaunte Anita stieg aus und stöckelte auf die beiden zu.

»Grüß euch!« Aufatmend ließ sie sich auf die Bank fallen.

»Hast schon wieder a paar Haar weniger, Hermann?«, stichelte sie.

»A schönes Gesicht braucht Platz«, antwortete Reisacher gelassen. »Kommst von der Arbeit?«

»Immer fleißig«, bejahte Anita. »Ich geb dir schnell deine Schüsseln, Erna.« Sie zeigte auf ihren ramponierten Wagen. »Heut wär ich beinah aufgeflogen, weil der Moser gemerkt hat, dass er gar net so viele Tupperdosen hat, wie in der Küch rumstehen. Mir müssen des in Zukunft anders machen.«

»Hätt ich den Schweinsbraten in a Geschirrtuch wickeln sollen?«, fragte Erna grimmig. »Vielleicht sollten mir a bissle langsamer tun, net dass mir auffliegen. Übrigens krieg ich fei einundzwanzig achtundneunzig für des Fleisch.«

»Auffliegen? Weswegen? Kochen ohne Führerschein?«, prustete Reisacher los.

»Die Reismann hat sich übrigens neulich beschwert, weil du am Pool gelegen bist«, warf Anita ihrer Freundin vor. »Erna, du musst wieder ins Legauer Freibad gehen in Zukunft.«

»Die rothaarige dürre Hex soll sich net so anstellen«, winkte Erna beleidigt ab. »Ich hab mich a bissle in die Sonne gelegt und war einmal kurz im Wasser.«

»Stress, Anita?«, erkundigte sich Reisacher scheinheilig.

»Du hast keine Ahnung«, jammerte die. »Gleich muss ich heim. Die warten garantiert schon auf mich, weil ich aufs Feld soll. Glaubst, ich würd für die verzogenen reichen Säck da draußen die Drecksarbeit machen, wenn die Martha net so gemein wär? Ich komm aus der Landwirtschaft und kenn die Arbeit, aber der Güthlerin kannst ja nix recht machen. Der Berti hat Geld genug, trotzdem schicken mich die los, für fremde Leut des Klo putzen. Und heut Nachmittag muss ich auch noch …« Abrupt hielt sie inne.

»Was?«, fragten Erna und Reisacher gleichzeitig.

»Nix«, fauchte Anita patzig. »Ich stell dir die Tupperdosen her, Erna, kannst es auf dem Radl mitnehmen. Was kochst für morgen?«

»Krautwickel mit Kartoffelpüree. Übrigens kann ich am Dienstag net. Da mach ich mit der Ilse Scharnagel a Kaffeefahrt.«

»Lasst du mich etwa auch im Stich?«, Anitas Augen füllten sich mit Tränen. »Ich hab wirklich gar niemand mehr auf der Welt. Alleweil schaffen, nie hab ich a bissle Freizeit.«

»Einen Träubleskuchen zum Nachtisch back ich dir sogar dazu«, versprach Erna hastig, um sie zu beschwichtigen. »Bin bloß einen Tag weg. Heul doch net, Mädel. War halt alles a bissle viel, gell?«

»Ja, was denn?«, rief Reisacher ungeduldig. »Was ist da draußen los?«

»Ein Saustall.« Anita warf ihm einen verschlagenen Blick zu. »Ein riesiger Saustall halt. Und einen Geist ham die auch noch. Vielleicht hat der den Heiler abgemurkst.«

In diesem Moment bog ein dunkler Wagen von der Hauptstraße ab, in dem zwei Personen saßen, die ihnen im Vorbeifahren fröhlich zuwinkten. Dann verschwand das Auto in Richtung Altusried. Drei Augenpaare folgten ihm. »Die ham mir noch gefehlt.« Anita knirschte mit den Zähnen. »Sind wie Herpes. Tauchen ständig auf an Stellen, wo man se net brauchen kann.« Sie bekam nicht mit, wie Sissi und Klaus außer Sichtweite in schallendes Gelächter ausbrachen.

Sonntagnachmittag, Legau

»Warum war des so pressant?« Martin Moser, der einen ge-
stressten Eindruck machte, schaute den Besucher auf der anderen Seite des schweren Eichentisches fragend an. Im Haus
war absolute Stille eingekehrt. Weder von Christian noch von
Nicole oder den drei Gästen war etwas zu sehen oder zu hören.
»Hätten mir des net morgen machen können? Ich brauch zwar
jemand, aber heut am Sonntag führ ich grundsätzlich keine
Einstellungsgespräche. Sie ham Glück, dass ich noch mal was
zum Erledigen gehabt hab. Normalerweise wär ich schon weg.«
   »Tut mir leid«, entschuldigte sich sein Gast. »Ich muss morgen noch zu einem anderen Vorstellungsgespräch und wollte
mich nur vergewissern, ob ich Aussicht auf den Job habe. Weil
ich den so dringend brauche.«
   »Ja, können Sie des denn überhaupt machen?« Moser musterte ihn abfällig. »Ehrlich, Sie sehen net aus, als ob Sie schon
viel körperlich gearbeitet ham.«
   Sein Gegenüber verzog das Gesicht zu einer traurigen Grimasse. »Diskriminierung, so weit des Auge reicht. Ham Sie
vielleicht was gegen Mollige? ›Bodyshaming‹ heißt des fei.«
   »Natürlich nicht!«, entgegnete Moser schnell, dem – wie es
im Allgäu so zutreffend genannt wird – »der Kittel brannte«
wegen der Geschichte mit dem Tod von Norbert Heiler und
einer Kreditzusage, die auf sich warten ließ.
   »Und über fuchzge darf man auch net sein«, jammerte der
Bewerber. »Dann kommt die Altersdiskriminierung. Dafür
wird sich vielleicht die Presse interessieren. Ich hab da nämlich
ein paar Beziehungen.«
   »Kenn ich Sie net von irgendwoher?« Moser betrachtete
den Anwärter auf die Stelle als Gartenhilfe nochmals skeptisch.
»Ich hab Sie schon gesehen. Weiß nur net, wo ich Ihr Gesicht
hintun soll.«

»Na, als Passbild in die Personalakte«, entgegnete sein Besucher spitzbübisch.

»Hat sich eigentlich schon der Sebastian Wenger für den Job gemeldet, der ist grad mal fünfundzwanzig und braucht des Geld. Ich weiß net so recht, Herr … wie heißen S' noch gleich?«

»Steinmeier, Robert Steinmeier«, entgegnete der Mann unterwürfig. »Sie ham doch im Legauer Kirchenanzeiger inseriert, Sie brauchen bloß jemand für ungefähr sechs Wochen. Da wär ich genau richtig.«

»Weil Sie eh net länger durchhalten?«, fragte Moser grantig.

»Weil ich dann eine Vollzeitstelle habe«, log Steinmeier, seines Zeichens Reporter beim »Tagblatt« in Memmingen, absolut skrupelloser Opportunist und anachronistischer Vertreter seines Berufsstandes, der bereit war, alles für eine Story zu tun, die ihn endlich dem seiner Meinung nach verdienten Chefredakteursposten oder dem Pulitzerpreis näher bringen würde. Steinmeier stand beim »Tagblatt« grundsätzlich kurz vor der Kündigung, denn er verfasste eine Menge skandalträchtiger Schlagzeilen, die meist aus juristischen Gründen mit einem oder mehreren Fragezeichen endeten. Er beschuldigte perfide und subtil alles und jeden mit gerichtlich nicht anfechtbaren zweideutigen Worthülsen und hatte schon mehr Beleidigungsklagen ausgefochten als Donald Trump Amtsenthebungsverfahren. Da er sich beim »Tagblatt« fortwährend auf der Abschussliste an oberster Stelle wiederfand, war er gezwungen, sich mit fadenscheinigen Storys und fragwürdigen Aktionen vor dem endgültigen Rauswurf zu retten, und deshalb Sissi und Klaus in den letzten Jahren gehörig auf die Nerven gegangen. Vor allem bei Sissi galt er mittlerweile – genau wie Erna Dobler – als Auslöser heftiger Migräneattacken, gegen die kein Aspirin half, sondern nur eine Distanz von mindestens zwanzig Kilometern. Er bewegte sich unaufhörlich am Rande der Legalität, mochte nichts und niemanden außer seinem Spiegelbild und verhielt sich bei Unterhaltungen jeglicher Art glitschiger als ein Stück Seife in der Badewanne. Sein Lieblingsfilm hieß

»Die Unbestechlichen«, weil er sich da herrlich über die doofen Reporter aufregen konnte, denn Nixon war ihm sympathisch und seiner Meinung nach zu Unrecht in die Pfanne gehauen worden. Mit Steinmeier als investigativem Reporter wäre die Watergate-Affäre garantiert anders ausgegangen.

Nun saß er also Martin Moser gegenüber, dem seine Bedenken gegen diesen Bewerber deutlich anzumerken waren. »Was hab ich davon, wenn ich Sie einstell?«, murmelte er zerstreut. »Gut, ich brauch dringend wen für die Außenanlagen, die Absperrung ist ja weg, aber Sie?«

»Absperrung?«, tat Steinmeier verwundert, der seine Spione überall sitzen hatte, sogar in Legau, und auf verschlungenen Pfaden an seine Informationen gelangte, die bei Sissi vermutlich zusätzlich zu den Migräneattacken einen Wutanfall ausgelöst hätten.

»Dummes Unglück«, wich Moser aus. »Einer von meinen Gästen ist in den Pool gefallen und hat dort einen Herzschlag erlitten. Eine gesundheitliche Vorbelastung.«

»Ach was.« Steinmeiers Erstaunen war so gut gespielt, dass er es sich beinahe selbst glaubte. »So eine Tragödie. Wann kann ich anfangen bei Ihnen?«

»Wollen S' mich net über den Geist ausfragen?« Moser schaute Steinmeier herausfordernd an.

»Sie ham einen Geist?«, fragte Steinmeier überrascht.

»Na, eben nicht!« Moser haute mit der Faust auf den Tisch. »Aber wenn wer mitkriegt, dass ich Sie angestellt hab, wird man Ihnen des sofort erzählen.«

»Keine Sorge, ich bin zu hundert Prozent diskret und sehr verschwiegen. Und ich glaube nicht an Gespenster«, beteuerte Steinmeier. »Wann kann es losgehen?« Aufmerksam sah er sich in der schleimgelben Küche um. »Sagen Sie, Herr Moser, ich schaff ja zehn Stunden in der Woche. Darf ich meine Brotzeit hier einnehmen, oder soll ich mich ins Auto setzen, wenn es regnet? Wie Sie möchten.«

»Können S' schon machen«, bejahte Moser gönnerhaft.

»Und wenn die Gäste satt sind, dürfen S' meinetwegen den Rest essen. Mir ham eine neue Kraft für die Hauswirtschaft, die lernt anscheinend grad erst kochen. Und Sie sehen aus, als ob Ihnen net so schnell was den Appetit verschlägt. Ich find's schad, wenn man was wegschmeißt.«

»Riecht lecker hier!«, bestätigte Steinmeier schnüffelnd. »Kein Kuchen? Heut ist doch Sonntag?«

»Mir sind net des Hilton, auch wenn's so ausschaut. Ich geb Ihnen den Personalfragebogen mit, den füllen S' aus und bringen ihn morgen mit, damit meine Frau alles für die Buchhaltung beieinanderhat.«

»Ich könnt in der Früh loslegen, wenn Sie wollen«, beeilte sich Steinmeier gehorsam zu versichern.

»Passt.« Moser schien zufrieden. »In der Einfahrt wachst Löwenzahn. Besorgen S' eine große Flasche Unkrautvernichter, was Gescheites, nix mit ›Bio‹ drauf, und machen S' des Kroppzeug weg. Ich muss ja des Apartment von unserem … äh, gegangenen Gast neu vermieten, und wenn Interessenten zum Anschauen kommen, soll's net ausschauen wie im Dschungelbuch. Außerdem will ich in drei Monaten den Rest vom Gebäude freigeben, dann geht's hier rund, und alles muss in Ordnung sein.«

»Geht klar«, versprach Steinmeier beflissen. »Wie viel Uhr?«

»So früh wie möglich«, befahl Moser. »Machen S' keinen Krach. Unsere Gäste schlafen gern lang. Wird eh die Kripo noch mal vorbeischauen zum Schnüffeln.«

»Wann kommen die denn immer?« Steinmeier wirkte mit einem Mal nervös. »Sie wollen doch garantiert net, dass die mir Fragen stellen. Ich weiß zwar gar nix, doch es ist ja bekannt, wie penetrant die sind. Die ham einen Kumpel von mir sogar schon bedroht. Der ist ein super Reporter, aber des mögen Polizisten gar net. Da könnt ich Ihnen Geschichten erzählen.«

»Wenn ich nur wüsst, wohin ich Ihr Gesicht tun soll«, wiederholte Moser gedankenverloren. »Also abgemacht. Zehn Stunden die Woch. Zehn Euro fünfzig auf die Hand. Trinkgeld geben die Gäste net, sag ich Ihnen gleich. Ham Geld wie Dreck und sind knickrig ohne Ende.«

»Brauch ich net«, winkte Steinmeier ab. »Dann geh ich der Kripo besser mal aus dem Weg.«

»Vielleicht werden mir zwei doch warm miteinander.« Moser klang nun schon etwas freundlicher.

»Gern!«, rief Steinmeier. »Ich freu mich schon. Und essen darf ich hier? Danke.«

»Sorgen S' einfach dafür, dass es mir net leidtut, dass ich Sie genommen hab statt einem Fünfundzwanzigjährigen, der vor lauter Kraft bloß schaukelnd laufen kann.« Moser erhob sich. Für ihn war die Unterhaltung beendet.

»Sie werden's net bereuen!« Steinmeier war ebenfalls aufgestanden und reichte ihm die Hand. »Danke. Sie helfen mir wirklich, Sie ham keine Ahnung, wie sehr.«

»Machen S' einfach Ihre Arbeit gut«, verlangte Moser. »Ich hoff, Sie können was.«

»Und ob ich was kann«, beteuerte Steinmeier. »Davon werd ich Sie überzeugen. Versprochen. Ich dreh noch schnell eine Runde ums Haus und sehe mir mein künftiges Aufgabegebiet an, damit ich Bescheid weiß. Bis morgen!« Dann winkte er und verschwand.

Moser ließ sich einen Kaffee einlaufen und setzte sich wieder an den Küchentisch. »Da kann ich ja lange warten.« Seine Frau stand mit verdrossener Miene vor ihm. »Ich habe dich schon dreimal angesimst«, tadelte sie ihn. »Wir sind heut bei den Hammers in Oberstaufen, schon vergessen? Der Chef von der Hypobank wird auch da sein.«

»Mist, ja«, erschrak Moser. »Hab grad noch wen eingestellt für den Garten. Der fangt morgen an.«

»Weil wir ja keine anderen Sorgen haben«, beschwerte sich Julia, die in ihrem beigen Ensemble wirkte wie die Eiskönigin persönlich. »Wir wollten doch Personalentscheidungen gemeinsam treffen. Ich möchte dich daran erinnern, dass du keinen Ehevertrag hast.«

»Und ich dich daran, dass uns demnächst des Geld ausgeht, weil mir uns beim Umbau gigantisch übernommen ham«, sagte Moser ungerührt. »Red leise. Hier ham die Wände Ohren.«

»Das ist eine Katastrophe für unser Image«, warf Julia ihm vor. »Wenn sich das herumspricht, dass bei uns Leute gekillt werden …« Sie stockte.

»Ja, jetzt ist es dir auch eingefallen«, antwortete Moser gehässig. »Kein Ehevertrag. Hängst genauso drin wie ich. Der Typ fangt morgen an. Ich möchte ums Verrecken gern wissen, woher ich den kenn. Herrgott, ist des ein Schlamassel.«

»Lässt eben mich beim nächsten Mal die Gäste aussuchen«, schlug Julia ungerührt vor. »Mit einer pensionierten Lehrerin im Bundfaltenrock hätt's den Ärger net gegeben.«

»Bleib mir vom Leib mit deinem Windjackengeschwader«, stöhnte Moser. »Geld brauchen mir, wird sich doch wohl wer auftreiben lassen, der investieren will und dem a Million net wehtut.«

»Hallo?« Sissi steckte ihren Kopf durch die Tür. »Wir mussten zurückkommen, weil eure Gäste heute Morgen jenseits vom Tresen waren. Hattest du Besuch? Uns ist jemand entgegengekommen.«

»War jemand da wegen einem Job. Muss weg.« Moser erhob sich hastig. »Mir kommen erst am Mittwoch wieder. Weißt ja, wo alle sind. Die Nicole ist nach Memmingen gefahren. Der Christian hat Dienst. Wenn ihr was wollt, bedients euch.« Er zeigte auf den Kaffeeautomaten. »Schatzi, komm. Jetzt müssen mir Gas geben.«

»Wir sehen uns!«, rief Sissi ihnen nach.

»Muss net sein.« Moser wollte die Tür zuknallen, aber der Schließautomatismus ließ es nicht zu. Dann röhrte ein Achtzylinder auf.

»Wo fangen wir an? Beim Schweinebraten?« Klaus öffnete den Kühlschrank.

»Pfoten weg«, schimpfte Sissi. »Wir gehen später in den ›Mohren‹, da kriegst du was.«

»Ich wäre sogar bereit, das alte Schlachtross zu besuchen«, schlug Klaus vor. »Die hat garantiert was Süßes. Zwar versprüht sie statt Schlagsahne giftige Bemerkungen, doch das nähme ich billigend in Kauf.«

»Hat sich Hans schon wegen des Autos, das uns bei der Herfahrt entgegenkam, zurückgemeldet bezüglich der Halterfeststellung?«, erkundigte sich Sissi.

»Hat er.« Triumphierend hob Klaus sein Handy hoch. »Mist, drei Anrufe in Abwesenheit. Ich muss die Annalena blockieren. Meinetwegen können wir heute bis in die Nacht ermitteln. Harro wird ja von meiner Nachbarin versorgt.« Er wirkte nervös.

»Nun hast du etwas, auf das du dich beim Heimkommen freuen kannst«, neckte ihn Sissi.

»Du lagst richtig.« Klaus zeigte ihr die Nachricht von Dollinger. »Es war tatsächlich Steinmeier. Der kleine Schleimer hat sich hinter dem Lenkrad versteckt, als er uns erkannte.«

»Steinmeier.« Sissi knirschte mit den Zähnen. »Meine Migräne kommt zurück.«

»Wir werden ihn im Auge behalten«, versprach Klaus, als sie auf dem Flur standen, der zu den Apartments führte. »War zu erwarten, dass der auftaucht. Nun lass uns die schlafenden Hunde wecken.«

Hinter der Tür von Christians kleiner Wohnung ertönte lautes Geschrei. »Captain an Brücke. Wir werden von Andorianern angegriffen! Schutzschilde auf dreißig Prozent!«

»Der lebt in seiner eigenen Welt«, wisperte Sissi. Vor einer Tür, hinter der erregte Stimmen zu hören waren, stoppten sie abrupt.

»Du blöde Kuh!« Das kam eindeutig von Renate Reismann. Auf diese Beschimpfung folgte ein lautes Klatschen.

»Au, warum hast du das getan, Reni?« Das war definitiv Frauke.

»Ich hab die Schnauze voll von dir und deinem dümmlichen Gesicht!« Renate schien außer sich zu sein. »Was hast du dir nur dabei gedacht!«

»Helfen wollte ich«, heulte Frauke. »Sie wäre verschwunden, wenn es geklappt hätte. Und wir beide gehen doch nach Teneriffa, ob mit oder ohne ihn? Du hast es versprochen!«

»Helfen? Ausgerechnet du?« Das war wieder Renate. »Du bist gemeingefährlich.«

»Ich habe es nur gut gemeint«, greinte Frauke. »Du hast damit angefangen. Wie sollte ich denn ahnen, dass du –«

»Was hast du nur getan!«, warf ihr Renate vor. »Du gehörst hinter Gitter. Oder in die Psychiatrie. Mörderin!«

»Reni, du weißt nicht, was du sagst. Und nenne mich nicht so, du hast genauso Schuld«, schluchzte Frauke.

»Geholfen?«, schrie Renate unvermutet los. »Er ist tot! Tot! Kapierst du das nicht?«

Sissi gab ihm ein Zeichen, und Klaus klopfte laut und vernehmlich. Drinnen herrschte mit einem Mal betroffenes Schweigen. »Sommer und Vollmer vom K1 in Memmingen noch mal!«, rief Sissi. »Dürfen wir eintreten?«

Die Tür wurde mit einem Ruck geöffnet. Frauke stand vor ihnen. Ihre Augen waren gerötet, genau wie ihre rechte Wange, auf der sich deutlich ein Handabdruck abzeichnete. Sie schielte zu Renate, die unbeweglich in der Mitte des Zimmers stand und ihnen keinerlei Beachtung schenkte. »Kommen Sie bitte ein andermal wieder«, verlangte sie und wollte die Tür schließen.

»Auf gar keinen Fall.« Sissi stellte entschlossen ihren Fuß in den Spalt und warf einen besorgten Blick auf Renate, die sich schwer atmend aufs Sofa fallen ließ.

»Reni ist aufgeregt, Sie machen es nur noch schlimmer.« Widerwillig ließ Frauke sie eintreten.

»Wir hätten ein paar Fragen an Sie, Frau Reismann«, bat Sissi. »Sind Sie sicher, dass Sie keinen Arzt brauchen?«

»Sie sind sehr blass«, pflichtete Klaus seiner Kollegin bei. »Und Sie machen einen aufgewühlten Eindruck. Nehmen Sie Medikamente?«

»Gelegentlich. Wenn ich nicht anders einschlafen kann. Nichts Illegales«, antwortete Renate und ließ ihre langen, dürren Beine über die Sofalehne baumeln. Sie war wirklich erstaunlich groß. »Frauke, hau ab«, befahl sie.

»Aber Reni, du brauchst mich doch«, widersprach Frauke.

»Verschwinde!« Renate duldete keine Gegenrede. »Springe von einer Brücke oder lege dich vor einen dieser Trecker. Und Teneriffa kannst du dir abschminken. Eher erhänge ich mich an diesem dürren Maibaum im Dorf, nur damit das klar ist. Wir beide sind fertig miteinander.«

»Ich habe immer alles für dich getan.« Heulend stürzte Frauke in den Flur und verhedderte sich in den weiten Hosenbeinen ihres Trainingsanzugs, woraufhin sie ins Taumeln kam und gegen die Wand prallte. Dann knallte sie die Tür hinter sich zu.

»Uns ist bekannt, dass Sie vorhatten, mit Herrn Heiler nach Spanien zu übersiedeln. Wir haben seine Recherchen zu günstigen Immobilienangeboten auf Teneriffa und eine Flugbuchung sichergestellt«, begann Klaus. »Ist das ein echter Klimt an der Wand?«

Renate nickte müde. »Mein zweiter Ehemann war Kunsthändler.«

»Was war nun mit Auswandern?«, fragte Sissi hartnäckig.

»Der Moserhof ist eine Senioren-WG.« Man merkte Renate an, wie unangenehm es ihr war, das Wort auszusprechen. »Keine Besserungsanstalt. Ich kann hier alles tun, was ich möchte, habe nur mehr Annehmlichkeiten als in einem Altenheim plus diesem überbewerteten Panorama.«

»Sie hatten doch sicher Gründe, sich hier einzumieten?«, wandte Sissi ein.

»Fit genug wäre ich gewesen, um allein klarzukommen«, erklärte ihr Renate indigniert. »Ich weiß auch nicht, was mich geritten hat, habe mich leider von Frauke überreden lassen. Güllegeruch, knurrige Eingeborene, die mich in der Apotheke fragen, ob ich mein Valentino-Kleid bei KiK gekauft habe, einmal im Jahr als Krönung des kulturellen Angebots ein Chorkonzert und das ganze Jahr über Bauerntheater!«

»Wollten Sie deshalb nach Spanien?«, fragte Klaus. »Übrigens finde ich es hier gar nicht so übel, und ich bin ursprünglich Berliner.«

»Danke schön!« Sissi zwinkerte ihm zu.

»Ich komme aus Hamburg«, eröffnete ihm Renate. »Hatte eine Villa an der Alster, eine Putzfrau, jemanden für den Garten, der Friseur kam ins Haus, genau wie die Dame von der Nagelpflege. Trotzdem war ich einsam und wollte einmal im Leben etwas Spontanes tun.«

»Frau Schussel ist doch Ihre Freundin? Allein waren Sie demnach nicht?«

»Nomen est omen«, stöhnte Renate dramatisch. »Und was mich betrifft: Denken Sie, der Wunsch, geliebt zu werden, endet mit fünfzig? Mein ganzes Leben lang hatte ich immer einen Mann an meiner Seite. Genau genommen waren es drei. Alle tot. Ich wollte einfach noch mal glücklich sein.«

»Möchten wir doch alle.« Sissi lächelte verständnisvoll. »Und hier haben Sie Ihre Liebe gefunden?«

»Wie ich Ihren Fragen entnehme, haben Sie meine SMS gelesen«, sagte Renate gelassen.

»Haben wir. Die waren recht eindeutig«, meinte Sissi.

»Siebzig Jahre bin ich, Kind. Und die Männer haben sich nicht wesentlich geändert, seitdem ich ein Teenager war.« Renate klang sehr verbittert. »Norbert war keine Ausnahme. Zudem passten wir nicht zusammen. Er war fürchterlich provinziell. Beherrschte zwar sämtliche Tasteninstrumente, doch von Kunst oder Kultur war er völlig unbeleckt. Es hat einfach nicht funktioniert, darum musste ich mich von ihm trennen. Gut, dass ich es bemerkt habe, ehe wir uns nähergekommen sind.«

»Nähergekommen?«, wiederholte Sissi. »Wir haben Ihre Kurznachricht über neue Unterwäsche gefunden. Das klang wenig distanziert.«

»Er brauchte unaufhörlich Bestätigung und ein paar schmutzige Worte, ich tat ihm den Gefallen. Nach drei Ehemännern weiß man Bescheid«, winkte Renate verächtlich ab.

»Gab es keinen anderen Grund für die Trennung als unüberbrückbare Gegensätze?«, versuchte es Klaus mit seinem charmantesten Lächeln.

Renate sah ihn lange und unergründlich an. »Sie haben das Potenzial, sein würdiger Nachfolger zu werden«, antwortete sie dann bitter. »Lassen Sie mich raten: Ende dreißig, attraktiv, garantiert alleinstehend, ohne die geringste Ambition, sich jemals fest zu binden. Und wenn Sie die sechzig überschritten haben, suchen Sie sich eine flotte Dreißigjährige, weil Sie das Platzhirschgehabe einfach nicht aus Ihren Genen kriegen.« Müde schloss sie die Augen.

»Das ist nicht fair!«, protestierte Klaus.

Sissi tätschelte ihm tröstend den Rücken. »Zum dritten Mal. Was war mit Teneriffa?«

»Wir wollten uns ein paar Immobilien ansehen. Auf unsere letzten Jahre noch etwas Wärme und Sonne genießen. Das war, ehe ich mich gegen ihn entschied. Der Mann hatte kein Format.«

»Aber Sie planten auf jeden Fall, das Allgäu zu verlassen?«, hakte Sissi nach.

Renate verzog mürrisch das Gesicht. »War eine Schnapsidee, hierherzuziehen. Jede Woche gießt es wie aus Kübeln, und die Kühe spucken einem ins Auto, wenn man im Cabrio sitzt. Oder die Eingeborenen ins Essen, behaupten Sie ja nichts anderes.«

»So schlimm sind wir nicht«, versicherte ihr Sissi. »Aber ich verstehe den Wunsch nach wärmerem Klima. Haben Sie hier schon gekündigt?«

»Schon länger«, bejahte Renate. »Ich gehe zurück nach Hamburg. Mich sehen Sie hier nie wieder.«

»Eines verstehe ich nicht. Die SMS von Ihnen klangen nach echter Zuneigung. Warum hat sich das so schnell geändert?«, fragte Sissi.

»Weil er sich wie eine Wetterfahne verhielt. Dabei war er anfangs ein echter Gentleman«, gestand Renate. »Mit seinen Manieren und seinem Charme hat er mich um den Finger gewickelt und mir sogar einmal einen Brief geschrieben, sehr stilvoll, mit dem Füller. Möchten Sie ihn sehen? Rhetorisch war er begabt. Aber eben ein proletenhaftes Schwein.« Sie stand auf und öffnete die Schublade an einer großen Anrichte aus Akazienholz. Dann stutzte sie. »Wo ist er?« Aufgeregt wühlte sie in dem Fach, dann schaute sie in der nächsten Schublade und einer weiteren nach.

»Was suchen Sie denn?«, erkundigte sich Klaus.

»Den Brief von Norbert.« Renate wirkte aufgelöst. »Ich weiß, dass ich ihn hier verwahrt habe.«

»Sollen wir Ihnen beim Suchen helfen?«, bot er ihr an.

Renate winkte ab. »Ich bin zu durcheinander. Nun muss ich endlich den Arzt anrufen, denn ich brauche dringend meine Medizin.«

»Dann lassen wir Sie fürs Erste in Ruhe.« Sissi erhob sich und gab Klaus ein Zeichen.

»Hallo?« Renate hörte sie schon nicht mehr, sie telefonierte. »Natürlich weiß ich, dass heute Sonntag ist. Glauben Sie, alles was nördlich von Frankfurt lebt, ist mental retardiert? Ich bin Privatpatientin!«

Auf Zehenspitzen schlichen die beiden auf den Flur und sahen sich schmunzelnd an. »Puh«, beschwerte sich Klaus. »Die ist gemein.«

»So ganz unrecht hat sie nicht, Klaus. Und wir möchten doch nicht, dass du eines Tages tot in einem Pool landest oder dir vor lauter Einsamkeit eine Plauze anfrisst. Soll ich dich mit einer meiner Freundinnen verkuppeln?«

»Nur das nicht«, stöhnte Klaus. »Die wollen alle heiraten. Und ich muss die Annalena ja noch loswerden.«

»Du bist geliefert.« Sissi lachte. »Du weißt es nur noch nicht. Wohin nun? Schussel oder Brumbach?«

Die Entscheidung wurde ihnen abgenommen, denn Dieter stürzte gerade wutentbrannt aus seinem Apartment.

Sonntagnachmittag, Memmingen

»Grüß Gott.« Unwillig schaute Dollinger auf, der in die Auswertung von Heilers Laptop vertieft gewesen war. In der Tür stand ein junger Bursche mit dichtem blonden Haar und zerknirschtem Gesichtsausdruck, der von einem energisch aussehenden Mann Anfang vierzig unsanft ins Zimmer geschoben wurde.

»Rein mit dir, du Saukrüppel, du nixiger«, befahl der. »Hofbauer, Franz und Florian. Sind Sie der Herr Dollinger?«

Der nickte irritiert. »Wer hat Sie reingelassen?«

»Finden S' des selber raus«, knurrte Franz Hofbauer, der in seinem kurzärmeligen Trachtenhemd und der Gabardine-Hose zu schwitzen und sich nicht ganz wohlzufühlen schien. »Kann bei Ihnen jeder kommen und gehen, wie er will?«

»Komisch, das werde ich oft gefragt.« Dollinger klappte Heilers Laptop zu.

»Der Florian muss eine Aussage abgeben«, klärte Franz Hofbauer ihn mürrisch auf. »Weil er gestern erwischt worden ist von der Polizei. Beim Spionieren.«

»Hab ich net, Papa!«, protestierte sein Sprössling und ließ für einen kurzen Moment das Handy sinken. Mit seinen engen Jeans, der blonden Haartolle und den Sneakers mit offenen Schnürsenkeln wirkte er ungemein kindlich.

»Halt die Gosch!«, fuhr ihn sein Vater an. »Ich sollt heut auf dem Geburtstag von meiner Schwiegermutter sein«, erklärte er dann dem verblüfften Dollinger und klang dabei eher erleichtert als verärgert. »Meine Frau ist stinksauer. Die Schwiegermama auch. So macht man rechtschaffenen Leuten den Sonntag hin.«

»Papa, ich hab dir doch gesagt, dass des am Montag noch reicht, aber du hast gemeint, des muss heut sein«, widersprach Florian, während er hektisch auf seinem Handydisplay hin und her wischte.

»Jetzt langt's.« Franz Hofbauer entriss seinem Sohn das Mobiltelefon und steckte es in seine Gesäßtasche. »Des Scheißding, des verreckte. Hier unterhalten sich Erwachsene. Und mir sind da, weil du Mist gebaut hast, du Hirsch.«

»Mein Handy!«, schrie Florian entsetzt. »Papa, rück des sofort wieder raus.«

»Nix da«, lehnte Hofbauer voller Genugtuung ab.

Dollinger fielen Sissis Erzählungen ein. Das war also der junge Mann, der von Klaus aus der Hecke gezerrt worden war während der Tatortbesichtigung. »Guck doch net so.« Er lächelte väterlich, denn Florian schien total aufgelöst. »Ist nix Schlimmes.«

»Von wegen«, mischte Franz Hofbauer sich ein. »Der Bub ist total verängstigt gewesen. Mit Gefängnis hat man dem Kerle gedroht. Dabei ist der net amal volljährig.«

»Papa, des stimmt doch gar net«, unterbrach ihn Florian. »Des hast du behauptet. Und du hast bei der Mama geschimpft, dass mir heut gleich zur Polizei müssen, weil die bei dir angerufen und dich herbestellt ham. Du wolltest doch garantiert nur net zur Oma auf den Geburtstag.«

»Verstehe.« Dollinger grinste. Warum sollte es anderen Ehemännern besser gehen als ihm? »Dann fangen mir an.«

»Ich weiß doch gar nix«, stotterte Florian. »Mir ... ich bin halt net rechtzeitig abgehaut.«

»Rechtzeitig?«, wiederholte Dollinger.

»Auf einmal sind überall Leut in weiße Anzüg gewesen und ham Scheinwerfer rumgetragen«, erzählte Florian. »War zum Abhauen zu spät. Dabei ham ... hab ich bloß nachschauen wollen.«

»Nachschauen? In der Badehose?«, fragte Dollinger verwundert. »Und du hast gesagt ›mir‹, also wart ihr mehrere?«

»Der steckt Tag und Nacht mit dem nixigen Lechner-Buben zamm«, schimpfte sein aufgebrachter Vater. »Flori, ich möchte des nimmer, dass du mit dem rumhängst. Mir ham auf dem Hof genug zum Tun.«

»Papa«, rief Florian entrüstet, »der Julian ist mein bester Freund.«

»Noch mal von vorn«, begann Dollinger geduldig. »Sie sind im Gebüsch gekauert und wurden dort von einem unserer Beamten entdeckt. Der konnte noch eine andere Person davonrennen sehen. So weit richtig?«

Eingeschüchtert bejahte Florian. »Stimmt. Aber mir ham nix gemacht.«

»Was wolltets denn da überhaupt? Der Moserhof ist eine Senioren-Wohngemeinschaft.«

Florian wurde feuerrot. »Von wegen«, stammelte er. »Da geht's ganz schön ab. Gar nix ham mir gem–«

»Himmelherrgottsapprament!«, brüllte sein Vater plötzlich los. »Mir ham dir Anstand beigebracht. Und für jedes Mal, wo du ab sofort des Maul aufmachst und lügst, kriegst von mir eine Schelln, die man bis zum Memminger Marktplatz knallen hört, klar?«

»Herr Hofbauer, ich bin sicher, des ist net nötig«, versuchte ihn Dollinger zu beschwichtigen.

»Erst will ich mein Handy wieder«, forderte Florian. »Der Papa weiß genau, dass ich ohne des aufgeschmissen bin. Da hab ich auch ein paar Fotos drauf.«

»Fotos?« Dollinger stutzte. »Von gestern?«

»Na.« Florian schüttelte den Kopf. »Von vorher.«

»Du warst also doch schon öfter da draußen, du Saubeutel?«, schrie Hofbauer erzürnt. »Mit dem Bulldog fahr ich über dein blödes Telefon. Und wenn was übrig bleibt, schmeiß ich den Rest in die Iller.«

»Was für Fotos?« Dollinger war neugierig geworden.

»Ich brauch erst mein Handy«, verlangte Florian. »Des interessiert Sie bestimmt.«

»Können Sie dem Buben bitte sein Telefon geben?«, schlug Dollinger Franz Hofbauer vor.

Der weigerte sich verstimmt. »Ich bin net der Depp vom Dienst. Der Herr braucht ja eins für tausend Euro. Damit man angeben kann vor den anderen. Schluss damit. Des bleibt, wo es ist.«

»Vorher sag ich gar nix.« Florian ließ sich auf dem harten Bürostuhl zurücksinken und verschränkte die Hände vor der Brust. »Ums Verrecken net.«

»Kannst ham. Solltest es net drauf ankommen lassen«, drohte ihm sein Vater. »Und du kommst gleich in Beugehaft, die Mama bringt dir aber dann kein Essen vorbei, da gibt's jeden Tag Pumpernickel und kaltes Wasser, gell, Herr Dollinger?«

Florian sah aus, als würde er gleich anfangen zu heulen. »Bitte, sagen Sie was«, beschwor er Dollinger. »Sie sind die Polizei und ham des letzte Wort. Ich brauch des Handy. Die anderen lachen mich doch alle aus!«

»Vielleicht können mir verhandeln«, schlug Dollinger ihm vor. »Du erzählst mir, was du mitgekriegt hast, und dein Papa gibt dir dann, ehe ihr geht, des Telefon wieder?«

»Garantiert net«, brummte der unversöhnlich. »Der hat auf dem Grundstück vom Moser gar nix verloren. Und so merkt er sich des.«

»Oh mei.« Dollinger erkannte, dass er hier nicht weiterkam. »Florian, du kannst net vor mir als Polizist einfach deinen Papa erpressen. Da muss ich dann was unternehmen, weil des strafbar ist. Also da käm vielleicht doch ein Aufenthalt in einer Zelle in Betracht. So weit klar?« Florian wurde auf seinem Stuhl immer kleiner, was seinem Vater auch wieder nicht zu gefallen schien, der seine Kompetenzen mit einem Mal angegriffen sah.

»Der Bub ist minderjährig, den darf bloß ich zu was zwingen!«, beschloss Franz Hofbauer deshalb empört. »Komm, mir gehen.« Er packte seinen störrischen Sohn am Arm und schickte sich an, mit ihm zusammen das Büro zu verlassen, als es klopfte.

»Ja bitte?«, rief Dollinger erstaunt, der sich zu seiner eigenen Überraschung nach seinem schweigsamen Zuhause sehnte, denn von Familienstreitigkeiten bekam er Sodbrennen.

»Soll mich melden.« Anita steckte ihren frisch frisierten

Kopf durch einen Spalt und klimperte mit ihren echten und auch den angeklebten Wimpern. »Sie sind der Dollinger, gell? Ja, hallo, Franzi. Servus!«

Hofbauer senior wurde dunkelrot im Gesicht. »Anita, was machst du denn da?«, stammelte er und versuchte krampfhaft, seine Verlegenheit zu verbergen.

In einem knallengen kobaltblauen Minikleid tänzelte Anita auf hohen silbernen Hacken kokett ins Zimmer und baute sich vor Dollingers Schreibtisch auf. »Florian, du wirst alleweil niedlicher, zum Vernaschen süß«, schmeichelte sie dem Teenager. »Hast was ausgefressen?«

»Mir sind schon weg«, versicherte Franz Hofbauer, dem die Angelegenheit sichtlich peinlich war.

»Franzi, der Bub kommt ganz nach dir.« Anita zwinkerte ihm vertraulich zu. »Hast dich mittlerweile erholt vom Fasching? Ich sag ja immer, wenn man sich amüsieren möcht, sollt man net zu zweit auf einen Ball gehen, oder?«

»Alte Geschichten, mir ham jetzt Juni!«, versuchte Franz Hofbauer sich herauszuwinden, der sich nur mit Müh und Not an den Krönungsball im Februar erinnern konnte, bei dem er sich anstatt mit Ruhm mit Rum bekleckert hatte. Mit einer zum richtigen Zeitpunkt grippekranken Gattin gesegnet, hatte er sich mittels eines vergilbten Bettlakens und einer Vorhangkordel als Ölscheich verkleidet und dabei unbotmäßig über die Stränge geschlagen, denn er war für kurze Zeit mit der mehr als dürftig bedeckten Haremsdame Anita in einer dunklen Ecke verschwunden. Alles Weitere verdrängte er so schnell wie möglich, denn beim Erwachen im heimischen Bett nach einer durchzechten Nacht, neben einer hustenden und schniefenden Ehefrau, war er innerhalb von Rekordzeit ausgenüchtert und hatte sich geschworen, nie mehr einen Tropfen zu trinken.

»Bist ganz schön blau gewesen damals«, kicherte Anita. »Normal mach ich so was ja net. Aber mit dir ...«

»Anita, was übertreibst denn immer so?«, beschwerte sich Franz Hofbauer, dem der boshafte Blick seines einzigen Sprösslings nicht entgangen war. Dollinger, der alles aus sicherem Abstand hinter seinem Schreibtisch beobachtete, hielt gespannt die Luft an.

»Soso, Papa«, sagte Florian sehr langsam. »Des war also der stinklangweilige Faschingsball, auf dem du dich angeblich unbedingt hast sehen lassen müssen, trotzdem die Mama krank war.« Sein Gesichtsausdruck wurde verschlagen. »Die Mama wird des brennend interessieren. Und die Oma auch.«

»Hab ich was Falsches gesagt?« Anita zog Sissis Bürostuhl zu sich heran, nahm mit einem tiefen Seufzer Platz und schlug die Beine übereinander. Dollinger, Hofbauer und sogar der blutjunge Florian hielten die Luft an, denn Anitas Oberteil machte nicht den Eindruck, als würde es den hineingepressten Massen noch lange standhalten. »Mir ham nix gemacht«, versuchte Anita Florian zu beruhigen. »Dein Papa ist ein ganz Braver. Gell, Franzi?«

»Ihr glaubts auch, ich bin blöd«, warf Florian seinem Vater vor. »Also, Papa, du gibst mir sofort mein iPhone wieder. Kannst der Mama ja sagen, dass die Polizei dir des befohlen hat.«

Franz Hofbauer wandte sich hilfesuchend an Dollinger. »Verhaften Sie den ausgschämten Kerle bitt schön ein paar Stund. Des ist doch strafbar, oder?«

»Ach, jetzt soll ich ihn auf einmal doch einsperren? Da bräucht ich einen Haftbefehl«, wand sich Dollinger. »Und besoffen ist er ja net, sonst ging's vielleicht, zu seinem eigenen Schutz. Tut mir leid.«

»Also abgemacht.« Florian lächelte zufrieden. »Und dann sag ich, was ich weiß.«

»Um was geht's denn überhaupt?«, meldete sich Anita zu Wort.

»Lassen Sie mich raten – Sie sind Frau Hoff?« Dollinger verstand allmählich, was an den Erzählungen über diese in dehnbare Kunstfaser gezwängte Dame so dran war. »Wären Sie so nett und warten unten an der Pforte? Ich lass Sie dann rufen. Wenn S' nett fragen, kriegen Sie bestimmt sogar einen Kaffee. Ach was.« Er winkte ab. »Mit dem Kleid kriegen Sie so viel Kaffee, wie Sie wollen. Bitte.« Er zeigte auf die Tür.

»Dabei hab ich so pressiert und die Feldarbeit liegen lassen!«, schimpfte Anita beim Aufstehen, wobei ihr Rock gefährlich hochrutschte. »Und dann muss ich warten wie a kleines Mädle.« Genau wie Franz Hofbauer klang sie nicht wirklich traurig über die verlorene Zeit. Dann schloss sich die Tür hinter ihr.

»Also, Papa, Deal?« Florian hielt seinem Vater die Hand hin. Der nahm sie zögernd.

»Florian, würdest uns bitt schön sagen, was du weißt?«, bat Dollinger.

Franz Hofbauer zog das Mobiltelefon aus seiner Gesäßtasche und drückte es seinem Sohn in die Hand. »Nach mir kommst du net. Des hast von deiner Mutter«, warf er ihm vor und wandte sich zum Gehen. »Ich wart auch unten an der Pforte, mir ist grad was eingefallen.« Schon war er verschwunden. Man konnte hören, wie seine Schritte draußen auf dem Flur schneller wurden.

»Also, Florian?«, fragte Dollinger. »Wann warst du auf dem Moserhof, wenn du sagst, ihr habt euch schon früher da rumgetrieben?«

»Ich glaub, Ende April sind mir des erste Mal hin. Uns war langweilig.«

»Aha, langweilig.« Dollinger beobachtete genervt, wie der Junge mit flinken Fingern eine Nachricht tippte. »Kannst net amal des Handy weglegen?«

»Damit Sie sich des schnappen? Ich bin doch net blöd.« Widerwillig ließ Florian das Telefon in seinen Schoß sinken. »Mir sind a bissle rumgeradelt. Der Papa lasst mich ja net den Führerschein machen.« Es klang anklagend. »Und da hat der Julian gemeint, es seien a paar Rentner auf dem Moserhof eingezogen und mir sollten a bissle Action machen.«

»Aha«, wiederholte Dollinger. »Action. Was denn für eine?«

»Nix Schlimmes, was denken Sie? Nur a bissle erschrecken«,

beteuerte Florian empört. »Mir ham ja gewusst, dass da alte Leut drin sind, die wegen jedem Mückenschiss tot umfallen.«

»Andere Hobbys habts net?«

»War alles verriegelt«, überging Florian diese Spitze unbekümmert. »Des große Tor wird abends abgesperrt, und dann ist da noch die Mauer. Mir sind hinten rum in Richtung Schwimmbad, weil da die hohe Hecke steht. Und da ham mir des Loch gefunden.«

»Ein Loch?«, fragte Dollinger verblüfft. »In einer Hecke?«

»Passiert manchmal beim Schneiden, wenn man einen falschen Ast erwischt«, bejahte Florian. »Mir ham's größer gemacht und ein paar Äst rausgerissen. Auf der Innenseite ham mir die Zweige zur Tarnung drangelassen, die hat man prima auf die Seite schieben können. Dann sind mir reingekrochen.«

»Was habt ihr dann angestellt?«, wollte Dollinger wissen.

»Eigentlich nix. In ein paar Fenster geguckt. Schauen, was die so treiben. Weil im Schwimmbecken noch kein Wasser drin war.«

»Was die so treiben?«

»Die ham gesoffen wie die Bürstenbinder«, vertraute Florian ihm an. »Meistens war nur ein Fenster hell, wenn mir gekommen sind, des zum Pool hin. So ein Dunkelhaariger mit offenem Hemd und Schnauzer war, glaub ich, der Anführer. Der hat sogar amal Akkordeon gespielt.«

»Muss langweilig gewesen sein. Warum seids denn wiedergekommen?«

»Der Julian hat gemeint, Preußen darf man ruhig erschrecken«, verriet ihm Florian unbekümmert. »Drum ham mir beim nächsten Mal unsere Halloween-Masken mitgebracht.«

»Um Himmels willen«, empörte sich Dollinger. »Da hätt ja vielleicht jemand einen Herzinfarkt vor Schreck kriegen können.«

»Zwei- oder dreimal höchstens«, verteidigte sich Florian. »Wenn Leut draußen waren, sind mir schnell abgehauen. Mir wollten ja niemand was Böses.«

»Und was war so los im Garten?« Allmählich wurde Dollinger richtig neugierig.

»Die ham's da getrieben«, vertraute ihm Florian verschwörerisch an. »In der kleinen Holzhütte neben dem Schwimmbad, wo man sich umzieht.«

»Wer mit wem? Und wann?«

»Ich glaub, Anfang Mai«, erzählte Florian. »War superwarm an dem Abend. Erst wollten mir an der Iller ein Feuer machen. Aber mir waren zu faul zum Holzsammeln. Da hat der Julian gemeint, schauen mir doch mal wieder zu den reichen alten Säcken. Ich bin der Erste gewesen, wo durchgekrochen ist. Himmel, ham die einen Krach gemacht.«

»Krach.« Dollinger musste diese Vorstellung erst einmal verdauen. Sein Weltbild war schon seit dem Obduktionsbericht etwas ins Wanken geraten.

»Schön war's net«, meinte Florian und grinste. »Aber mir ham's witzig gefunden. Hätt ja auch die rattenscharfe Blonde aus Köln sein können. Der Julian hat die im Edeka gesehen beim Einkaufen und hat gemeint, die badet garantiert ohne alles, weil die ja aus der Großstadt kommt.«

»Himmel, hilf«, stöhnte Dollinger. »Ihr habt alle Instagram und YouTube. Da sehts doch genügend nackte Frauen.«

»Live ist es was anderes«, versicherte ihm Florian. »Aber des in der Poolhütte hätt garantiert keiner sehen wollen.«

Dollinger beugte sich aufgeregt vor. »Jetzt bin ich gespannt.« Und das war die reine Wahrheit.

»Die klapperdürre Rothaarige und der alte Kerl mit dem Schnauzer«, informierte ihn Florian angewidert. »Und die Rothaarige hat dauernd geächzt ›Ich lieb dich so sehr‹. Total nervig. Also mich tät des ja abtörnen.«

»Mich auch«, pflichtete Dollinger ihm spontan bei und versuchte gleichzeitig, die Bilder in seinem Kopf zu verscheuchen.

»Ich wollt mich anschleichen zum Filmen und bin hin, dann hat die Rothaarige gebrüllt: ›Aaaaah, ein Gespenst!‹ Dabei hab ich net amal eine Maske aufgehabt.« Das klang beleidigt. »Ich schau saugut aus, hab bei Instagram über achthundert Follower.«

Dollinger lachte. »Die ist halt erschrocken.«

»Ich auch«, sagte Florian. »Und mir sind sofort abgehaut und a paar Wochen lang nimmer rein. Uns ist es total vergangen. Sollten die in dem Alter net vor dem Fernseher hocken und QVC gucken?«

»Des war wahrscheinlich besser als fernsehen«, mutmaßte Dollinger. »Was sonst noch?«

»Die Blonde.« Florian schnalzte mit der Zunge. »Ist öfter schwimmen gegangen. Leider im Bikini, net nacket. Tolles Chassis.«

Dollinger räusperte sich. »Eigentlich ist des kein Handy wert. Vielleicht sollt ich des deinem Papa mitteilen.«

»Ich Depp!« Florian klatschte sich mit der flachen Hand an die Stirn. »Des hätt ich beinahe vergessen. Einmal, vor grad amal zwei oder drei Wochen, da ist der Julian vor mir rein. Und dann ist er nicht weitergekrochen, sondern hat mir die ganze Zeit seinen Hintern ins Gesicht gestreckt.«

»Wie grauenhaft.« Dollinger bemühte sich um ein neutrales Gesicht.

»Drum hab ich nur Stimmen gehört und nix gesehen. Einen Mann und eine Frau. Die Rothaarige war des net, sondern eine jüngere Frau, bestimmt die Blonde. Gestritten ham die.«

»Ja und weiter?«, drängte Dollinger aufgeregt.

»Ich hab's net genau mitgekriegt«, gestand Florian. »Der Mann hat gesagt, er möchte endlich Taten sehen und net länger hingehalten werden. Mir ham uns net amal husten getraut. Dann hat der Julian auch noch einen fahren lassen. Mir genau ins Gesicht!« Er klang empört.

Dollinger musste lachen. »Hat der Julian die beiden erkannt?«

Florian verneinte. »Mir sind in der Hecke festgesteckt und konnten net vor oder zurück, weil es sonst geraschelt hätt. Er meint, es sei die Blondine mit dem geilen Fahrgestell gewesen. Weil die einmal gequiekt hat.«

»Gequiekt?«

»Wie a Ferkel beim Kastrieren«, klärte Florian Dollinger auf. »Dann hat sie geschimpft, er soll die Finger von ihr lassen, und der Mann hat dreckig gelacht, sie soll wenigstens des Oberteil ausziehen, weil er net die Katze im Sack kauft. Des hätt ich gern gesehen.« Er zwinkerte Dollinger vertraulich zu. »Die hat sogar geheult. Mir ham uns net getraut, rauszuspringen und der zu helfen, sonst wären mir aufgeflogen.«

»Wie ging es dann weiter?«

»War auf einmal ganz still«, berichtete Florian mit angeekeltem Gesichtsausdruck. »Bis auf ein paar Schnaufer. So richtig widerlich. Und die Blondine hat wieder geflennt. Bald drauf ist der alte Kerl verschwunden und kurz drauf die Frau. Dann sind mir abgehaut.«

»Na ja, ein bissle hilft uns des schon.« Dollinger nickte väterlich.

»Des ist ja net alles.« Florian grinste siegessicher. »Der Julian hat geschworen, da war noch jemand im Garten, der die zwei die ganze Zeit beobachtet hat. Wenn man vom Haus aus zum Pool geht, ist zwischen der Terrasse und dem Gras ja auch eine Hecke. Der Julian hat gemeint, dass sich da jemand schnell geduckt hat. Irgendwer hat die zwei ausspioniert.«

»Ja, wer denn?«

»Er hat wegen dem Laub nix erkennen können. Einen Schatten halt und dass die Person gut beieinander war, also fett.« Abschätzig ließ Florian seinen Blick über Dollinger gleiten.

»Brauchst gar net so gucken«, sagte der beleidigt. »Ich hab a sitzende Tätigkeit.«

»Schon klar.« Florian erhob sich. »Sorry, muss meinen Alten loseisen von der Anita.« Er lachte boshaft. »Ich hab a Menge nachzuholen auf meinem Instagram-Account. Die denken bestimmt, ich sei gestorben.«

»Was ist mit den Fotos?«, hielt Dollinger ihn auf.

»Stimmt.« Florian wischte erneut hektisch auf seinem Display hin und her. »Fünf Stück, den Rest hab ich löschen müssen. War zu grausam.«

»Ach du liebe Güte.« Dollinger starrte auf das Display und wurde rot.

»Sieht man doch net viel«, behauptete Florian.

»Mehr als genug. Die brauche ich«, erklärte ihm Dollinger bestimmt. »Eine letzte Frage hab ich noch. Was habts sonst so angestellt auf dem Moserhof?«

»Gebadet. Zum Schwimmen ist die Pfütze net tief genug. Und der Julian hat jedes Mal reingepinkelt«, verkündete Florian fröhlich und stand auf. »War nett.«

»Jetzt schreiben mir des Protokoll«, versuchte Dollinger ihn aufzuhalten.

»Ich darf nix unterschreiben, bin ja keine achtzehn«, winkte Florian ab. »Des macht garantiert der Papa. Tschau, Alter. Hab siebenundzwanzig neue Nachrichten bei Snapchat.« Damit verschwand er und knallte die Tür hinter sich zu.

»Na warte«, knurrte Dollinger bissig. »Du kriegst von mir a amtliche Vorladung. Du Bazi.« Anita fiel ihm plötzlich ein. Vor allem ihr kobaltblaues Kleid. Also rief er unten an der Pforte an.

»Die Wuchtbrumme mit der schrillen Frisur?« Der Kollege von der Pforte lachte. »Die ist weg. Ich soll dir ausrichten, sie schaut später wieder rein.«

Dollinger ließ sich auf seinem Bürostuhl zurücksinken und schloss die Augen. Sein Kopf pochte. Es fühlte sich nach einer beginnenden Migräne an. Vielleicht sollte er mit Sissi eine Selbsthilfegruppe gründen.

Sonntagnachmittag, Legau

»Herr Brumbach, warum sind Sie so aufgebracht?« Klaus hielt den wutschäumenden Mann am kurzen Ärmel seines blütenweißen Ralph-Lauren-Hemdes fest.

Erbost versuchte der sich loszureißen. »Fassen Sie mich nicht an, Sie Posterboy! Finger weg!«

»Alles in Ordnung?« Wie aus dem Nichts war plötzlich Christian aufgetaucht, der um den Hals immer noch seine riesigen Kopfhörer trug und Dieter besorgt musterte.

»Beruhigen Sie sich bitte, Herr Brumbach«, bat Sissi. »Was ist los?«

»Äh, ich wollte zu Frau Schussel, die hat etwas, das mir gehört.« Dieter entzog sein Hemd dem festen Griff von Klaus. »Sie können wieder in Ihrer Parallelwelt verschwinden«, teilte er Christian mit. »Hier braucht Sie keiner.«

»Wirklich?«, vergewisserte sich Christian ängstlich.

»Gehen Sie nur«, bestätigte Sissi. »Herr Brumbach, wir möchten mit Ihnen sprechen.«

»Ich aber nicht mit Ihnen.« Er machte Anstalten, in seinem Zimmer zu verschwinden.

»Warum so abweisend?« Klaus folgte ihm zusammen mit Sissi und schloss die Tür hinter sich. »Wir haben bisher nicht über Herrn Heiler gesprochen, Sie wissen schon, Ihren besten Freund.«

Dieter ließ sich missmutig auf ein ledernes Designersofa fallen, das seine Kinder ein Vermögen gekostet hatte. »Ich weiß von gestern absolut nichts mehr.«

»Das glauben wir Ihnen unbesehen.« Sissi zog sich einen Freischwinger heran und nahm Platz, Klaus tat es ihr nach. Neugierig sah sie sich in dem Apartment um. »Herr Brumbach, Sie haben einen ausgezeichneten Geschmack«, lobte sie anerkennend.

»Sie sind garantiert nicht hier, um mir Komplimente für meine Einrichtung zu machen«, knurrte der. »Warum akzeptieren Sie nicht, dass Norbert tot ist? Ein drittklassiger Mundart-Alleinunterhalter im Trachtenoutfit. Der hat's verdient, allein schon für diese grauenhafte Musik. War ja nicht Bruce Springsteen.«

»Ja, warum machen wir Mord nicht gleich zu einer Ordnungswidrigkeit, die mit einem Bußgeld in Höhe von fünfundzwanzig Euro belegt wird?«, schlug Klaus ihm süffisant vor.

»Gott, sind Sie eingebildet«, entgegnete Dieter. »Ich war genauso wie Sie. Früher.«

»Früher. Da war ja ohnehin alles besser«, konterte Klaus säuerlich. »Der Schnee war damals richtig weiß, und heute sind die Zeiten so schlecht, dass Babys nackt geboren werden.«

»Sie Komiker.« Dieter schaute ihn lange und durchdringend an, bis Klaus unwohl zumute wurde. »Altert im Keller ein Bild für Sie, oder wie kommen Sie darauf, das ginge ewig so weiter?«

Sissi lachte. »Da hörst du es. Noch eine Warnung aus berufenem Munde. Herr Brumbach, hatten Sie Streit mit Herrn Heiler?«

»Das war nur eine kleine Meinungsverschiedenheit«, verteidigte sich Dieter bissig.

»Und Ihr heftiger Wortwechsel mit Frau Schussel?«, bohrte Sissi weiter.

»Oh mein Gott.« Dieter streckte beide Beine weit von sich. »Dieses Etablissement hier ist ein Abklingbecken für Zwangsgestörte, und ich bin der Einzige, der noch alle Nadeln an der Tanne hat. Die Schussel wacht eifersüchtig über ihre Busenfreundin Reismann und würde jeden anspringen, der ihrer geliebten Renate ein Haar krümmt, fehlt nur der Hausaltar. Renate wiederum absolviert eine mentale Gratwanderung nach der anderen, immer mit einem Bein in der Psychiatrie, und Norbert wusste nie, wann es genug ist, weder beim Trinken noch beim Zocken, geschweige denn bei den Weibern, vor allem bei Nicole, dieser Sahneschnitte«, erklärte Dieter selbstgefällig. »Sie erinnert mich an meine zukünftige Frau.«

»Wie oft waren Sie denn schon verheiratet?«, erkundigte sich Sissi.

»Ein Mal. Aber nicht aus Mangel an Gelegenheit.« Er lächelte überheblich. »Der Pessimist sagt: ›Alle Frauen sind schlecht‹, der Optimist: ›Das hoffe ich doch.‹ Außerdem bin ich ein guter Fang.« Er grinste. »Um Renate hätte ich mich mit Norbert garantiert nicht gestritten. Benimmt sich vierundzwanzig Stunden am Tag wie eine Exfrau von Woody Allen. Eine echte Stadtneurotikerin.«

»Der Tod von Herrn Heiler scheint Sie ja nicht sonderlich zu berühren«, sagte Sissi.

»Welchen Teil von ›Meinungsverschiedenheit‹ haben Sie denn nicht verstanden?«, fragte Dieter. »Wir haben nur unsere Geweihe aneinandergerieben, rein metaphorisch gesehen.«

»Und wer hat gewonnen?«, wollte Klaus wissen.

»Ich bin noch hier, er nicht. Beantworten Sie sich die Frage selbst.« Dieter zuckte irritiert zusammen. »Was ist denn hier los?« Aus dem Nachbar-Apartment ertönten beängstigende Geräusche: Klirren, Poltern und wütende Schreie. »Großer Gott, der brennen echt alle Sicherungen durch. Wo ist der Panikknopf?« Hektisch tastete er nach dem kleinen Gerät.

»Der sind wir«, rief Sissi, hastete mit Klaus aus dem Zimmer und hämmerte an die Tür zu Renates Apartment. Von drinnen kam keine Reaktion, nur lautes Schluchzen war zu vernehmen. Dieter hatte anscheinend den Panikknopf doch noch gefunden, denn Christian kam schon wieder angerannt. Klaus riss kurzerhand die Tür auf.

Auf ihrem Sofa lag zusammengesunken Renate und heulte zum Steinerweichen. »Ich hasse es hier!«, brüllte sie außer sich und schlug mit der Faust auf ihr Sofakissen ein.

»Frau Reismann?« Christian kniete sich neben sie. »Ham S' den Doktor schon erreicht?« Sie nickte schluchzend. Er ging zu der blinkenden Küchenzeile und öffnete den Kühlschrank. »Da steht Wein. Möchten Sie ein Gläsle? Sie ham heut noch keine Pille genommen, oder?« Dann füllte er ein sauberes Glas mit der bernsteinfarbenen Flüssigkeit. »Der wird Ihnen guttun.« Sie leerte es in einem Zug, ließ sich zurücksinken und schloss die Augen. »Ich denk, es geht wieder«, beruhigte Christian die anderen. »Sie hat öfter mal einen Aussetzer wegen ihrer Nerven. Drum muss sie jeden Tag Tabletten nehmen.«

»Wo befinden sich die?«, wollte Klaus wissen.

Christian schüttelte den Kopf. »Keine Ahnung. Arme Seel.« Mitleidig sah er auf Renate hinab, die ununterbrochen mit geschlossenen Augen auf der Couch vor sich hin wimmerte.

»Wo ist Frau Schussel? Hat sie das nicht mitbekommen?« Sissi trat auf den Flur, aber nichts rührte sich.

»Montiert vermutlich just in diesem Moment an Ihrem Auto die Radkappen ab«, meldete sich Dieter zu Wort, der bisher schweigend die Szene beobachtet hatte. »Nun haben Sie Renate live erlebt. Wer sollte sich so was freiwillig antun? Norbert muss komplett irre gewesen sein.«

»Frau Schussel?« Christian klopfte an die Tür zu Fraukes Apartment. »Hören Sie mich?«

Drinnen blieb es still. Christian drückte vorsichtig die Klinke und kramte dann nach seinem Schlüsselbund. »Komisch, ich sperr lieber auf.«

»Ärger?«, ertönte plötzlich eine sarkastische Stimme. Dr. Butz war unverhofft aufgetaucht. »Ich könnt auch gleich hier einziehen«, knurrte er übellaunig. »Kann ich mir die tägliche Anfahrt sparen.«

»Könnten Sie bitte nach Frau Reismann sehen?«, bat Christian. »Ich glaube, die braucht eine Spritze.«

»Das überlassen Sie besser mir«, kanzelte Butz ihn grantig ab.

Christian schaute Sissi fragend an. »Des ist doch ein Notfall, oder?«

»Das fürchte ich auch, schließen Sie auf«, befahl sie. »Ich habe ein mieses Gefühl.« Christian entsperrte hastig die Tür zu Fraukes Apartment und riss sie weit auf. Niemand war zu sehen.

»Hier!« Klaus kam eilig aus dem abgetrennten Schlafbereich. »Schnell, ich glaube, sie ist bewusstlos!«

»Weg da.« Butz schob ihn zur Seite. Für einen übergewichtigen Herrn in seinem Alter bewegte er sich erstaunlich behände. Auf ihrem Bett lag, vollständig bekleidet, Frauke. Ihre Augen waren zur Hälfte geschlossen und nur das Weiße darin sichtbar.

»Jesses Mar und Joseph!« Christian bekreuzigte sich.

»Stark reduzierte Atemtätigkeit, sehr flacher Puls.« Butz richtete sich auf. »Rufen S' den Sanka. Presto!«

Klaus zückte sein Handy und wählte die 112. Dann reichte er das Telefon dem Doktor, der knapp und präzise die Rettungsleitstelle informierte. Sissi wartete, bis er das Gespräch beendet hatte. »Kann man helfen?«

Butz winkte ab. »Noch schnauft se ja.« Vorsichtig ließ er Fraukes Handgelenk aufs Bett gleiten. »Was ist des?« Misstrauisch hob er ein Glas hoch, das den Rest einer rosaroten, trüben Flüssigkeit enthielt. Auf dem Nachttisch stand eine leere Likörflasche mit der Aufschrift »Hausgemacht«. Er schnupperte daran. »Des sind garantiert net Promille, des sind Prozent! Nehmen S' des mit. Irgendwas stimmt ganz und gar net.« Er reichte Sissi die Flasche. »Schwebkörper sind bei dem trüben Gesöff völlig normal. Meine Frau macht des Zeug auch, aus Johannisbeeren. Aber da schwimmt mir a bissle zu viel rum.«

Klaus packte Glas und Flasche. »Was wird mit ihr? Kommt sie durch?«

»Die müssten gleich da sein«, beruhigte ihn Butz. »Kommen von einer Transportfahrt nach Kempten und sind schon in der Nähe. Die Schussel hält Gott sei Dank einiges aus. Wenn ich allein an ihre Zuckerwerte denk, hätt ich mit der vor dem Heiler gerechnet.« Er horchte Frauke mit äußerster Konzentration ab. »Wird schlechter«, meinte er besorgt, als auch schon gellende Sirenentöne zu vernehmen waren. Kurz darauf stürmten mehrere Rettungssanitäter herein.

»Hallo, Michi«, grüßte einer, offensichtlich der Notarzt. »Ein Glück, dass mir bloß a paar Kilometer weg waren. Was ham mir da?«

»Sieht nach Überdosis aus«, gab Butz Auskunft. »Stabilisieren, intubieren und Infusion.«

Der Mediziner beugte sich übers Bett. »Raus«, herrschte er die Anwesenden an, und alle verließen hastig das Apartment und versammelten sich im Flur.

»Ich bin kurz nebenan.« Butz klemmte sich seine Tasche unter den Arm und betrat Renates Zimmer, ohne vorher anzuklopfen. Von drinnen hörte man nur einen erleichterten Aufschrei.

Christian räusperte sich. »Frau Sommer, ich kenn die Likörflaschen vom Herrn Heiler. Warum die Frau Schussel die im Zimmer hat, versteh ich net, aber ich will nix gesagt ham.«

»Kam mir gleich so bekannt vor, dieses Gesöff stand im Schrank von Herrn Heiler«, erinnerte sich Sissi.

»Die Anita hat's ihm immer besorgt«, bestätigte Christian.

»Der illegale Spirituosenhandel von Frau Dobler ist uns seit heute Mittag bekannt.« Sissi lächelte ihm beruhigend zu, denn er wirkte recht bedrückt. »Kopf hoch, Herr Engels, sie kommt schon durch. Aber Sie haben recht. Warum befindet sich das Zeug bei Frau Schussel?«

»Der halbe Warenbestand dieses Dorf-Supermarktes am Ortsausgang, Bestecke aus allen Lokalen im Umkreis und sogar ein katholisches Gesangbuch lagern jetzt ebenfalls bei dieser Bekloppten«, rief Dieter. »Hören Sie niemals zu? Und jetzt möchte ich mein Eigentum. Frauke hat mir Geld gestohlen. Meinen gesamten Pokergewinn, in einem Umschlag.«

»Handelt es sich hierbei um circa viertausend Euro?« Klaus verkniff sich ein Schmunzeln.

»Genau!«, bestätigte Dieter. »Ich hatte eine Glückssträhne.«

»Die ist leider vorbei«, erklärte ihm Sissi gelassen. »Uns ist bekannt, dass Herr Heiler am Samstag zwei größere Abhebungen in ebendieser Höhe getätigt hat. Sind Sie zufällig gestern Abend, als er zum Schwimmen wollte, in sein Zimmer gestolpert, so ganz aus Versehen?«

»Wollen Sie mir etwa Diebstahl unterstellen?« Dieter lief puterrot an.

»Ich ermittle nur, das ist mein Job«, beschwichtigte ihn Sissi. »Außerdem wurden Sie wiederum ja auch bestohlen, wie Sie behaupten. Das klären wir später. Nun entschuldigen Sie uns bitte. Das hier ist ein mutmaßlicher Tatort. Zutritt nur für Beamte. Vielleicht suchen Sie besser woanders weiter nach Ihrer Glückssträhne.«

Wutentbrannt stürmte Dieter in sein Apartment und schlug die Tür mit einem lauten Knall zu.

Soeben wurde Frau Schussel abtransportiert, der Notarzt folgte den Sanitätern mit wehendem Kittel, ohne sich zu verabschieden.

»Jetzt schnappe ich mir aber die Kröten. Als Beweismittel. Wer weiß, wann das sonst geklaut wird, die haben hier ja eine Art Rotationsprinzip eingeführt.« Sissi betrat zusammen mit Klaus wieder Frau Schussels Apartment, öffnete die Kommodenschublade, entnahm das prall gefüllte Kuvert und steckte es ein. »Wir konfiszieren die Flaschen aus dem Schrank von Heiler.«

»Brauchen Sie mich noch?«, meldete sich Christian eingeschüchtert aus der Diele.

»Sie können gehen«, entließ ihn Klaus. »Wo ist eigentlich Frau Kunze?«

»Memmingen«, murmelte er. »Hat gesagt, sie muss jemanden treffen. Ich glaube, ich gehe lieber. Bin so was von überflüssig.« Er tappte mit hängenden Schultern davon.

»Armer Bursche«, raunte Klaus. »Der wird wohl Jungfrau bleiben.«

»Apropos Jungfrau«, meinte Sissi. »Was macht deine neueste Liebschaft?«

»Ich hab mich noch nicht getraut, mein Telefon zu checken«, beichtete Klaus zerknirscht. »Ein wenig penetrant finde ich Annalenas Benehmen schon. Sie kann doch nicht einfach in einer fremden Wohnung bleiben. Dabei war ich mir sicher, dieses Fellheim wäre weit genug entfernt von Memmingen.«

Sissi klopfte ihm auf die Schulter. »Karma, mein Lieber. Mir sind das übrigens ein paar Zufälle zu viel, die hier geschehen.«

»Wenn wir schon mal hier sind, sehen wir uns doch um«, schlug Klaus vor. »Mal gucken, was Frau Schussel außerdem so hortet. Immerhin haben wir einen Grund, nachzusehen.«

Der Koffer unter dem Bett enthielt Erstaunliches. Dieter hatte nicht übertrieben. »Tatsächlich, ein Gesangbuch.« Sissi arbeitete sich konzentriert durch den Inhalt. »Zwei Schachteln Tampons, sieben ungeöffnete Nagellacke, ein Bierkrug und sieh mal!« Schmunzelnd zeigte sie Klaus einen zerdrückten grauen Hut.

Klaus lachte. »Das Keyboard von Heiler war ihr wohl zu groß. Die kann ja wirklich alles gebrauchen.«

»Ich werde verrückt!« Verwundert hielt Sissi ein Stethoskop hoch.

Klaus deutete auf den unordentlichen Kofferinhalt. »Hast du den Brief gefunden, den Heiler an Frau Reismann geschrieben hat?«

Sissi schüttelte den Kopf. »Den kann auch jemand anderer haben. Keiner schließt hier sein Apartment ab, und jeder beklaut hier offenbar jeden. Brumbach ist sehr wahrscheinlich in der Tatnacht in Heilers Apartment und hat ihm die viertausend Euro geklaut. Die ihm wiederum von Frauke gestohlen wurden. Irgendwie witzig, vor allem seine Dreistigkeit. War sonst noch was?«

Klaus verneinte. »Nichts im Schrank außer einem Sammelsurium an geschmacklich herausfordernden Kleidern, teurer Markenkosmetik im Bad und ein paar Groschenromanen neben dem Sofa. Vielleicht hat sie außer spontaner Eigentumsübertragung keine anderen Interessen.«

»Sperren wir ab«, sagte Sissi. »Und kümmern uns um den Doktor.«

Sie fanden Butz in der Küche, wo er den Kühlschrank inspizierte. »Trostlos, die Auswahl«, beschwerte er sich. »Also, was gibt's?«

»Im Metabolismus von Herrn Heiler wurden, zusätzlich zu einem Blutalkoholgehalt von zwei Komma vier Promille und großen Mengen an Benzodiazepin, außerdem Inhaltsstoffe eines Medikaments gegen erektile Dysfunktion festgestellt«, eröffnete ihm Sissi. »Können Sie uns erklären, woher er das hatte?«

»Des Potenzmittel? Von mir.« Butz kratzte sich vorsichtig die Glatze. »Der war gesund wie a Fisch und hat sich extra deswegen vorher die Pumpe untersuchen lassen.«

»Sind Sie oft im Haus?«, wollte Klaus wissen.

Butz nickte grimmig. »Meistens wegen der Frau Reismann.«

»Diese hat anscheinend einen erhöhten Bedarf an Tranquilizern«, sagte Klaus. »Wie es heute aussah, zeigt sie Formen von Entzugserscheinungen.«

»Kann vorkommen«, klärte ihn Butz ungerührt auf. »Das Medikament ist nur zur Kurzzeittherapie gedacht, weil es ein starkes Suchtpotenzial aufweist. Frau Reismann nimmt es seit vielen Jahren. Ich hab kurz nach ihrem Einzug mit ihrem langjährigen Hausarzt telefoniert, der meinte, jetzt sei es auch schon wurscht.«

»Unfassbar.« Sissi war schockiert. »Wann hatte sie denn das letzte Rezept für Tranquilizer von Ihnen bekommen?«

»Schweigepflicht.« Butz verschränkte die Arme vor dem Bauch.

»Ihnen ist klar, dass wir das ändern können, oder?«, warnte ihn Klaus. »Himmel, wir möchten nur erfahren, welche Mengen die Dame verordnet bekommt.«

»Ich hab ihr eingeschärft, die Höchstdosis sollten hundert Milligramm am Tag sein, also eine Tablette«, gab Butz beleidigt Auskunft. »Aber neulich hat sie mich angerufen, sie bräucht dringend Nachschub. Dabei hatte ich ihr erst eine Woche zuvor eine Packung verschrieben, obwohl die alte noch gar net leer war.«

»Und?«, fragte Sissi.

»Sie wollt zwei Schachteln, falls wieder mal eine wegkommen sollt. Sucht ist Sucht, die Raucher ham auch Angst, dass ihnen die Zigaretten ausgehen. Und wie die Reismann loslegt, wenn die Pillen alle sind, ham Sie ja vorher erlebt. Hab ihr nur eine Packung verordnet, weil sie die Dinger sammelt wie ein Eichhörnchen Nüsse.«

»Dass Sie uns nicht viel sagen dürfen, ohne dass Sie von der Schweigepflicht entbunden wurden, ist mir bekannt«, beschwichtigte ihn Sissi. »Aber Sie können bestätigen, dass Herr Heiler zu keinem Zeitpunkt Tranquilizer von Ihnen bekommen hat?«

»Kann ich«, bejahte Butz. »Die hätt der net gebraucht. Dem sein Ego hätt ich gern mal einen Tag lang gehabt. Er hat sich für den Größten und Schönsten gehalten, ganz ohne Pillen, der war einfach so veranlagt. Wahrscheinlich ein maligner Narzisst.«

»War er in psychotherapeutischer Behandlung?«, erkundigte sich Klaus.

Butz lachte. »Wenn man von sich denkt, dass man der Tollste ist, warum sollt man zur Therapie? Ich hab selten in meinem Leben einen solch skrupellosen Egomanen kennengelernt, der sich einfach genommen hat, was er wollt.«

»Herrn Brumbach behandeln Sie auch?«, fragte Sissi.

»Mit dem hab ich bisher net viel Arbeit gehabt. Man merkt ihm an, dass der alleweil andere hat für sich schaffen lassen. Reiche leben meistens länger und sind oft auch gesünder. Mit der emotionalen Bandbreite einer Topfpflanze, ohne Skrupel oder Gewissen, kommt man eh im Leben am weitesten. Der schert sich um nix und niemand und interessiert sich ausschließlich für sich selber. Kein Wunder, dass er und der Heiler sich net ham schmecken können, die waren sich zu ähnlich.«

»Vermissen Sie was?« Sissi grinste verschmitzt. »Ein Stethoskop vielleicht?«

»Seit zwei Wochen, warum?«

»Werden Sie bald zurückerhalten«, versprach ihm Klaus.

»Frau Schussels Apartment, wo wir es entdeckt haben, könnte man als Asservatenkammer bezeichnen.«

»Hätt ich mir denken können«, antwortete Butz verärgert. »Ein Blutdruckmessgerät oder ein Kartenlesegerät ham S' net zufällig auch gefunden?«

»Leider nein«, bedauerte Sissi.

»Dann muss ich doch noch amal daheim suchen«, brummte er. »Schade.«

»Sie sind so schnell verschwunden und haben sogar mein Rezept vergessen.« Wie ein knochiges Gespenst war Renate im Türrahmen aufgetaucht und schaute den Doktor mit verheulten Augen an.

»Stimmt.« Butz öffnete den Arztkoffer und holte seinen Block heraus. »Ich komm, Frau Reismann, gehen S' voraus«, befahl er. »Dann schreib ich Ihnen des Rezept aus. Wie ich Sie kenne, beliefert Sie die Apotheke auch heut.« Renate verschwand mit flatterndem grünen Rock ohne ein weiteres Wort.

»Die Arme bewegt sich am Rande der seelischen Dekompensation«, murmelte Sissi. »Wäre unschön, wenn sie einen Nervenzusammenbruch erleidet. Könnte nämlich sein, dass ich mich ihr dann anschließe. Ich darf gar nicht an mein schönes Zuhause denken. Und diese Kopfschmerzen.« Sie fasste sich an die Schläfe.

»Frau Reismann kommt als Täterin in Frage«, erinnerte sie Klaus. »Immerhin schluckt sie Beruhigungsmittel kiloweise und ist die Einzige, die genügend davon zur Verfügung hatte. Nun sind ihr komischerweise die Tranquilizer ausgegangen, die bei Heiler im Blut nachgewiesen wurden. Eigentlich sollten wir sie gleich mitnehmen.«

»Nicht jetzt«, wehrte Sissi nachdenklich ab. »Wir haben keine Beweise. Brumbach scheint ein sehr jähzorniger Mensch zu sein, und wir haben schon erlebt, dass Menschen wegen Kleinigkeiten wie einer dummen Auseinandersetzung getötet wurden. Vergiss nicht die Hämatome am Bauch des Opfers, die auf Gewalteinwirkung hindeuten. Gelegenheit hatten alle drei, Schussel, Reismann und Brumbach. Und was ist mit Frau Kunze oder Christian? Lass uns aufs Revier fahren.« Schweigend verließen beide durch die Hintertür das Gebäude.

Christian beobachtete ihren Weggang hinter seinem Vorhang mit brennenden Augen, während er lautlos in eine Kopfhörermuschel heulte. »Des ist so eine Scheißwelt, jeder gegen jeden«, flüsterte er. Dann schob er die nächste DVD in den Player und ließ sich auf sein unordentliches Sofa fallen. Nur kurz schielte er zu seinem Computer, aber auf dem Display waren nur ein paar Möbel zu sehen, zwischen denen sich nichts bewegte. Keiner zu Hause. Irgendwann döste er ein.

Sonntagabend, Memmingen

»Hab's doch gewusst.« Anita, die es sich nach ihrem überstürzten Abschied von Dollinger genüsslich auf einem der geflochtenen Stühle beim »Hampton's«, einem Café am Memminger
Rathaus, bequem gemacht hatte, schielte so diskret wie möglich
nach einem mit zwei Personen besetzten Tisch ungefähr zehn
Meter von ihr entfernt, direkt am Stadtbach, wo zwei Personen
offenbar in eine heftige Diskussion verwickelt waren. »So unschuldig bist du net.« Gedankenverloren rührte sie in ihrem
lauwarmen Cappuccino.

Der Außenbereich des Lokals war voll besetzt, und nur
durch einen Zufall hatte Anita auf ihrem Weg durch die Innenstadt einen freien Tisch entdeckt, der soeben von zwei älteren
Damen in sommerlichem Outfit geräumt worden war. Zuerst
war sie eine Zeit lang erbost im Warteraum des Polizeireviers
gesessen und hatte ihrem Verlobten Bertram eine entschul-
digende SMS geschrieben. »Bin bei der Polizei«, hatte sie mit
flinken Fingern getippt. »Wegen der Leiche auf dem Moserhof.
Kann länger dauern.« Kussmund-Emoji, Bussi-Emoji. Damit
musste sich Bertram eben zufriedengeben und die bissige Martha, seine Mutter, auch. Anita lächelte in sich hinein, weil sie es
erfolgreich geschafft hatte, sich vor ihren Aufgaben zu drücken,
denn ihr Einsatz in der Senioren-WG hatte sie ausgelaugt. Essen
aufwärmen war eine anstrengende Tätigkeit, und das Leben
bestand schließlich nicht nur aus Arbeit. Den kleinen Kevin
wusste sie gut versorgt, und so konnte sie unbekümmert ihr
neues Kleid in Memmingen spazieren führen.

Leider war, kaum dass sie auf »Senden« gedrückt hatte, der
aufgebrachte Franz Hofbauer im Warteraum aufgetaucht und
hatte sie zur Schnecke gemacht, weil sie ihn vor seinem Sohn
bloßgestellt hatte. Zwar war er bemüht gewesen, höflich zu
bleiben, und hatte ihr auch lüstern mehrmals in den Ausschnitt

geschielt, aber für Anita war sein Auftritt ein willkommener Anlass gewesen, zu flüchten.

»Sagen S' dem Dicken im ersten Stock, ich komm nachher wieder, hab was zu erledigen«, hatte sie in das Mikrofon an der Pforte genuschelt und war verschwunden. In der Innenstadt von Memmingen zu bummeln machte mehr Spaß als die Vorwürfe einer flüchtigen Faschingserinnerung. »Mannsbilder, gscherte, alle gleich«, hatte sie zwischen zusammengebissenen Zähnen immer wieder gemurmelt, während sie mit wiegenden Hüften durch ein stetig wachsendes Heer von sonntäglichen Spaziergängern stöckelte. Gelegentlich streifte sie ein bewundernder oder befremdeter Blick, aber das war Anita gewöhnt und lächelte jeden strahlend an.

Nun beobachtete sie schon seit einiger Zeit ein Paar an dem etwas abseits platzierten Tisch und hoffte, es würde niemandem auffallen. Langsam nahm sie einen Schluck von ihrem Cappuccino und tat, als wäre sie vollauf damit beschäftigt, den sonnigen Spätnachmittag zu genießen. Der Dicke würde schon merken, dass sie nicht da war, und sich freuen, wenn sie später doch noch auftauchte. Das taten die Kerle immer.

Allmählich verwandelte sich der herrliche Junitag in einen lauen Sommerabend. Trotz der fortgeschrittenen Uhrzeit füllte sich die Memminger Fußgängerzone mehr und mehr mit Passanten, sämtliche Straßenlokale waren voll besetzt. Über dem historischen Rathaus wechselte der Sommerhimmel in Zeitlupe seine Farbe und versprach sich in eine wunderschöne Nacht zu verwandeln, die allen Kneipenwirten reichlich Umsatz bescheren würde. Mehr als einmal wurde Anita neugierig gemustert, die mit anmutig übereinandergeschlagenen Beinen in ihrem Korbstuhl saß und sich die Lippen mit Hilfe ihres sauber geleckten Kaffeelöffels nachzog. Dabei drehte sie dem Paar an dem weiter entfernten Tisch den Rücken zu und richtete den glänzenden Löffel neu aus, sah aber leider trotzdem nichts. Also zog sie ihr Handy aus der Tasche und tat, als versuchte sie, ein Selfie zu schießen. Hektisch drückte sie einige

Male auf den Auslöser und betrachtete jedes Mal verärgert das Ergebnis.

»Darf ich noch was bringen?« Eine hübsche junge Frau hatte sich vor ihr aufgebaut und lächelte sie an.

»Hm.« Anita schielte zum Tisch mit dem streitenden Paar und schnappte sich unschlüssig die Eiskarte. »Bringen S' mir einen Früchtebecher. Mit anständig Sahne obendrauf. Was schauen S' denn so? Denken Sie, ich sei fett?«

»Oh Gott, nein«, beteuerte die Bedienung erschrocken. »Sie ham da was auf Ihrem Kleid.« Betreten deutete sie auf Anitas Oberteil, auf dem ein nicht zu übersehender Kaffeefleck prangte.

»Glauben Sie, einer merkt des bissle Dreck bei so einem Busen?«, fauchte Anita sie an. »Wenn's geht, hätt ich des Eis gern heut noch.«

»Sofort.« Die Bedienung verschwand hurtig und atmete auf, als sie außer Sichtweite war.

»Neidische Kuh.« Anita löste die Hochsteckfrisur, bis ihre Haare wild ins Gesicht fielen, dann spähte sie abermals so unauffällig wie möglich zu dem Tisch.

Neben Nicole, die einen aufgewühlten Eindruck machte, saß der schönste Mann, den Anita je gesehen hatte. Sein dichtes dunkelbraunes Haar fiel ihm auf jungenhafte Art in die Stirn, und er erinnerte sie ein bisschen an diesen arroganten, verdammt hübschen Kerl von der Kripo. In dieser Sekunde sprang Nicole mit hochrotem Kopf auf und wollte davoneilen. Der Mann versuchte sie am Handgelenk festzuhalten, doch sie riss sich los und verschwand im Laufschritt in der Kramerstraße, ohne sich noch einmal umzusehen.

»Ärger im Paradies?«, kicherte Anita zufrieden, die alles getan hätte, um ihre lästige Konkurrentin loszuwerden. Diese Tussi war viel zu attraktiv, machte sich an Männer heran, die anderen Frauen gehörten, und bekam entschieden zu viel Trinkgeld. Solche Menschen waren in Anitas kleinem egozentrischen Universum mit Vorsicht zu genießen.

»Hier, bitte!« Die Bedienung servierte Anita einen Eisbecher, auf dem sich ein Schlagsahneberg höher als der Inhalt der Glasschale türmte.

»Na also, geht doch«, schnurrte Anita katzenfreundlich. »Bringen S' mir des bitte nach drüben. Ich wechsel den Platz.« Schnell stand sie auf und stöckelte so graziös wie möglich an den Tisch, wo der fremde gut aussehende Mann mittlerweile geistesabwesend die Tischplatte anstarrte. »Ist da noch frei?« Aufgeschreckt schaute er hoch, als sich Anita neben ihn auf die geflochtene Bank quetschte und die Beine übereinanderschlug. »So a Wetter, zum Kindermachen, gell?«, gurrte sie, während sie ihm kokett zuzwinkerte.

»Hallo«, grüßte der Fremde entgeistert. »Ich weiß nicht recht ...«

»Ist alles voll.« Anita zeigte auf die besetzten Tische reihum. »Sie ham bestimmt nix dagegen, wenn ich hier mein Eis ess?« Hurtig griff sie nach dem langstieligen Löffel, tauchte ihn tief in den Sahne- und Schokoberg und schob ihn sich verführerisch langsam in den Mund.

»Ich wollte ohnehin bezahlen.« Der Mann hatte nicht auf Anitas orale Tabledance-Variation geachtet und machte Anstalten, sich zu erheben.

»Ich möchte Sie net vertreiben«, erschrak diese. »Sie können ruhig bleiben. Ham S' Streit mit Ihrer Freundin?«

»So würde ich das nicht nennen.« Der Mann nahm einen Schluck von seiner Cola und stellte das Glas mit einem Knall zurück auf den Tisch.

»Anita heiß ich. Und Sie?«, fragte Anita zwischen zwei Löffeln Erdbeereis.

»Kai.« Der Fremde schien nicht sehr gesprächig zu sein.

Allmählich wurde Anita ungeduldig. »Sie sind net von hier, oder? Bin ich Ihnen etwa zu aufdringlich?« Unauffällig arbeitete sie sich Millimeter für Millimeter näher an den hinreißenden Mann heran.

»Ich komme aus Köln. Verzeihen Sie bitte meine Unhöflichkeit, ich bin heute schon fünfhundert Kilometer gefahren«, entschuldigte er sich. »Guten Appetit.«

»Den hab ich immer.« Anita schluckte hastig hinunter und leckte genüsslich den Sahne-Schnurrbart an ihrer Oberlippe ab, was einen älteren Herrn am Nachbartisch zu einem tiefen Seufzer veranlasste. »Darf ich Sie was fragen?«

»Kommt darauf an.« Kai war Ende dreißig, schlank, sportlich und durchtrainiert, wirkte wie ein Mitglied der »Chippendales«, schien aber nach wie vor nicht an einer Unterhaltung interessiert. Doch da kannte er Anita schlecht.

»Zufällig kenn ich Ihre Freundin ganz gut.« Sie ließ den langstieligen Löffel kurz entschlossen im Eis stecken und setzte sich in Positur. Dieser Typ war wirklich zu faszinierend, eine echte Sahneschnitte. Kurz schoss ihr Bertram in den Sinn und auch Martha, die bestimmt schon mit dem Abendessen auf sie warteten, dann verdrängte sie den Gedanken schnell wieder.

»Sie kennen Nicole?«, wunderte sich Kai.

»Mir sind Kolleginnen«, säuselte Anita. »Und die Nicole ist ja eine so Nette. Also wenn Sie mit der Streit ham, dann könnt ich Ihnen vielleicht helfen, weil ich mit der spitzenmäßig auskomm, und mit ihr reden. Die hört auf mich, weil ich so einfühlsam bin.«

»Das habe ich alles schon versucht«, wandte Kai mutlos ein, der in Anitas Augen jede Minute interessanter wurde. »Mit Vernunft ist ihr nicht beizukommen. Mit Drohungen auch nicht. Ich wollte sie nur warnen, aber sie hat mich überall blockiert. Für sie ins Gefängnis gehe ich nicht. Sie nimmt meine Anrufe nicht an. Jetzt kann ich nichts mehr tun.«

»Sie kann a bissle schwierig sein«, pflichtete Anita ihm bei, die vor Neugierde beinahe platzte. »Wahrscheinlich, weil Sie der zu jung sind, äh gewesen sind. Die mag halt ältere Herrschaften lieber.«

»Wie bitte?« Er schien verwirrt. »Was hat sie wieder angestellt?«

»Genau des möcht ich gern von Ihnen erfahren. Weil, ich

arbeit in einer Seniorenresidenz.« Anita hatte es tatsächlich geschafft, ihm noch dichter auf die Pelle zu rücken. »Und da möchte man ganz gern erfahren, ob jemand Dreck am Stecken hat. Um uns rum sind ja nur alte Leut, auf die muss ich ganz besonders aufpassen. Wegen meiner Verantwortung.« Beschwörend sah sie ihm in diese unglaublich blauen Augen, um ihren Worten das nötige Gewicht zu verleihen. »Sie machen einen sympathischen Eindruck, und Sie schauen a bissle verzweifelt aus.«

»Im Ernst, Sie sind eine Kollegin?«, vergewisserte sich Kai verwundert.

»Von Anfang an«, versicherte ihm Anita treuherzig. »Die Arme ist ja so mager, gell, die hat eine schlimme Essstörung? Sie hat ganz üble Sachen mitgemacht mit ihrem Exmann, des weiß ich vom Christian, der ist auch ein Kollege. Die tut mir echt leid.«

»Hätte ich mir denken können, dass es darauf hinausläuft«, murmelte Kai. »Manchmal verfluche ich den Tag, an dem ich sie kennenlernte. Bedaure, ich glaube, ich gehe ins Hotel und lege mich hin. Morgen früh muss ich fünfhundert Kilometer zurückfahren. Ich habe eine anstrengende Arbeit, bin Koch in einem anspruchsvollen Speiselokal. Meine Freizeit ist begrenzt.«

»Heimfahren? Um diese Uhrzeit doch net«, erschrak Anita. »Bleiben S' halt ein bissle. Ich muss ... äh, schnell noch wohin, zum Schanzmeister. Des ist aber gleich erledigt, in zwanzig Minuten. Solang könnten Sie im Auto warten. Dann zeig ich Ihnen a nettes Lokal. Sie setzen sich hin und schwätzen mit mir. Manchmal tut des echt gut. Und des mit der Anzeige interessiert mich brennend.«

»Ich habe keinen Redebedarf«, lehnte Kai höflich ab. »Vielleicht fahre ich gleich zurück und storniere die Übernachtung. Was jetzt kommt, hat sie sich selbst zuzuschreiben.«

»Ach geh, man fahrt doch net in der Nacht, da sind so viele Deppen unterwegs.« Anita tätschelte ihm vertraulich den Arm.

»Sie täten mir helfen. Offensichtlich ham Sie auch ein Problem mit der Nicole?«

»Eines? Achtzigtausend.« Kai rollte mit den Augen. »Sie haben keine Ahnung. Es war mein letzter Versuch, sie zur Vernunft zu bringen. Anscheinend soll es so sein. Na gut. Ein wenig Zeit habe ich noch.«

»Zahlen!«, rief Anita triumphierend. Im Endeffekt gewann sie einfach immer. War Zeit, dass ihre Schwiegermutter Martha das auch endlich kapierte.

Sonntagabend, Memmingen

»Das Essen war heute nicht übel im ›Mohren‹, oder?«, fragte Sissi auf dem Weg zum Haupteingang des Memminger Klinikums. »Wurstsalat magst du doch.«

»Logisch.« Klaus klopfte sich zufrieden auf den Bauch. »Mit anständig vielen Zwiebeln darin. Nur für den Fall, dass Annalena noch nicht verschwunden ist, wenn ich nach Hause komme. Das ist definitiv ein Krieg, und Annalena macht auf mich nicht den Eindruck, als ob die Genfer Konventionen sie interessieren. Die will mich als Gefangenen, also muss ich mich mit biologischen Kampfstoffen verteidigen.«

Sissi lachte. »Kannst bei uns auf der Couch schlafen, wenn du magst. Peter hat bestimmt nichts dagegen, du Feigling.«

»Ich ahnte es«, beklagte sich Klaus und ließ ihr den Vortritt. »Ihr Allgäuerinnen habt alle einen Bierdeckel mit aufgedrucktem Ehevertrag in der Handtasche.«

Sissi klopfte ihm scherzhaft auf die Schulter. »Aus Spaß muss irgendwann Ernst werden. Wirst auch du irgendwann einsehen und aufhören, von Blüte zu Blüte zu schwirren.«

An der Pforte zeigten sie ihren Ausweis vor und wurden auf die Abteilung Innere Medizin verwiesen.

»Suchen Sie jemanden?« Ein Mann um die sechzig blieb vor ihnen stehen. Er trug einen langen weißen Kittel, dazu ein Stethoskop um den Hals, er wirkte gestresst.

»Frauke Schussel«, erklärte Klaus. »Sie wurde heute hier eingeliefert.«

»Ach ja, die Überdosis.« Der Arzt musterte die beiden Ermittler wohlwollend. »Ich bin Dr. Breitenstein, und Sie sind garantiert von der Polizei. So adrett läuft heute ja normalerweise keiner mehr herum.« Er reichte ihnen die Hand.

»Wie geht es ihr?«, erkundigte sich Sissi.

»Sie wurde vorhin vom Aufwachraum in Zimmer 202 verlegt«, berichtete Dr. Breitenstein. »Wir mussten ihr den Magen auspumpen und haben sie stabilisiert. Durch die kurze Verweildauer des Wirkstoffes im Körper ging es relativ glimpflich ab. Diese Dame hat für ihr Alter eine beneidenswert robuste Konstitution.«

»Das ist Voraussetzung, wenn man Legau als Ruhesitz wählt«, scherzte Klaus.

»Frau Schussel hatte großes Glück, dass sie rechtzeitig gefunden wurde«, informierte der Arzt sie mit ernstem Gesicht. »Der Mageninhalt wird von uns untersucht. Den Symptomen nach schließe ich persönlich auf eine Überdosierung von Schlaf- oder Beruhigungsmitteln.«

»Ist sie ansprechbar?«

»Versuchen Sie es. Kann ich nicht sagen. Jeder Körper reagiert anders auf solch eine Intoxikation. Auf jeden Fall wird sie es überstehen. Jetzt entschuldigen Sie mich bitte. Ich habe zu tun.« Er lächelte ihnen unverbindlich zu und verschwand mit wehendem Kittel.

Sissi klopfte an die Tür mit der Nummer 202. Als niemand reagierte, drückte sie vorsichtig die Klinke nach unten und betrat den Raum. Frauke lag schlafend in ihrem Bett und schien an mindestens hundert verschiedenen Schläuchen zu hängen. Der Herzmonitor piepte leise. Im ganzen Raum roch es steril nach medizinischer Kompetenz. »Frau Schussel?«, wisperte Sissi.

Frauke reagierte nicht.

»Entweder sind Herrn Mosers Gäste betrunken oder sie schlafen«, murrte Klaus. »Diese Preußen.«

Sissi grinste. »Du bist also seit Neuestem einer von uns? Ich befürchte, sie ist noch zu angeschlagen. Sollen wir warten, bis sie aufwacht?«

»Ich wollte ihn nicht umbringen«, lallte Frauke mit einem Mal, während sie erfolglos versuchte, die Augen zu öffnen. »Bitte, tun Sie mir nichts.« Dann fiel ihr Kopf zur Seite, und sie bewegte sich nicht mehr.

»Frau Schussel?« Klaus berührte sie vorsichtig an der Schulter, aber sie reagierte nicht.

»War das ein Geständnis?«, wandte sich Sissi entgeistert an Klaus. »Du hast es auch gehört, oder?«

»Habe ich«, bestätigte Klaus. »In ihrem Zustand hat das vor Gericht leider keinen Bestand. Sie hat etwas damit zu tun, so viel ist klar. Lass uns ins Büro fahren. Sie läuft uns nicht weg.«

»Arme Frau.« Sissi betrachtete mitleidig die reglose Gestalt. »Was ging da draußen nur vor sich?«

Mittlerweile war es vollständig dunkel geworden. Über der ganzen Stadt lag die laue Sommerluft wie ein Versprechen.

»Welch herrlicher Abend.« Klaus lehnte sich auf dem Weg zum Revier sehnsüchtig aus dem Fenster. »Ich könnte jetzt im Barfüßer sitzen und einen Caipirinha genießen.«

»Mit Annalena oder ohne?«, neckte ihn Sissi.

»Am besten mit einer, die ich noch gar nicht kenne. Konnte ja keiner ahnen, dass aus diesem kurzen Vergnügen eine verhängnisvolle Affäre wird.«

»›Verhängnisvoll‹? Deine Liebschaften weisen normalerweise eine Halbwertzeit von zehn Stunden auf, du schneller Brüter.« Sissi parkte elegant vor dem Polizeirevier ein. »Lass uns nachsehen, was Hans für uns hat. Außerdem sollten wir wenigstens einen Teilbericht schreiben, nicht dass der Boss ärgerlich wird.«

»Ja, der ist in letzter Zeit mies drauf«, pflichtete Klaus ihr bei. »Kommt wohl von seiner Umstellung der Ernährungsgewohnheiten. Ich habe gehört, er isst seit Neuestem sehr fetthaltig.«

»Wenn ich ehrlich bin, klingt das verdammt gut, das merke ich mir«, antwortete Sissi vergnügt.

Auf der Treppe in den ersten Stock begegnete ihnen Anita, die eilig auf hohen Hacken abwärtsbalancierte. Ihr kobaltblaues Kleid wies einige Querfalten auf, und auf dem Busen prangte ein Kaffeefleck. Sie funkelte Sissi und Klaus triumphierend, wenn auch ein wenig ertappt an.

»Frau Hoff.« Klaus blieb amüsiert stehen. »Sie werden mit jedem Tag hübscher.«

»Ja, gell?« Anita strahlte. »Tja, wenn man vergeben ist, werden die Kerle auf einen aufmerksam.«

Sissi lachte. »Du bist doch mit dem Bertram schon länger zusammen?«

»Äh, ja.« Unsicher tappte Anita von einem Bein aufs andere. »Aber weißt, da laufts net so rasend. Der Berti ist alleweil beim Schaffen. Übrigens, wenn wer nach mir fragen sollte, ich war die ganze Nacht bei euch eingesperrt im Keller, weil ihr mich ausquetschen habt wollen. Pfiats euch!« Hurtig tippelte sie die Treppe hinunter und verschwand hinter der Glastür am Eingang.

»Wie bitte?« Sissi blieb konsterniert stehen. »Demnächst behauptet sie noch, man hätte sie hier gefoltert. Die Frau macht mich irre.« Sie fasste sich an den Kopf. »Ich werde diese Migräne nie mehr los, Klaus.«

Vor dem Polizeigebäude stieg Anita hastig in ihren verbeulten Kleinwagen und unterhielt sich wild gestikulierend mit jemandem auf dem Beifahrersitz. Sie kümmerte sich nicht um Lappalien wie Vorfahrt, Verkehrsregeln oder eine rote Ampel – sie schoss aus dem kleinen Parkplatz vor dem Polizeirevier und brauste mit quietschenden Reifen davon.

»Wer war das im Auto?« Klaus beobachtete den Wagen, bis er in Richtung Kaisergraben verschwunden war.

»Männlich, gut aussehend, ich kenn den nicht. Saß ja schon drin, als wir hier ankamen.« Sissi nahm ächzend an ihrem Schreibtisch Platz. »Gott, bin ich müde. Hans, bitte schick das ans Labor. Ich brauche die Analyse. Am besten gestern.« Sie überreichte ihm das Likörglas und die Flaschen, die sie in Fraukes und Heilers Zimmer konfisziert hatten. »Sehr wahrscheinlich enthält das Gesöff Benzodiazepine.«

»Mach ich.« Dollinger deponierte die Flaschen behutsam auf seinem Schreibtisch. »Weißt, wer grad angerufen hat?«

»Deinem Gesichtsausdruck nach zu urteilen, jemand aus Legau«, unkte Klaus.

»Treffer.« Dollinger lachte. »Eine Frau Güthler. Die hat gefragt, ob die Frau Hoff noch bei uns ist, weil sie und ihr Sohn sich Sorgen machen, sie ist nämlich net zum Abendessen gekommen. Vor eineinhalb Stunden hätt sie ihren Buben bei ihrer Mutter abholen sollen. Diese Frau Güthler ist stinksauer, weil Anita eine SMS geschrieben hat, dass sie sofort zur Polizei muss und dass des länger dauert.«

»Autsch.« Sissi verzog ihr Gesicht zu einer Grimasse. »Mit Martha ist nicht gut Kirschen essen. Ihre Aussage hat Anita abgegeben?«

»Net wirklich«, gestand Dollinger. »Ich sag's dir, Sissi. Des Kleid krieg ich so schnell nimmer aus dem Kopf. Rausgerückt ist sie mit gar nix, obwohl ich den Eindruck hatte, dass diese Frau uns was verschweigt.«

»Wäre nicht das erste Mal, dass sie versucht, sich einen Vorteil zu verschaffen.« Sissi gähnte verstohlen.

»Immerhin hab ich ein paar von Florians Handybildern von Ende Mai für uns.« Dollinger wedelte mit einem Ausdruck. »Der Bursche, den du gestern Nacht geschnappt hast, ist mit seinem Vater da gewesen. Diese Jugend …«

»Lass sehen.« Aufgeregt entriss ihm Sissi das Blatt. »Schade, ich erkenne nur ein Bein, ein männliches. Und nicht mal ein schönes.«

»Kommt gleich.« Dollinger reichte ihr das zweite Blatt.

»Ach du liebe Güte.« Sissi ließ den Ausdruck sinken. »Die Bilder sind qualitativ hervorragend, aber etwas verstörend.«

»Man sieht ja auf dem nur zwei Paar Beine, und wenn ich es richtig erkenne, sind an einem davon die Zehennägel lackiert.« Klaus betrachtete das Foto konzentriert. »Wenn das andere Paar Herrn Heiler gehört, was ich voraussetze, dann hat er sein Mittel gegen erektile Dysfunktion bis aufs letzte Milligramm ausgenutzt.«

»Nö, das Bild ist vom Mai, und die Pillen bekam er erst im Juni«, sagte Sissi.

»Urlaubserinnerungen?« Unbemerkt war der Boss eingetreten und schnappte sich einen Ausdruck. Alle beobachteten ihn schweigend, als er das Blatt betrachtete und dann ganz langsam auf Sissis Schreibtisch deponierte. »Diese beiden Personen wohnen auf dem Moserhof?« Klaus und Sissi nickten schweigend und bemühten sich standhaft, nicht zu lachen. »Was gibt's denn zu grinsen?«, knurrte der Boss ungehalten. »Haben Sie noch nie jemanden beim Geschlechtsverkehr gesehen?«

»Doch«, wieherte Dollinger los und hieb sich auf die Schenkel. »Aber net so.« Klaus und Sissi stimmten in sein Gelächter ein.

»Wir sind nur ein wenig gestresst«, entschuldigte sich Sissi. Dann berichtete sie vom Nachmittag und dem Zwischenfall mit Frauke Schussel. »Das Lachen tat uns gut. Selbstverständlich ist nichts Schlimmes daran. Offenbar funktionierte ja alles bei Heiler auch ohne Pillen. Andererseits … wieso braucht solch ein viriler Mann dann zusätzlich ein potenzförderndes Mittel?« Nachdenklich klopfte sie mit den Fingerknöcheln auf die Schreibtischplatte.

»Lassen Sie uns doch an Ihren Erkenntnissen teilhaben«, bat der Boss lächelnd. »Ihr Bauchgefühl schon wieder?«

»Mehr als das, Chef.« Sissi ließ sich in den Bürostuhl plumpsen. »Vielleicht stand er unter … nennen wir es ›Leistungsdruck‹. Die Zeugen sagen aus, dass er wie der Deibel hinter jungen Damen her war. Und da hätte er – seiner Meinung nach – wohl medikamentöse Unterstützung gebraucht, die Mädels sind immerhin dreißig Jahre jünger als er. Nachdem ich die Bewohner dieser WG kennenlernen durfte, möchte ich allerdings gar nichts mehr ausschließen.«

»Du meinst diese Anita?« Dollinger schnalzte mit der Zunge. »Kesse Biene.«

»Die sechziger Jahre haben angerufen und wollen ihre Ausdrücke zurück«, spottete Klaus.

»Möglich ist alles«, nahm Sissi den Faden wieder auf. »Es gibt noch eine andere, wesentlich jüngere Frau auf dem Moserhof, nämlich Nicole. Um Anita hat sich niemand gestritten, höchstens wegen ihr, sie hetzt furchtbar gern. Auf Nicole waren beide scharf, Brumbach und Heiler. Die haben sich sogar um sie geprügelt.«

»Probleme?«, wollte der Boss wissen, als er sah, dass Klaus verstohlen sein Handy checkte und dabei einen nervösen Eindruck machte. »Tja, Vollmer.« Er klopfte Klaus väterlich auf die Schulter. »Wer auf der Tigerin reitet, kann nicht mehr abspringen, sagt der Volksmund. Sonst irgendwelche Neuigkeiten außer Ihrer offensichtlichen Panik?« Alle drei schüttelten die Köpfe. »Rufen Sie die Onlineseite vom ›Tagblatt‹ auf«, befahl er Dollinger grimmig. »Unser investigativer Reporter hat wieder zugeschlagen.«

Dollinger beeilte sich, der Aufforderung nachzukommen. Ganz oben auf der Titelseite prangte die Überschrift: »Ist das der Pool des Grauens? Senioren-Sterben im Spukhaus?« Darunter ein Foto des Schwimmbeckens auf dem Moserhof.

»Wie konnte dieses Subjekt sich einschleichen?«, fragte der Boss verdrossen.

»Der ist gerissen, Chef«, verteidigte sich Sissi. »Wir können ja keinen Stacheldraht um das Anwesen ziehen oder absperren und den Schlüssel wegwerfen. Sie kennen ihn doch und seine fiesen Tricks.«

»Riesensauerei«, schimpfte der Boss. »Und immer seine Thesen schön mit einem Fragezeichen garniert, damit man ihm nichts am Zeug flicken kann. Woher hat der nur seine Informationen?«

»Chef, der Steinmeier ist wie eine Zecke«, sagte Sissi. »Lauert träge auf einem Ast oder Grashalm und saugt sich an einem fest, wenn man vorbeiläuft. Wir sind jetzt sensibilisiert. Den kriegen wir. Übrigens wird Frau Schussel durchkommen und hat vorhin in einer wachen Sekunde gekrächzt, dass sie ›ihn nicht umbringen‹ wollte. Sie war entweder Zufallsopfer oder sollte aus dem Weg geräumt werden, weil sie etwas damit zu tun hat. Wir haben einen üblen Streit zwischen ihr und ihrer langjährigen Busenfreundin Reismann mitbekommen, die sie des Mordes bezichtigt. Eines schwöre ich: Wenn Anita auch ihre Finger drin hat, braucht sie ihre Schwiegermutter nicht mehr anzulügen von wegen, sie sei eingesperrt worden. Das übernehme ich dann persönlich. Und den Schlüssel werfe ich in die Iller.« Alle lachten herzhaft.

Sonntagabend, Legau

Gemächlich bediente sich Dieter an einer Platte mit Schinken, Leberwurst und Ei, als Renate die Küche betrat. Mit zusammengekniffenen Augen taxierte er sie von oben bis unten. »Du siehst aus wie das Gespenst von Canterville. Geld genug für Make-up hättest du ja. Gib es doch mal dafür aus.«

»Lass mich in Ruhe, du zweibeinige Persönlichkeitsstörung.« Sie wankte an ihm vorbei und verschwand mit wallendem Rock im Garten, den Hunderte von schimmernden LED-Lichterketten in ein verwunschenes Paradies mit klitzekleinen Fehlern verwandelten. Die Spurensicherung hatte sämtliche Absperrbänder entfernt, nur ein paar Druckstellen im feuchten Gras zeugten von schweren Scheinwerfern und großen Männerfüßen. Nichts deutete in dieser zauberhaften Idylle darauf hin, dass in der vorherigen Nacht jemand zu Tode gekommen war, der doch das Leben so sehr geliebt hatte. Erschöpft ließ sich Renate auf einen Liegestuhl aus Teakholz fallen und starrte mit brennenden Augen auf die dunkle Wasseroberfläche.

»Des Wasser tauschen die bestimmt aus, Frau Reismann.« Unbemerkt war Christian ihr gefolgt und setzte sich neben sie ins kühle Gras. »Des kann man doch net drinlassen. Oder?«

»Ich werde da nie mehr hineingehen.« Renate legte den Kopf in den Nacken und starrte in den glitzernden Sternenhimmel. »Was machen Sie hier?«

»Mir tut des so furchtbar leid für Sie. Ich weiß ja, dass Sie ihn mögen ham.« Christian schluckte. »Und ich bin da, weil ich net will, dass noch amal jemand st—«

»Was wollen Sie wirklich?«, unterbrach ihn Renate unwillig. »Hat der Moser Sie beauftragt, mich hysterische Alte zu bewachen? Kümmern Sie sich lieber um diese gescheiterte Existenz in der Küche. Sie könnten mir etwas zu trinken bringen, wenn Sie schon da sind.«

»Klar.« Christian erhob sich ächzend. Er trug immer noch eine schlabberige Trainingshose und ein viel zu großes Shirt. »Was möchten S'?« Normalerweise gehörte es nicht zu seinen Aufgaben, die Gäste zu bedienen, aber Moser hatte ihn mit sanftem Nachdruck darauf hingewiesen, dass er seinen Job länger behalten würde, wenn er auf die Wünsche der Bewohner so zuvorkommend wie möglich einging.

»Wenn Sie einen Chablis finden, nehme ich den«, befahl Renate. »Ich möchte eine verschlossene Flasche.«

»Komm gleich wieder.« Er tappte nach drinnen, wo Dieter nach wie vor über seinem Abendbrot saß und sich auf einem Tablet einen nicht ganz jugendfreien Film ansah. Bei Christians Anblick lachte er höhnisch. »›Haussklave‹ stand wohl nicht in der Stellenbeschreibung, oder? Wo ist eigentlich unsere Kleine?«

»Weiß net«, log Christian. »Ich such einen Chablis. Was ist des überhaupt?«

»Unter welchem Stein sind Sie denn hervorgekrochen?« Dieter musterte ihn verächtlich. »Man sollte meinen, dass man für die fürstliche Miete halbwegs akzeptables Personalniveau geboten bekommt, aber weit gefehlt. Sie haben keinerlei Qualifikation für diesen Beruf. Das war mir spätestens an Heiligabend klar, als Sie während der Weihnachtsfeier ›Last Christmas‹ aufgelegt haben, Sie empathieloser Dorfdepp.«

»Da hatte ich net dran gedacht, als ich die Playlist zusammengestellt hab«, entschuldigte sich Christian schwach. »Ich hab mich doch schon entschuldigt.« Erst jetzt entdeckte er den beinahe leeren Krug mit dunklem Bier auf dem Tisch.

»Trostlos hier.« Dieter nahm einen tiefen Schluck. »Die Dicke liegt im Krankenhaus und hat vermutlich versucht, sich ins Jenseits zu befördern, ist aber sogar dazu zu blöde. Die andere flennt draußen im Gras und lässt sich wieder volllaufen, weil Tabletten allein nicht mehr wirken. Und der Einzige, mit dem man etwas Spaß haben könnte, ist –«

»Sie ham ihn doch gar net mögen, den Herrn Heiler«, flüsterte Christian. »Kein bissle.«

»Ach, das war nur gesundes Revierverhalten. Können Sie nicht wissen, Ihre Generation ist ja total verweichlicht von diesem Internet und dem ganzen dekadenten Wohlstand, in dem ihr groß geworden seid. Wann, meinten Sie, kommt Goldlöckchen zurück?«

»Sie sollten die Nicole in Ruh lassen.« Christian war kaum zu verstehen, denn er machte sich vor Angst beinahe in die Hosen.

Dieter erhob sich wie in Zeitlupe und kam mit drohendem Gesichtsausdruck auf Christian zu, der millimeterweise in Richtung Hinterausgang zurückwich. Er packte den Betreuer an den Schultern und drückte ihn mit Schwung unsanft an den Türstock. »Jetzt sperren Sie Ihre Ohren gut auf, Büble«, knurrte er. »Wenn Sie mir das Wasser reichen möchten, dann werden Sie Kellner. Sollten Sie nur ein einziges Mal versuchen, mir irgendwelche Vorschriften zu machen, werde ich dafür sorgen, dass Sie mit Ihrem teigigen Hintern auf der Straße sitzen. Und jetzt verschwinden Sie in Ihr unaufgeräumtes Loch, ehe ich mich vergesse, Sie Rächer der Enterbten. Lassen Sie die Finger von dieser Frau, die ist eine Nummer zu groß für Sie.« Ruckartig ließ er Christian los und setzte sich geschmeidig wieder an den Tisch, als wäre nichts gewesen.

Christian blieb wie versteinert neben der Tür stehen und zitterte am ganzen Körper. Dieter schaute ihn voller Verachtung von oben bis unten an, biss dann genüsslich von seinem Schinkenbrot ab und verfolgte, ohne das rotblonde Häufchen Elend im schlabberigen T-Shirt weiter zu beachten, die enthusiastischen Verrenkungen einer klapperdürren Dreißigjährigen, die Besuch vom Klempner bekam, jedoch nichts zu reparieren hatte – zumindest keine Küchenspüle.

Die Hintertür öffnete sich, und Nicole huschte herein. Sie wirkte vollständig aufgelöst, das blonde lange Haar hing ihr wirr ins Gesicht, und ihre Mascara war verschmiert. Wortlos zog sie die Tür hinter sich zu.

»Grüßt man sich hier nicht einmal mehr?«, beschwerte sich

Dieter mit vollem Mund. Sie beachtete ihn nicht, sondern verschwand im Eilschritt schnurstracks in den Flur und verkroch sich in ihrem Apartment, wo sie sich aufs Bett warf und zu schluchzen begann.

»Nicole.« Christian war ihr todesmutig trotz der drohenden Blicke von Dieter gefolgt. »Was hast du?«

»Ich will niemanden mehr sehen.« Sie zerrte sich ungeschickt die Bettdecke über den Kopf und rollte sich in Embryonenhaltung zusammen. »Lasst mich einfach alle in Ruhe.«

»Willst net drüber reden?«, bettelte Christian den zierlichen Umriss unter dem weißen Leinen an. »Du weißt doch, dass ich dich mag.«

»Ja. Obwohl ich dieses ganze Zeug nicht brauche«, klang es dumpf unter der Decke hervor. »Warum bringst du das nur immer mit? Du hast doch selbst kein Geld.«

»Hat dir wer wehgetan?« Er tätschelte unbeholfen den sprechenden Bettbezug. »Ist grad für niemand leicht hier, für mich auch net.«

»Tut mir leid, ich bin am Ende.« Nicole steckte den Kopf unter der Bettdecke heraus und sah ihn verzweifelt an. »Ich bräuchte noch mal Geld, Christian, mindestens zweitausend Euro, und zwar schnell. Damit könnte ich irgendwo unterkriechen. Vielleicht in Österreich oder Italien. Bekommst es ganz gewiss zurück. Wenn du mir ernsthaft helfen möchtest und nicht nur so daherredest.«

»Italien?«, wiederholte Christian entsetzt. »So weit weg? Wegen dem Brumbach red ich mit dem Herrn Moser, ich versprech's.«

»Das werden die mir alles in die Schuhe schieben«, schluchzte Nicole. Ihre Schultern zuckten. »Werden behaupten, ich hätte ihn umgebracht. Nur weil ich …«

»Der Heiler hat gewusst, dass du kein Geld hast, und dich damit angelockt«, tröstete sie Christian. »Du bist auf die Sprüch von dem reingefallen, weil du ihn net gekannt hast. Brauchst dir doch keine Vorwürfe machen. Des hätt jeder Frau passieren können.«

»Was denn?« Nicole schien peinlich berührt und starrte ihn misstrauisch an.

»Mir ham des alle gehört«, gestand er. »Letzte Woch, im Garten, da habt ihr zwei einen Riesenkrach gemacht. Mitten in der Nacht. Hab schon überlegt, ob ich rauskommen soll, damit ich dir beistehen kann, weil du geweint hast. Aber ich hab net gewusst, ob dir des recht ist.« Er senkte betreten den Kopf. »Ach was, warum lüg ich? Angst hab ich gehabt vor dem Heiler.«

»Ihr habt alles gehört?« Nicole war kreidebleich geworden.

Christian zuckte mit den Achseln. »Der Brumbach hat Freitagnacht wieder den Panikknopf gedrückt. Ich bin wie ein geölter Blitz zu ihm ins Apartment, doch die ham sich eine Gaudi mit mir erlaubt, wie immer.« Er verzog das Gesicht zu einer traurigen Grimasse. »Die behandeln einen wie den letzten Dreck. Jedenfalls sind alle am offenen Fenster gestanden und ham nach draußen gehorcht. Du warst so laut, des hat man bestimmt bis Legau gehört.«

»Oh.« Nicole wirkte betroffen.

»Die Luft tragt gut hier draußen«, bestätigte Christian. »Die Reismann hat ausgeschaut, als ob sie gleich aus dem Fenster hüpft und dir die Gurgel umdreht, die Schussel hat einen feuerroten Kopf gekriegt und die Reismann am Arm festgehalten. Und der Brumbach hat zu den zweien gesagt, er wird's dem Heiler noch zeigen. Übrigens hab ich ein Geschenk für dich. Des magst du bestimmt.«

»Ich brauche nichts. Spar dir das Geld.« Mutlos ließ sie die Schultern sinken. »Und ich muss hier weg, Christian. Ins Gefängnis gehe ich nicht. Hilfst du mir? Bitte!«

»Wo bist heute gewesen?«, fragte er zögernd. »Ist was passiert?«

»Ich hatte ein Treffen«, gestand Nicole. »Mein Ex ist überraschend aufgetaucht.« Sie ließ den Kopf sinken. »Vier Jahre habe ich das mitgemacht und bin nebenher putzen gegangen, damit es reicht. Nun sitze ich in der Klemme. Jeder will Geld von mir.«

Christian tätschelte hilflos ihren Oberarm. »Des wird wieder«, versuchte er sie zu beruhigen. »Die Kripo haut bald ab, die finden nix. Der war einfach nur blau wie eine Haubitze, der Heiler. Alles wird gut. Lass mich net mit den Wahnsinnigen allein. Sind doch bloß noch die zwei übrig. Mir müssen zammhalten.«

»Da kommen andere nach, die genauso schlimm sind«, schluchzte Nicole. »Keine Ahnung, woher Kai meine neue Handynummer hatte. Der wird mich überall finden. Am besten, ich haue sofort ab.«

»Bitte net!«, bettelte Christian erschrocken. »Ich ruf nachher den Papa an und frag ihn, ob er mir was borgt. Irgendwo kann ich mir gewiss was leihen. Kannst alles ham. Und dann gehst du nach München, da könnt ich dich besuchen.« Er klang den Tränen nahe. »Rufst mich dann wenigstens amal an?«

»Vielleicht.« Nicole schien nicht mehr ganz so hoffnungslos. »Mit zweitausend käme ich schon ein bisschen weiter. Ich suche mir so schnell wie möglich eine neue Arbeit, und dann darfst du mich besuchen. Versprochen.«

»Ehrlich?« Er strahlte übers ganze Gesicht.

»Ich halte meine Versprechen immer«, versicherte sie ihm feierlich.

»Du blöde neurotische Kuh, gib mir sofort mein Tablet wieder!« Dieters aufgebrachte Stimme in der Küche war nicht zu überhören.

»Bestimmt der Film, den er grad guckt. Schon wieder Zoff.« Christian schluckte und wurde blass. »Ich wünscht, ich könnt auch ganz weit weg.«

»Gehst du bitte jetzt?«, verlangte Nicole, ohne auf diese Bemerkung einzugehen. »Ich möchte duschen und nachdenken. Der Kai hat mir so wehgetan.«

»Der hat was?«, erschrak Christian.

Sie schlug die Augen nieder. »Ich sollte bei der Polizei eine

Falschaussage machen, der schreckt vor nichts zurück«, vertraute sie ihm an. »Aber jetzt muss ich allein sein. Vielleicht kommt wirklich alles in Ordnung, wenn ich erst einmal das hier hinter mir gelassen habe.« Sachte küsste sie ihn auf die Stirn. Er wurde feuerrot, drehte sich um und stolperte hinaus, ohne sich noch einmal umzusehen.

Als seine Schritte verklungen waren, sprang Nicole aus dem Bett und verriegelte hastig die Tür. Dann öffnete sie, wie schon am Tag zuvor, ihre Schreibtischschublade, zog einen Stapel eng beschriebener Blätter heraus, die sie eine Weile lang unschlüssig hin- und herdrehte, setzte sich und griff nach ihrem Kuli. »Das kann doch nicht so schwer sein«, sprach sie sich selbst Mut zu und begann zu schreiben.

Und so brach die Dunkelheit über Legau herein. Während Nicole in der Abgeschiedenheit ihres Zimmers immer wieder etwas auf ein Blatt Papier kritzelte, es anschließend wütend in kleine Fetzen riss und in den Mülleimer stopfte, versuchte Christian derweilen in der Gemeinschaftsküche, Renate und Dieter davon abzuhalten, sich an die Gurgel zu gehen.

»Du bist so ein Schwein!« Renate schleuderte das iPad an den Kühlschrank, wo es abprallte und zu Boden fiel. Es klirrte unheilvoll.

»Verklemmte Zicke. Den Schaden wirst du mir ersetzen. Gib doch endlich zu, dass du ihn selbst aus Rache um die Ecke gebracht hast. Dich sollte dringend ein Neurologe untersuchen, ach was, ein Archäologe, du schmallippiges Schrapnell mit Hängelefzen!«, brüllte Dieter, während er einem halben Pfund Weihenstephan-Butter auswich, das Renate blindlings in Ermangelung anderer Wurfgeschosse aus dem Kühlschrank gegriffen und nach ihm geschmissen hatte.

Ihr ausgemergeltes Gesicht leuchtete voller gerechter Empörung. »Du primitive Molluske!« Sie zielte mit einer Lauchstange auf ihn, die sogar traf. »Du hast ihn ersäuft wie eine junge Katze!«

»Dir fehlt wohl dein übergewichtiges Echo«, höhnte Dieter. »Fahr ins Krankenhaus und gib ihr den Rest. Du hast ja Übung. Autsch!« Soeben hatte ihn eine halb volle Ketchupflasche an der Schulter erwischt.

»Herrschaften, bitt schön«, bettelte Christian, der kreidebleich dieser Auseinandersetzung gefolgt war.

»Ach, halten Sie die Klappe, Sie unterbelichteter Kretin«, knurrte Renate. »Den Chablis habe ich auch noch nicht.«

»'tschuldigung«, stammelte Christian. »Ich such ihn.«

»Sparen Sie sich Ihr devotes Getue, ich bin nicht auf Sie angewiesen.« Triumphierend hielt Renate ein kleines Döschen hoch. »Küssen Sie ruhig weiter diesem Flittchen, das euch alle um den Finger gewickelt hat, die Füße, Sie intellektueller Leuchtturm. Aber bei Ihnen ist nichts zu holen. Da wird Ihnen der Schnabel sauber bleiben.« Sie drehte sich um und verschwand mit wehendem Rock.

Dieter setzte sich wieder an den großen Tisch. »Wann ziehen die nächsten Gäste in den Neubau ein?«, erkundigte er sich gelassen, als wäre gar nichts passiert.

»Erst ist Bauabnahme«, stammelte Christian. »So in zwei Monaten, meint Herr Moser.«

»Viel zu lange.« Dieter stützte seinen Kopf auf die Hände. »Ich rufe morgen meine Kinder an. Wäre ich nur in Baden-Württemberg geblieben.«

Draußen, vor dem Tor, saßen seit einiger Zeit in der samtigen Dunkelheit dieser Juninacht zusammengekauert zwei Personen in einem unbeleuchteten Fahrzeug mit ausgeschalteten Scheinwerfern und lauschten atemlos dem Gebrüll.

»Warum sind mir eigentlich da?« Die männliche Gestalt lehnte sich angestrengt aus dem Fenster und versuchte, so viel wie möglich von dem heftigen Wortwechsel aufzuschnappen.

»Hast doch grad mitgekriegt, wie's da zugeht«, erklärte die andere Person überheblich. »Einer von denen war's garantiert. Mir warten, bis die Lichter ausgehen, und dann schleichen mir uns hinten rein zur Hecke, beim Schwimmbad. Vielleicht wird heut Nacht noch mal einer umgebracht. Des kriegen mir dann mit.«

»Mir sind doch net die Polizei«, wandte der Mann, von dem nur die Umrisse erkennbar waren, besorgt ein. »Ich muss schleunigst heim. Ich könnt mir an den Kopf langen, weil du mich hast überreden können zu so einer saublöden Aktion, weil ich nämlich net dein Depp vom Dienst bin. Hättest auch selber fahren können. Klar interessiert mich, was da abgeht, ist ja Kundschaft von mir, aber ich mach nix Kriminelles. Meine Frau wartet auf mich. Was soll ich der erzählen?« Hermann Reisacher war deutlich anzusehen, dass er sich unwohl fühlte.

»Feigling.« Erna Dobler hielt ihm ein kleines Fläschchen mit einem handgeschriebenen Etikett entgegen. »Aber andere Leut heimlich beim Schwätzen aufnehmen, damit hast kein Problem, gell? Nimm noch amal einen Schluck, ich hab haufenweis übrig, weil meine Kundschaft jetzt Nektar und Ambrosia sauft. Wenn heut noch was passiert, hast am Dienstag deiner Kundschaft wenigstens was zum Erzählen. Außerdem fahr ich net gern nachts mit dem elektrischen Radl rum.«

Reisacher nahm einen tiefen Schluck aus der Pulle und rülpste. »Wirklich net schlecht«, sagte er anerkennend zu Erna. »Aber was ist des für ein komischer Geruch?«

»Melissengeist. Schluck's runter«, befahl Erna. »Du kommst schon noch auf den Geschmack.«

Es war nicht ganz klar aus ihren Worten ersichtlich, was genau sie damit meinte. »Na. Mir reicht's.« Er startete entschlossen den Motor. »Agentin Null-Null-Siebzig, heut hast es übertrieben. Ich fahr uns heim.«

»Deserteur!«, zeterte Erna. »Des ist Fahnenflucht!«

»Ja, vor deiner«, winkte er grimmig ab und gab kräftig Gas.

Während Reisacher auf der schmalen Zufahrtsstraße in Schlangenlinien seinem trauten Heim entgegenbretterte, auf dem Beifahrersitz eine enttäuschte Erna, schloss Klaus derweilen mit äußerster Vorsicht seine Wohnungstür auf und bemühte sich, kein Geräusch zu verursachen. All seine Befürchtungen bestätigten sich, denn er wurde von warmen, weichen Armen erwartet, die ihn liebevoll und sehr bestimmt umfingen. Aus der Küche umwehte ihn der unverkennbare Duft geschmälzter Maultaschen, bei denen an der Butter nicht gespart worden war. Ergeben setzte er ein strahlendes Lächeln auf, ehe er sich aus dem Hängeschrank über der Spüle einen Teller holte. Morgen war schließlich auch noch ein Tag. Man sollte nichts übers Knie brechen und das Positive an der Situation sehen. Normalerweise kochten die Damen, die er abschleppte, nämlich nicht. Also machte er das Beste daraus und genoss den Rest der Nacht schweigend, wie jeder echte Kavalier. Er wäre ohnehin nicht zu Wort gekommen.

Sissi öffnete aufatmend die Tür zu ihrem schmucken Einfamilienhaus und fand ihren erschöpften Mann schlafend im Fernsehsessel vor. Da er wirkte wie frisch gepudert, weil sich der Staub sogar in seinen Haaren festgesetzt hatte, ließ sie ihn sitzen und schaltete nur vorsichtig das TV-Gerät aus, um dann lautlos im Bad zu verschwinden, selbstverständlich nicht, ohne sich nochmals ihren Fuß an dem herumliegenden Presslufthammer anzustoßen. Es sollte nicht das letzte Mal gewesen sein.

In einem kleinen unordentlichen Reihenhaus in Buxheim kniete Robert Steinmeier vor einer alten Holztruhe und wühlte zwei Paar zerfledderte Arbeitshandschuhe hervor, die er sich zögernd probehalber überstreifte. »Was man net alles macht fürs Überleben«, murmelte er verdrossen. »Aber ich darf ja schon froh sein, wenn einer stirbt, jedenfalls besser als die langweiligen Stadtratsitzungen, zu denen mich der Chef sonst immer zwingt. Wird schon gut gehen, ich hab ja ein Händchen für Grünzeug.« Der ungepflegte, von Löwenzahn und Kletten überwucherte Schottergarten vor seinem Haus mit dem Charme einer stillgelegten Eisenbahnstrecke bezeugte zwar das genaue Gegenteil, doch um diese Uhrzeit nahm Steinmeier es nicht mehr so genau. Grünzeug war Grünzeug.

Als der fahle Mond endgültig das gesamte Allgäu wie in der Nacht zuvor in eine verzauberte Landschaft verwandelte, war Nicole bereits an ihrem Schreibtisch vor Erschöpfung eingeschlafen, während der Abfalleimer zu ihren Füßen überquoll und umzukippen drohte.

Im Zimmer nebenan nickte Christian mit brennenden Augen seinem traurigen Gesicht auf dem Computerbildschirm zu, holte tief Luft und fing dann stockend an zu sprechen. »Heut hat der Brumbach mich gepackt«, begann er. »Der macht mir Angst.« Er rückte den Kopfhörer zurecht, um das eingebaute Mikrofon an der richtigen Stelle zu positionieren. »Ich wünscht, ich könnt mich wehren, ich feiger Loser. Morgen geh ich zum Papa und frag, ob er mir was borgt. Die Nicole ist traurig und mag net mit mir schwätzen, und die Anita hat mich heut angebaggert. Warum passiert alleweil des Gegenteil von dem, was ich will?« Mit feuchten Augen beendete er die Aufzeichnung und legte eine kleine Schachtel, die er während der ganzen Zeit zwischen den Fingern hin- und hergedreht hatte, vorsichtig auf den Schreibtisch. Dann ging er schlafen, ohne den Fernseher nochmals einzuschalten. Es gab Tage, da half nicht einmal ein Superheldenfilm.

Auf dem Flur im Moserhof war es bis auf Christians zaghafte Stimme, die einem Computer ihr einsames Leben erzählte, still geblieben. Dieter schlief zwischen Laken aus mehrfädig geknüpfter ägyptischer Baumwolle den Schlaf des Selbstgerechten, unterstützt von einer ausreichenden Menge König Ludwig Dunkel, und im Apartment gegenüber tat Renate in ihrem Bett keinen einzigen Muckser mehr und schien nicht einmal zu träumen. Christian hatte es tatsächlich geschafft, eine verschlossene Flasche Chablis aufzutreiben. In Kombination mit einem weiteren, noch auf der Bettkante eingenommenen Tranquilizer verschafften Alkohol und Beruhigungsmittel Renate deshalb eine ungestörte Nachtruhe, und so musste sie nicht mehr ständig daran denken, was sie getan hatte.

In ihrem kleinen Reihenhäuschen am Rande von Legau

schmorte Erna Dobler missmutig bis spät in die Nacht zehn Krautwickel, während sie simultan Kartoffeln schälte, die sie nach und nach in einen großen eisernen Topf mit kaltem Wasser legte. »Ich bin wirklich viel zu nett«, schalt sie sich selbst und schielte auf die Uhr, denn sie könnte, wenn alles gut lief, wenigstens die vierhundertfünfundzwanzigste Wiederholung von »CSI Miami« schaffen. Diese Fernsehserie gefiel ihr wesentlich besser als die Doku »K1 in Memmingen« mit Sissi Sommer, der zu oft lächelnden Kommissarin als Hauptdarstellerin, die grundsätzlich keine coolen Sonnenbrillen trug. Also schlurfte Erna erschöpft in ihr moosgrünes Wohnzimmer, schaltete die Glotze ein und gönnte sich nach einem langen, arbeitsreichen Tag und einem missglückten Spionage-Einsatz als Betthupferl ihren verdienten Melissengeist. Der half gegen alles.

Die Einzige, die sich in dieser schwülwarmen Sonntagnacht tatsächlich amüsierte, war Anita, die sich lange Zeit im »Moritz« in Memmingen dekorativ auf einem Stuhl räkelte, während sie aufmerksam Kais Erzählungen lauschte. Die Uhrzeit, ihren Verlobten oder ihre streitsüchtige Schwiegermutter hatte sie nach dem dritten Pils ohnehin vollkommen vergessen. Und im Gegensatz zu Renate Reismann, die wie betäubt in ihrem Bett schlummerte, hatte Anita dazu nicht einmal Tabletten benötigt, sondern nur die Anwesenheit eines attraktiven Mannes und die Gelegenheit, ihrer Erzfeindin eins auszuwischen.

»Oh, so spät. Jetzt muss ich aber.« Kai schaute sich nach der Servicekraft um. »Danke für deine Informationen, Anita. Das hätte ich von ihr nicht gedacht. Ihre problematische Persönlichkeit kenne ich, doch mittlerweile ist sie wohl verzweifelt. Ich übrigens auch.«

»Also ich find, du solltest nimmer zurückfahren. Hast ja ohnehin dein Zimmer net storniert, oder?« Anita lächelte verführerisch. Sie hatte mit ihrer Vermutung recht behalten, dass sich niemand um den Kaffeefleck auf ihrem ansehnlichen Dekolleté kümmern würde. »Kannst doch hier übernachten und dir morgen freinehmen.«

»Morgen habe ich einen wichtigen Termin, bei meinem Anwalt«, antwortete Kai müde.

»Du brauchst a bissle Ablenkung, da bin ich gut drin«, bot Anita ihm kokett an. »Hast du denn a Doppelzimmer gemietet? Und wo?« Das Leben war verdammt kurz, man musste nehmen, was man kriegen konnte. Und Bertram war weit weg. Garantiert stinksauer zwar, aber weit weg.

Montagmorgen, Legau

»In dieses Outfit mussten Sie sicher mit der Kneifzange schlüpfen, oder?« Dieter konnte seine Augen nicht von Anita abwenden, die an diesem Morgen, noch mürrischer als sonst, in einem Meer aus verschiedenfarbigen Scherben kniete und sie fluchend aufklaubte. Dann beugte sie sich vor, um sich aus dem Unterschrank der Spüle einen Handfeger zu greifen, was Dieter zu einem wollüstigen Ächzen veranlasste.

»Was ist denn los gewesen gestern?« Stinksauer drehte sie sich zu ihm um. »Ich komm rein, und überall liegen winzige Scherben, da drüben klebt sogar Marmelad. Ist die Reismann wieder durchgedreht?«

»Zweimal«, informierte Dieter sie ungerührt. »Ihr Omelett ist nicht ohne. Haben Sie zwischenzeitlich einen Kochkurs absolviert?«

»Für Sie mach ich fast alles«, gurrte Anita, die heute zur Feier des Tages einen mehr als kurzen gelben Mini und ein weit ausgeschnittenes, halb durchsichtiges Oberteil trug. »Gefallt's Ihnen, was Sie sehen? Ach, Sie sind doch auch bloß hinter der Blonden her wie die anderen.«

»Rassiger sind schon Sie, meine Liebe«, schmeichelte ihr Dieter. »Aber leider verlobt. So was tut ein Gentleman nicht.«

»Ach, auf einmal? Hat Sie vorher auch net interessiert. Außerdem ist des nimmer sicher mit der Verlobung, glaub ich«, sagte Anita zerknirscht.

Aber Dieter hatte gar nicht richtig zugehört. Genussvoll biss er in sein gebuttertes Brötchen. Die Tür öffnete sich, und Robert Steinmeier stolperte herein. Als er Anita erkannte, stockte er kurz.

»Ja, da schau her, Frau Stachelbeer«, begrüßte die ihn mit einem schlangenähnlichen Lächeln. »Der Steinmeier.«

»Sie kennen mich?«, fragte er ertappt.

»Wer net in Legau? Was machen Sie hier?« Sie kam mit wiegenden Schritten auf ihn zu.

»Ich … äh, bin entlassen worden«, erklärte Steinmeier, der nicht damit gerechnet hatte, auf ein bekanntes Gesicht zu treffen. »Jetzt muss ich jede Arbeit nehmen, die ich kriege.«

»Und welche soll des sein?«, wollte Anita argwöhnisch wissen. »Rumspionieren? Dafür ham mir unsere eigenen Leute.«

»Ich kümmere mich ab heute um den Garten. Bin nicht mehr der Jüngste, da sind Bürojobs rar. Und ich brauche das Geld«, log Steinmeier, der lügen konnte wie andere Menschen ein- und ausatmen.

Dieter prustete los. »Garten, haha. So wie Sie aussehen, können Sie gleich beim Sargtischler einen Termin zum Probeliegen vereinbaren.«

»Moin.« Unversehens war Renate Reismann in der Küche aufgetaucht. Sie ignorierte Dieter und nahm am anderen Ende des Tisches Platz. »Die Scherben sind noch nicht weg? Ich sehe, Sie haben ausnahmsweise Brötchen eingekauft, Lucrezia. Und dem da sogar etwas Warmes zubereitet, vermutlich wegen seiner herrlich blutunterlaufenen Augen. Dann möchte ich Eier Benedict. Heute noch.«

»Was soll des sein?«, erkundigte sich Anita ratlos.

»Also, ich fange dann an.« Steinmeier erhob sich. »Muss schnell ein Unkrautvernichtungsmittel besorgen, hat Herr Moser mir aufgetragen.« Er verschwand durch die Hintertür.

»Was war das denn?« Renate sah ihm konsterniert hinterher. »Zieht der etwa hier ein? Moser hat mir versichert, dass er keine Sozialfälle nimmt. Und Unkrautvernichtungsmittel? Der kann das von Hand erledigen. Das tötet Bienen.«

»War nur der Gärtner«, teilte ihr Dieter eisig mit. »Und der ist ohnehin der Mörder. Zufrieden?«

»Erst, wenn ich deine selbstherrliche Visage nicht mehr sehe. Kannst du nicht morgens endlich mal aufwachen und tot sein, um deine persönliche CO_2-Bilanz auszugleichen? Es sterben wirklich immer die Falschen.«

»Herrschaften.« Anita baute sich vor dem Tisch auf. »Hier sind Leut am Arbeiten. Können Sie net woanders rumstreiten? Ich hab Kopfweh.«

»Bei drei Pfund Plastikhaaren kein Wunder«, erklärte ihr Renate frostig. »Wäre ich du, ich könnte keinen Happen essen«, wandte sie sich dann Dieter zu.

»Wärest du ich, würdest du dich nicht in Selbstmitleid suhlen. Ich hatte Norbert gewarnt, dass du Zurückweisung schlecht verträgst. Hätte er nur auf mich gehört.« Unbeirrt nahm er den letzten Bissen von seinem Omelett.

Renate verstummte gekränkt. »Müssen Sie die Eier erst legen?«, rief sie Anita zu, die ihnen den Rücken zugedreht hatte und hektisch auf ihrem Handy das Rezept suchte. In Anbetracht der Reaktion ihres Verlobten Bertram und seiner Mutter Martha auf ihre Heimkehr im Morgengrauen wollte Anita es sich nicht mit allen Leuten in ihrem Dunstkreis verscherzen, denn auf dem Güthlerhof hatte man die Geschichte von der Einschüchterungszelle auf dem Revier keine Sekunde geglaubt. Es ballten sich derzeit, bildlich gesprochen, dicke schwarze Kumuluswolken über Anitas Zuhause, die sich wohl demnächst in einem kräftigen Gewitter entladen würden. Deswegen sah sie sich sicherheitshalber nach einem trockenen Plätzchen zum Unterstehen um, auch wenn es sich dabei um eine knorrige alte Eiche wie Brumbach handeln sollte. Besser würde ihr natürlich eine stramme junge Pappel mit blauen Augen und Kölner Dialekt gefallen, aber dafür müsste sie etwas tun. Und genau das hatte sie vor.

»Morgen.« Nicole setzte sich unter Renates missbilligenden Blicken neben Dieter, der verstohlen grüßte.

»Vernünftig, dass Sie das ›Guten‹ weggelassen haben, Raupe Nimmersatt«, zischte Renate. »Neues Spiel, neues Glück. Ist jetzt der Nächste dran? Ich gebe Ihnen einen Tipp: Der da nimmt alles.« Sie zeigte auf Dieter.

»Frau Reismann, des war nicht nett!«, sprang Anita unerwartet ihrer Kollegin bei. »Du bist ja ganz käsig, Süße. Komm, ich lass dir einen Cappuccino raus.«

Nicole schaute verwirrt von einem zum anderen. »Wie bitte?«

»Erhol dich ein bissle.« Anita machte sich am Kaffeeautomaten zu schaffen. »Mit einem heißen Getränk schaut des Leben gleich ganz anders aus. Kannst du eigentlich Eier Benedict?«

»Schon.« Nicole war total verwirrt. »Warum?«

»Ich hink hinterher mit der Putzerei.« Anita lächelte sie so scheinheilig an, wie sie nur konnte. »Wenn du mir hilfst und der Frau Reismann Frühstück machst, könnt ich mit Saubermachen anfangen. Ich schuld dir dann einen Gefallen.«

»Gefallen?« Nicole wusste offensichtlich nicht, was sie mit der neuen, verbesserten Anita anfangen sollte. »In Ordnung.«

Anita zwinkerte ihr zu. »Bis nachher.« Dann stöckelte sie aus dem Zimmer.

»Entschuldigung, dass ich noch mal störe. Dürfte ich um einen Kaffee bitten? Ich habe dummerweise meine Thermoskanne vergessen.« Robert Steinmeier stand mit zerknirschter Miene im Türrahmen und strahlte, als er Nicole sah. »Hallo, schöne Frau.«

»Das ist der neue Gärtner«, wurde diese von Dieter informiert. »Für die nächsten dreißig Minuten zumindest, wenn ich ein wenig von Anatomie verstehe. Wollten Sie nicht wegfahren?«

Steinmeier setzte sich hurtig neben Renate, die widerwillig ein Stückchen rutschte, und ignorierte Dieters Frage geflissentlich. Nicole ließ Kaffee einlaufen und stellte ihm den dampfenden Becher hin, den Steinmeier mit einem freudigen »Vergelt's Gott!« entgegennahm. »Geht es Ihnen gut heute Morgen?«, wandte er sich dann an Dieter, denn Renates verschlossene Miene hatte ihn eingeschüchtert. Doch Dieter schwieg – er schien nicht zum Plaudern aufgelegt. »Wie gefällt es Ihnen im Allgäu?« Steinmeier wäre nicht Steinmeier gewesen, hätte er schon bei der ersten Zurückweisung aufgegeben. Zwar hatte er sich – und zwar im wörtlichen und übertragenen Sinne – schon öfter eine blutige Nase geholt, doch er war hart im Nehmen.

»Alles sehr provinziell hier.« Dieter rümpfte die Nase. »Na ja, immerhin sind wir hier in Bayern. Ihr könnt ja nichts dafür, so als Schwellenland.«

»Ach, Sie mögen keine Bayern?«, schleimte Steinmeier. »Und finden es langweilig? Verstehe. Ein eleganter Mann wie Sie braucht Abwechslung.« Er schnalzte mit der Zunge. »So gut, wie Sie aussehen, müssten Ihnen doch alle Frauen zu Füßen liegen.«

»Zu Füßen nützen sie mir nichts.« Dieter nahm den letzten Schluck von seinem Kaffee. »Und nun entschuldigen Sie mich. Ich muss zusehen, dass ich den nächsten stinklangweiligen Tag irgendwie herumbekomme. Vielleicht lasse ich mich von unserer kleinen Blume da drüben in die Stadt fahren. Ach stimmt, Nicole, Sie haben heute Dienst. Der Quoten-Idiot ist ja auch hier, oder? Zur Not nehme ich den.«

»Christian?« Nicole drehte sich zu ihm um. »Ist unterwegs. Er wollte seine Eltern besuchen und zur Bank.«

»So ein Pech«, murmelte Dieter enttäuscht. »Nun, dann nehme ich meinen eigenen Wagen und fahre zum Golfen.«

»Haben Sie sich denn schon erholt?«, startete Steinmeier einen neuen Anlauf.

»Wovon denn?«, ließ Dieter sich gnädig zu einer Antwort herab.

»Herr Moser informierte mich darüber, dass Sie am Wochenende einen tragischen Unglücksfall hier erlebt haben«, erklärte ihm Steinmeier kryptisch. Offensichtlich schlug ihm hier nicht ausschließlich Zuneigung entgegen.

»Hier bitte, Frau Reismann.« Nicole stellte Renate die Eier Benedict hin. »Guten Appetit.« Diese nahm den Teller wortlos in Empfang. »Oh.« Nicole fasste sich an die Gesäßtasche ihrer Stoffhose. »Ich habe mein Telefon im Zimmer liegen gelassen. Bin sofort zurück.«

Ein paar Sekunden später drangen laute Stimmen aus dem Flur in die Küche. »Du Miststück! Was tust du da?« Alle horchten auf, vor allem Steinmeier.

In Nicoles Apartment standen sich derweilen Nicole und Anita unversöhnlich gegenüber. »Sauber machen tu ich. Alten Dreck rauskehren.« Anita funkelte ihre Kollegin böse an. »Über dich weiß ich alles. Rat amal, wen ich gestern kennengelernt hab?«

»Mit wem du dich herumtreibst, interessiert mich nicht.« Nicole machte einen Schritt nach vorn, bereit, sich auf Anita zu stürzen. »Du willst mich loswerden, seitdem du mich das erste Mal gesehen hast.«

»Wieso ist denn dein Schreibtisch zugesperrt?«, fragte Anita gehässig. »Hast da deine Goldbarren drin? Oder die Brief vom Gerichtsvollzieher?«

Die beiden waren so in ihre Auseinandersetzung vertieft, dass sie die Versammlung an der offenen Tür gar nicht bemerkten, wo sich Dieter, Renate und Steinmeier mit offenem Mund dicht an dicht drängten.

»Dein neues Auto hast du auf seinen Namen gekauft, du Luder!«, schrie Anita. »An dir ist doch gar nix echt. Und polizeibekannt bist du auch.«

»Rede nicht so mit mir!«, brüllte Nicole und packte Anita an den Haaren, um kräftig daran zu ziehen. »Der Kai lügt. Aber kein Wunder, dass du dich einwickeln lässt, dir ist diese Schuhcreme, mit der du deine Zotteln färbst, ins Gehirn gedrungen!« Grob zerrte sie an einem Schippel.

Anita kreischte schmerzerfüllt auf und wich zurück. »Meine Extensions! Des zahlst du mir, ach na, du hast ja weniger als nix, du Betrügerin!« Sie versuchte, eine Strähne von Nicoles langen blonden Haaren zu erhaschen, und packte sie dann stattdessen an ihrem T-Shirt. Beide kullerten zusammen auf die Couch, und ein Regen aus Stofftieren ergoss sich auf den Boden.

»Was ist da los?« Erna Dobler, die sich resolut nach vorn gedrängt hatte, betrachtete die Szene fassungslos.

»Kommst grad recht.« Anita befreite sich hastig aus Nicoles eisernem Griff und klaubte eine ausgerissene künstliche Haarsträhne vom Boden.

»Sie schon wieder?«, wandte Erna sich an den Reporter. »Schreiben Sie ja nix über die Anita, sonst komm ich zu Ihnen heim und kauf Sie mir. Ich bin jetzt elektrisch.«

»Endlich ist hier was los.« Dieter ließ keine Sekunde die Augen von den beiden Frauen. »Weitermachen, Mädels!«

»Gnädige Frau«, stotterte Steinmeier, dem allmählich aufging, dass es nicht die beste Idee gewesen war, sich hier einzuschleichen. »Ich arbeite hier. Sie wissen sicher, wie das ist, wenn man alles nimmt, das man kriegen kann.«

»Na, weiß ich net«, widersprach ihm Erna.

»Fragen Sie Anita. Die kennt sich aus von wegen alles nehmen, das man kriegen kann«, mischte Nicole sich ein, die ihre Wut nicht mehr zu unterdrücken vermochte. Sie wirkte mit einem Mal wie umgewandelt. Nichts war mehr von ihrer liebreizenden, zurückhaltenden Art übrig. Ihre Augen funkelten, die üppigen Lippen waren zu einem Strich zusammengekniffen. »Entschuldigen Sie, Frau Reismann, Herr Brumbach. Die hat in meinem Zimmer herumgewühlt.«

»Nicole, so kenne ich Sie gar nicht«, wunderte sich Dieter lüstern. »Sie haben ja mehr Temperament, als ich dachte.«

»Mir ist das zu viel Lokalkolorit. Machen Sie mit Ihren volkstümlichen Gepflogenheiten unter sich weiter. Dem Abschaum hier gefällt es ja.« Renate zeigte angewidert auf Dieter, drehte sich um und rauschte aus dem Zimmer. Kurz darauf schloss sich die Tür am Haupteingang hinter ihr. Ein paar Sekunden blieb sie gedankenverloren in der Einfahrt stehen, dann marschierte sie aufs Geratewohl los in Richtung Legau.

»Ham Sie nix zum Tun?«, wandte Erna sich an Dieter. »Sie sehen doch, dass mir hier a Problem ham. Also husch, husch.«

»Von Ihnen lasse ich mich nicht herumkommandieren«, maulte dieser, drehte sich jedoch gehorsam um und ging in sein Zimmer, aus dem er gleich darauf mit seiner Golftasche herauskam und ebenfalls in Richtung Ausgang verschwand.

»Äh, ich geh wieder nach draußen«, beeilte sich Steinmeier verlegen anzukündigen. »Zum Arbeiten.«

»Ihnen glaub ich net amal die Uhrzeit.« Erna knallte ihm die Tür vor der Nase zu.

»Haut ab. Beide.« Nicole war kreidebleich. »Ihr habt in meinem Zimmer nichts verloren.«

»Und du auf dem Moserhof net«, konterte Anita. »Ich ruf am besten den Peter Zwegat an, damit der mit seiner Flipchart vorbeikommt. Dann machst net ›Raus aus den Schulden‹, sondern ›Raus aus Legau‹. Der Kai ist ein ganz Lieber und hat mir verraten, dass du immer noch Sachen einkaufst auf seinen Namen und einen Kredit aufgenommen hast, du verlogene Bitch.«

»Jedes Wort erfunden! Ich rufe die Polizei«, drohte Nicole.

»Mach doch«, spottete Anita. »Packst am besten gleich dein Köfferle für den Knast. Hast gedacht, du kannst dich bei dem alten Deppen, dem Heiler, sanieren, gell? Dass der dir deine Schulden zahlt, wenn du den ranlässt? Du bist dir doch für nix zu billig. Wenn ich so einen Mann hätt wie den Kai, den tät ich nie bescheißen.« Sie glaubte das in diesem Moment wirklich.

»Er lügt.« Nicoles Schultern zuckten. »Und jeder fällt auf ihn herein.« Sie bedeckte ihr Gesicht mit den Händen.

»Kannst dir sparen«, sagte Anita mitleidlos. »Du glaubst alleweil noch, dass man dir nix nachweisen kann, gell? Jeder hier weiß, dass du mit dem Heiler rumgemacht hast wegen der Kohle. Glaubst, mir sind alle blöd?«

»Und ich dachte, wir könnten miteinander klarkommen, bis ich weg bin.« Nicole nahm die Hände vom Gesicht und ließ die Arme sinken.

»Weg?«, äffte Anita sie nach. »Und dann ist alles wieder spitze? Du hast den Heiler doch ins Wasser geschmissen, als der dich vergewaltigen wollte, weil du ihm bloß den Mund wässrig gemacht hast, statt ihn ranzulassen. Des kannst du gut.«

»Nein!«, beteuerte Nicole. »Ich hab mich nur gewehrt. Er hat noch gelebt, als ich weg bin!«

»Ach, hör auf«, winkte Anita ab. »Weißt, woran man sieht, dass du lügst? Wenn sich deine Lippen bewegen.«

»Demnächst bin ich weg.« Nicole deutete auf den Trolley in der Ecke. »Dann kannst du dich so tief bücken, wie du möchtest, und dir deine zwanzig Euro pro Kniefall vom Brumbach abholen, du dumme Schlampe.«

»Sie!«, mischte Erna sich empört ein. »Die Anita ist anständig! Bei der kostet des nix!«

»Wie siehst du denn aus?« Misstrauisch betrachtete Nicole Anitas Brüste, die merkwürdig deformiert und unangemessen groß wirkten.

»Alles echt«, versicherte die hastig. »Aber deinen eigenen Busen hast garantiert auf Raten gekauft wie alles andere auch, du blöde Kuh.«

»Raus«, verlangte Nicole gefährlich leise. »Raus hier oder ich vergesse mich, du kreuzdumme Kröte.«

»Merkst, was die für eine Ausdrucksweise hat, Erna?« Anita kreuzte abwehrend die Hände vor der Brust. »Komm, mir sind hier fertig.« Sie packte Erna am Arm und zog sie zur Tür. »Mit mir net, Fräulein!«, rief sie und knallte dann die Tür hinter sich zu. »Los, Erna.« Hektisch zerrte sie ihre Busenfreundin durch den Flur und schubste sie in eine düstere, winzige Kammer.

»Des ist doch der Hauswirtschaftsraum?« Erna schaute sich entgeistert um. »Ich hab dir gesagt, bügeln tu ich net für dich.«

»Hinter dir im Regal sind Abfalltüten.« Anita fasste mit beiden Händen in ihren BH und förderte mehrere Handvoll Papierschnipsel zutage, die sie in den Müllbeutel warf, den die verblüffte Erna ihr entgegenstreckte.

»Des hätt ich net gedacht, dass da noch was reinpasst«, flüsterte Erna überrascht. »Was ist des?«

»Dreh dich um.« Anita hob ihren Rock. »Gott sei Dank, hab nix verloren.« Nach und nach regneten Hunderte von Schnipseln auf den Boden. Anita sammelte alles auf und stopfte es ebenfalls in die Tüte. »Am besten tragst des gleich zu deinem Radl, des ist Beweismaterial. Schön zusammenkleben, und zwar presto. A Tube Uhu liegt doch bestimmt bei dir daheim rum. Hast die Krautwickel für heut Mittag dabei?«

Erna nickte irritiert.

»Blöd, dass des Luder mich erwischt hat.« Anita zerrte mit grimmiger Miene ihren engen Rock zurecht, was nicht so einfach war, wie es sich anhörte, denn er saß ziemlich stramm. »Bring des Säckle weg, bevor die uns nachkommt, diese Frau ist eine Furie. Du hast keine Ahnung, was mir der Kai gebeichtet hat. Die ist auf den losgegangen, mit einem Bügeleisen. Von Anfang an hab ich gewusst, dass die bloß so schön tut. Jetzt klebst den ganzen Schmarrn so schnell wie möglich zamm und rufst mich dann an, ich hol des, sobald ich kann. Der blöden Sommer werd ich es zeigen. Die glaubt auch, wie schlau sie ist. Aber ich bin schlauer.« Resolut schob sie ihre alte Freundin auf den Flur, die verwirrt gehorchte und davontappte.

Anita grinste zufrieden, als sie die schwere Eingangstür klappen hörte. Zum ersten Mal in ihrem Leben stand sie auf der richtigen Seite des Gesetzes. Zumindest fühlte es sich so an.

Montagmorgen, Memmingen

»Guten Morgen!« Sissi humpelte ins Büro und ließ sich erschöpft auf einen Stuhl fallen.

»Es ist endlich passiert«, rief Klaus überrascht. »Du bist in eine Wildschweinfalle geraten.«

»Spinner.« Ächzend streckte Sissi ihr Bein von sich. »Das ist nur ein Kollateralschaden des ganz normalen Ehelebens. So was kommt eben vor.«

»So abwegig ist das nicht«, verteidigte sich Klaus. »Ihr knallt ab, was kreucht und fleucht, und verarbeitet es anschließend klein gehackt in euren Maultaschen. Ich bin mir nie ganz sicher, was da wirklich drin ist.«

»Dafür schmeckt's dir ganz gut bei uns.« Sissi deutete auf ihren rechten Fuß in einer zierlichen Sandale, an dem zwei Zehen mit einem dicken weißen Tape umwickelt waren. »Ich komme aus der Ambulanz im Klinikum. Hab mir tatsächlich an dem blöden Presslufthammer meinen kleinen Zeh gebrochen, weil das schwere Ding immer noch auf dem Boden herumliegt. Peter musste mich auf dem Weg zu seiner Arbeit im Krankenhaus absetzen.«

»Autsch.« Klaus begutachtete mitleidig Sissis Fuß. »Das tut sicher weh.«

»Oh, das ist gar nichts im Vergleich zu dem, was meinen Mann erwartet, wenn ich Zeit finde, mit ihm abzurechnen«, verkündete Sissi grimmig. »Ich hab ihn hundertmal gebeten, er soll das Ding in die Garage räumen. Na ja, er ist total zerknirscht, war schließlich keine Absicht.«

»Kannst ja schon wieder lächeln«, sagte Dollinger freundlich. »Ich hab eine Neuigkeit. Vorhin hat des Handy vom Heiler geklingelt, stell dir vor. Liegt ja bei mir auf dem Tisch. Ich bin automatisch rangegangen. Diese Dinger richten einen ab wie einen Pudel.« Er zog ein schuldbewusstes Gesicht. »Die

Kanzlei Dr. Springer war dran, die wollten den Termin am Donnerstag dieser Woche bestätigt.«

»Wie bitte?« Sissi und Klaus horchten auf.

»Der Heiler hat am letzten Freitag um elfe einen Notartermin gehabt«, klärte Dollinger sie auf. »Aber dann hat er eine halbe Stund vorher angerufen und ihn um eine Woche verschoben.«

»Was hast du geantwortet?«, wollte Sissi wissen.

»Na, dass der Herr Heiler den neuen Termin net wahrnehmen kann, weil er durch sein Ableben verhindert ist.«

»Du bist nicht so witzig, wie du denkst«, tadelte ihn Klaus, musste aber schmunzeln.

»Wir schicken einen Kollegen zu diesem Notariat«, ordnete Sissi an. »Gibt's was Neues von Frau Schussel? Ich konnte heute früh nicht nach ihr sehen, weil ich es eilig hatte.«

»Hat sich auf eigene Gefahr heute nach der Morgenvisite selbst entlassen und ein Taxi rufen lassen«, informierte sie Dollinger. »Die müsst bald in Legau aufschlagen. Zähes Weibsbild.«

»Wie schön, dann ist das Trio infernale wieder vollzählig«, stöhnte Klaus.

»Übrigens hab ich die Laboranalyse von dem Likör, den ihr aus dem Zimmer von der Frau Schussel und aus dem vom Heiler geholt habt«, verkündete Dollinger. »Wie du vermutet hast, Sissi. Jede Flasche mit einer Dosis Benzodiazepinen versehen, allerdings net sehr hoch. Für einen komaähnlichen Tiefschlaf hätte es trotzdem gereicht. Da wollt wohl jemand auf Nummer sicher gehen, dass der Heiler pennt.«

»Das ist keine Senioren-WG, sondern ein Höllenloch«, meinte Sissi grimmig. »Ich revidiere allmählich meine Meinung, dass alle Menschen im Grunde gut sind.«

»Wir schnappen den Täter«, tröstete sie Klaus.

»Hoffentlich bald, ich kann meinen Mann nicht mehr lange mit all diesen Geräten allein im Haus lassen. – Sag mal, war dein Besuch weg, als du gestern in deine Wohnung kamst?«

»Sie hat behauptet, von mir aus sei es kürzer zur Arbeit«,

erzählte Klaus entrüstet. »Und heute Abend möchte sie wieder für mich kochen. Sissi, wir haben uns erst am Samstag kennengelernt, und vor einer Stunde entdecke ich tatsächlich ihre Zahnbürste in meinem Badezimmer. Die muss sie in der Handtasche mit sich geführt haben oder heimlich geholt, als ich weg war.«

»Du Armer«, kicherte Dollinger schadenfroh.

»Rück du lieber mal Informationen zu deinen Hintergrund-Checks raus«, forderte ihn Klaus giftig auf.

»Ich hab heut Nacht bloß fünf Stund geschlafen.« Dollinger wühlte auf seinem Schreibtisch herum.

»Weiß auch jeder auf dem Revier, warum«, feixte Klaus.

Dollinger überging die Stichelei. »Frau Reismann ist sehr wohlhabend. Immobilien, gut sortierte Aktiendepots und so weiter. Hat drei Ehemänner überlebt. Ich hab Fotos von allen ihren Hochzeiten gesehen. Auf jedem steht die Schussel als Trauzeugin daneben.«

»Die hat sich länger gehalten als jeder Ehemann«, sagte Sissi. »Da siehst du mal.«

»Kein Eintrag im polizeilichen Führungszeugnis«, fuhr Dollinger fort. »Was will die mit so viel Geld in Legau? Damit wär ich längst in der Karibik.«

»Ich find's gut, wenn jemand Neuem gegenüber aufgeschlossen ist. Weiter?«, meinte Sissi.

»Die Schussel ist ein anderes Kapitel.« Dollinger hielt ihr ein Blatt unter die Nase. »Hat a paar Probleme, die mit Penicillin net weggehen. Auch reich geheiratet, ihr Mann, ein Diamantenhändler, ist ein paar Jahre drauf verunglückt. Die hat Geld ohne Ende, aber etliche Vorstrafen wegen Diebstahl. Und des sind bloß die Fälle, in denen sie ihre teuren Anwälte nicht ham rauspauken können. Insgesamt zweiundzwanzig Monate stationärer Aufenthalt in der Psychiatrie in den letzten zwanzig Jahren. Sie hat halt viel unter Verschluss halten können, weil sie Geld hat.«

»Was fehlt ihr denn?« Sissi schnappte sich die Ausdrucke und überflog sie. »Da steht leider nichts.«

»Kann ich net sagen. Auf jeden Fall ist sie seelisch angeschlagen. Außerdem hat sie von Hamburg wegmüssen«, verriet ihr Dollinger. »Ich hab einen alten Zeitungsartikel gefunden, der hätt vom Steinmeier sein können. Strotzt vor Fragezeichen, aber Fakt ist, Frau Schussel war am Schluss in der High Society von Hamburg nimmer gern gesehen, weil sie sogar auf Wohltätigkeitsveranstaltungen geklaut hat wie ein Rabe. Normalerweise kehren die Reichen so was gern unter den Teppich, doch nach dem Artikel hat sie wohl abhauen müssen und sich bestimmt gedacht, das andere Ende von Deutschland wär weit genug weg.«

»Verstehe«, sagte Sissi. »Flucht nach vorn. Wie sieht es mit Brumbach aus?«

»Hab mir im Internet die Bilanzen von seinem Familienunternehmen angeschaut, Sissi. Des ist ganz knapp an der Pleite vorbeigeschrammt. Zwei Kinder, beide um die vierzig. Und eine Exfrau, die einen Gerichtsbeschluss gegen ihn erwirkt hat, angeblich hat er sie öfters quer durchs Haus geprügelt, was nie einwandfrei bewiesen worden ist, weil er wohl nur alleweil dahin gehaut hat, wo man es net sieht. Aber auf jedem Zeitungsfoto umringt von hübschen Damen. Seine Ehefrau war vermutlich net zu beneiden.«

»Es sind oft die Charismatischen.« Sissi seufzte. »Und die Betreuer?«

»Der Christian Engels ist sauber«, erklärte Dollinger. »Keinen Eintrag im Führungszeugnis, keine Punkte beim Kraftfahrt-Bundesamt. Hauptschulabschluss, Führerschein, alles unauffällig. Und er hat auf einem Facebook-Konto seit Ewigkeiten nix mehr gepostet. Die Facebook-Freunde hab ich mir angeschaut, niemand Bekanntes dabei.«

»Trotzdem kommt er als Mörder in Frage«, sagte Sissi. »Mag ja sein, dass er ein netter, harmloser Bursche ist, aber wir haben da ja schon viel erlebt. Apropos – was ist mit der Frau Kunze?«

»Die hat einiges hinter sich.« Dollinger pfiff durch die Zähne. »Seit sechs Monaten geschieden, eine Verurteilung wegen mittelschwerer Körperverletzung. Ist seinerzeit mit dem Bügeleisen auf ihren Ehemann losgegangen, dass er im Krankenhaus behandelt werden musste. Die Kollegen aus Köln rufen mich heut Vormittag noch zurück, weil grad ermittelt wird. Es geht um schweren Betrug. Der Exmann streitet alles ab. Natürlich. Finanziell steht die jedenfalls net gut da. Sie ist auch der Aufforderung zur Abgabe der eidesstattlichen Versicherung net nachgekommen. Sissi, die ist komplett pleite.«

»Da schau an«, entfuhr es Klaus überrascht. »Wer hätte das ahnen können? Sie machte nicht den Eindruck, als würde sie Geld brauchen. Die ist ja immer top angezogen.«

»Und vermutlich genau deshalb blank«, sagte Sissi. »Waren die Kollegen in der Zwischenzeit bei der Tankstelle? Ich habe dir doch das Foto von dem Tankbeleg gesimst.«

»Mist.« Dollinger überlegte schuldbewusst. »Ich schick nachher den Weiß raus.«

»Sie braucht Geld«, überlegte Klaus. »Ziemlich dringend sogar. Da liegt ein vermögender Mann natürlich nahe.«

»Schönes Wortspiel, Klaus.« Sissi schmunzelte.

»Wäre gut möglich, dass sie ihm die Tabletten heimlich verabreichte, damit er sie abends in Ruhe lässt«, spekulierte Klaus. »Sie konnte ja nicht ahnen, dass er zusätzlich Potenzpillen schluckte und sich volllaufen ließ. Dann hätte sie ihn unabsichtlich umgebracht. Überleg doch mal, wie die geheult hat, als wir am Tatort waren. Sie hat alle ihre Felle davonschwimmen sehen.«

»Und noch ein Wortspiel«, ermahnte ihn Sissi. »Nur kein gutes. Machen wir uns auf die Socken. Klaus, du musst fahren.« Sie zeigte auf ihren verbundenen Fuß.

Das Telefon auf Dollingers Schreibtisch klingelte. »Dollinger. Wie bitte? Also da bin ich net zuständig. Die Frau Sommer ist gerade hier, vielleicht kann die Ihnen helfen.« Mit einem breiten Grinsen überreichte er Sissi den Hörer.

»Anita? Guten Morgen. Hast du dich schon von deiner Nacht in der Einschüchterungszelle erholt?«, erkundigte die sich süffisant. Dollinger und Klaus lauschten amüsiert. »Wie bitte? Warum sollten wir das tun? Hm, mal schauen. Ich bin was? Wenn du meinst. Kompliment zurück. Wir sehen uns gleich, ich weiß ja, wo ich dich finde. In einer unserer Zellen im Keller auf der Streckbank.« Sie legte auf.

»Und?«, wollte Klaus wissen.

»Unsere Anita ist in Nöten«, verriet sie. »Anscheinend kam sie heute erst sehr spät nach Hause, was ihr eine Menge Ärger einbrachte. Wie es ihre Art ist, hat sie sich eine von vorn bis hinten erlogene Geschichte zusammengesponnen, die ihr natürlich keiner abkauft. Muss etwas mit ihrem geheimnisvollen Fahrgast von gestern zu tun haben.«

»Und was wollte sie von dir?«, fragte Klaus ungeduldig. »Raus damit, ich platze vor Neugierde.«

»Na, ich sollte für sie lügen.« Sissi lachte. »Lass uns abhauen.« Ächzend humpelte sie aus dem Büro. Klaus folgte ihr.

»Können wir bitte kurz halten?«, bettelte er, als sie in Legau die Hauptstraße entlangfuhren. »Ich möchte mir was zu essen bei der Bäckerei holen. Wenigstens ein Croissant.«

»Meinetwegen«, seufzte Sissi. »Du gibst vorher ohnehin keine Ruhe.«

Klaus parkte vor dem katholischen Pfarramt und öffnete Sissi die Autotür. »Kommst du mit? Wir werden alle Kalorien brauchen, die wir kriegen können.«

»Mürbegebäck schadet nie. Zu Hause ist sowieso alles voller Staub.« Sie quälte sich aus dem Wagen.

In einer mit Bistrotischen bestückten Ecke der Bäckerei erwartete sie eine Überraschung: Frauke saß dort und brütete über einem Becher Tee. Ihre Augen lagen tief in den Höhlen, und ihre Hände zitterten.

»Frau Schussel«, erschrak Sissi. »Wir haben erfahren, dass Sie das Krankenhaus verlassen haben. Halten Sie das für eine kluge Idee? Sie sehen nicht gut aus.«

Frauke zuckte zusammen, als sie die beiden erkannte. »Ich

bin in Ordnung«, murmelte sie. »Lassen Sie mich bitte in Frieden.«

»Tut mir leid«, bedauerte Sissi. »Das ist nicht möglich. Schon gar nicht mehr nach der Geschichte von gestern Nachmittag.«

Frauke erhob sich wackelig und musste sich am Tisch abstützen. »Gestern? Ich hatte einen Streit mit Reni und dummerweise beschlossen, mich am helllichten Tag zu betrinken.«

»Bitte, kommen Sie mit nach draußen.« Sissi schob die kleine Frau mit sanftem Nachdruck durch den Ausgang. »Sie waren ernsthaft in Gefahr, und das haben Ihnen mit Sicherheit auch die Ärzte erklärt«, informierte sie Frauke dann in ernstem Ton, als sie auf dem Bürgersteig standen. »Der Likör, den Sie zu sich genommen haben, war mit Beruhigungsmitteln versetzt. Woher hatten Sie den?«

»Geschenkt bekommen.« Frauke kniff trotzig die Augen zusammen.

»So wie die Geschenke im Koffer unter Ihrem Bett? Sie haben den Likör aus dem Zimmer von Herrn Heiler entwendet, richtig?«, sagte Sissi.

Schuldbewusst senkte Frauke den Kopf. »Woher hätte ich wissen sollen, dass da etwas drin ist? Ich hatte es doch nur in die eine Flasche auf dem Tisch gegeben, als Dieter in der Küche und Reni auf der Toilette war. Er sollte müde werden. Mehr nicht.«

»Na prima«, meldete sich Klaus zu Wort, der gerade sein Croissant aß und dabei sein weißes Hemd vollbröselte. »Das ändert natürlich alles. Kann ja mal vorkommen.«

»Ich wollte nicht, dass jemand stirbt.« Frauke war kaum zu verstehen. »Nur verhindern, dass …«

»Was verhindern?«, rief Sissi ungeduldig. »Bitte reden Sie doch endlich.«

»Können Sie mich mitnehmen auf den Moserhof?«, wich Frauke aus. »Ich traue mich nicht, Reni allein unter die Augen zu treten. Und ich fühle mich nicht gut.«

»In Ordnung«, gab Sissi resigniert nach. Sie bugsierten die

wackelige Frauke unbeholfen auf den Beifahrersitz und machten sich auf den Weg. Als sie die Hauptstraße entlangfuhren, um links in Richtung Altusried abzubiegen, bekamen sie nicht mit, dass Christian soeben aus der Sparkasse kam und zögernd vor dem Eingang mit gesenktem Kopf stehen blieb. In der Hand hielt er ein paar Formulare. Er sah unglücklich aus. So richtig unglücklich.

Montagvormittag, Legau

Pfarrer Sommer schreckte hoch, als die schwere Holztür am Haupteingang sich öffnete und das Klackern von Absätzen ertönte, das abrupt stoppte und in der kühlen Stille des Kirchenschiffs verhallte. Er war gerade dabei gewesen, im hinteren Teil der Lehenbühlkirche auf allen vieren Bonbonpapier und sonstigen Abfall aufzusammeln, denn seine Schäfchen waren manchmal rechte Sauigel und ließen ihre Hinterlassenschaften gelegentlich auf dem Boden seines über alles geliebten Gotteshauses zurück.

»Fehlen nur noch Popcorntüten und leere Colabecher«, grollte Sommer, ein behäbiger Herr Anfang sechzig mit freundlich funkelnden Augen und einem gütigen Gesicht. Hinter seinem Rücken wurde er gelegentlich boshaft »Don Promillo« genannt, weil er gern mal im »Mohren« eine Halbe oder ein Viertele Rotwein zu viel zwitscherte und auch einer guten Zigarre nicht abgeneigt war, denn für Askese hatte Hochwürden nicht viel übrig, dafür kochte seine Haushälterin zu gut. Als er aufstand, ächzte er, denn soeben hatte sich sein rechtes Knie mit einem bedenklichen Knacken gemeldet.

»Wenigstens ist es hier nicht so warm wie draußen«, flüsterte er und versenkte einen zerknitterten Einkaufszettel, der wohl jemandem aus der Jackentasche gerutscht war, in den Tiefen seiner Soutane. Dann richtete er sich vorsichtig auf, um kein Geräusch zu verursachen, und spähte interessiert zum Eingang. Es verirrte sich leider viel zu selten jemand in dieses Kleinod barocker Baukunst, das ihm so am Herzen lag.

Eine dünne, ältere Frau war eingetreten und musterte verwirrt das steinerne Weihwasserbecken rechts neben der Tür. Dann tunkte sie zögernd beide Hände hinein und wusch sich gründlich die Finger, um sich anschließend fragend umzusehen. Irritiert betastete sie unterhalb des Beckens die Mauer, fand anscheinend nicht, was sie suchte, und wischte sich dann die nassen Hände an ihrem Kleid ab.

Sommer hielt den Atem an und verharrte mucksmäuschenstill hinter einer Säule. Diese Dame hatte er schon mehrere Male auf dem Bänkchen am Marienplatz sitzen sehen, zusammen mit drei anderen Herrschaften ihres Alters, wo sie sich über die Kirchgänger lustig gemacht hatten. Ihr Besuch bedeutete mit Sicherheit nichts Gutes.

»Wenn diese Vandalin auch nur einem Heiligen ein geschnitztes Haar krümmt, dann vergesse ich mich, lieber Gott, nur damit du es weißt«, wisperte er und schielte schuldbewusst auf den prunkvollen Altar, denn als katholischer Geistlicher mit lückenloser Erwerbsbiografie und abgeschlossenem Theologiestudium waren solch finstere Gedanken seiner unwürdig. Doch Sommer konnte alles ertragen, nur keine Blasphemie, da war er Erna Dobler recht ähnlich.

Die hochgewachsene Frau lief langsam zwischen den hölzernen Bänken nach vorn und verharrte dann eine Weile am Absperrband vor dem Hauptaltar, an dem ein Schild auf die Videoüberwachung hinwies. Versonnen blieb sie eine Weile stehen und steuerte dann nach links auf eine Nische zu, wo auf einer kleinen metallenen Plattform mehrere flackernde Kerzen brannten, die Gläubige in der Hoffnung auf Hilfe von ganz weit oben entzündet hatten. Vorsichtig entnahm sie dem unteren Fach eine ungebrauchte Kerze und drehte sie unschlüssig in den Händen. Dann griff sie sich eine ganze Handvoll davon und hielt sie nach und nach an die brennenden Flammen, um sie anschließend auf die dafür vorgesehenen Metalldornen zu stecken.

»Lieber Gott, die hat gar kein Geld eingeworfen, dabei kosten die Kerzen nur fünfzig Cent«, beschwerte sich Sommer grimmig bei seinem Chef. »Sie wohnt auf dem Moserhof und könnte sich das leisten.«

Die Frau hatte offensichtlich nicht bemerkt, dass sie nicht allein in der Kirche war. Mit hängenden Schultern schlurfte sie zu der vordersten Bank und setzte sich so vorsichtig, als wären ihre Knochen aus Glas. Ihre Schultern sackten nach vorn, sie senkte den Kopf und fing an zu schluchzen, dass es sie nur so schüttelte.

Sommer rang einen Moment mit sich. Dies war zweifelsohne ein Notfall und er über die Vorgänge auf dem Moserhof gut informiert, immerhin hatte er Erna Dobler gestern getroffen, für die es genauso unmöglich war, ein Geheimnis für sich zu behalten, wie einen Rülpser zu unterdrücken oder ein gutes Gerücht zu ignorieren.

»Was nun, Herr?« Wie immer bekam er aber keine Antwort, denn der liebe Gott hatte massenhaft zu tun. Das Weinen wurde lauter und heftiger. Sommer beobachtete den grün bekleideten zitternden Rücken, und Mitleid stieg in ihm hoch. Also löste er sich aus seinem Versteck hinter der Säule und tappte entschlossen nach vorn, während er überlegte, wie er ein Gespräch beginnen sollte.

Weitere Überlegungen wurden ihm erspart, denn die Frau hatte seine Schritte gehört. Misstrauisch blickte sie ihm entgegen. »Grüß Gott«, beeilte sich Sommer zu sagen. »Ich bin Pfarrer Sommer. Mir gehört diese Kirche.« Selbstverständlich sprach er den zweiten Satz nicht aus, weil der seiner Meinung nach im ersten enthalten war. »Geht es Ihnen nicht gut?«

»Es dürfte unschwer zu erkennen sein, dass ich wunschlos glücklich bin.« Die Frau hatte sich blitzschnell gefangen. »Habe ich den Kartenabreißer am Eingang übersehen, oder bekomme ich einen Stempel?« Auffordernd streckte sie ihm ihre Hand entgegen.

Sommer ging nicht auf ihren Tonfall ein. Ohne auf ihre Erlaubnis zu warten, ließ er sich neben sie auf die Bank fallen. »Kann ich Ihnen vielleicht helfen?«

»Ja, sicher können Sie das.« Renate verzog ihr Gesicht zu einer grimmigen Grimasse. »Bringen Sie mein Leben wieder in Ordnung. Erwecken Sie einen Toten. Und wenn Sie schon dabei sind, ich wäre gern dreißig Jahre jünger, ach, machen wir vierzig draus. Sprechen Sie darüber bitte mit Ihrem Chef, denn diese Kerzen scheinen nicht zu wirken.«

»Wo wir grad dabei sind«, wand sich Sommer verlegen. »Also normalerweise sind die nicht gratis, gnädige Frau. Die katholische Kirche …«

»… ist der größte Grundbesitzer auf diesem Planeten«, fiel ihm Renate barsch ins Wort. »Und kann sich schon ein paar dieser Wachsstängel für verzweifelte Kunden leisten. Mein verstorbener Mann hat eine Menge Kirchensteuern bezahlt, und ich habe Ihren Service bis heute nie in Anspruch genommen. Mir ist das Bodenpersonal nicht kompetent genug. Sie können ruhig weiterbeten und bereuen oder was immer Sie vorhaben. Ich benötige keinen Animateur.«

Sommer wusste nicht mehr weiter. »Ich wollte Sie nicht stören«, entschuldigte er sich, aus der Fassung gebracht. »Aber ich dachte, Sie sind traurig oder möchten beichten. Sind Sie denn überhaupt katholisch?«

»Ich bin überzeugte Atheistin«, erklärte ihm Renate brüsk. »Und beichten? Grundgütiger, Sie glauben tatsächlich an all das?« Sommer war mit seinem Latein am Ende und schwieg beleidigt. »Kucken Sie doch nicht so, also gut, versuchen wir es.« Renate war nicht anzusehen, dass sie soeben noch Rotz und Wasser geheult hatte, sogar die Tränenspur auf ihrer Wange schien bereits getrocknet. »Erklären Sie mir, wie das läuft mit dem Verzeihen. Das praktizieren Sie doch hier, oder? Ich glaube, da was gelesen zu haben.«

»Sie meinen das heilige Sakrament der Beichte?«, vergewisserte sich Sommer. »Leider kann ich Ihnen die nicht abnehmen, weil Sie unserer Konfession nicht angehören.«

»Das meinte ich nicht. Erklären Sie mir nur, wie ihr Katholiken das macht, weil man angeblich aus euren monströsen Sakralbauten herauskommt und es einem besser geht. Ich sitze hier gefühlt schon eine Ewigkeit und spüre gar nichts.«

»Oh Herr, warum hast du mich verlassen«, murmelte Sommer.

»Bei mir war der noch nie.« Renate erhob sich abrupt. »Sagen Sie ihm, er könnte sich ruhig demnächst hier sehen lassen, auf dieser Welt besteht deutlicher Renovierungsstau. Aber ich weiß, Sie meinen es gut. Nur bringt mich Jammern nicht weiter.« Verbittert sah sie auf ihn hinab.

»Bitte warten Sie«, bat Sommer. »Sie sehen sehr angeschlagen aus. Sind Sie sicher, dass ich Ihnen nicht helfen kann? Auch Ihnen gegenüber bin ich zur Verschwiegenheit verpflichtet. Sie können mir alles anvertrauen.«

»Vertrauen.« Renate setzte sich wieder. »Das muss man sich erarbeiten. Haben Sie schon mal etwas getan, das Sie für eine gute Idee hielten und das sich dann als abgrundtief falsch erwiesen hat?«

»Ich kann mir nicht vorstellen, dass Sie etwas Böses zu tun imstande wären«, sagte Sommer vorsichtig. »Bis auf die Pöbelei zusammen mit Ihren Freunden vor meiner Kirche.«

»Ach«, seufzte Renate. »Was waren wir da fröhlich an diesem Sonntag. Ich erinnere mich genau. Übrigens haben wir uns damals hereingeschlichen und Ihnen ein wenig zugehört.«

»Geschlichen würde ich das nicht nennen«, verbesserte sie Sommer. »Sie haben ja sogar Ihr Bier mitgebracht.«

»War ganz interessant«, fuhr Renate fort, ohne seinen Einwand zur Kenntnis zu nehmen. »Schreibt eigentlich Saddam Hussein Ihre Predigten? Mit Hölle und Verdammnis kennen Sie sich aus, Ehrwürden.«

»Was haben Sie denn versucht, Gutes zu tun?«, versuchte Sommer eingeschnappt abzulenken.

»Ich war sehr verblendet und habe aus diesem Grund eine schlimme Dummheit begangen«, verriet ihm Renate ominös. »Das wahrhaft Teuflische an der Sache ist aber, dass es im Unheil endete, was ich aus Zuneigung getan habe. Zählt das – rein metaphysisch, wenn man eigentlich keinen Schaden anrichten will? Was sagen Sie als Fachmann? Nicht dass ich mich vor irgendwelchen Geistwesen fürchten würde«, sie zeigte mit einem knochigen Zeigefinger auf eine Heiligenfigur, »aber leider bemerke ich, dass ich tatsächlich so etwas wie ein Gewissen zu entwickeln scheine. Liegt vermutlich an der mit Frömmigkeit durchdrungenen Luft in diesem Kaff. Eigentlich könnte ich nämlich gut mit dem leben, was ich tat, denn ich denke, eine Liebe ist der anderen wert, darum formulieren wir es einmal anders: Glauben Sie, dass man versehentlich jemanden töten kann? Sagen wir, bei einer Rangelei. Oder beim Cocktailmixen? Ich vermute, damit knackt man sicher bei Ihrem Verein den Jackpot, oder?«

»Herr im Himmel!« Sommer zuckte erschreckt zusammen. Ihm war eine Geschichte vor ein paar Jahren in den Sinn gekommen, als er die schaurigste Beichte seines Lebens jemandem abnehmen musste, den er bis zu diesem Zeitpunkt für den besten Menschen unter der Sonne gehalten hatte. »Darauf habe ich keine Antwort«, gab er zu. »Sie dürfen trotzdem über alles mit mir sprechen und sich auf meine Diskretion verlassen. Manchmal tut es gut, sich jemandem anzuvertrauen.«

»Diesen Fehler mache ich garantiert niemals mehr«, winkte Renate spöttisch ab. »Ich weiß nicht einmal, wie genau ich hier gelandet bin. Vorhin wollte ich nur einen kleinen Spaziergang machen, und plötzlich stand mir dieses klotzige Gebäude im Weg, darum dachte ich, es kann ja nicht schaden. Mit Ihnen habe ich nicht gerechnet. Ich wollte nur allein sein.«

»Fühlen Sie sich einsam?«, erkundigte sich Sommer zaghaft. »War der verstorbene Mann vielleicht jemand, den Sie mochten?«

»Jein.« Renate schloss kurz die Augen. »Was würden Sie sagen, wenn ich Ihnen gestehe, dass ich seinen Tod zu verantworten habe?« Sommer starrte sie mit offenem Mund an. »Ich sehe schon, wie es in Ihrem klerikalen Gehirn arbeitet. Das habe ich mir gedacht. Auf existenzielle Fragen haben auch Sie keine Antwort.«

Renate fasste in ihre voluminöse Tasche und holte das Portemonnaie heraus, dem sie einen Zwanzig-Euro-Schein entnahm und dem verblüfften Pfarrer in die Hand drückte. »Hier, guter

Mann. An dem Waschbecken vorn fehlen Handtücher. Besorgen Sie welche, auch Sie müssen doch bestimmt irgendwelche hygienischen Mindeststandards einhalten. Ich werde mir meine Antwort woanders holen müssen. Am besten bei einem guten Anwalt. Irgendwo in Norddeutschland.« Sie stand auf und ging hocherhobenen Hauptes zur Tür.

»Herr, du hast einen großen Tiergarten, in dem sich mannigfaltige Arten tummeln«, flüsterte Sommer, als das große Portal sich hinter Renate schloss. »Was hat sie denn nur damit gemeint? Muss ich das Sissi erzählen?«

Er hatte kaum das letzte Wort ausgesprochen, als von draußen erregte Stimmen ins Kircheninnere drangen. Gleich darauf öffnete sich die schwere Eichentür, und herein stürmte eine entrüstete Renate, gefolgt von Dieter, der an der Schwelle kurz zögerte, als wäre er gegen eine Wand gelaufen, und dann stehen blieb.

»Jetzt können Sie etwas tun für Ihr Geld.« Aufgebracht deutete Renate auf Dieter, der etwas verunsichert im Türrahmen wartete, ehe er den ersten zaghaften Schritt ins Innere der Kirche tat. »Bitte entfernen Sie dieses Subjekt oder erteilen Sie ihm Hausverbot. Er hat vollendet, was ich am Samstag dummerweise angefangen habe.«

Sommer schauderte und warf hastig einen fragenden Blick über die Schulter zum Hauptaltar. Er bekam natürlich keine Antwort. Das musste er wohl allein regeln.

Montagvormittag, Legau

»Ich würde zu gern wissen, warum sie so gegrinst hat.« Sissi beobachtete im Rückspiegel Erna Dobler, die ihnen soeben auf ihrem neuen Fahrrad entgegengekommen war und deren dürre Silhouette am Horizont allmählich kleiner wurde. Der sich im Fahrtwind ballende taubenblaue Mantel verlieh ihr die Umrisse eines apokalyptischen Reiters.

»Ich persönlich bin zufrieden, dass sie in eine andere Richtung fährt als ich«, antwortete Klaus.

»Die brütet doch garantiert wieder irgendetwas aus«, grübelte Sissi. »Geht es Ihnen gut?« Diese Frage war an Frauke gerichtet, die auf dem Rücksitz immer mehr in sich zusammenfiel und nicht reagierte.

»Sie schläft bestimmt nur.« Klaus drehte sich kurz zu der älteren Dame um. »Im Klinikum wäre sie besser aufgehoben.« Mit elegantem Schwung parkte er auf der gepflasterten Einfahrt des Moserhofs, stieg aus und öffnete die Autotür.

Erschreckt fuhr Frauke auf dem Rücksitz hoch. »Ich will da, glaube ich, doch nicht rein«, sträubte sie sich. »Reni wird garantiert noch böse auf mich sein. Das ertrage ich nicht.«

»Wir beide sollten uns unterhalten über das, was gestern passiert ist. Und eine ausführliche Aussage hätten wir auch gern«, verlangte Sissi unnachgiebig. »Immerhin haben Sie uns im Krankenhaus gebeten, Ihnen nichts zu tun, weil Sie ›ihn‹ nicht umbringen wollten, und vorhin zugegeben, dass Sie Herrn Heiler Beruhigungsmittel in den Likör geschüttet haben. Woher hatten Sie die?«

»Da musst du noch fragen?«, meldete sich Klaus. Sissi brachte ihn mit einem warnenden Zwinkern zum Schweigen.

»Sie können mir heute alles Mögliche erzählen.« Ächzend arbeitete sich Frauke aus dem Wagen und klammerte sich dann haltsuchend am Türgriff fest. »Ich erinnere mich nämlich an nichts mehr. Und vorhin habe ich gar nichts zugegeben. Das bilden Sie sich nur ein.«

»Diese Kopfschmerzen …« Sissi verzog das Gesicht und biss die Zähne zusammen.

Klaus klopfte ihr tröstend auf die Schulter. »Wir haben gestern einiges von dem Streit zwischen Ihnen und Frau Reismann mitgehört«, versuchte er es nun bei Frauke, die ihn trotzig ansah. »Wissen Sie davon wenigstens noch etwas?«

»Nichts. Ich habe Gedächtnislücken und muss mich dringend hinlegen.« Frauke ignorierte ihn und wankte zum Eingang. »Lassen Sie mich doch bitte in Ruhe.«

»Wir werden den Arzt informieren, Frau Schussel.« Klaus beobachtete besorgt, wie die wackelige Gestalt durch den Flur ging und dann um eine Ecke verschwand. »Sissi, ich finde es mehr als leichtsinnig von ihr, einfach aus dem Krankenhaus zu verschwinden. Und ich habe den Verdacht, dass sie lügt.«

»Sie hat sich selbst belastet, du hast es auch gehört.« Sissi rieb sich die Schläfe. »Das ist nicht mehr rückgängig zu machen. Mein Schädelweh hoffentlich schon. Lass uns reingehen.«

»Genau. Unterhalten wir uns mit der schönen Nicole über ihre finanziellen Probleme. Klingt eigentlich logisch, dass jemand in solch einer verzweifelten Situation sich einen reichen älteren Mann angelt, oder?«

»Aber warum sollte sie ihn töten? Sie will ja sein Geld«, wandte Sissi ein. »Es sei denn, sie hat die Sicherheit, alles zu erben.« Gedankenverloren betrachtete sie ein Auto auf dem Parkplatz. »Das kenne ich nicht, hat da jemand Besuch?«

In der Küche trafen sie auf Anita, die hektisch von Hand einige Tupperschüsseln spülte. Ein älterer Herr um die sechzig in einem grünen Trachtenanzug saß am Tisch. Trotz der Wärme schien er nicht zu schwitzen und ließ kein Auge von der heute etwas wortkargen Haushaltshilfe. Er trug einen dunkelgrünen Hut und musterte die Eintretenden interessiert. Als er Sissi sah, lächelte er breit. Sie lächelte zurück.

Anita nickte nur wortlos. »Hast ein unverschämtes Glück,

gnädige Frau. Schau, wer da hockt. Er ist grad erst gekommen, gell? Und er will zum Norbert, stell dir vor. Erzählst ihm am besten, dass er da einen weiten Weg vor sich hat. Wollt ihm grad sagen, was los ist, aber ist ja net meine Arbeit.« Sie wandte ihnen wieder den Rücken zu und trocknete die Plastikschüsseln hastig ab. »Du tust ja auch nix für mich. Oder verhaftest des verlogene Biest? Die hockt in ihrem Zimmer und simuliert einen Nervenzusammenbruch.«

»Guten Tag.« Sissi ignorierte den Vorwurf einfach und reichte dem Mann die Hand. »Mit wem haben wir das Vergnügen?«

»Weinert heiß ich.« Der Mann nahm seinen Hut ab und legte ihn vor sich auf den Tisch. Er war braun gebrannt und machte einen sehr vitalen Eindruck. »Ich komm aus Grönenbach. Sie zwei wohnen doch net etwa hier, oder? Kann man ja heutzutag nimmer genau sagen, mit dem ganzen Botox und so.«

»Sommer und Vollmer vom Kriminaldauerdienst in Memmingen«, stellte Klaus sich und seine Kollegin amüsiert vor. »Sie suchen Herrn Heiler?«

Er wirkte verunsichert. »Ja. Der schlaft wahrscheinlich noch. Aber ich hätt schon a bissle gewartet, mir war's net langweilig.« Mit einem Auge schielte er zur Spüle, wo Anita kokett kicherte.

»Anita, du saugst doch so gern unter Betten. Jetzt wäre der richtige Zeitpunkt dafür«, schlug Sissi verschmitzt vor.

»Ist momentan schlecht, ich wart noch.« Anita warf einen scheelen Blick in Richtung Flur, wo Nicoles Zimmer lag.

»Wo sind denn die anderen?« Sissi schaute sich neugierig um.

»Der Brumbach ist wahrscheinlich beim Golf«, gab Anita mürrisch Auskunft. »Die kleine Schlampe hockt in ihrem Zimmer. Und die Reismann ist zu Fuß weg.«

»Oh, das riecht gut.« Klaus schnupperte begeistert. »Was gibt's denn heute?«

»Schnecken mit Schwänz.« Anita warf ihre Gummihandschuhe auf die Arbeitsfläche und drehte sich um. »Bin net eure Bedienung. Ihr habts mich hängen lassen.«

»Da hast du dich selbst reingeritten«, erklärte ihr Sissi gelassen. »Nur für den Fall, dass du es nicht verstanden hast – verschwinde, meine Liebe. Bis wir dich rufen.«

»Passen S' auf mit allem, was Sie sagen«, rief Anita dem verblüfften Weinert zu. »Die drehen Ihnen das Wort im Mund um!« Dann stöckelte sie stinksauer durch die Hintertür in den Garten, wo man sie noch eine Weile zetern hörte.

»Kannten Sie denn Herrn Heiler?«, begann Klaus.

»Ja. Ist er da?«, fragte Weinert. »Mir sind uns am Freitag nämlich einig worden. Wieso ›kannten‹?«

»Er ist leider verstorben«, eröffnete ihm Sissi mit ernstem Gesicht.

»Der ist tot?« Weinert fiel vor Überraschung beinahe die Kinnlade herunter. »Ja, so ein Mist.«

»Herr Weinert, es besteht der Verdacht auf ein Tötungsdelikt«, informierte ihn Klaus. »Und Sie behaupten, am Freitag haben Sie ihn getroffen?«

»Da wird's einem ganz anders.« Weinert war es wohl doch warm geworden, denn er fächelte sich mit seinem Hut Kühlung zu. »Ich hab den Norbert gekannt seit über vierzig Jahr. Immer fidel ist der gewesen, Sie glauben gar net, wie.« Er grinste. »Alleweil a hübsche Frau am Arm.«

»Ja, er hat gern gelebt«, pflichtete Sissi ihm bei. »Worum ging es bei diesem Treffen?«

»Ich hab ihm eine Wohnung vermietet«, klärte Weinert sie auf. »Und heut Vormittag wollt er nach Grönenbach kommen, den Vertrag unterschreiben und die Kaution mitbringen, in bar.«

»Ist ja ein Ding«, staunte Klaus.

»War alles fix bis auf die Unterschrift und des Geld«, bestätigte Weinert. »Der war begeistert und hat die Wohnung sofort genommen. Dem Weibsbild hat sie auch gefallen.« Das klang neidisch.

»Weibsbild?«, wiederholte Sissi alarmiert.

»Ein richtiger Blattschuss«, schwärmte Weinert. »Ich hab

mich gefragt, wie ist der an so ein scharfes Gerät rangekommen. Der Norbert war ja immer für eine Überraschung gut.«

»Können Sie die Dame beschreiben?«, bat Klaus.

»Nix leichter als des.« Weinert schnalzte mit der Zunge. »Blond, lange Haar, C-Körbchen, kurzes rotes Kleid, schwarze Schuh, höchstens fünfundfünfzig Kilo.«

»Normalerweise bekommen wir keine solch detaillierten Beschreibungen«, staunte Klaus.

»Ich hab lang in der Textilbranche geschafft, im Einkauf. Da kriegt man ein Auge.«

»Wie alt war sie ungefähr?«, fragte Sissi.

»Schlecht zum Schätzen.« Weinert überlegte. »Mitte dreißig vielleicht. Der hat's saumäßig pressiert. Hat ein paarmal drauf gedrängt, sie müssten dringend los. Die war genauso hin und weg wie der Norbert. Ja mei, Penthouse, offener Kamin, Echtholzparkett, hundertzwanzig Quadratmeter.«

»Hat sie ihren Namen genannt?«, wollte Klaus wissen.

»Der Norbert hat ihn erwähnt.« Weinert kratzte sich am Kopf. »Aber ich hab's vergessen. Den Mietvertrag wollt ich sowieso mit ihm machen. Von dem brauch ich keine Bonitätsauskunft. Weiß jeder, dass der seine Schäfle im Trockenen hat. War's ein Herzschlag? Der kommt meistens wie ein Raubüberfall.«

»Leider nicht«, verriet ihm Klaus. »Darum sind wir hier.«

»Hat ihn etwa die Blonde abgemurkst?«, erkundigte sich Weinert. »Die ist in der Wohnung rumgehupft wie a Springmaus. Dann hat sie wieder gemault, dass sie endlich fahren sollten. Aber der Norbert hat gemeint, des tät nächste Woch reichen. Und weil die Blonde so bös geschaut hat, ist der Norbert mit ihr ins Bad. Zu mir hat er gesagt, sie müssen kurz was besprechen, und als sie rausgekommen sind, hat sie gar nix mehr geschwätzt und sich net amal von mir verabschiedet.«

»Na dann.« Sissi erhob sich. »Herr Weinert, wir müssen …«

»Warten S'!« Weinert schlug sich mit der flachen Hand an den Kopf. »Die sind, äh, waren verlobt, die zwei. Hätt ich beinah vergessen.«

»Ver… was?«, fragte Klaus entgeistert. »Sie scherzen.«

»So was schubst man net von der Bettkante, net freiwillig«, erklärte ihm Weinert. »Täten Sie auch net. Ja, Norbert, des war ein Hundling. Wie ist er abgemurkst worden?«

»Man hat ihn im Pool gefunden. Ertrunken. Nackt.«

»In Stiefeln gestorben.« Weinert nickte anerkennend. »Respekt.«

»Warum haben Sie den Mietvertrag nicht am Tag der Besichtigung gemacht?«, überging Sissi diese Eloge taktvoll.

»Wollt ich daheim erst ausdrucken«, antwortete Weinert. »Konnt ja net damit rechnen, dass der zwei Tag später nimmer unterschreiben kann. Die Kaution wollt er auch mitbringen. Zwei Kaltmieten, viertausend Euro. In bar.«

»Zwei Kaltmieten?«, erschrak Klaus.

»Voll möbliert, barrierefrei, Einbauküche, Lift bis zur Wohnungstür, eingebauter Whirlpool. Die Wohnung hab ich bis Ende der Woche wieder los. Jedenfalls hock ich heut und wart, aber keiner kommt. Weil der Norbert wollt net, dass mir den hier abwickeln, auf dem Moserhof. Hat behauptet, dass von den anderen Gästen keiner mitkriegen darf, dass er auszieht. Bin trotzdem gekommen. Beim Geld hört jede Freundschaft auf.«

»Also war es ihm ernst damit«, resümierte Klaus.

»Ich sag's Ihnen noch amal. Sie ham des Weibsbild net gesehen, des ihm am Arm gehangen ist. Außerdem war der Norbert fit, was sollt der hier?« Weinert sah sich in der Küche um. »Obwohl des Mädel net so ausgeschaut hat, als ob ihn die aufs Klo führt, kocht oder ihm später den Hintern putzt.«

»Fällt Ihnen außerdem irgendwas ein?«, wollte Sissi wissen.

»Bloß, dass ich den Eindruck gehabt hab, der Norbert wollt ums Verrecken net zum Notar. Mir ist es eher vorkommen, als wär ihm des Ganze nimmer so recht gewesen. War's des dann?«

»Vorläufig«, bejahte Klaus. »Sie haben uns sehr geholfen.«

In diesem Moment öffnete sich die Tür, und Nicole betrat

den Raum. Sie sah noch verheulter aus als am Tag zuvor. Als sie Weinert erkannte, zuckte sie zusammen.

»Ja, da schau her.« Überrascht wollte der sich erheben, um sie zu begrüßen, denn er war ein Kavalier alter Schule. »Hätt net gedacht, dass ich Sie hier treff.«

»Entschuldigung.« Nicole drehte sich um und wollte flüchten, aber Sissi war blitzschnell aufgesprungen und bekam sie am Arm zu fassen. »Nicht so hastig bitte«, befahl sie resolut. »Wie Sie sich denken können, haben wir ein paar Fragen.«

»Nicht hier.« Nicole war leichenblass geworden. »Können wir in mein Zimmer gehen?«

»Klaus, kümmerst du dich um Herrn Weinert?«, bat Sissi. »Und bitte sieh nach Frau Schussel. Dr. Butz kommt bestimmt bald.«

»Wir brauchen Ihre Aussage noch schriftlich«, hörte man Klaus sagen, während Sissi und Nicole die Küche verließen.

»Was ist denn hier passiert?« Fragend schaute Sissi sich in Nicoles Zimmer um. Auf dem Boden lag ein umgestürzter Stuhl, und die während der Rangelei vorhin auf den Boden gekullerten Plüschfiguren starrten Sissi mit ihren ausdruckslosen Knopfaugen an.

»Anita.« Nicole ließ sich auf die Couch fallen. »Sie hat mich bestohlen.«

»Was gestohlen?« Sissi bückte sich nach ein paar Plüschtieren, um sie aufzuheben, und drapierte sie vorsichtig wieder auf dem Sofa. Bei einem großen Teddy, der ein weißes T-Shirt mit der Aufschrift »Du bist toll« trug, stutzte sie kurz und betastete ihn unauffällig. Dann platzierte sie ihn sachte bei den anderen.

»Gestohlen? Ach, lassen wir es.« Nicole schloss die Augen. »Sie haben also das mit der Wohnung erfahren?«

Sissi nickte. »Da war also doch mehr zwischen Ihnen und Herrn Heiler als väterliche Zuneigung?«

»Wir hatten keinen Sex, falls Sie das meinen. Aber wir mochten uns sehr.«

»Wäre es möglich, dass bei Ihrer Zuneigung die finanziellen Verhältnisse von Herrn Heiler eine Rolle spielten? Und warum verkriecht sich jemand wie Sie im hintersten Winkel des Allgäus? Ich habe Sie das schon einmal gefragt.«

»Ich wollte nur so weit wie möglich von meinem jähzornigen Exmann weg, das wissen Sie ja bereits. Er hat Schulden gemacht und dann alles auf mich geschoben, weil ich mich nicht wehren konnte. Norbert hat als Einziger verstanden, dass ich hereingelegt worden bin.«

»Sie haben also mit den Kreditbetrügereien nichts zu tun?«

»Nein.« Nicole verschränkte die Arme vor der Brust. »Sie glauben mir ohnehin nicht. Norbert schon.«

»Verlobt mit Herrn Heiler waren Sie auch?«

»Ja. Wir hatten nur noch keinen Ring. Den sollte ich demnächst bekommen. Doch er verlangte eine …«

»Gegenleistung?«, ergänzte Sissi.

»In den letzten Tagen wurde er oft zudringlich, so richtig schlimm.« Nicole begann zu weinen. »Er hat behauptet, ich würde ihn hinhalten, um ihn auszunützen. Ich dachte bis dahin immer, er wäre ein Gentleman.«

»Was wollten Sie beim Notar?« Sissi ließ die schöne Frau nicht aus den Augen. Irgendetwas an ihr wirkte unecht, trotz der traurigen Miene und der echten Tränen.

»Norbert wollte seine Angelegenheiten regeln. Mittels eines Testaments.«

»Das liegt in der Kanzlei vor?«, erkundigte sich Sissi.

Nicole schüttelte den Kopf. »Er hat es handschriftlich verfasst und wollte es beglaubigen lassen.«

»Und Sie waren als Erbin eingesetzt? War es unterschrieben?«

»Weiß ich nicht, ob ich im Testament stehe«, beteuerte Nicole. »Weil ich es nicht kenne. Ich vermute schon, dass er mich absichern wollte. Immerhin hatten wir vor, zu heiraten.«

»Warum hat er den Termin storniert?«

»Er meinte von einem Tag auf den anderen, er lässt sich nicht mehr von mir veräppeln.« Nicole kamen wieder die Tränen. »Dass er nicht die Katze im Sack kaufen möchte.«

»Ich verstehe. Dann hat er Sie bedrängt, und Sie haben sich gewehrt?«

»So war das nicht!«, schluchzte Nicole. »Er hat einfach nicht aufgehört damit, mich ständig zu befummeln, mir gedroht, dass er alles sausen lässt, wenn ich nicht mit ihm schlafe. Warum sind Männer nur so? Und dann noch in diesem Alter?«

»Nicht alle«, sagte Sissi. »Er hat Sie also sexuell bedrängt. Lassen wir das mal so stehen. Sie waren sauer, weil Herr Heiler nicht mehr zum Notar wollte. Was dann?«

»Wir stritten furchtbar. Am Freitag, hier, vor seinem Apartment. Er hat verlangt, ich müsse liefern, weil ich etwas von ihm möchte. Und dass ich nur auf sein Geld aus sei.«

»Am Samstagabend stritten Sie auch?« Erst jetzt bemerkte Sissi tiefe Augenringe, die sich in das Gesicht der schönen Frau eingegraben hatten. »Frau Kunze«, begann sie nochmals, »Sie waren im Haus, als er starb, und haben Zugang zu jedem Zimmer hier. Es wäre für Sie ein Leichtes gewesen, sich Tabletten von Frau Reismann zu beschaffen und ihm diese in den Likör zu mixen. Ihnen gegenüber war er mit Sicherheit unbefangen. Außerdem waren Sie wegen der Demütigungen zu Tode verletzt. Ich habe schon Leute wegen weniger morden sehen.«

»Mir ist klar, wie es aussieht.« Nicole verschränkte die Arme vor der Brust. »Gut, ich war mit ihm am Pool verabredet am Samstagabend. Er war da. Trug diesen scheußlichen roten Bademantel und sonst nichts. Behauptete, er hätte ein Geschenk für mich, und hat dann dreckig gelacht. Ich konnte mir schon denken, was das sein sollte. Er war schwer betrunken. Hat geschwankt und verwaschen geredet. Ich habe ihn nur einmal an den Armen gepackt und von mir geschoben.«

»Was wollten Sie denn am Pool?«, fragte Sissi.

»Raten Sie.« Das klang zynisch. »Als ich mich geweigert habe, drohte er wieder, alles abzublasen, trotzdem er vor lauter Rausch beinahe nicht mehr stehen konnte.«

»Warum haben Sie sich nicht in Ihrem oder seinem Zimmer getroffen, wenn Sie unter sich sein wollten?«

»Zu gefährlich, meinte Nor… Herr Heiler. Frau Reismann ist schon einige Male ausgerastet, weil sie von Anfang an in mir eine Konkurrenz sah. Am Freitagabend bestellte mich Norbert dann für die nächste Nacht an den Pool, als er mich in der Küche traf. Er nannte es ›Stichtag‹.« Ihr Mund verzog sich zu einer angewiderten Grimasse. »Ich habe diesen hässlichen grünen Rockzipfel von Frau Reismann gesehen hinter der Tür im Flur, sie hat uns garantiert belauscht.« Sie klang sehr verbittert.

»Nicht ganz ohne Grund war Frau Reismann eifersüchtig«, meinte Sissi. »Ein Hotelzimmer kam nicht in Frage?«

»Ich hatte am Samstag ja Dienst und konnte nicht weg, und er bestand darauf, dass ich mich für eine Stunde wegschleiche, damit wir es endlich tun. Er ließ sich nicht mehr vertrösten.« Sie schluckte. »Und er versicherte mir, ich würde keinen Grund zu klagen haben und angenehm überrascht von ihm sein. Also bin ich nach draußen, so gegen dreiundzwanzig Uhr dreißig.«

»Haben Sie sich eigentlich nie geschrieben?«

»War nicht nötig. Wir trafen uns ja täglich«, sagte Nicole. »Er verlangte zwar ständig Handyfotos von mir, auf denen ich nackt bin, aber so etwas tue ich nicht. Er hätte mich schon ohne alles gesehen, nach der Hochzeit.« Ihre Hände flatterten mittlerweile vor Nervosität.

»Sie Arme, wir sind gleich fertig«, versuchte Sissi sie zu beruhigen. »Gab es Handgreiflichkeiten zwischen Ihnen am Samstag?«

»Nein. Wir haben uns nur verbal gefetzt. Ich habe ihn auch fast nicht verstanden.«

»Mit zwei Komma vier Promille und Beruhigungsmitteln im Blut ist das kein Wunder.«

»Diese Veränderung ist mir schon aufgefallen«, gestand Nicole. »Aber betrunken war er öfter. Er verlangte, dass ich mich wie eine Straßenhure in diese schäbige Hütte setze und die Beine spreize. Ich habe ihn angeschrien, er lachte mich aus, mit ganz komischem Blick, als wäre er schon gar nicht mehr da. Einmal fielen ihm sogar im Stehen die Augen zu. Wir heiraten, versprach er wieder. Sobald ich ihm gezeigt habe, dass ich ihn liebe. Und dann ziehen wir um. Aber ich war so außer mir, dass ich wegrannte und ihn stehen ließ. Mir war alles egal in diesem Moment.«

»Und da lebte er noch?«, fragte Sissi. »Sie können das nicht beweisen. Was taten Sie dann?«

»Ich saß auf meinem Bett und habe vor Wut geheult. Eigentlich wollte ich Christian bitten, den Rest der Nacht für mich einzuspringen, aber er war nicht da. Manchmal höre ich ihn reden, wenn er sein Videotagebuch aufzeichnet und dabei sein Fenster geöffnet hat. Der arme Teufel unterhält sich mit einem Computer, dem er täglich erzählt, was er erlebt, also nichts, und er hofft, dass das irgendwann jemanden interessiert.«

»Haben Sie mit Herrn Engels ein gutes Verhältnis?«

»So gut auch nicht. Ab und zu unterhalten wir uns. Mit Anita kann man ja nicht reden.«

»Sie sind etwas später zurück zum Pool?«, nahm Sissi den Faden wieder auf.

»Ich hatte ein Geräusch gehört. Er war vorher ja schon so betrunken, dass ich befürchtete, er wäre gestürzt. Norbert lag im Wasser. Ich dachte erst, er erlaubt sich einen üblen Scherz.«

»Vielleicht haben Sie ihn ja zuvor in Ihrer Rage geschubst«, meinte Sissi. »Und hatten keine Ahnung, dass ihm in seinem Zustand Schwimmen nicht mehr möglich war. Dann würde es sich um Totschlag handeln. Wissen Sie, wo sich das Testament von Herrn Heiler befindet, ich frage noch mal?«

»Nein. Keine Ahnung.« Nicole war keinerlei Gemütsregung anzumerken. »Bestimmt bei seinen Unterlagen.«

»Der Doktor ist da.« Klaus steckte seinen Kopf durch den Spalt. »Hat bei Ihnen ein Tornado gewütet, Frau Kunze?«

»Namens Anita«, erklärte Nicole. »Sie hält mich für die Mörderin und möchte es mir unbedingt beweisen. Darum hat sie meinen Abfall durchwühlt.«

»Was für einen Abfall denn?«, wunderte sich Sissi.

»Anita wartet in der Küche darauf, dass die Gäste zum Essen kommen«, sagte Klaus. »Aber außer Frau Schussel ist niemand im Haus, und die hat keinen Appetit. Ich glaube, es gibt Krautwickel.« Er klang hoffnungsvoll.

»Ihr könnts mich alle demnächst«, war in diesem Moment Anitas durchdringende Stimme zu hören. »Für euch koch ich gar nix mehr, ihr undankbaren Preißn! Des schmeiß ich weg. Mir langt's!«

»Um Himmels willen, das muss auf jeden Fall verhindert werden.« Klaus machte einen Satz in den Flur und war verschwunden.

Montagmittag, Legau

»Herrschaften, beruhigen Sie sich bitte«, bettelte Pfarrer Sommer, während sich im Hauptgang seiner Kirche Renate und Dieter unversöhnlich gegenüberstanden. »Das hier ist ein heiliger Ort.«

»Verschwinde, hast du nicht gehört! Helfen Sie mir gefälligst. Ist doch Ihr Haus, Herr Pfarrer.« Sie stürmte nach vorn, ließ sich auf eine Bank fallen und schaute stur geradeaus. Dieter und Sommer folgten ihr.

»Ich bleibe hier«, weigerte sich Sommer, als Dieter sich unaufgefordert neben Renate setzte und ihm mit einer Handbewegung bedeutete, zu verschwinden. Das alles schien ihm großes Vergnügen zu bereiten. Sommer holte tief Luft und zwängte sich dann demonstrativ zwischen die beiden auf das harte Holz. Gemeinsam blickten sie alle schweigend auf den prunkvollen Altarraum, bis Dieter das Schweigen unterbrach.

»Ich habe diese durchgedrehte Gottesanbeterin hier«, er zeigte auf Renate, die ihn mit mühsam unterdrückter Wut anfunkelte, »im Vorbeifahren vor der Tür entdeckt und ihr angeboten, sie mitzunehmen. Aus Nächstenliebe.«

»Als ob du jemanden lieben würdest außer dir selbst«, fauchte Renate.

Niemand hatte während des lauten Wortwechsels bemerkt, dass sich das hölzerne Kirchentor nochmals lautlos geöffnet hatte und eine gedrungene Gestalt hineingeschlichen war, die eilig im hinteren Kirchenschiff verschwand.

»Brumbach ist übrigens mein Name.« Dieter lächelte Sommer jovial zu.

»Guten Tag«, erwiderte der verwirrt und schielte aus dem rechten Augenwinkel nach hinten, weil er meinte, soeben hinter einer Säule unter der hölzernen Empore eine Bewegung wahrgenommen zu haben.

»Ich wollte ein gutes Werk tun, außerdem ist mir langweilig«, eröffnete ihm Dieter heiter, als befände er sich auf einer Cocktailparty. »Auf dem Golfplatz in Westerhart war nichts los, also fuhr ich zurück. Als ich hier vorbeikam, da dachte ich, dieser hanseatischen Kühltruhe auf zwei Beinen könnte ich ein wenig behilflich sein, weil sie so tranig durch den Kies schlurfte, als stünde sie kurz vor ihrer Einbalsamierung. Eine Kirche ist nämlich der letzte Platz, an dem ich unseren Sonnenschein vermuten würde. Nett hier übrigens. Dachte ich schon, als ich das erste Mal hier war.« Er sah sich anerkennend um. »Gefällt mir, bis auf die Orgel. Bei uns in Baden-Württemberg sind die vorn am Altar.«

»Ich erinnere mich an Ihren Besuch«, klärte ihn Sommer säuerlich auf.

»Zu dir steige ich nicht ins Auto. Nein heißt nein«, weigerte sich Renate.

»Ach was«, winkte der ab. »Bei dir doch nicht. Wo hast du heute deinen amtlich bestellten Betreuer gelassen?«

»Verschwinde, du fürchterlicher Mensch«, verlangte sie mit schneidender Stimme. »Fahre zur nächsten Polizeistation, die sich hier vermutlich an einem Brezenstand befindet, und gestehe. Ich habe Samstagnacht alles durchs Fenster mitbekommen, während du verschwunden warst. Norbert wurde mit Wucht über den Haufen gerannt. Dann hast du ihn ersäuft.«

»Und anschließend bin ich in den Himmel aufgestiegen und habe meine Klamotten durch die Fluggeschwindigkeit getrocknet, du bescheuerte Neurotikerin«, spottete Dieter. »Ist dir aufgefallen, dass ich nicht nass war?«

»Dir blieb genügend Zeit, um dich umzuziehen«, warf ihm Renate vor. »Du warst lange genug weg.«

»Ja, weil der Eisspender am Kühlschrank klemmte«, widersprach Dieter böse. »Gar nichts hast du gesehen vor lauter Rausch. Immer schön einen Schmierfilm auf dem Bewusstsein, nicht wahr?«

»Mein erster Mann war wie du«, sagte Renate leise. »Kein Gewissen, keine Skrupel. Wenn er etwas wollte, nahm er es sich. Du bist ein Soziopath, Dieter. Das ist keine Superkraft, sondern eine Persönlichkeitsstörung. Dein unverbindliches Lächeln hat mich nie getäuscht. Da drinnen ist nichts.« Sie zeigte auf seine Brust. »Alles leer.«

»Genau wie die Armada an Weinflaschen, die du dir allwöchentlich hinter die Binde kippst«, konterte Dieter, der dennoch getroffen wirkte.

»Er konnte unglaublich gut lügen, genau wie du«, fuhr Renate fort. »Vermutlich glaubte er sogar selbst an alles, was er mir dreist ins Gesicht log. Er hat mich verraten, betrogen und dann alles abgestritten. Und er hat mich geschlagen. Erkennst du dich wieder?«

»Frau Reismann, also des ist kontraproduktiv«, mischte Sommer sich ein. »Muss des hier sein?«

»Genau wie du hat er stets freundlich gelächelt, Dieter.« Renate war nicht aus dem Takt zu bringen. »Ihr nehmt euch, was ihr braucht, und lasst Menschen, die ihr vernichtet habt, zurück wie benutztes Einwickelpapier. Norbert war dir im Weg, darum musste er weg. Und ich blöde Kuh«, sie stockte kurz, »habe dir unabsichtlich in die Hände gespielt.«

»Gerade du musst von Empathie reden«, höhnte Dieter. »Ich finde es bemerkenswert, dass du bisher kein Wort über deine dicke, geistesgestörte Freundin verloren hast. Vermisst du sie gar nicht?«

»Sehen Sie, Herr Pfarrer?«, wandte Renate sich an Sommer. »Genau das meinte ich. Immer unterhalb der Gürtellinie. Glauben Sie, dass er auch nur die geringsten Skrupel hätte, jemanden zu töten?«

»Meine Herrschaften«, versuchte Sommer es nochmals. »Das ist hier nicht der richtige Ort für eine Psychoanalyse. Bitte machen Sie das doch draußen aus. Oder gehen Sie zur Polizei. Bitte.«

»Jeder auf dem Moserhof wusste, was Norbert am Samstag

plante«, fuhr Dieter fort und ignorierte Sommer, als hätte dieser gar nichts gesagt. »Als er behauptete, er hätte noch was vor, da war uns allen klar, was das bedeutet. Jetzt versuchst du mich als Täter hinzustellen.«

Sommer hatte keine Ahnung, wie diese heikle Situation aufzulösen wäre, denn auf so etwas hatten ihn sein Theologiestudium und die Jahre in Legau als Pfarrer nicht vorbereitet. »Ich flehe Sie an«, bat er dann erneut. »Nur ein paar hundert Meter weiter gibt es ein Lokal, den ›Mohren‹. Können Sie sich nicht dort zusammen an einen Tisch setzen und sich da streiten? Ich habe hier zu tun.«

»Was denn?« Abfällig sah Renate sich um. »Gebührenpflichtige Kerzen nachfüllen? Besorgen Sie lieber ein Handtuch für das Waschbecken.«

»Gebührenpflichtig?« Dieter sah sich erstaunt um. »Ist ja wie bei diesen Billigflug-Airlines, wo man für jedes Blatt Klopapier extra bezahlt. Dass Sie sich nicht schämen. Ist doch alles aus purem Gold hier.« Strafend sah er Sommer an, der sich gerade ganz weit wegwünschte.

»Du hast ihn umgerannt«, beharrte Renate.

»Und warum hast du das nicht der Polizei erzählt?«, stichelte Dieter, womit er offensichtlich bei Renate einen Nerv traf, denn sie zuckte zusammen. »Du kannst es genauso gewesen sein, Dramaqueen. Dein Schädel ist ja hart genug, du hast als Kind zu nahe an der Wand geschaukelt und Norbert gehasst, seitdem er mit Nicole liiert war.«

»Die waren nicht liiert!«, schrie Renate so laut, dass es von den weiß gekalkten Wänden widerhallte.

Sommer hatte soeben wieder aus dem rechten Augenwinkel eine Bewegung unterhalb der Empore wahrgenommen. Mit einer für sein Alter und sein Gewicht erstaunlichen Wendigkeit sprang er auf und rannte nach hinten, wo er zwischen den hölzernen Bänken eine auf dem Boden kauernde Gestalt entdeckte und am Kragen packte. »Sie kenne ich doch?«, rief er.

Die anderen beiden waren aufgeschreckt und kamen ihm hinterher. »Unser neuer Gärtner«, murmelte Dieter entgeistert.

»Ich wollte nur beten!« Steinmeier versuchte verzweifelt, sich aus Sommers Griff zu befreien.

»Auf dem Boden?« Sommer ließ den Ärmel von Steinmeiers gelbem T-Shirt los. »Sie sind der Reporter vom ›Tagblatt‹. Geben Sie es zu, Sie spionieren.«

»Äh, so was würde ich nie machen. Aber ich bin schon fertig, war ja nur ein Vaterunser auf die Schnelle«, log Steinmeier, der zuvor atemlos den Wortwechsel zwischen Renate und Dieter verfolgt hatte, und schielte nervös zur Tür, während er unauffällig einen winzigen Trippelschritt nach dem anderen in Richtung Ausgang machte.

»Reporter?« Dieter verstellte ihm den Weg. »Das wird Herrn Moser sicher interessieren. Sie waren mir vom ersten Moment an suspekt und für einen Gärtner viel zu dick.«

»Sie schätzen mich ganz falsch ein«, beschwor ihn Steinmeier kleinlaut. »War auf dem Weg zurück zum Moserhof, weil ich ›Roundup‹ kaufen musste. Dann hab ich Leute hier reingehen gesehen und dachte, es wäre eine gute Gelegenheit zur inneren Einkehr.«

»Ich kehre Ihnen auch gleich was ein«, verkündete ihm Sommer entrüstet, wofür er sich umgehend schämte.

»Sie haben tatsächlich Glyphosat gekauft und damit Monsanto unterstützt?«, kreischte Renate mit einem Mal entsetzt. Wütend holte sie mit ihrer voluminösen Handtasche aus und wollte sie Steinmeier über den Schädel ziehen.

Er wich aus und rempelte dabei Pfarrer Sommer an, der leider nicht rechtzeitig zur Seite springen konnte, mit dem Hintern auf der hölzernen Bank hinter sich landete und von Steinmeier begraben wurde. Renates Schlag mit der Tasche hatte den Reporter zwar nur am Ärmel erwischt, trotzdem schrie er schmerzerfüllt auf. »Aua! Was haben Sie da drin? Hufeisen?«

»Vermutlich ihre tägliche Dosis Beruhigungspillen«, spottete Dieter, was Renate einen empörten Aufschrei entlockte.

»Alles in Ordnung?« Wie aus dem Nichts aufgetaucht stand plötzlich Christian neben dem Weihwasserbecken und beobachtete die kleine Gruppe verwirrt. Steinmeier lag immer noch auf Sommer, der unsanft versuchte, ihn von sich zu schieben. Renate ließ überrascht ihre Tasche sinken.

»Ist man nirgends vor euch sicher? Haben Sie uns einen Peilsender implantiert?«, knurrte Dieter gereizt.

»Lassen Sie mich aufstehen!« Sommer versuchte vergeblich, sich unter Steinmeier hervorzuarbeiten, der wie ein Fisch auf dem Trockenen zappelte.

»Ich war auf dem Rückweg von der Sparkasse«, verteidigte sich Christian. »Des Auto vom Herrn Brumbach steht krumm und schief geparkt draußen, drum bin ich da.«

»Haben Sie mich etwa angefasst, Sie Kretin?« Wütend fuhr Renate herum und musterte Steinmeier zwischen zusammengekniffenen Lidern, der in seiner Not versucht hatte, sich an ihrem Kleid festzuhalten, um sich daran hochzuziehen. Erbost holte sie mit ihrer Tasche erneut aus, um ihm eine zu verpassen, aber Christian und Dieter packten beide resolut jeder einen ihrer Arme. Renate versuchte mit aller Kraft, sich loszureißen, während Steinmeier es endlich geschafft hatte, aufzustehen, und zum Ausgang rannte, um dann wie ein geölter Blitz zu verschwinden.

»Heute fliegst du ziemlich hoch übers Kuckucksnest«, keuchte Dieter, als er Renates Arm nach dem Handgemenge losließ. Sein Polohemd war am Kragen eingerissen. Christian betastete entgeistert einen langen Kratzer an seinem Handgelenk.

Sommer räusperte sich. »Schluss damit«, befahl er laut und vernehmlich. »Gründen Sie bitte Ihre Selbsthilfegruppe der anonymen Streitsüchtigen woanders.« Streng schaute er Renate an, die seinen Blick ungerührt erwiderte. »Gehen Sie. Alle. Egal, wohin. Christian, danke. Könntest dich ruhig nächsten Sonntag zur Messe sehen lassen. Hab dich an deiner Konfirmation das letzte Mal zu Gesicht bekommen.«

»Des mach ich auf jeden Fall«, versprach Christian schuldbewusst. »Frau Reismann, ich nehm Sie mit. Herr Brumbach, alles in Ordnung?«

»Mir geht's gut«, beruhigte ihn Dieter lässig, den das alles völlig kaltgelassen hatte. »Da es jetzt ohnehin kein Essen mehr gibt, was für uns alle bekömmlicher sein dürfte, schlage ich vor, wir beruhigen uns und nehmen einen Imbiss in dieser rustikalen Kneipe am Marktplatz ein, wo garantiert ein paar Eingeborene am helllichten Tag über ihrem Bier brüten und uns anstarren werden. Ich bin irgendwie von dem ganzen Adrenalin hungrig geworden. Kommen Sie mit, Büble«, forderte er Christian jovial auf, der zusammenzuckte. »Ich spendiere Ihnen einen Kakao. Gucken Sie doch nicht so erschreckt, ich tue Ihnen nichts. Du auch, Xanthippe«, wandte er sich dann an Renate. »Schluck eine Pille und reiß dich zusammen.«

Renate schüttelte den Kopf. »Nein danke. Da würde ich eine Darmspiegelung vorziehen.«

»Also doch lieber in dieser Heimatroman-Einöde sitzen und die Pfütze anstarren, in der Norbert gestorben ist?«, fragte Dieter säuerlich. »Wenn du meinst. Kommen Sie, Büble.« Er schickte sich zum Gehen an. Renate überlegte einen Moment, schulterte dann resigniert ihre Tasche und verschwand zusammen mit Dieter ohne ein Wort des Abschieds. Christian folgte ihnen zögernd. Ein Schwall warmer Luft drang herein, dann schloss sich die schwere Eichentür mit einem leisen Ächzen.

»Was ist denn das?« Sommer, der darauf gewartet hatte, dass sich Renate wieder die Hände in seinem Weihwasserbecken wusch, und jetzt erleichtert aufatmete, bückte sich, denn zu seinen Füßen fing ein Gegenstand gleißend das Sonnenlicht ein. Er drehte den funkelnden Ring mit dem Zweikaräter in Krappenfassung blinzelnd hin und her. Dann wühlte er in den Tiefen seiner Soutane und förderte nach einigem Suchen eine

Lesebrille hervor, die er hastig aufsetzte. »Für ewig, dein Norbert«, war in schwungvollen Buchstaben auf der Innenseite des Schmuckstücks eingraviert.

»Warum immer ich?«, beschwerte er sich bei dem stummen Kruzifix am Altar. »Herr, deine Wege sind so was von unergründlich.« Rasch ließ er den Ring in seiner Tasche verschwinden und machte sich auf den Weg zur Sakristei.

Montagnachmittag, Legau

Im Edeka war an diesem Montagnachmittag die Hölle los, als hätten die Legauer Einwohner übers Wochenende ihre gesamten Vorräte aufgebraucht und fürchteten, demnächst zu verhungern. Trotz der flinken Kassiererinnen wurde die Schlange an der Kasse einfach nicht kürzer.

Sissi, die eilig durch die Gänge huschte und gelegentlich jemandem grüßend zuwinkte, schnappte sich zwei Flaschen Allzweckreiniger und wandte sich zum Gehen. Klaus wartete vorn beim Bäcker, wo er sich gerade einen Nachtisch besorgte, und war nicht zu sehen.

»Schöne Frau, hast kurz Zeit?« Erstaunt drehte sich Sissi um. Vor ihr stand, übernächtigt, verkatert und zerknirscht, Hermann Reisacher.

»Wie siehst du denn aus?« Sissi lächelte ihn an. »Lange Nacht gehabt?«

Er tappte verlegen von einem Fuß auf den anderen. »Erna hat mich abgefüllt«, gestand er.

»Du und Erna?«, wunderte sich Sissi. »Aber Aspirin gibt's nur in der Apotheke.«

»Muss dich kurz sprechen, hab euer Auto vorhin auf den Parkplatz abbiegen sehen«, bat Reisacher, dem jedes Wort üble Kopfschmerzen zu verursachen schien.

»Weswegen?«, wollte Sissi erstaunt wissen. »Ach so, die Buschtrommeln.«

Er schaute sich nervös um. »Ich will net, dass die mich erwischt«, raunte er. »Seitdem die ihr elektrisches Fahrrad hat, ist die wie ein Ninja Turtle, genauso schrumpelig und überdreht. Und ich Depp hab der blöderweise meine Handynummer gegeben.«

Sissi spähte zur Kasse, an der die Schlange noch länger geworden war. »Entschuldigung, wir kommen vom Moserhof, wo es ziemlich lange gedauert hat, und wollen zum Revier, darum hab ich's ein bissle eilig. Worum geht's?«

Er senkte vertraulich seine Stimme. »Gestern war ich beim Frühschoppen im Gromerhof. Und da sind die Reismann, die Schussel und der Brumbach am Nachbartisch gesessen und ham tierisch gestritten. Hab des mit dem Handy aufgenommen. Aus Versehen.«

»Aus Versehen.« Sissi zwinkerte ihm zu. »Gestritten? Worüber?«

»Der Brumbach hat verlangt, dass alle sich absprechen, weil er beim Heiler Spielschulden gehabt hat.«

»So weit sind wir auch schon gediehen, aber danke. Ich muss los, Hermann.« Sissi zeigte zur Kasse.

Wieder sah sich Reisacher hektisch um. »Übrigens hab ich den heißen Feger neulich gesehen.«

»Anita oder Nicole?«

»Die Blonde. Letzten Dienstag. Ich war in Memmingen beim Osiander und bin zurück zum Auto gelaufen, des ich beim Schwanen abgestellt hab. Wie ich grad auspark, kommt die Blonde raus aus der Spielothek, ›Glückspilz‹ heißt die, glaub ich. Mittags um drei. Des Gesicht hättest sehen sollen. Was gewonnen hat die da drin net.«

»Du bist ein smarter Bursche, Hermann«, lobte ihn Sissi. »Vielleicht hast du uns doch geholfen. Die Aufnahmen vom Gromerhof solltest du allerdings löschen. Ich brauche dir nicht zu erklären, dass das illegal ist, oder?«

Er senkte schuldbewusst den Kopf. »Des sind halt die Krimis im Fernsehen. Überall wittert man Unrat. Und ich hab mich von der Erna anstecken lassen. Übrigens ist die Rentnerblase vom Moserhof vorhin im ›Mohren‹ gesessen. Reismann, Brumbach und der Christian.«

»Woher weißt du das?«, fragte Sissi.

»Muss mich ab und zu bei meiner Kundschaft sehen lassen«, wand sich Reisacher verlegen. »Weißt schon. A Halbe trinken und am Stammtisch mitschwätzen. War net lustig anzuschauen.

Die Reismann hängt ihre Lefzen bis zur Tischkante, weil die eh alles furchtbar bei uns findet. Der Brumbach lasst sich volllaufen, und der Christian sitzt am Tisch und macht den Mund net auf. Ist bestimmt von den beiden zwangsverpflichtet worden.«

»Wie ist der eigentlich so? Ich sehe ihn nicht oft im Dorf. Er hat einen angenehmen Eindruck gemacht.«

»Armer Tropf«, sagte Reisacher. »Ist von klein auf bloß an seine Spielekonsolen gehockt und hat in der Schul net mehr gelernt als notwendig. Zum Haarschneiden ist er regelmäßig gekommen. Hat die ganze Zeit mit seinem Gameboy rumgespielt. Kein Interesse an gar nix außer an Computern.«

»Er scheint fit am PC zu sein«, meinte Sissi. »Ist ja auch was.«

»Wie viele Leut kennst, die als Spieletester Geld verdienen, Sissi? Jetzt muss er da draußen Getränke servieren. Dabei ist der Bub intelligent. Ach, eins hätt ich beinah vergessen. Am Samstagnacht, da war ich a bissle unterwegs. Beim ›Stiefelwirt‹ in Bettrichs.«

»Du kommst ziemlich viel rum.« Sissi schmunzelte.

»Horch! Was war des grad?« Reisacher drehte sich ruckartig um und atmete dann erleichtert auf. »Ich krieg allmählich Verfolgungswahn«, entschuldigte er sich. »Also ich hab 's Auto stehen lassen, weil ich a paar Maß zu viel gezwitschert hab. Auf jeden Fall lauf ich Samstagnacht grad auf die Lehenbühlkirche zu, an der Zufahrt zum Moserhof vorbei, und hab mich gewundert, dass in der Allee ein Auto abgestellt war, zwischen zwei Bäumen, vielleicht fünf Meter von der Hauptstraße weg.«

»Was denn für eins?«

»A kleines. Mehr weiß ich nimmer. Hab eventuell ein Bier zu viel erwischt.«

»Da bist also!«, ertönte plötzlich eine laute Stimme. Erna stand vor ihnen wie ein faltiger Racheengel, samt ihrem hellblauen Mantel, obwohl draußen zu diesem Zeitpunkt locker fünfundzwanzig Grad herrschten. Klaus, der soeben vom Bäcker kam und genussvoll in eine Quarktasche biss, machte auf der Stelle kehrt.

»Frau Dobler!«, grüßte Sissi freundlich. »Sind Ihnen Gift und Galle ausgegangen? Stehen, glaube ich, drüben bei den Gewürzen.«

Erna ignorierte sie. »Wieso gehst du net an dein Handy?«, beschwerte sie sich bei Reisacher. »Ich lass mir von dir seit dreißig Jahren die Haar machen, so springt man net mit Stammkundschaft um.«

»Ojemine.« Er fasste sich plötzlich an den Bauch und krümmte sich, als hätte er Schmerzen. »Is mir auf einmal schlecht. Oh mei, so was von schlecht. Ich glaub, ich hab was erwischt. Bestimmt des Noro-Dingsbums. Hoffentlich komm ich noch heim aufs Klo. Pfiats eich.« Er drehte sich um und verschwand blitzschnell.

»Feiger Hund!«, schrie Erna ihm entrüstet hinterher. »Ich färb mich in Zukunft selber!«

Sissi deutete auf Ernas Einkaufskorb, in dem zwei Tuben Alleskleber lagen. »Haben Sie Likörflaschen zu beschriften? Ihr Absatz ist doch um hundert Prozent eingebrochen?«

»Bist seit Neuestem versetzt worden zur Gewerbeaufsicht?«, konterte Erna patzig.

»Sagen Sie mir, was Sie damit machen«, forderte Sissi sie freundlich, aber bestimmt auf.

»Ich hab einen Haufen pappen müssen heut, weil ich einem Verbrechen auf der Spur bin und drum meinen Vorrat aufgebraucht hab«, log Erna. »Außerdem bin ich in Rente und kann kleben, bis mir die Finger abfallen. Alles weißt du auch net.«

»Stimmt«, seufzte Sissi. »Wenn ich allerdings das Gefühl habe, es könnte was mit meinem Fall zu tun haben, müsste ich vielleicht später am Tag bei Ihnen vorbeischauen. Und weil ich so furchtbar wenig Zeit habe, würde ich ein paar uniformierte Kollegen zu Hilfe bitten, mir beim Suchen zu helfen. Das darf ich, wissen Sie? Ich brauche dazu nur eine richterliche Anordnung, und die krieg ich am Telefon.«

»Komm ruhig«, sagte Erna absolut furchtlos. »Ist schon

alles an einem sicheren Platz. Und den Rest schluck ich runter, sobald's klingelt. Pfiat di. Mir pressiert's.« Sie ließ Sissi einfach stehen und verschwand in Richtung Kasse.

»Was schlucken Sie denn runter?«, rief Sissi ihr nach, erhielt aber keine Antwort. Dann stellte sie die beiden Flaschen mit Allzweckreiniger ab und zückte verärgert ihr Mobiltelefon. »Hans? Gibt's schon was von Weiß?« Sie lauschte angestrengt. »Die sollen mir den Ausschnitt auf das Handy schicken. Weiß soll sich gleich auf den Weg machen zur Spielothek ›Glückspilz‹. Übermittle ihm ein Foto von Frau Kunze, er soll überprüfen, ob sie sich dort öfter aufhält. Ja, wir haben vor, aufs Revier zu kommen. Bis nachher.« Sie beendete das Gespräch, schnappte sich ihre Putzmittel und stellte sich in die Kassenschlange, wo sie durchs Fenster Erna erkennen konnte, die sich auf dem Parkplatz mit jemandem unterhielt. Als Sissi gerade bezahlt hatte, öffnete sich die automatische Eingangstür, und herein stürzte atemlos Pfarrer Sommer mit wehender Soutane.

»Onkel Andi!«, schimpfte sie. »Möchtest du nicht über andere Klamotten nachdenken bei dieser Hitze? Du kriegst ja gar keine Luft mehr.«

»Gott sei Dank«, keuchte Sommer. »Ich hab dich nicht erreicht und suche dich überall. Vor der Tür habe ich Erna getroffen, die meinte, du würdest hier herumschnüffeln. Sonst wäre ich nach Memmingen gefahren.«

»Komm runter, du fällst mir sonst um«, versuchte Sissi ihn zu beruhigen. »Was ist denn los?«

»Der Teufel.« Sommer zog seine überraschte Nichte vor die Tür. Kurz darauf gesellte sich Klaus zu ihnen, der zufrieden eine zweite Plundertasche, diesmal mit Pudding und Erdbeeren, vernaschte und zur Begrüßung winkte. »Die waren in der Kirche«, erzählte Sommer aufgebracht. »Diese Proleten. Haben sogar gerauft. In meinem Gotteshaus!« Er klang so entrüstet, dass Sissi lachen musste.

Dann schilderte er die ganze Geschichte bis zur überstürzten Flucht von Robert Steinmeier und dem Auftauchen von

Christian. »Das hab ich auf dem Boden gefunden, als alle verschwunden waren.« Er überreichte Sissi den Ring. »Tut mir leid wegen der Fingerabdrücke, ich hatte mir beim Aufheben nichts gedacht.«

Sissi drehte den Ring im Sonnenlicht, las die gravierte Inschrift und zeigte ihn Klaus. »Kollege, das ist vielleicht der Hinweis, den wir noch gebraucht haben. Ruf bitte an und lass das Teil abholen. Die Ergebnisse erwarte ich innerhalb der nächsten neunzig Minuten. Wir brauchen zwei Durchsuchungsbeschlüsse. Und sie sollen jemanden mitschicken von der IT.«

»Dein Bauchgefühl, ich hör es tapsen.« Klaus zückte sein Mobiltelefon. »Mist, schon wieder zwei Anrufe.« Dann wählte er eine Nummer.

»Es war schlimm.« Sommer fächelte sich mit der Hand Kühlung zu. »Ich glaube, die Stimmung auf dem Moserhof ist unrettbar vergiftet.«

»Dann passt sie zu unserem Fall.« Sissi klopfte ihrem Onkel auf die Schulter. »Danke für deine Hilfe, Onkel Andi. Jetzt zieh dir was anderes an, sonst kriegst du einen Hitzschlag.«

»Alles geregelt, Sissi«, vermeldete Klaus. »Durchsuchungsbeschlüsse kommen umgehend, dein angeforderter Spezialist auch. Sie schicken uns extra Hans mit, jetzt darf er endlich mal raus. Außerdem hat Hans Nachricht vom Nachlassgericht bezüglich Norbert Heilers Testament bekommen. Erzähle ich dir auf dem Weg. Du wirst dich wundern.«

»Warum grinst du so?«, wollte Sissi argwöhnisch wissen. »Warten wir am Marktplatz. Spendiere doch bitte deiner netten Kollegin ein Eis. Sie braucht dringend eine kleine Abkühlung.«

Montagnachmittag, Legau

»Ich hab's gewusst!« Triumphierend hielt Anita ihrer Erzfeindin mehrere steife Blätter vor die Nase, die von Näherem wie ein dilettantisch zusammengesetztes Puzzle wirkten.

Nicole, die gerade dabei war, Eier für eine kalte Brotzeit am Abend zu kochen, zuckte zusammen. »Solltest du jetzt nicht barfuß einen Misthaufen umgraben?« Fahrig wischte sie sich eine Strähne aus der Stirn, die sich aus ihrem Pferdeschwanz gelockert hatte. In ihrem blauen Etuikleid sah sie aus wie das Titelbild einer Modezeitung, was Anita noch mehr gegen sie aufbrachte. Die hatte nämlich vorhin beim Umziehen bemerkt, dass ihre Lieblingsjeans mit Löchern an strategisch wichtigen Stellen nicht mehr passte, denn Anita war in letzter Zeit etwas aus dem Leim gegangen. Deshalb trug sie mehr als knappe Hotpants, die so straff um die Hüften spannten, dass sie ständig daran herumzupfen musste, was im Volksmund leger »Arsch frisst Hose« genannt wird.

»Drum wolltest du einen Zettel vom Heiler«, warf ihr Anita vor. »Hättest ihn halt unterschreiben lassen müssen, bevor du ihn abgemurkst hast. So musst jetzt halt tausendmal ›Heiler‹ krakeln. Du bist dumm wie a Sack Schrauben.«

»Nun kannst du es ja erfahren, ist ohnehin alles egal. Norbert und ich wollten heiraten«, eröffnete ihr Nicole kühl. »Ich habe nur meinen neuen Namen ausprobiert. Das machen Bräute nun einmal.«

»Braut? Da lach ich wie eine Gummihex«, prustete Anita los. »Echt? Net amal dafür wärst du dir zu schad gewesen?«

»Musst du gerade sagen, du Wanderpokal.« Nicole hatte mittlerweile jede Höflichkeit fahren lassen. »Gegen Cellulite kann man im Übrigen etwas tun.«

»Der wollt dich heiraten?« Ungläubig ließ Anita die zusammengeklebten Blätter sinken.

»Ja. Du hättest mich bald losgehabt.« Nicole legte vorsichtig ein Ei nach dem anderen ins kochende Wasser. »Wir wären weggezogen, er und ich. Außerdem liegen die Blätter schon länger im Papierkorb, du bildest dir irgendetwas ein. Norbert hättest du ohnehin nicht bekommen. Dem warst du zu fett.« Sie musterte Anita spöttisch.

»Fett? Ich?« Anita stemmte beide Arme in die Hüften. »Wo ist auf einmal die brave Nicole, die so etepetete ist? An dir ist wirklich gar nix echt, du falsches Luder. Und die glauben dir tatsächlich alle, dass du unschuldig bist. Ich net.« Sie drehte sich um und hastete aus der Küche.

»Wo willst du hin?« Nicole kam ihr hinterher. »Hör auf, das ist Hausfriedensbruch!«, rief sie, aber Anita hatte schon die Tür zu Nicoles Apartment aufgerissen. »Bist am Packen? Ich bleib dabei, du hast gewartet, dass der Heiler sein Testament schreibt, und ihn dann ums Eck gebracht. Von wegen Namen üben. Du bringst bloß die Unterschrift net hin, weil du blöd bist wie Brot. Also, wo hast es versteckt?« Entschlossen griff sie nach der Schreibtischschublade und wollte sie aufreißen.

»Finger weg!«, schrie Nicole und packte Anita am Arm. »Gib diese Blätter her!« Anita geriet ins Taumeln, schubste Nicole unsanft von sich, rannte auf ihren hohen Hacken zur Tür und verschwand durch die Küche im Garten, Nicole ihr nach.

»Was ist denn hier los?« Dr. Butz steckte seinen Kopf in den Flur. »Frau Schussel, Sie bleiben liegen. Ich komm gleich wieder.«

»Her damit!« Atemlos stoppte Nicole am Pool, wo Anita breitbeinig stand und triumphierend die Klarsichthülle schwenkte.

»Hol's dir doch, du hinterfotzige Großstadtpflanze«, verlangte Anita höhnisch.

»Es reicht!« Nicole warf sich mit ihrem ganzen Körpergewicht auf sie. Beide gerieten ins Straucheln und fielen mit einem lauten Platscher ins Wasser.

»Pfui Teufel«, kreischte Anita, während sie mit Nicole rang, die mit wutverzerrtem Gesicht versuchte, sie unter Wasser zu drücken. »Da war a Leiche drin. Ekelhaft!«

»Mädels!«, ertönte plötzlich die tiefe Stimme von Dr. Butz. »Seids wahnsinnig?«

»Doktor«, gluckste Anita, die gerade wieder von Nicole untergetaucht wurde, während sie verbissen die Klarsichthülle an ihre Brust drückte, »des ... Norbert ... gemacht.« Dann ging sie unter, schnellte aber sofort wieder hoch wie ein Champagnerkorken aus der Flasche.

»Ich bring dich um!« Nicole packte Anita, die keuchend einen Mundvoll Wasser ausspuckte, erneut am Schopf, um sie abermals zu versenken.

»Glaub ich. Hast des ja trainiert.« Anita riss sich hustend los und watete zum Beckenrand, was in ihren hohen Hacken leider nicht ganz einfach war. Das weiße Oberteil aus Hunderten toter kleiner Polyester klebte an ihrem üppigen Busen und legte blühende Landschaften frei, die zwar mindestens zehn Prozent aller männlichen Einwohner im Landkreis schon abgeerntet hatten, Dr. Butz aber bis zu diesem Zeitpunkt unbekannt gewesen waren. Ihm fielen beinahe die Augen aus dem Kopf, denn Anita hatte aufgrund der Sommerhitze zur Feier des Tages auf einen BH verzichtet.

Nicole, der die langen blonden Haare strähnig in die Stirn hingen und ihr beinahe vollständig die Sicht verdeckten, versuchte unbeholfen, sie einzuholen, und bekam Anita mit letzter Kraft am verfilzten Knoten ihrer Hochsteckfrisur zu fassen, an dem sie kräftig zerrte.

»Dafür hätt ich sogar bezahlt«, murmelte Butz und ließ sich auf einen der Teakholz-Stühle am Beckenrand fallen. Frauke Schussel hatte er total vergessen.

Montagnachmittag, Legau

»Die wirken nicht wie eine UN-Vollversammlung.« Sissi deutete auf Dieter, Renate und Christian, die vor dem »Mohren« am Marktplatz standen und offensichtlich in einen erbitterten Wortwechsel vertieft waren. »Scheint Zoff zu geben.«

»Vielleicht geht es darum, wer bezahlt, wir sind immerhin im Allgäu.« Klaus grinste. »Aber wir müssen ohnehin warten. Also raus.« Sie hielten vor dem Rathaus und stiegen aus.

»Bitt schön, Herr Brumbach«, bat Christian verzweifelt. »Sie können nimmer fahren.«

»Blödsinn«, wehrte sich Dieter, der im »Mohren« offensichtlich in Rekordzeit ein paar König Ludwig Dunkel gekippt hatte. »Ich bin topfit. Außerdem ist man in der Stadt mit fünf Bier seinen Führerschein los und bei euch auf dem Land der Fahrer. Also. Her mit dem Schlüssel.«

Christian hatte seine liebe Mühe, den angetrunkenen Mann in Schach zu halten, der mit aller Gewalt auf seinen silbernen Mercedes zustreben wollte. »Wenn Sie an Unfall ham, bin ich schuld«, versuchte er ihm mit Vernunft beizukommen.

»Mir doch egal. Her damit, Büble.« Fordernd streckte Dieter die Hand aus.

Christian legte zögernd den Schlüssel hinein. »Bitte, seien S' doch gescheit«, bettelte er. »Soll noch mal jemand sterben?«

»Wenn ich eine Predigt hören möchte, gehe ich zurück in die Kirche«, schnauzte ihn Dieter an. »Und jetzt helfen Sie mir, das Auto aufzusperren. Ich fahre euch alle heim. In Ihre Rostlaube setze ich keinen Fuß.« Er zeigte auf Christians Wagen. »Der verliert sogar Öl und explodiert wahrscheinlich beim ersten Schlagloch. Nö danke.«

»Bitte, nehmen S' Vernunft an.« Christian versuchte ihn festzuhalten, aber Dieter riss sich los und schlingerte zu seinem Wagen, um sich dort wankend an den Türgriff zu klammern.

»Stehen bleiben!«, ertönte da plötzlich eine energische Stimme. Sie gehörte Renate, die Dieter resolut den Schlüssel entriss. Dann lief sie schnellen Schrittes zur Straße und ließ ihn mit triumphierendem Gesichtsausdruck in den Gully fallen.

»Du hast so ein Rad ab.« Dieter bückte sich schwankend über den vergitterten Kanaldeckel und starrte Renate dann fassungslos an. »Los, ruf mir ein Taxi, Büble«, befahl er.

»Hier gibt's keins«, entschuldigte sich Christian. »Und die Nicole kann net weg. Sie werden sich schon in mein Auto bequemen müssen.«

»Danke, da laufe ich lieber.« Dieter richtete sich würdevoll auf, warf Renate einen letzten verächtlichen Blick zu und marschierte los.

»Probleme?«, erkundigte sich Sissi bei dem aufgelösten Christian, der anscheinend nicht mehr weiterwusste.

»Er hört einfach net auf mich«, stotterte der und zeigte auf Dieter, der in Schlangenlinien an der Bauernmetzgerei vorbeimarschierte, wobei er gelegentlich auf die Fahrbahn geriet, und sich dann an dem blau gestrichenen Gartenzaun eines Einfamilienhauses vorsichtig entlangtastete, als wäre er eingemauert.

Klaus beobachtete Dieter stirnrunzelnd, der in gefährlicher Schräglage in Richtung Ortsausgang taumelte. »Finden Sie es eine gute Idee, mit den Herrschaften am helllichten Tag zu trinken?«

»Mir wollten eine Brotzeit, des hat der Herr Brumbach vorgeschlagen«, rechtfertigte sich Christian. »Aber dann hat er gemeint: ›Des bisschen Essen kann man auch trinken‹, und sich fünf König Ludwig Dunkel reingezogen in grad mal einer Stunde. Der Frau Reismann hat ihre Hochzeitssuppe net geschmeckt, weil Brätknödel drin waren. Und alle ihre Backerbsen hat sie mit der Gabel aus der Brühe geklaubt und im Bier vom Brumbach versenkt. Der ist dann sauer geworden und hat ein paar rausgeholt und zurückgeworfen. Die Ernestine hätt uns beinah rausgeschmissen.«

»Kein einziges Fischgericht auf der Karte«, meldete sich

Renate zu Wort, auf deren feuerrotem Scheitel sich tatsächlich eine Backerbse verfangen hatte. »Geschweige denn Labskaus. Was soll das überhaupt sein, ›Brät‹?«

»Sie fahren mit Herrn Engels zurück, Frau Reismann?«, vergewisserte sich Sissi und ging auf Renates Frage sicherheitshalber nicht ein, obwohl sich Klaus neben ihr das Lachen verkniff.

»Muss wohl.« Renate betrachtete verächtlich den rostigen Kleinwagen. »Nun ja, die paar Kilometer wird er wohl durchhalten.«

»Ich mach ganz langsam«, versprach Christian.

»Als ob Sie in dem Ding eine andere Wahl hätten«, murrte Renate.

»Wir haben denselben Weg«, sagte Sissi. »In ungefähr dreißig Minuten kommen wir noch mal auf dem Moserhof vorbei und sehen uns dann.«

»Welche Überraschung«, erwiderte Renate säuerlich. »Lassen Sie uns verschwinden, Herr Engels. Ich habe das starke Bedürfnis nach Ruhe. Wie oft machen Sie eigentlich diese Rostschleuder sauber?« Christian ging eilfertig zu seinem kleinen blauen Wagen, den er direkt vor der Pforte des »Mohren« geparkt hatte.

»Ich dachte, die liegen alle im Museum.« Klaus begutachtete das uralte Mobiltelefon auf dem fleckigen Beifahrersitz. »Was ist das, ein Nokia von 1999?«

»Hat mir mein Papa geliehen.« Christian legte das Handy achtlos auf den Rücksitz. »Bis meins repariert ist. Des Nokia funktioniert noch, ich brauch aber eine kleinere SIM-Karte.«

»Tja, das liebe Geld.« Klaus zwinkerte ihm zu.

Christian wartete, bis Renate verkrampft neben ihm Platz genommen hatte und mit spitzen Fingern den Sicherheitsgurt suchte. Dann startete er den Motor. Noch im Wegfahren hörte man, wie sie sich über die schmutzige Windschutzscheibe beschwerte.

»Ich habe schon viel von dem berühmten hanseatischen Humor gehört«, murmelte Klaus, als der Wagen von Christian in die Hauptstraße einbog und verschwand. »Aber sobald diese Frau den Mund aufmacht, denke ich an einen Eiswürfelspender. Die drei Ehemänner von ihr sind wohl an Unterkühlung gestorben.«

»Sie ist verbittert«, erklärte ihm Sissi. »Nach der Liaison mit Heiler ohnehin, der offensichtlich Nicole ihr vorzog und sie eiskalt entsorgt hat. Wer kann es ihr verübeln? Wenn ich an deine Geschichte mit Annalena denke, fürchte ich, du gehörst auch zu ihrem bevorzugten Feindbild.«

»Ja, mein gutes Aussehen wird mich irgendwann Kopf und Kragen kosten«, pflichtete Klaus ihr geschmeichelt bei. »Ich hoffe, Annalena ist weg. Es gibt hier doch massenhaft blonde, hochgewachsene Typen in Karohemden.«

Sissi lachte. »Warum hast du ihr nicht sofort erklärt, dass du an einer festen Beziehung kein Interesse hast?«

»Als ob das hilft«, widersprach Klaus. »Schon beim ersten Date denkt ihr Frauen über die Namen eurer künftigen gemeinsamen Kinder nach und übt heimlich in der Damentoilette auf Klopapier die Unterschrift mit dem neuen Familiennamen.«

»Oh Herr, lass Hirn regnen.« Sissi lachte. »Ist sie so schlimm?«

»Im Gegenteil.« Klaus schmunzelte. »Bildhübsch und blitzgescheit. Nur ihre acht Fangarme irritieren mich. Und an jedem steckt ein Ehering.«

»Wir fahren nachher Richtung Moserhof«, beschloss Sissi. »Ich möchte mir etwas anschauen, auf das Reisacher mich vorhin aufmerksam gemacht hat. Schau, unsere Dokumente kommen soeben. Ich werde verrückt, Klaus, sieh doch, wer die bringt.« Sie winkte erfreut.

Montagnachmittag, Moserhof

»Und ich war sicher, das Niveau in diesem Haus könne nicht mehr unterboten werden.« Renate beobachtete mit kalten Augen den Pool, wo Anita und Nicole immer noch verbissen um die Klarsichthülle rangelten. Zusammen mit Christian war sie bei ihrer Rückkehr durch den bis zum Parkplatz dringenden Lärm neugierig geworden und schaute jetzt geschockt auf die skurrile Szene, die sich ihnen bot.

»Nicole, pass auf!« Christian ließ Renate einfach stehen und rannte wie von der Tarantel gestochen zum Pool, wo er sich an den Rand kniete und die Hand ausstreckte, um Nicole aus dem Wasser zu helfen.

»Bitte, tun Sie doch was«, bat er Dr. Butz flehend, doch der schien ihn nicht einmal wahrzunehmen.

»Ekelhaft.« Angewidert drehte sich Renate um und rauschte ins Haus. Das grüne Sommerkleid flatterte um ihre mageren Beine, als wäre es lebendig. Dann schloss sich die Küchentür mit einem vernehmlichen Klacken hinter ihr. »Hier brennt sogar das Wasser an!«, hörte man sie von drinnen entsetzt rufen.

»Nicole, greif doch zu.« Christian, der mit ausgestreckter Hand am Pool kauerte, wurde im Eifer des Gefechts von Anita am Ellbogen gepackt, die kreischend mit einem Arm blindlings um sich schlug, weil sie mit der anderen Hand verbissen die Klarsichthülle umklammerte. Hals über Kopf landete er im Wasser und ging mit einem erschreckten Aufschrei unter. Als sein leichenblasser Kopf auftauchte, waren seine Augen weit aufgerissen. Panisch entfernte er sich Zentimeter für Zentimeter von den beiden Furien und versuchte dann unbeholfen, sich an Land zu ziehen. Kaum dem Wasser entronnen, rannte er ins Haus, ohne sich noch einmal umzuschauen.

»Aufhören!«, durchbrach plötzlich eine Stimme die spitzen

Schreie und das aufgebrachte Keuchen. Eben hatte Nicole Anitas lange Haare zu fassen bekommen, die sie sich wie ein Seil ums Handgelenk zu wickeln versuchte, während sich Anita in ihrem Oberteil verkrallte und sie mit sich unter Wasser zerrte.

»Herr Doktor, gefällt Ihnen, was Sie sehen?«, fragte Klaus amüsiert.

Butz erhob sich mit erstaunlicher Geschwindigkeit und wischte sich dann schuldbewusst die vollgespritzten Brillengläser an seinem blauen T-Shirt ab. »Hab aufgepasst, dass nix passiert.«

»Wenn ich das gewusst hätte, wäre ich nicht gelaufen.« Lüstern begaffte Dieter, der ihnen gefolgt war, die beiden klatschnassen Frauen im Wasser. Er schwankte wie Schilf im Sturm.

»Wir haben Sie doch in Ihrem Apartment abgeliefert und aufs Bett gesetzt«, seufzte Sissi. »Bitte begeben Sie sich zurück ins Haus.«

»Ich will diese Frau.« Dieter machte einen wackeligen Schritt auf den Pool zu. »Sehen Sie sie an.«

»Ich will auch viel, wenn der Tag lang ist.« Sissi verlor allmählich die Geduld mit dem renitenten Senior, denn es hatte sich als äußerst mühsam erwiesen, den in Schlangenlinien mitten auf der Straße nach Altusried marschierenden Dieter einzufangen, weil er sich mit Aufbietung aller körperlichen Kräfte gewehrt und etwas von »Freiheitsberaubung« und »Polizeigewalt« geschrien hatte. »Wenn Sie sich fit fühlen, könnten Sie einen Eimer holen und unseren Dienstwagen sauber machen«, schlug sie ihm vergrätzt vor. »Rücksitz und Fußmatten.«

»Geben Sie mir erst mein Geld zurück«, lallte Dieter. »Ich habe es ehrlich gestohlen.«

»Wissen wir. Und es ist nicht Ihres.« Sissi winkte ab.

»Goldlöckchen, ich komme.« Er machte Anstalten, sich zu den beiden Frauen im Wasser zu gesellen.

Klaus hielt ihn energisch fest. »Setzen Sie sich neben den Doktor«, befahl er.

»Und wenn nicht, erschießen Sie mich dann?«, wollte Dieter provokativ wissen.

»Ich habe gerade keine Silberkugel zur Hand.« Klaus drückte ihn sachte auf den Stuhl. Nach nicht einmal dreißig Sekunden fielen Dieter die Augen zu, und er begann zu schnarchen.

»Miststück!« Endlich hatte Nicole es geschafft, Anita die Prospekthülle zu entreißen. Sie drehte sich um und versuchte, den Beckenrand zu erreichen, aber Anita warf sich mit ihrem gesamten, nicht unerheblichen Körpergewicht auf sie.

»Danke.« Klaus lächelte Nicole zu, die sich verzweifelt an der Umrandung festkrallte, während Anita sich an ihren Rücken klammerte wie ein Pinseläffchen, und entnahm ihren verkrampften Fingern die triefnasse Hülle, aus der das Wasser lief. »Ich würde sagen: unentschieden, oder was meinen Sie, Herr Doktor?«

»Äh, ich hab zu tun.« Butz drehte sich um und eilte mit rotem Kopf ins Haus.

»Kommen Sie.« Klaus half Nicole ins Trockene, während Anita ächzend auf den Beckenrand kletterte und sich aufrichtete. Wimperntusche lief in Bächen die Wangen herab, die kunstvolle Frisur hing auf Halbmast. Als sie an sich hinabsah, kreischte sie auf und hielt sich hastig die Hände vor die Brust. »Ihr Ferkel«, beschwerte sie sich. »Des gefallt euch wohl noch?« Nicole, die in ihrem klatschnassen Etuikleid wie eine fleischgewordene Göttin neben ihr stand, warf ihr einen hasserfüllten Blick zu.

»Zeit für trockene Klamotten«, befahl Sissi. Anita tappte tropfend, jedoch mit hocherhobenem Kopf über die Terrasse, beide Arme vor der Brust gekreuzt. Sie trug ihre hohen Sandaletten, was dem ganzen Auftritt etwas Surreales verlieh.

»Die Zeckensaison hat begonnen!« Klaus hechtete plötzlich blitzschnell zur Hecke und zerrte einen entrüstet zeternden Steinmeier aus dem Loch, in dem schon Florian Hofbauer am Samstag erwischt worden war. Steinmeier strampelte widerspenstig und ließ vor Schreck sein Handy fallen.

»Hat Ihnen der Auftritt in der Kirche heute nicht gereicht?«, begrüßte ihn Sissi grollend. »Wir kriegen Sie doch ohnehin immer.«

»Ich hab nur Unkraut gezupft«, beteuerte Steinmeier und bückte sich, um sein Smartphone aufzuheben, doch Klaus hatte es sich geschnappt und hielt es über seinen Kopf.

»He, das gehört mir«, protestierte Steinmeier.

»Wird leider konfisziert, Sie rasender Reporter«, antwortete Klaus. »Die Kamera läuft sogar noch. Schon mal was von Persönlichkeitsrechten gehört?«

»Die hat sich von selber eingeschaltet«, verteidigte sich Steinmeier.

»Genau wie Sie hier arbeiten.« Klaus lachte.

»Ich muss mich umziehen«, wurde er von Nicole unterbrochen, die am Beckenrand wartete wie ein begossener Pudel.

»Die will net umziehen, die will ausziehen!«, schrie Anita von der Terrasse her, in ein gestreiftes Badehandtuch gewickelt. Eilig kam sie auf ihren schwindelerregenden Absätzen angelaufen. »Die packt nämlich schon.«

»Es gibt nur eins, das mein Glück jetzt komplett machen könnte.« Sissi massierte wieder diskret ihre Schläfen, als sie Anita auf sich zukommen sah.

»Hat die dir was getan?« Erna kam hinter Anita hergelaufen, immer noch in ihrem taubenblauen Mantel, und zeigte mit einem knochigen Finger auf die schöne Blondine.

»Danke, Universum, du machst keine halben Sachen«, flüsterte Sissi sarkastisch.

»Da, der Rest. Schneller ging's net.« Erna drückte Anita mehrere Blätter in die Hand und schielte schuldbewusst zu Sissi. »Die wollt mich aushorchen, aber ich hab nix gesagt.«

»Frau Dobler, welche Ehre.« Klaus winkte Erna grüßend zu. »Sie machen Heimarbeit?«

»Wenn ihr zu blöd dazu seids«, antwortete sie patzig.

»Mich würde interessieren, was du gegen Frau Kunze hast, Anita«, wollte Sissi wissen.

»Die hat den Bertram angebaggert!«, mischte Erna sich ein. »Vor der Metzgerei am Marktplatz hat sie ihren Korb fallen lassen. In einem Rock, da hast bis zum Blinddarm raufschauen können, als die sich gebückt hat. Der Bertram ist beinah über seine eigenen Füß geflogen, damit er beim Aufklauben helfen kann, und hat gegrinst wie ein Volldepp. Und drum hab ich des der Anita gesteckt.«

»Deswegen behandelst du mich so, nur weil ich mich bedankt habe?«, hauchte Nicole verstört.

»Du nimmst mir meinen Mann net weg, du Schlange«, drohte Anita stinksauer.

»Frau Dobler, Anita, Abmarsch«, befahl Sissi. »Wir haben zu tun.«

»Von wegen Abmarsch«, weigerte sich Erna frech. »Ich bin nämlich Steuerzahler. Was habts ihr denn zum Tun? Man kriegt ja gar nix mehr mit.«

»Und dabei sitzen Sie doch permanent in der ersten Reihe.« Sissi seufzte resigniert. »Klaus, willst du, oder soll ich?«

»Mach ruhig«, nickte er. »Herr Steinmeier, hören Sie gut zu.«

Sissi holte tief Luft. »Frau Dobler, laut Paragraf 164 StPO sind wir als Beamte, die Amtshandlungen leiten, vor Ort befugt, Personen, die unsere amtliche Tätigkeit vorsätzlich stören oder sich unseren innerhalb unserer Zuständigkeit getroffenen Anordnungen widersetzen, festzunehmen und bis zum Ende unserer Amtsverrichtungen, spätestens zum nächstfolgenden Tag, festhalten zu lassen. Störer können im Falle einer Behinderung unserer strafprozessualen Ermittlungshandlungen festgenommen werden, wenn Sie unserer Anordnung, den Ort der Amtshandlung zu verlassen, nicht nachkommen.«

»Hä?« Erna starrte sie verdattert an. »So ein geschwollener Schmarrn.«

»Ich erkläre es Ihnen«, bot Klaus ihr an, der sich das Lachen mühsam verkniff. »Sie nicht dagegenreden, Sie umgehend verschwinden, Sie nicht stören unsere Ermittlungen, Sie sich heraushalten, sonst Sie Gefängnis.«

»Des passt mir grad gar net, ich mach nämlich morgen eine Kaffeefahrt«, erschrak Erna. »Anita, mir gehen. Gschwind.« Sie drehte sich blitzschnell um und stapfte ohne jedes weitere Wort ins Haus. Anita folgte ihr fluchend, nicht ohne Nicole ein letztes gehässiges »Miststück!« zuzuwerfen.

»Hast du dieses Klingeln auch gehört?« Klaus beobachtete irritiert, wie Erna und Anita im Haus verschwanden. »Klang wie ein klitzekleines Tamburin.«

»Höre ich fast jedes Mal, wenn ich sie sehe«, sagte Sissi. »Vielleicht kriege ich schon Tinnitus vom Stress. Herr Steinmeier, hauen Sie ab. Sofort.«

»Geben Sie mir erst mein Handy zurück«, verlangte er und wollte sich das Mobiltelefon schnappen, das Klaus nach wie vor in der Hand hielt. Der wich nach hinten aus, wobei ihm das Handy entglitt und im Pool versank.

Betreten deutete Klaus auf das iPhone, dessen Display im klaren Poolwasser noch ein paar Sekunden aufleuchtete und sich dann verdunkelte. »Herr Steinmeier, warum haben Sie mich angegriffen? Sehen Sie nur, was Sie angerichtet haben.«

»Nein!« Steinmeier nahm Anlauf, sprang mit zugehaltener Nase und angezogenen Beinen seinem Telefon hinterher und versuchte es auf dem blau gekachelten Boden zu ertasten. »Das war Absicht!«, zeterte er, während ihm das Wasser aus der Stirn in die Augen lief, und hielt vorwurfsvoll das Handy mit dem erloschenen Bildschirm hoch.

»Würde ich nie tun«, widersprach ihm Klaus mit zuckenden Mundwinkeln. »So gut müssen Sie mich doch kennen.«

»Des zahl ich Ihnen heim.« Steinmeier kletterte unbeholfen aus dem Wasser und rappelte sich hoch. Dann stapfte er, ohne sich umzuschauen, am Haus entlang zur Einfahrt, wobei er eine nasse Spur von Fußabdrücken hinterließ, und verschwand, während die dunkelblaue Gabardine-Hose an seinen stämmigen Beinen hin und her klatschte.

»Ihr Kleid ist hinüber, fürchte ich«, wandte sich Sissi an Nicole, die stocksteif am Beckenrand stand. »Ralph Lauren?« Die streckte bittend die Hand nach der Klarsichthülle aus. Klaus schüttelte bedauernd den Kopf. »Die behalten wir, Teuerste.«

»Ich kann das erklären«, hauchte Nicole. Trotzdem ihr klatschnasse Strähnen ins Gesicht hingen, war sie atemberaubend schön. »Was wollen Sie überhaupt hier?«

»Wir verhaften heute einen Mörder«, antwortete Sissi ernst. »Und Sie sollten sich dringend abtrocknen. Na los, gehen Sie! Wir müssen noch ein bisschen warten.«

»Kann ich mit dir sprechen?« Schwankend stand Frauke im Türrahmen und sah Renate bittend an. Sie trug einen hellblauen Pyjama aus Seide in Kurzgröße und stützte sich unbeholfen an der Wand ab.

»Ich geh jetzt«, rief Dr. Butz ins Zimmer, der gerade auf dem Flur an ihr vorbeihastete. »Wo ist mein Handy, zefix? Hab ich des im Auto gelassen?« Man hörte ihn fluchen, bis sich die große Eingangstür am Vordereingang schloss.

»Gib es ihm zurück«, befahl Renate mit müder Stimme. »Ich bin es so leid, Frauke.«

»Es übermannt mich einfach.« Frauke zog mit schuldbewusstem Gesicht das Mobiltelefon des Doktors aus der Brusttasche ihres Schlafanzugs. »Aus meinem Koffer fehlen schrecklich viele Sachen, ich bin von der Polizei beklaut worden.«

»Und nun musst du deinen Fundus umgehend wieder auffüllen?«, fragte Renate erschöpft.

»Es tut mir leid.« Frauke setzte sich neben sie aufs Bett. »Ich hab dich lieb, Reni. Bitte jage mich nicht weg. Immer habe ich alles für dich getan.«

»Stören wir?« Klaus steckte seinen Kopf durch die Tür.

»Das wissen Sie sicher selbst«, antwortete Renate gelassen. »Soll ich raten, warum Sie hier sind?«

»Wir müssen einen Haftbefehl vollstrecken.« Klaus betrat zusammen mit Sissi den Raum. »Besser gesagt zwei.«

»Reni! Tu doch was!«, schrie Frauke entsetzt. »Mich verhaften Sie?«, hauchte sie dann ungläubig. »Aber ich bin doch krank.«

»Das ist nicht zu übersehen. Halt deinen Mund«, befahl Renate. »Lassen Sie Frauke in Ruhe. Ich war es. Ich habe die Beruhigungsmittel in Norberts Likör getan. Frauke wusste das nicht und hat am Samstagabend beim Kartenspielen in Norberts angebrochene Flasche, die auf dem Tisch stand, nochmals Tabletten gegeben, die sie mir zuvor gestohlen hatte. Sie kann nichts dafür. Nehmen Sie mich mit. Mit meinem Anwalt habe ich bereits gesprochen.«

»Das ist uns bekannt, und wir werden es beweisen, sobald wir Ihre Fingerabdrücke zum Vergleich haben.« Sissi setzte sich neben die beiden aufs Bett. »Darf ich? Wir konnten auf den Flaschen Abdrücke sicherstellen, die sich garantiert mit Ihren decken.«

»Er hat sie eiskalt abserviert«, versuchte Frauke ihre Freundin zu verteidigen. »Renate hat sogar geweint, das habe ich bei ihr in den fünfzig Jahren zuvor nie gesehen.«

»Warum haben Sie das getan?«, wollte Klaus wissen.

»Ich wusste, dass er sie in der Nacht am Pool treffen will und wozu«, gestand Renate tonlos. »Weil ich hinter der Küchentür mitgehört habe. Also habe ich gewartet, bis er nachmittags beim Sonnenbaden lag, bin in sein Zimmer und habe meinen Tablettenvorrat in dieser Plörre fair aufgeteilt. Hier sperrt ja nie einer ab.«

»Frau Reismann, wieso nur?« Sissi sah sie beinahe mitfühlend an.

Renate senkte den Kopf. »Eigentlich wollte ich nur, dass er einschläft und nicht zu ihr gehen kann. Oder dass er wenigstens nichts zustande bringt mit diesem billigen Flittchen. Das hätte ihn so gedemütigt, wie er mich gedemütigt hat.«

Sissi nickte. »Ich habe schon Merkwürdigeres gehört. War Ihnen klar, dass er daran sterben konnte?«

»Ja.« Renate hob den Kopf und musterte Sissi teilnahmslos. »Aber es hat mich nicht wirklich interessiert.«

»Reni!«, flüsterte Frauke geschockt.

Renate streckte Klaus beide Hände entgegen. »Nehmen Sie mich mit, ich bin bereit«, verlangte sie, als unvermittelt jemand schrie: »Du perverses Schwein!«

»Es ist so weit.« Sissi gab Klaus ein Zeichen. »Frau Reismann, warten Sie bitte mit Frau Schussel in der Küche.« Beide eilten aus dem Zimmer.

Im Zimmer von Christian stand Nicole mit hochrotem Kopf am Schreibtisch vor dem auf seinem Stuhl zur Salzsäule erstarrten Betreuer. Hastig versuchte er, seinen Computer auszuschalten, aber Nicole knallte ihm den Plüschteddy mit dem weißen Shirt und der Aufschrift »Du bist toll« auf die Tastatur, sodass er verschreckt zurückwich. Das winzige Oberteil des Bären war hochgeschoben, darunter blitzte eine versteckte Kameralinse.

»Was ist das?« Wutentbrannt wischte sie mit einer einzigen Handbewegung die Computermaus, nach der Christian in Panik greifen wollte, auf den Boden, wo sie sich klappernd öffnete, sodass die Batterie herausrollte. »Antworte!« Sie drückte ihm den Teddy unsanft mitten in sein leichenblasses Gesicht.

»Man nennt es ›Nanny-Cam‹«, erklärte ihr Sissi, die mit Klaus im Türrahmen aufgetaucht war. »Eine internetfähige Kamera, die drahtlos Bilder überträgt und in anderen Ländern zur Überwachung von Kindermädchen eingesetzt wird, um Eltern die Möglichkeit zu geben, zu überprüfen, ob die Nannys ihre Schützlinge gut behandeln.«

»Was macht dieses Ding in meinem Zimmer?«, schrie Nicole außer sich vor Wut. »Wochenlang lag es bei mir auf dem Sofa, und jetzt finde ich es auf meinem Schreibtisch. Darum hast du mir also den ganzen Plunder geschenkt? Um mich auszuspionieren?«

»Es ist net so, wie du denkst«, stammelte Christian.

»Oh, es ist ganz genauso, wie sie denkt«, mischte Klaus sich ein. »Er hat Sie gestalkt, Frau Kunze.« Vorsichtig nahm er ihr den Teddy aus der Hand. »Darf ich vorstellen? Das jüngste Mitglied Ihres Fanclubs. Aber das wissen Sie ja, immerhin haben Sie auch ihn manipuliert.«

Christian sackte auf dem Bürostuhl in sich zusammen und vergrub sein Gesicht in den Händen. Nicole, die vor Empörung zitterte, packte ihn an seinem T-Shirt und zog ihn zu sich heran. »Schau mich gefälligst an!«, rief sie. »Ist das in jedem dieser Dinger, die du mir angeschleppt hast?«

»Nein, ich schwör.« Christian war kaum zu verstehen. »Bloß in dem.«

»Du hast mich also die ganze Zeit beobachtet.« Voller Verachtung starrte sie ihn an.

»Und du, du hast mich die ganze Zeit angelogen«, flüsterte Christian zwischen seinen Fingern hindurch. »Aber ich hab dich trotzdem mögen.« Er hob die Hände vom Gesicht und sah sie mit tränennassen Augen an. »Ich hab dich so mögen«, wiederholte er.

»Goldlöckchen, Sie sehen zum Anbeißen aus«, lallte in diesem Moment Dieter, der immer noch sein fleckiges Hemd trug und einen blauen Eimer schwenkte. Unsicher wankte er ins Zimmer. »Gehen wir heute Abend aus?«

»Das wird wohl aus zeitlichen Gründen nicht möglich sein.« Klaus schob ihn energisch auf den Flur, Dieter geriet dabei ins Schlingern und versuchte vergeblich, sich an der Wand festzuhalten. »Wir haben einen Haftbefehl für Frau Kunze.«

»Sie haben was?« Nicole war kreidebleich geworden.

»Des dürfen Sie net!«, mischte Christian sich entsetzt ein.

»Und wie wir dürfen«, widersprach Klaus. »Warten Sie mal ab.«

»Meinen Sie das?« Ein unauffälliger Mann Mitte vierzig betrat den Raum. In der Hand hielt er mehrere eng beschriebene Blätter. »Die waren gleich in der ersten Schublade«, sagte er.

»Ein Kollege von uns«, stellte Sissi den Mann vor. »Wir haben einen Durchsuchungsbeschluss für Ihr Apartment, Frau

Kunze. Und während Sie hier damit beschäftigt waren, Herrn Engels kräftig durchzuschütteln, haben sich unsere Beamten sofort an die Arbeit gemacht.«

»Dazu haben Sie kein Recht!«, rief Nicole leichenblass.

»Aber ja doch«, seufzte Sissi. »Gut gespielt, Frau Kunze, aber ich darf Ihnen verraten, dass Ihre Rechnung bezüglich Herrn Heilers Vermögen nicht aufgegangen wäre. Wie wir vom Nachlassgericht erfuhren, existiert bereits ein gültiges Vermächtnis mit einem eingetragenen Erben, gegen den Sie schlechte Karten gehabt hätten. Ohne jahrelange Auseinandersetzungen vor Gericht wären Sie vermutlich leer ausgegangen, bestenfalls mit einem kleinen Anteil der Erbschaft.«

»Nein!«, entfuhr es Nicole, die durch diese Eröffnung sichtlich aus der Fassung geriet. »Das hätte er mir gesagt!«

»Anscheinend waren Sie in diesem Verhältnis nicht die Einzige, die mit gezinkten Karten spielte«, sagte Sissi. »Aber das kann Ihnen nun auch egal sein. Sie haben dieses Testament am Samstagnacht aus Herrn Heilers Zimmer entwendet, nachdem Ihnen bewusst wurde, dass er tot war, oder? Meine Anerkennung für diese schnelle Reaktion. Jede andere wäre vermutlich erschüttert gewesen.«

»Als ich ihn gefunden hatte, habe ich eben gehandelt.« Nicole zeigte keinerlei Gemütsregung, denn wie jeder echte Zocker wusste sie, wann sie verloren hatte. »Ich ließ ihn im Wasser und bin in sein Zimmer, um mir das Testament zu holen. Für diese paar Blätter habe ich hart gearbeitet und einiges ausgehalten. Das Geld steht mir zu. Er hat es mir versprochen.«

»Merkwürdigerweise haben wir keine Nässespuren im Flur gefunden am Samstagnacht«, wandte Klaus ein.

»Weil ich sie aufgewischt habe, als Sie alle draußen waren.« Nicole blinzelte nicht ein einziges Mal. Ihr Gesicht wirkte wie aus Stein gemeißelt. »Das ist aber kein Beweis dafür, dass ich es war.«

»Wir wissen, dass Sie dringend Geld brauchen«, sagte Sissi. »Wir wissen, dass Sie mindestens einmal wöchentlich eine

Spielothek in Memmingen aufgesucht und dort eine Menge Geld verloren haben. Die meisten Zocker denken ja, dass sie irgendwann ihre Verluste wieder wettmachen können. Und – wir wissen, dass Sie absolut pleite sind, Frau Kunze. Norbert Heiler war Ihre allerletzte Hoffnung.«

»Ich sage Ihnen noch mal, das Geld steht mir zu«, entgegnete Nicole tonlos. »Dafür habe ich mehr als genug ertragen.«

»Ansichtssache«, antwortete Sissi. »Als Sie dann entdeckten, dass das Testament nicht unterschrieben war, versuchten Sie, die Unterschrift zu fälschen. Dafür muss ich mich wohl bei unserer liebenswerten Anita bedanken, denn sie lieferte letztendlich den Beweis. Sie müssen sehr verzweifelt sein. Vermutlich finden die Kollegen auch den Brief, den Herr Heiler an Frau Reismann geschrieben hat.«

»Goldlöckchen, was ist los?« Dieter stand schon wieder mit schwerer Schlagseite in der Tür und schwankte leicht, als Sissis Kollege den Raum verließ. »Ich heirate Sie sofort«, lallte er. »Brauchen Sie Geld? Für Sie tue ich alles.«

»Wir müssen Ihr Goldlöckchen leider mitnehmen, Herr Brumbach«, teilte ihm Sissi gelassen mit. »Und zwar im Rahmen eines Amtshilfeersuchens unserer Kollegen in Köln, wo wegen schwerem Betrug gegen sie ermittelt wird. Außerdem ist sie zur Abgabe der eidesstattlichen Versicherung nicht erschienen und muss deshalb in Beugehaft. Sie sind eine sehr gefragte Person, Frau Kunze. Mich würde nur noch eines interessieren – warum haben Sie nicht, wenn Sie so dringend Geld brauchen, den Umschlag von Herrn Heiler gestohlen? Viertausend Euro sind eine Menge Geld.«

»Hatte ich vor«, gestand Nicole ohne jede Gemütsregung. »Aber es war schon weg am Samstagnacht, als ich in Norberts Zimmer war. Als ich den Umschlag bei Frau Schussel in Ihrem Beisein entdeckte, ging es ja nicht mehr.«

»Hätte ohnehin nur für drei Handtaschen gereicht«, antwortete Sissi sarkastisch. »Sie haben einen exzellenten Geschmack, Frau Kunze.«

»Du hast mir geschworen, du willst nix von dem und bloß weg von hier«, meldete sich Christian mit brüchiger Stimme zu Wort. »Ich war heut sogar bei der Sparkasse, damit du nach München gehen kannst, aber die ham mir keinen Kredit gegeben. Überall wär ich mit dir hin. Obwohl du gelogen hast.«

»Halt endlich dein Maul, du dämlicher Idiot!«, brüllte Nicole plötzlich so laut, dass alle zusammenzuckten. »Dann sperren Sie mich doch ein. Er war es mir schuldig, dieses alte Ferkel.«

»Was Sie partout nicht einsehen wollen, ist, dass Geld allein Sie aus Ihrer misslichen Lage nicht mehr retten kann«, eröffnete ihr Klaus. »Dazu ist die Sache schon zu weit fortgeschritten. Sie haben unter dem Namen Ihres Exmannes Waren und ein Auto im Wert von über achtzigtausend Euro erworben. Morgen früh werden Sie nach Köln überführt. Es tut mir leid.«

»Können wir?« Zwei uniformierte Beamte kamen herein, nahmen Nicole in die Mitte und führten sie ab.

»Er hatte wirklich einen Ring für Sie!«, rief Sissi ihr nach, aber sie warf ihr nur einen eiskalten Blick zu. Dann verließ sie, eskortiert von den beiden Polizisten, das Apartment mit der Körperhaltung einer Königin. Christian starrte ihr mit brennenden Augen hinterher.

»Büble, im Flur wäre dringend etwas aufzuwischen«, nuschelte Dieter, der schon wieder versuchte, sich in den Raum zu drängen. »Seien Sie doch so gut. Mir ist da was entfleucht.«

»Herr Engels hat heute noch etwas vor«, informierte ihn Sissi. »Versuchen Sie es mit einem Lappen und einem Schrubber.« Entnervt schlug sie ihm die Tür vor der Nase zu und sperrte von innen ab. »Herr Engels«, bat sie dann. »Sie hätten mich beinahe getäuscht mit Ihrer liebenswerten Art. Was ist denn um Himmels willen nur schiefgelaufen bei Ihnen?«

»Ich hab sie so gerngehabt«, stammelte Christian. »Ihr geglaubt. Und geholfen. Immer wieder hab ich ihr Geld geborgt, weil sie so oft geweint hat und ständig pleite war wegen ihrem Ex. Und ich hab gedacht, sie und ich, irgendwann … Nie hat sie was dagegen gehabt, wenn ich so ebbes angedeutet hab. Bitte, ich wollt des alles net.«

»Der Zahlungsbeleg von der Tankstelle, den Sie mir gezeigt haben, enthielt zwei Positionen«, sagte Sissi. »Knapp sechzig Euro für Benzin und der Rest war für ein Herz aus Plüsch. Sie haben Frau Kunze also diesen Kuscheltierzoo auf ihrem Sofa geschenkt? Mir war diese Sammlung sofort merkwürdig vorgekommen, denn sie passte so gar nicht zu ihrem erlesenen Geschmack.«

»Weil ich gedacht hab, es freut sie«, bejahte Christian. »Aber ich glaub, sie hat nur so getan und des net ehrlich gemeint.«

»Es ist vermutlich nicht sonderlich schwer, Sie hereinzulegen«, seufzte Sissi. »Auf der Videoaufzeichnung der Tankstelle in der Allgäuer Straße vom Samstagabend ist deutlich zu erkennen, wie Sie nach dem Zahlvorgang in Ihren Wagen steigen und wegfahren. Allerdings biegen Sie rechts ab, in Richtung Legau, und nicht links in Richtung Stadtmitte. Haben Sie vergessen, dass heutzutage alles videoüberwacht wird?«

»Seit Samstag kann ich gar nimmer richtig denken«, gab Christian zu. »Bloß alleweil an den Heiler. Wie er mich angeschaut hat im Wasser.« Er begann haltlos zu schluchzen. »Der Brumbach hätt es genauso sein können wie ich.«

»Er trägt keine Sneakers in Größe 45«, widersprach ihm Klaus. »Im Gegensatz zu Ihnen. Als Sie vorhin von Anita in den Pool gezogen wurden und anschließend patschnass zum Haus gerannt sind, habe ich Fotos von Ihren Schuhabdrücken gemacht, auf den ausdrücklichen Wunsch meiner Kollegin. Zum Vergleichen mit den Spuren vom Samstagabend war noch keine Zeit, aber ich bin sicher, dass die Abdrücke identisch sind. Wollen Sie nicht endlich aussagen? Das hier ist Altersfreigabe achtzehn, Herr Engels. Im echten Leben kann man schlimme Szenen nicht einfach herausschneiden. Sie haben Samstagnacht getankt und sind sofort zurück?«

Christian nickte. »Die Nicole hat geheult und mir gestanden, dass der Heiler sie Samstagnacht treffen will. Erst wollt ich trotzdem ins Kino, aber dann hab ich es mir anders überlegt. Weil sie gesagt hat, dass sie Angst vor ihm hat.«

»Ich vermute, Frau Kunze hat ziemlich viel gesagt, nur selten die Wahrheit«, murmelte Sissi.

»Ich hab mein Auto vorn an der Hauptstraße abgestellt und bin zu Fuß her. Dann hab ich mich im Garten versteckt«, erzählte Christian weiter. »Weil ich ihr geglaubt hab, dass der sie vergewaltigen will.«

»Hatten Sie vor, ihn zu töten?«, wollte Klaus wissen.

»Überhaupt net«, verneinte Christian vehement.

»Sie haben also gewartet, weiter?«, forderte Sissi den käsebleichen Betreuer auf.

»Ich hab net lang in der Hecke sitzen müssen«, erzählte er stockend. »Die waren bald drauf da. Der Heiler hat geschwankt, aber so war der öfter. Wie ich zugehorcht hab, da hab ich gemerkt, dass die Nicole wirklich weggeht mit dem. Endgültig. Weil sie ihm geschworen hat, sie will unbedingt schnell heiraten und mit nach Grönenbach. Aber mir hat sie versprochen ...« Seine Stimme brach. »Heiraten wollt sie den. Und wegziehen«, wiederholte er. »Einfach so. Da ist mir aufgegangen, dass sie es ernst meint, dann hätt ich sie nie mehr gesehen. Kurz drauf ist sie heulend weggerannt und hat gerufen, sie glaubt ihm gar nix mehr, weil er den Notartermin abgesagt hat. Und der Heiler ist besoffen dagestanden mit seinem bescheuerten roten Morgenmantel, den er net amal zugemacht hat, und hat saudumm gegrinst.«

»Haben Sie ihn dann verprügelt?«, fragte Sissi.

»Ich bin kein Schläger«, flüsterte Christian. »Aber ich hab so eine Wut gekriegt. Und Angst, dass der wirklich mit der Nicole weggeht. Bin raus aus der Hecke und losgerannt. Er ist am Rand vom Schwimmbecken gestanden und hat was fallen gelassen. Der hat ja schon nimmer stehen können. Ich hab ihn einfach über den Haufen gesprungen mit dem Kopf voraus in seinen Bauch. Er ist nach hinten ins Wasser gefallen. Erst wollt ich ihm raushelfen, weil ich tierisch erschrocken bin, aber ...«

»Dann sind Sie ihm hinterher und haben ihn unter Wasser gedrückt«, beendete Klaus den Satz.

»Ich hab des net vorgehabt«, stammelte Christian. »Des war bloß eine einzige Sekunde. Als würd wer in mir hocken und sagen: ›Tu's!‹ Er hat sich net amal gewehrt.«

»Hallo?«, hörte man Dieter von draußen gegen die Tür hämmern. »Wer macht denn jetzt hier sauber? Und warum sitzt der Ersatz für unser Büble schon in der Küche und weigert sich? Aufmachen!«

»Einfach nicht reagieren«, befahl Sissi. »Herr Engels, dachten Sie wirklich, damit kommen Sie durch?«

»Es tut mir ehrlich leid. Noch nie in meinem Leben hat mir ebbes so leidgetan«, sagte Christian leise. »Aber ich versteh wirklich net, warum Sie ausgerechnet mich verdächtigt haben.«

»Ich habe sehr wohl registriert, dass Sie Samstagnacht sogar noch bei unserer Ankunft verdächtig außer Atem waren«, eröffnete ihm Sissi. »Und als ich heute Nachmittag von einem Zeugen erfuhr, dass er ein Auto an der Zufahrtsstraße hat stehen sehen, konnte ich diese Tatsache in einen logischen Zusammenhang bringen. Nach der Tat zogen Sie sich schnell um, dann rannten Sie zum Auto und fuhren auf den Moserhof, als kämen Sie vom Kino. Habe ich recht?« Er nickte.

»Ihr Auto verliert Öl«, meldete sich Klaus zu Wort. »An der Zufahrtsstraße, an der vom Zeugen beschriebenen Stelle, fanden wir einige Spuren davon.«

»Des ham Sie gemerkt?« Christian machte den Eindruck, als bekomme er alles nur im Nebel mit. Er wirkte vollkommen geistesabwesend.

»Und auch, dass Sie am Sonntagmorgen Wäsche und Ihre Haare wuschen, vermutlich um den Chlorgestank aus den Klamotten zu bekommen. Und dass der braune Dreifachstecker unter Ihrem Fenster lag wie eine tote Blindschleiche, darüber ein kleines Stück feuchter Rauputz, außerdem ein in Papiertücher gewickeltes Handy auf Ihrem Schreibtisch. Wo ist es übrigens?«, wollte Sissi wissen.

»Im Schrank«, gestand er. »Hab kein Geld für die Reparatur.«

»Die Untersuchung wird ergeben, dass Chlorwasser ins Gehäuse des Mobiltelefons eingedrungen ist. Einer der Nachteile, wenn man die Dinger ständig mit sich herumträgt und damit baden geht«, eröffnete ihm Klaus. »Unmittelbar nach der Tat sind Sie patschnass über das offene Fenster in Ihr Apartment geklettert, haben sich abgetrocknet, umgezogen und sind zu Ihrem Auto. Alle Achtung. So viel Gerissenheit hätten weder meine Kollegin noch ich Ihnen zugetraut.«

»Darf ich?« Sissi hatte die Computermaus aufgehoben und zusammengesetzt. »Sie sagten, der ist abgestürzt?«, fragte sie.

»Ja, der war aus«, bestätigte Christian leichenblass. »Ich hab's erst am Sonntagvormittag gemerkt.«

»Als Sie Nicole weiter stalken wollten?« Sissi zeigte auf das Display. »Den nehmen wir mit, Herr Engels. Ich habe auch für Ihr Apartment einen Durchsuchungsbeschluss. Haben Sie in Ihrem Videotagebuch die Tat erwähnt?«

»Na«, stotterte Christian. »Hab ich net. Des interessiert eh niemanden, was ich draufschwätz.«

»Sagen Sie das nicht«, unterbrach ihn Klaus. »Während Sie mit den Damen im Pool planschten, saß ein Kollege von uns mit seinem Laptop in der Küche, der sich mit Computern ziemlich gut auskennt, weil das sein Job ist. Sie sollten sich einen Passwortgenerator zulegen.« Er seufzte. »›Nicoleichliebedich‹ ist nicht sonderlich kreativ. Über WLAN hat er Ihren PC gehackt, und da Sie sich sicher waren, dass Ihr Tagebuch für niemanden von Interesse ist, und es nicht verschlüsselt haben, konnte er sich Ihre Aufzeichnungen durchsehen. Uns interessierte ohnehin nur der letzte Samstag.«

»Meinen Computer durchsuchen?« Obwohl es unmöglich schien, wurde Christian noch blasser.

»Ja. In unserem Durchsuchungsbeschluss ist explizit erwähnt, dass er auch die Beschlagnahme von digitalen Speichermedien wie zum Beispiel Festplatten beinhaltet. Sie haben an verdammt vieles gedacht«, bestätigte ihm Sissi. »Aber nicht daran, Ihre Aufzeichnung vom Samstag, die durch den Kurzschluss abrupt unterbrochen wurde, zu checken. Fangen wir an. Möchten Sie Popcorn?«

Christian drehte sich hastig um und starrte auf den Schirm. »Ich hab vergessen, den auszuschalten, als ich nach Memmingen bin«, murmelte er fahrig.

»Genau«, pflichtete Sissi ihm bei. »Als Sie am Samstag angeblich ins Kino verschwanden, haben Sie die Anwendung nicht geschlossen. Ich weiß, dass die meisten Leute ihre PCs ohnehin ständig im Stand-by laufen lassen und nie abschalten. Aber sehen Sie selbst.« Auf dem Bildschirm erkannte man deutlich im hellen Mondlicht die Umrisse der Möbel in Christians Zimmer.

Klaus zeigte auf das Display. »Samstagabend, zweiundzwanzig Uhr zehn. Da sollten Sie jetzt davorsitzen, und die Kamera sollte Ihr Gesicht aufzeichnen. Aber in Ihrer Eile haben Sie die Webcam nicht deaktiviert, die einfach weitergefilmt hat. Beschleunigen wir das doch etwas.« Er klickte auf »Vorwärts«. Deutlich war Christians gedrungene Gestalt zu erkennen, die von außen durchs Fenster kletterte, während sie sich panisch umsah. Urplötzlich verlor er das Gleichgewicht und stürzte auf den Fußboden. Ein kurzer Schmerzensschrei war zu hören. Dann wurde der Bildschirm schwarz.

»Sie waren patschnass, als Sie hier ankamen, und haben mit Sicherheit getropft«, klärte Sissi ihn auf. »Der Dreifachstecker lag unterhalb des Fensters. Wasser ist beim Reinklettern in die Steckdose gedrungen und hat den Kurzschluss verursacht. Ihr Computer stürzte ab, was die Videoaufzeichnung abrupt stoppte. Da Sie außer sich waren wegen dem, was Sie getan haben, ist Ihnen nichts aufgefallen. Am nächsten Morgen mussten Sie eine neue Steckdose anbringen und den Computer hochfahren. Aber Sie haben nicht an die Aufnahme vom Samstagabend gedacht, obwohl Sie sonst an alles dachten. Offenbar sehen nicht mal Sie sich Ihr eigenes Tagebuch an, oder? Herr

Engels, ich verhafte Sie wegen des Mordes an Norbert Heiler.« Sie erhob sich und sah Christian bedauernd an. »Möglich, dass er diese Mischung aus Beruhigungsmitteln, Alkohol und Potenzpillen überlebt hätte, wenn Sie ihn nicht ersäuft hätten wie eine junge Katze.«

»Ich wollt's eigentlich wirklich net. Die Nicole … sie sollt doch bloß net weggehen«, heulte Christian. »Darf ich meinen Computer haben im Gefängnis, wenn Sie fertig sind?«

Klaus verneinte. »Jetzt werden zur Abwechslung Sie beobachtet. Wo ist übrigens die Schachtel, in die der Ring gehört?«

»Schachtel?«, fragte Christian irritiert.

Klaus nickte. »Vom Juweliergeschäft. Sie haben den Ring, der Herrn Heiler entglitten ist, herausgenommen und in der Kirche bei dem Gerangel mit Frau Reismann verloren. Nur Frau Reismann, Herr Brumbach oder Sie konnten in seinem Besitz gewesen sein, als er in der Kirche verloren wurde. Herr Brumbach besitzt aber keine Sneakers in Größe 45 und Frau Reismann ebenfalls nicht. Es sind viele kleine Details, die es uns ermöglichten, auf Sie zu kommen, wissen Sie?«

»In der Schublade. Finden Sie ja ohnehin.« Christian deutete auf seinen Schreibtisch.

»Sie trugen den Ring lose in der Hosentasche mit sich herum?«, fragte Sissi. »Und er ist Ihnen rausgerutscht. Was hatten Sie damit vor? Sollen wir raten?«

Er senkte den Kopf. »Wollt ihn der Nicole geben«, gestand er und begann wieder zu heulen. »Damit sie denkt, der ist von mir. Die Schachtel ist auf dem Boden gelegen, wie ich am Samstag aus dem Wasser raus bin, und da hab ich sie eingesteckt. Der wollt sie wirklich heiraten und mir wegnehmen.«

»Alter schützt vor Torheit nicht, und Jugend ist Unwissenheit in einem schönen Körper«, seufzte Sissi. »Sie sitzen wahrlich böse in der Tinte, Herr Engels. Dabei hätte aus Ihnen alles werden können. Sie sind intelligent.«

»Der Papa«, wisperte Christian bedrückt, »der Papa bringt mich um.«

»Sie können ihm schreiben«, tröstete ihn Klaus. Es klopfte an der Tür.

»Kannst reinkommen!« Sissi nickte Dollinger grüßend zu. »Gut gemacht, Hans.«

»Servus«, grüßte Dollinger Christian freundlich. »Sie sollten sich wirklich andere Passwörter ausdenken. Des macht ja sogar meine Frau besser.«

»Hast du genug gesehen von dieser WG?«, wollte Sissi augenzwinkernd wissen.

»Viel zu viel, Sissi.« Dollinger schaute nervös über seine Schulter. »Die wollten mich net weglassen und dass ich einen Tee mit ihnen trink. Dann hat die Dünne gefragt, ob sie sofort mitnehmen will in den Knast oder ob sie vorher noch ihren Koffer packen darf. Und die Dicke wollt meine Handynummer ham. Dabei schaut sie total fertig aus, als ob sie gleich umfallt. Ich fahr jetzt jedenfalls heim, nimmer aufs Revier. Muss dringend a paar Blumen besorgen. Für meine Frau. Pfiats euch.« Sprach er und verschwand wie der Blitz.

»Gehen wir, Herr Engels«, sagte Sissi. »Damit die Kollegen hier ihre Arbeit tun können. Sitzen müssten Sie hinten links, und Sie sollten ein bisschen aufpassen. Es sei denn, Herr Brumbach hat seine Sauerei beseitigt, was ich mir aber kaum vorstellen kann.« Sie nahmen Christian in die Mitte und verließen das Gebäude. Er warf keinen einzigen Blick zurück und weinte während der ganzen Zeit.

Neben dem schmiedeeisernen elektrischen Tor beobachtete ein kleines Grüppchen, wie Christian vorsichtig in den Wagen kroch und dann das Gesicht verzog.

»Ja, verreck«, murmelte Erna.

»Hast gesehen, wie die Nicole mich beim Vorbeifahren angeguckt hat?«, kicherte Anita.

»Was macht denn der da eigentlich noch?« Sie deutete auf einen schleimfarbenen Kleinwagen direkt an der weiß gekalkten Mauer, in dem Steinmeier saß und mit einer uralten Kamera eifrig knipste. »Wenn der wieder so einen sauschlechten Artikel schreibt wie gestern Abend, zieht keiner mehr her, und ich verlier meine Arbeit. Und des, wo die Martha so blöd tut heut.«

»Verlierst deine Arbeit?«, wiederholte Erna erschreckt. »Des müssen mir verhindern.« Sie flüsterte Anita etwas ins Ohr, die zustimmend den Kopf neigte.

»Hallöle.« Steinmeier zuckte zusammen, als Anita die Beifahrertür öffnete und sich aufatmend auf den Sitz plumpsen ließ. »Mei, ist des heiß«, stöhnte sie und öffnete den obersten Knopf ihrer giftgrünen Korsage. »Na, was macht die Kunst? Die ist aber schön, darf ich mal gucken?« Pfeilschnell langte sie nach der uralten Kamera und drückte sie fest an sich.

»He, das ist meine!« Steinmeier griff hurtig danach.

»Sie ham mir grad an den Busen gelangt!«, kreischte Anita aufgebracht. »Und ich trag keinen Büstenhalter! Sie Ferkel!«

Erna, die durchs Fenster starrte wie ein hungriger Raubvogel, blickte ihn böse an. »Des ist sexuelle Belästigung«, empörte sie sich. »Ich hab's genau gesehen.«

»Gar nix hab ich gemacht«, verteidigte sich Steinmeier stotternd und ließ die Hände sinken.

»Der hat mir an den Busen gelangt«, wiederholte Anita und quetschte sich tatsächlich eine winzige Träne aus dem Augenwinkel. »Jetzt hab ich a Trauma. Den zeigen mir an, Erna, gell?« Die nickte bestätigend.

»Was wollen Sie?«, fragte Steinmeier erschöpft, dem immer noch die nassen Klamotten von seinem unfreiwilligen Ausflug in den Pool am Leibe klebten.

»Schadenersatz«, verlangte Anita. »Ich kenn die Frau Sommer gut, die wird Augen machen, was Sie für ein Triebtäter sind. Ach na, des weiß die schon, oder?«

»Schadenersatz«, murmelte Steinmeier tonlos, der zu ahnen begann, worauf es hinauslief.

»Was ist des? A alte Pentax?« Anita schwenkte die Kamera

über ihrem Ausschnitt hin und her. Steinmeier gab sich die größte Mühe, nicht hinzusehen. »Könnt grad so hinkommen. Es sei denn, Sie möchten's auf gerichtlichem Weg austragen. Können mir machen.«

»Und ich bezeug alles«, pflichtete Erna ihr bei. »Sie Schmutzfink.«

»Behalten Sie sie«, bat Steinmeier müde. »Ich muss los, heute Abend findet eine Stadtratssitzung statt. Schönes Leben noch. Mich sehen Sie hier nicht wieder.« Er wartete, bis Anita graziös aus seinem Wagen geklettert war, und fuhr mit quietschenden Reifen los.

»So ein Depp«, sagte Anita schadenfroh. »Des nennt man die Waffen der Frauen, der hat echt keine Ahnung.«

»Jetzt geht's wieder aufwärts, Mädel«, sagte Erna. »Des blonde Gift ist weg.«

»Hm. Der Christian ist auch weg.« Anita schlug sich mit der flachen Hand vor die Stirn. »Jessas, wer macht denn jetzt die ganze Arbeit?«

»Wer macht uns denn nun Abendbrot?« Renate schaute sich ratlos in der Küche um. »Die Walküre ist nicht da, Christian und Nicole hat die Polizei mitgenommen. Die lassen uns hier tatsächlich ohne Hilfe zurück. Ich werde Moser anrufen.«

»Warum haben die uns beide nicht verhaftet?« Frauke ließ sich vorsichtig auf die Eckbank sinken.

»Weil mit dir im Wagen die zulässige Nutzlast überschritten werden würde.« Dieter war im Türrahmen aufgetaucht und wankte unsicher in die Küche, während er hämisch lachte. »Aber solange ihr beiden noch hier seid, können wir ja eine Kleinigkeit essen. Rufen wir den Pizzaservice an. Mir ist ein wenig flau im Magen.«

»Morgen packe ich meine Koffer«, verkündete Renate. »Verhaften können die mich auch in Hamburg. Ich habe kein Verlangen nach fettigen Mehlspeisen hinter bayerischen Gittern.«

»Wer passt denn jetzt auf uns auf?«, jammerte Frauke verwirrt. »Wer macht unsere Betten? Wer saugt und wischt? Wer kümmert sich um uns?«

»Erstens: ihr selbst. Zweitens: der Gefängnisarzt«, erklärte ihr Dieter mit sardonischem Lächeln. »Hawaii oder lieber Salami und Schinken? Ich würde an eurer Stelle lieber zugreifen. Wer weiß, wann es wieder etwas gibt.«

Missmutig drehte sich Peter Sommer im Wohnzimmer des hübschen Einfamilienhauses um die eigene Achse und betrachtete sein bisheriges Werk. Im Internet hatte alles so einfach ausgesehen: Man riss eine Wand ein, strich das Zimmer neu und lebte dann endlich, statt nur zu wohnen, wie der Werbespruch einer berühmten Möbelkette lautete. Allerdings hatte er sich in seiner Euphorie etwas überschätzt, wie er sich zähneknirschend eingestehen musste. Das schrille Geräusch der Türklingel riss ihn aus seinen trüben Gedanken.

»Was ist denn nun schon wieder los?« Ächzend richtete er sich auf. In letzter Zeit verursachten seine Gelenke verdächtig knackende Geräusche, die sich anhörten, als würde man in einem ausgedörrten Wald auf einen Ast treten. Außerdem hatte er an seinem strapazierten Körper bemerkenswert viele, ihm bis dato unbekannte Muskeln entdeckt, die ihm seit Neuestem jede Bewegung zur Hölle machten. »Autsch«, jammerte er und schlackerte mit den Armen.

Es klingelte nochmals an der Tür, lange und ausdauernd. Da schien es wohl jemand eilig zu haben. »Ich muss dringend nachlesen, wie man diese Löcher richtig zuspachtelt. Kein Problem«, ermutigte er sich selbst, während er zur Tür eilte. Dabei stolperte er über den immer noch herumliegenden Presslufthammer und fluchte leise, schaffte es aber gerade noch, seinen Hammer nicht zu verlieren, den er fest umklammerte.

Als er die Tür öffnete, staunte er nicht schlecht. Vor ihm standen drei Männer mit neutralen Gesichtern im Blaumann.

Und Jürgen Reichelt, deren Chef, der ihm resolut eine schwere Plastiktüte in die Hand drückte. »Jürgen?«, wunderte sich Peter. »Was tust du, äh, ihr denn hier?«

»Deine Frau hat mir telefonisch einen Notfall gemeldet«, informierte Reichelt ihn knapp.

»Notfall?«, wunderte sich Peter. »Ich wüsste nicht ...«

Reichelt gab seinen Jungs einen Wink. Die marschierten wortlos an Peter vorbei ins Haus. Der letzte entwand ihm den Hammer und steckte ihn sich an den Gürtel wie einen soeben erbeuteten Skalp. »Ich mach euch einen Sonderpreis«, versprach Reichelt und schob Peter sachte nach drinnen.

»Ach du Schande!«, entfuhr es einem der Arbeiter im Esszimmer. »Sieht aus wie nach der Schlacht von Stalingrad. Hast du des wirklich ganz allein gemacht?«

»Leider«, stotterte Peter kleinlaut. »Es gibt da ein paar Filme bei YouTube, und ich dachte, es könnte toll aussehen, wenn ich zwischen Küche und Esszimmer eine Theke baue, das vergrößert den Raum enorm.«

»Hast ja schon a ganze Menge vergrößert.« Reichelt verkniff sich ein Grinsen. »Euer Esszimmer reicht beinah bis in den Garten raus. War Absicht mit den Löchern in der Außenwand, oder?«

Peter senkte schuldbewusst den Kopf. »Bin abgerutscht«, gab er zu. »Diese Presslufthämmer sind schwerer, als sie aussehen.«

»Horch zu, Peter.« Reichelt klopfte ihm auf die Schulter. »Ich kann die Sissi gut leiden. Normalerweise hab ich niemanden frei, mir sind mit Aufträgen voll bis unters Dach. Offen gestanden hab ich gedacht, sie übertreibt, aber du könntest eine Firma für Gebäudeentkernungen eröffnen, wie des hier ausschaut.«

»Es war nicht so geplant«, verteidigte sich Peter. »Das hätte ich schon irgendwann ausgebessert.«

»Mir machen des fertig«, schnitt Reichelt ihm abrupt das Wort ab. »Es sei denn, des Loch da drüben«, er deutete auf ein fehlendes Stück Mauer unterhalb des Fensters, »willst für eine Marderklappe behalten.« Er lachte scheppernd.

»Vielleicht doch nicht so mein Ding«, flüsterte Peter reumütig. »Aber ich habe nicht mehr gewusst, wie ich aus der Sache herauskomme, vor allem, weil meine Frau richtig sauer geworden ist.«

»Es kann net jeder alles können«, beruhigte ihn Reichelt. »Ihr zwei seids goldrichtig, die Sissi und du. Aber Maurer bist du keiner. Die Sissi sagt, sie möcht gern mit dir alt werden, aber net in einem Haus, des mehr Löcher hat als die Akropolis.«

»Was soll ich mit der Tüte?« Peter warf einen Blick in den Beutel, in dem sich mehrere weiße, ungefähr zwanzig Zentimeter lange Blöcke einer nicht identifizierbaren Masse befanden.

»Dein neues Hobby ab sofort«, strahlte Reichelt ihn an. »Ist noch von meiner Ex, der Gerlinde, übrig. Die hat vor ein paar Jahren mit dem Seifegießen angefangen. Wird dir gefallen, und a saubere Sach ist des auch.«

»Seife«, stammelte Peter. »Aber das ist total unmännlich.«

»So ein Schmarrn«, widersprach Reichelt. »Ein Mann muss tun, was ein Mann tun muss. Des hab ich mal in einem Film gehört. Für dich bedeutet des, euer Haus, das übrigens ich gebaut hab, net bis auf die Grundmauern abzureißen, weil ihr nämlich einen Platz zum Schlafen brauchts. Morgen gibst die ganzen Sachen zurück.« Er deutete auf die herumliegenden Baumaschinen. »Und dann machst deiner Frau was Nettes, vielleicht a Seife in Herzform.«

»Herzform, ich hoffe, das genügt, ich hab's ziemlich verbockt«, murmelte Peter. »Dauert es lange, alles zu reparieren?«

»Net so lang, wie du braucht hast, um a Bürgerkriegsgebiet aus deinem Haus zu machen«, versicherte ihm Reichelt väterlich.

»Na gut. Ich tapeziere dann und streiche drüber!« Peter hörte sich verdächtig aufgeregt an.

»Glaub ich net, dass du des machst. Ich schick euch wen vorbei, der des kann.« Reichelt klang sehr entschlossen. »Ich schwätz dir net drein und du mir net. Dann kommen mir prima miteinander aus. Also, der Hans-Dieter kommt übermorgen und kümmert sich um den Rauputz. Schon gebongt. Gehst mit mir in den ›Mohren‹ auf ein paar Halbe?« Peter betrachtete wortlos die Tüte in seiner Hand. »Heut Abend komm ich wieder!«, rief Reichelt über die Schulter seinen Leuten zu. »Ich verlass mich auf euch!« Dann fasste er Sissis zerknirschten Ehemann fürsorglich um die Schulter und schob ihn aus dem Haus.

Auf dem Revier verfasste Sissi gerade schmunzelnd ihren Bericht für den Boss, nachdem sie Klaus nach Hause geschickt hatte, und sah dabei gelegentlich auf die Uhr.

Dann lächelte sie liebevoll und biss genüsslich in eine Currywurst, die der Boss spendiert hatte.

»Wer hat denn nun die Nanny-Cam im Teddy auf dem Schreibtisch von Frau Kunze platziert?«, hatte der Boss gefragt und sie prüfend angeschaut.

»Keine Ahnung, Chef«, hatte Sissi mit unschuldigem Blick genuschelt. »Das werden wir wohl nie erfahren.« Armer Peter, dachte sie jetzt, während sie eine Pommes in die Soße tunkte, und checkte zum letzten Mal an diesem Abend die Uhrzeit. Nun sitzt er sicher schon mit Jürgen im »Mohren«. Ich wusste mir leider nicht mehr anders zu helfen. Auch eine Frau muss tun, was eine Frau tun muss.

Ihre Kopfschmerzen waren übrigens wie weggeblasen und blieben es auch.

»Puh, das Auto ist weg.« Aufatmend schloss Klaus die Wohnungstür hinter sich und begrüßte Harro, der ihm schwanzwedelnd entgegenkam. »Na, mein Guter? Glück gehabt, was? Wir Junggesellen müssen zusammenhalten.«

»Wuff.« Harro versuchte ihm freudestrahlend das Gesicht zu lecken, als Klaus plötzlich den Kopf hob und schnupperte. Dann wurde er blass.

»Maultaschen hab ich gemacht!«, rief eine mittlerweile nur allzu bekannte Stimme aus der Küche. »Brät war im Angebot, die magst doch, oder? Und stell dir vor, ich hab Karten fürs nächste Wochenende, für des ›Allgäuer Duranand‹. Die machen saugute Mundartmusik, des gefallt dir bestimmt. Dir bringen mir jetzt bei, warum's bei uns so schön ist, du Schnuckel-Preuß, du niedlicher. – He, wo willst hin? Ich hab ja noch gar net Grüß Gott gesagt zu dir!«

Klaus wartete erst gar nicht ab, bis die Küchentür sich öffnete, sondern drehte sich fluchtartig auf dem Absatz um und wollte verschwinden. Aber Harro hatte ihn überholt, baute sich vor der Wohnungstür auf und versperrte ihm hechelnd den Weg, während er ihn mit treuen Augen anstarrte und mit dem Schwanz wedelte, als hätte er ein neues Trommelsolo eingeübt. »Du auch, Brutus?«, flüsterte Klaus verwirrt und ging auf die Knie. »Von dir hätte ich das nicht erwartet. Womit hat sie dich rumgekriegt?«

»Wienerle und Leberkäs.« Annalena stand hinter ihm und strahlte ihn von oben herab liebevoll an, was nicht ganz einfach zu erkennen war, denn ihr Busen versperrte Klaus die Sicht auf ihre leuchtend blauen Augen. Sie trug eine dunkelblaue Schürze und … eine dunkelblaue Schürze. Mehr darf hier nicht erwähnt werden.

»Der Harro ist aus Legau, der weiß, was gut ist«, eröffnete ihm Annalena strahlend. »Und du kapierst des garantiert auch noch, gell, mein Schatz? Du bist so was von süß, ich könnt dich auffressen.« Dann bückte sie sich zu ihm herab und küsste ihn leidenschaftlich.

Klaus schloss die Augen, ergab sich in sein Schicksal und erwiderte den Kuss mit mehr Enthusiasmus, als er sich selbst zugetraut hätte.

Es gibt Dinge, gegen die kommt man einfach nicht an – hübsche Allgäuer Frauen zum Beispiel, vor allem so gescheite und resolute wie seine Küchenfee in der blauen Schürze mit einem abgeschlossenen Studium in Agrartechnik. Außerdem roch es tatsächlich verdammt gut. Nachdenken konnte er auch noch morgen, wenn Annalena das zulassen würde.

Das Leben ist also gar keine Pralinenschachtel wie in »Forrest Gump«, überlegte er auf dem Weg zur Küche. Sondern hier im Allgäu definitiv eine Maultasche. Man weiß wirklich nie, was drin ist. Er sollte es in dieser Nacht erfahren.

August, Moserhof

Zwei Monate später

Der Sommer hatte Wort gehalten und bescherte dem Unterallgäu nach einer ganzen Serie von herrlich warmen Tagen heute
den nächsten lauen Samstagabend im August unter einem sich
allmählich ins Pastell verfärbenden Himmel. Hinter dem Horizont, an dem die Sonne soeben rot glühend versank, wartete
schon die samtige Dunkelheit einer warmen Nacht voller Ver-
heißungen für alle, die daran glauben wollten, und legte sich
ganz langsam, wie in Zeitlupe, als samtiges Versprechen über
das ganze Land.

Von goldenem Abendlicht überzogen verwandelte sich
nach und nach die gepflegte Gartenanlage des Moserhofs unter
einem Meer von glimmenden Solarlichterketten in eine zauber-
hafte Landschaft voller geheimnisvoller Schatten. Auf dem von
einsetzender Nachtfeuchtigkeit benetzten Rasen bewegte sich
in geschlossener Formation eine Armada von Nacktschnecken
still und leise wie eine winzige fremde Invasion durch das kurz
gemähte Gras auf der Suche nach Fressbarem, sehr zur Freude
aller Hobbygärtner und Barfußläufer. Von der Adria her ließ
eine leichte Sommerbrise das Laub der jahrhundertealten Kas-
tanienbäume raschelnd erzittern. Es klang wie ein Versprechen.

Überall im Landkreis saßen an diesem wundervollen Abend
fröhliche Menschen, die auf Terrassen oder in Biergärten ausgelassen in die Nacht hineinfeierten. Der Herbst nahte mit
Riesenschritten, und bald würde das gesellige Beisammensein
an Lagerfeuern, Terrassentischen oder Flussufern zusammen
mit feuchten, auf der Wäscheleine trocknenden Badeanzügen,
dem Geruch von Sonnencreme auf gebräunter Haut, Chlorge-
ruch und summenden Wespen im Freibad oder verschwitzten
Radlern in schattigen Biergärten nur noch eine verblassende

Erinnerung sein, denn der September hatte schon seinen Fuß in der Tür.

»Nie hätte ich gedacht, dass Norbert sich tatsächlich fortge-pflanzt hat.« Brumbach starrte versonnen auf die im Abendlicht glitzernde Wasseroberfläche des Pools. »Wer hätte das ahnen können? Oder wusstest du etwas davon?«, wandte er sich dann an Renate.

Die schüttelte den Kopf. »Dass er eine uneheliche fünfund-dreißigjährige Tochter in Kempten hat, für die er anscheinend jahrzehntelang Unterhalt bezahlte, aber die er nicht sehen wollte, darüber hat er nie gesprochen. Mit Verantwortung hatte er es ja nicht so. Ich verstehe nur nicht, wie man sich in diesem Alter schon so gehen lassen kann wie diese junge Frau. Himmel, die hat den Körperbau von Sylvester Stallone und die Mimik von Otto Waalkes mit Zahnschmerzen. Nun, jetzt ist sie finanziell außerordentlich gut versorgt und kann sich einen Personal Coach, eine Gesichtsbehandlung und einen guten Therapeuten leisten. Außerdem ist sie Norbert wie aus dem Gesicht geschnitten, findet ihr nicht?«

»Ja, Renate, sie hat den gleichen üppigen Schnurrbart wie ihr Vater.« Dieter grinste. »Nicht zu übersehen, die Familienähn-lichkeit. Allerdings war die Bestattung ein wenig schäbig für all die Kohle, die er dieser charmanten Schönheit vermacht hat. Sie hätte ihm wenigstens einen anständigen Grabstein kaufen und einen schmackhaften Leichenschmaus ausrichten können. Nicht mal Kaffee und Kuchen gab es im Anschluss. Die wollte nur gleich wieder verschwinden und machte den Eindruck, als hätte sie Norberts Asche am liebsten in einer Aldi-Tüte am Waldrand verscharrt.«

»Also ich fand die auch total unhöflich«, mischte Frauke sich ein. »Aber die Beerdigung war doch ganz nett mit der Musikkapelle und dem Chor. Der dicke Pfarrer hat wunder-schön gepredigt, den hättest du gar nicht so giftig angucken müssen, Reni.«

»Diese Bayern – sogar wenn einer unter die Erde gebracht

wird, machen die ein Volksfest draus. Lustiges Völkchen, immer zu Scherzen aufgelegt«, brummte Dieter.

»Du Nörgler«, fuhr ihm Frauke in die Parade. »Das hätte Norbert sicher gefallen – diese Trachtenkleider und die knuffigen Männer in Lederhosen. Ich fand es ja erstaunlich, wie viele attraktive Damen am Grab in ihre Taschentücher geheult haben. Norbert war wirklich beliebt, oder, Reni?« Vorsichtig warf sie ihrer Freundin einen scheelen Seitenblick zu.

»Habt ihr auch einen Brief von diesem Christian Engels bekommen?«, erkundigte sich Renate und ignorierte Fraukes Stichelei geflissentlich. »Wieso schreibt der uns aus dem Gefängnis?«

»Ich habe ihm geantwortet«, gestand Frauke errötend. »Er ist doch auch nur auf diese Tussi reingefallen, Reni. Außer seinem Vater bin ich der einzige Mensch, der sich bei ihm meldet, und ich werde ihn sicher mal besuchen. So übel war er nicht.«

»Er hat Norbert umgebracht!«, empörte sich Renate. »Hast du denn überhaupt kein Feingefühl?«

»Reni«, flüsterte Frauke todesmutig, »du warst bereit, in Kauf zu nehmen, dass Norbert stirbt, nur aus Eifersucht. Irgendwie tut Christian mir eben leid. Er ist so jung und dumm. Aber du hast keine Ausrede, du hättest es besser wissen müssen.« Renate zuckte zusammen, denn von ihrer langjährigen Freundin war sie solche Töne nicht gewöhnt.

»Tja, du hast deinem Groupie doch wieder und wieder befohlen, erwachsen zu werden. Jetzt hat sie es dir aber gezeigt. – Wann kommen eigentlich die Neuen?« Dieter, der sich zusammen mit Frauke und Renate im Garten auf den massiven Teakholz-Stühlen fläzte, nahm einen kräftigen Schluck von seinem König Ludwig Dunkel direkt aus der Flasche. Dann rülpste er laut und vernehmlich und ließ sich genussvoll zurücksinken. Mit seinem blütenweißen Hemd, der perfekt sitzenden Jeans und der frisch gefärbten Haartolle wirkte er keinen Tag älter als neunundsechzig.

»Nächsten Monat ziehen sie ein.« Renate musterte ihn verkniffen. »Kannst du dich nicht einmal in Gesellschaft von Damen zusammenreißen?«

»Wenn du mir sagst, wo welche sind?« Dieter lachte boshaft. »Was machen eigentlich Büchner und Haberbach gerade?«

»Mir egal.« Renate zuckte mit den Schultern. »Leben die überhaupt noch? Bin gespannt, wen Moser uns wieder vor die Nase setzt, wenn die neuen Apartments belegt werden.« Sie seufzte. »Ich würde mir jemanden Kultivierten wünschen, mit dem ich mich unterhalten oder gelegentlich nach Memmingen ins Theater fahren kann.«

»Du hast doch mich?«, meldete sich Frauke beleidigt zu Wort.

»Genau deshalb«, stichelte Dieter.

»Sie wird gleich kommen und uns ins Haus scheuchen, jede Wette.« Frauke schaute nervös über ihre Schulter zum Hintereingang. »Ich hasse sie. Aber ein wenig fürchte ich sie auch.«

»Wir könnten sie feuern«, schlug Renate vor. Sie trug wieder ihr olivfarbenes Sommerkleid, das aber mittlerweile enger zu sitzen schien. Auch im Gesicht hatte sie zugenommen, was ihr ausnehmend gut stand. Wer genauer hinsah, entdeckte sogar einen grauen Haaransatz, den Hermann Reisacher bis vor Kurzem monatlich hatte nachfärben müssen.

»Feuern? Bist du irre?«, widersprach Dieter ihr energisch. »Hast du dir angesehen, wie viele Bewerber sich auf das Inserat vorgestellt haben? Gerade mal fünf, und was für welche. Qualifizierte Kräfte wachsen nicht auf Bäumen.«

»Wobei ›qualifiziert‹ bei dir ohnehin nur einen Brustumfang von hundert und einen Intelligenzquotienten von Zimmertemperatur bedeutet«, belehrte ihn Renate gehässig. »So eine haben wir schon. Das könnte dir so passen.«

»In Polen würden wir bestimmt jemanden finden«, spann Dieter den Faden weiter. »Da gibt es bildschöne Frauen.«

»Kannst du knicken. Mir kommt jemand aus dem Ostblock nicht ins Haus«, fuhr ihm Renate ins Wort. »Da verstehe ich ja nicht einmal, wenn die schlecht über mich spricht.«

»Dessen ungeachtet dürfen wir das gar nicht«, wandte Frauke ein. »Steht im Vertrag.«

»Ich bin ja schon froh, dass sie nicht mehr kocht«, wisperte Renate, sah sich aber sicherheitshalber um, ob jemand sie gehört hatte. »Will jemand ins Wasser? So kalt ist es nicht.«

»Später vielleicht«, grinste Dieter dreckig. »Wenn sie nach dem Essen rauskommt und ihren Glitzerbikini mitbringt. Prost, Norbert, auf dein Wohl.« Er erhob seine Flasche. »Wo auch immer du bist, wir sehen uns garantiert.«

»Eilt nicht«, hauchte Frauke. »Ich find's hier nach wie vor schön und möchte gern mehr von der Gegend erforschen.«

»Er war was Besonderes«, sagte Renate versonnen. »Zum Wohl, Norbert.«

»Ihr wisst schon, dass ihr Glück hattet, oder?«, erkundigte sich Dieter. »Was man doch mit einem psychologischen Gutachten alles erreichen kann, unglaublich.«

»Wir wollten ihn niemals umbringen«, verteidigte sich Frauke. »Es war ein Zusammentreffen unglücklicher Umstände.«

»Kann man sehen, wie man möchte. Aber mal ehrlich, Mädels«, er musterte Renate und Frauke gedankenverloren, »hätte eine von euch gedacht, dass wir nun, Ende August, immer noch hier sind?«

»Ich bin mir nicht sicher, ob es wirklich eine gute Idee war«, murmelte Renate.

»Also ich finde es gar nicht schlecht, was wir getan haben. Ist doch gut angelegtes Geld«, widersprach Dieter.

»Ja, das deiner Kinder«, konterte Renate verächtlich. »Die haben es sich etwas kosten lassen, damit du ja hierbleibst und ihnen nicht auf die Nerven gehst.«

Dieter drückte seine Zigarette in einem der vielen herumstehenden Aschenbecher aus. »Na und? Die können ruhig etwas rausrücken. Mittlerweile bin ich übrigens recht angetan von dem rustikalen Flair im Unterallgäu. Irgendwer muss diesen Kulturkampf ja führen und die Bayern endlich zivilisieren. Man gewöhnt sich an alles, sogar an diesen Schupfnudel-Horror. Die haben doch von anständigen Mahlzeiten keine Ahnung.«

»Wie kannst du so was sagen?«, schimpfte Frauke. »Wir essen hier mittlerweile wesentlich besser als vorher. Und am Montag bekommen wir jemanden, der das sogar gelernt hat und außerdem sauber macht. Plus eine neue Betreuerin, als Ersatz für Nicole. Endlich.«

»Ja, toll«, seufzte Dieter melodramatisch. »Ich habe die Bewerbung gesehen. Ein fünfzigjähriger Alice-Schwarzer-Verschnitt mit dem Charme eines ukrainischen Feldwebels. Moser hat uns reingelegt.«

»Reingelegt? Betrogen«, ereiferte sich Renate. »Erst pumpt er uns an, weil ihm das Geld ausgeht und er nirgendwoher mehr Kapital bekommt. So was kann man sich nicht ausdenken. Und als wir zustimmen, Teilhaber zu werden, nötigt er uns tolldreist die Zusage ab, unseren Haushalt vorläufig selbst zu erledigen, für einen Preisnachlass. Wo wir gerade dabei sind, Dieter«, sie warf ihm einen bösen Blick zu, »wenn ich noch einmal erlebe, wie du mit nassen Füßen in die Küche schlurfst, um dir aus dem Kühlschrank Bier zu holen, hacke ich dir die Füße ab. Solange ich Putzdienst habe, ziehst du gefälligst Schuhe an.«

»Wenigstens mussten wir nicht auf warme Mahlzeiten oder unsere Betreuung verzichten«, verkündete Frauke dankbar. »Wenngleich ich die beiden am liebsten auf den Mond schießen würde. Gelegentlich frage ich mich, ob der Preis nicht zu hoch war.«

»Er hat uns betrogen«, beharrte Renate. »Es war nie die Rede davon, dass ich meine Wäsche selbst waschen muss. Mein Leben lang habe ich das nicht getan. Wo kommen wir denn dahin? Geht jemand am Sonntag mit in die Kirche?«

»Danke nein, ich warte auf die Verfilmung«, lehnte Dieter sarkastisch ab.

»Und du?« Renate nagelte ihre Freundin mit Blicken fest, die sofort erkannte, dass jeglicher Widerspruch zwecklos war.

Frauke nickte eingeschüchtert. »Na gut. Warum machen wir das doch gleich, Reni?«

»Weil wir Struktur brauchen«, erklärte Renate ihr hoheitsvoll. »Nachdem wir beschlossen haben, hierzubleiben, werden wir versuchen, Anschluss zu finden, und das geht am besten in der Kirche oder in dieser Gaststätte mit der strengen Wirtin im Dirndl. Wir werden uns auch ein paar von diesen Dingern mit Schürzen zulegen, damit wir nicht mehr so auffallen, vor allem du. Wirf diesen grauenhaften rosaroten Trainingsanzug endlich weg, du siehst aus wie eine Presswurst. Ich muss diesem dicken Pfarrer übrigens gelegentlich ein paar Tipps für seine Predigten geben«, sagte sie dann gedankenvoll. »Und sollte ich deine schlecht manikürten Pfoten noch ein einziges Mal auf einem Gegenstand entdecken, der der Kirche gehört, Frauke, breche ich dir jeden einzelnen Finger. Mit meiner neuen Hundertwasser-Bibel.«

»Ich versuche doch, mich zusammenzureißen, Reni«, jammerte Frauke.

»Mir ham Ende August«, ertönte plötzlich eine allen wohlbekannte Stimme. »Sie holen sich den Tod. Net mit mir. Rein ins Haus, avanti.«

»Uns bleibt auch wirklich nichts erspart«, wisperte Renate Dieter zu. »Kann doch nicht so schwer sein, adäquates Personal zu bekommen. Kriegen wir die nie mehr los?«

»Passt jedenfalls besser als ihr voriger Job in der Küche«, raunte der. »Die ist zum Aufpassen geboren.«

»Sie leben net ewig, auch wenn Sie des glauben.« Anita baute sich vor dem Dreiergespann auf und funkelte es streng an. »Also bitte gehen Sie rein oder hängen Sie sich wenigstens eine von denen um.« Sie zeigte auf einen Stapel Decken, die jemand vorsorglich auf einem Liegestuhl deponiert hatte.

»Wir lassen uns von Ihnen nicht herumscheuchen«, erklärte Renate würdevoll. »Wir sind jetzt nämlich Chefs. Ihre.«

»Der arme Martin«, seufzte Anita. »Ich kann mir vorstellen, wie dem stinkt, dass er von Ihnen hat Geld nehmen müssen.

Dass Ihre Kinder da mitgemacht ham, Herr Brumbach.« Sie sah ihn vorwurfsvoll an.

»Sie hielten es für eine gute Investition«, erklärte ihr Dieter schleimig. »Ziehen Sie doch nicht so ein Pfännchen. Sie sind so hübsch.«

Anita lächelte geschmeichelt. »Also des ham Sie drauf«, kicherte sie. »Sie alter Charmeur.«

Renate seufzte laut und vernehmlich. »Warum sollte er unser Geld nicht nehmen? Wir haben welches. Er nicht. Und wir werden ab sofort andere Saiten aufziehen, immerhin sind wir an dem Laden hier beteiligt.«

»Jaja, des sagen Sie schon ewig«, antwortete Anita unerschrocken. »So eine gute Kraft wie mich kriegen Sie sowieso nimmer.«

»Muss ich vielleicht a Extra-Einladung schicken?«, gellte plötzlich eine wütende Stimme aus der Küche.

»Oh Gott, sie ist sauer«, raunte Frauke eingeschüchtert. »Wir sollten sie nicht zu sehr verärgern.«

»Anständige Leut essen normalerweise um siebene. Noch amal ruf ich net.« Erna Dobler, die im Türrahmen wartete, starrte die Gruppe böse an. Sie trug eine fleckige Kittelschürze und ein Geschirrtuch über der Schulter. »Bin ich froh, wenn die zwei Monat endlich rum sind.« Empört drehte sie sich um und verschwand in der Küche.

»Am Montag kommt der neue Koch, dem Himmel sei Dank«, wisperte Frauke. »Wer hat den eigentlich empfohlen?«

»Ich.« Anita strahlte über das ganze Gesicht. »Der wird Ihnen gefallen. Kommt aus Köln und hat des gelernt. Einundvierzig ist der und voll nett. Und der wohnt dann auch hier im Haus, super, oder?«

»Hauptsache, Sie fassen den Herd nicht mehr an«, antwortete Frauke mutig. »Als Betreuerin sind Sie zu gebrauchen. Obwohl ich es eine Schweinerei finde, dass ein Mann Ihre Arbeit tut.«

»Blödsinn«, widersprach ihr Anita. »Des heißt Ganter, äh, Gender oder so. Der Kai macht's doch freiwillig.«

»Und? Gehen wir nachher noch schwimmen? Sie wollten mir doch Ihren neuen Bikini zeigen?«, erkundigte sich Dieter lüstern. »Den Mund haben Sie mir ja schon den ganzen Tag wässrig gemacht.«

Anita kicherte kokett. »Da muss ich erst meine Mama fragen«, antwortete sie geziert. »Die sagt sonst, ich bin a böses Mädchen.«

»Finde ich nicht gut, dass Sie jede zweite Nacht bei Ihren Eltern schlafen«, antwortete Dieter missmutig. »Man sieht Sie viel zu wenig.«

»Ich muss mich doch um den Kevin kümmern«, beschwichtigte ihn Anita. »Hätt schon hier einziehen können, aber dann hätt ich ihn mitnehmen müssen. Bei meiner Mama ist der gut aufgehoben. Der Kleine wär Ihnen doch viel zu laut.«

Renate musterte sie von oben bis unten – den hautengen Rock, das knallenge Mieder, die silbernen Schuhe mit Plateausohlen. »Soso. Kai. Aus Köln. Wohnt hier.« Sie warf Dieter einen aufmerksamen Blick zu, der gerade wieder einmal seine Augen nicht von Anitas Dekolleté lassen konnte. Ein böses Lächeln umspielte ihre Mundwinkel. »Das kann ja heiter werden.«

Und das wurde es auch.

Danksagung

Mein großer Dank gilt – wie jedes Jahr – Herrn Dr. Bock, dem Leiter der Rechtsmedizin in Memmingen, der mir kompetent und freundlich auch bei den skurrilsten Fällen weiterhilft.

Herrn Johannes Huber vom Betrugsdezernat in Memmingen möchte ich ebenfalls herzlich danken. Trotzdem ich ihn schon beim Mittagessen störte (am Sonntag!), blieb er freundlich und hilfsbereit. Du bist mir eine große Hilfe.

Mark Maria Kraft, meinem geschätzten Autorenkollegen aus Prag, danke ich ebenfalls: für seine Fähigkeit, mich »einzufangen«, wenn ich mich wieder einmal in den Niederungen meiner eigenen Phantasie verlaufen habe.

Herrn Dr. Pütz, dem überaus kompetenten Allgemeinmediziner, sei gleichfalls herzlich gedankt. Ihre Kenntnisse in Biologie und Medizin sind für mich von unschätzbarem Wert.

Barbara Edelmann
MORDSBRAUT
Broschur, 352 Seiten
ISBN 978-3-95451-356-7

»Ein humorvoll-kriminelles Sittengemälde aus dem Allgäu. Man spürt die tiefe Verbundenheit der Autorin mit der Region und ihrer Mentalität. Ein Buch für alle, die das Allgäu, die Berge und gute Krimis lieben.«   Kreisbote Oberallgäu

www.emons-verlag.de

Barbara Edelmann
MORDSRAUSCH
Broschur, 384 Seiten
ISBN 978-3-95451-680-3

»Mit Humor und Witz, Augenzwinkern und Ironie werden die Menschen charakterisiert und wird die Handlung schwungvoll erzählt.«
Westallgäu Plus

www.emons-verlag.de

Barbara Edelmann
MORDSGSCHÄFT
Broschur, 416 Seiten
ISBN 978-3-95451-985-9

»Ein Krimi, bei dem oft geschmunzelt werden darf.«   Westallgäu Plus

www.emons-verlag.de

Barbara Edelmann
MORDSDEPP
Broschur, 368 Seiten
ISBN 978-3-7408-0171-7

In Legau liegt Landwirt Sepp Güthler tot in seiner Güllegrube – aber so richtig traurig scheint darüber niemand zu sein. An Verdächtigen mangelt es der Memminger Kommissarin Sissi Sommer also nicht, doch alle lügen wie gedruckt. Gemeinsam mit ihrem Kollegen Klaus Vollmer aus Berlin muss Sissi tief in die Trickkiste greifen, um dem Täter auf die Schliche zu kommen.

www.emons-verlag.de

Barbara Edelmann
MORDSKRACH
Broschur, 320 Seiten
ISBN 978-3-7408-0462-6

»Ein ganz und gar nicht idyllischer, hinterhältig-humorvoller Regionalkrimi – beste Unterhaltung zwischen Witz und Spannung aus dem Allgäu.«   Kreisboten-Verlag

www.emons-verlag.de